U0928972

中阿典籍互译出版工程

مشروع تبادل الترجمة والنشر بين الصين والدول العربية

格拉纳达三部曲

ثلاثية غرناطة

〔埃及〕拉德娃·阿舒尔 著

陈 铮 李羚溪 译

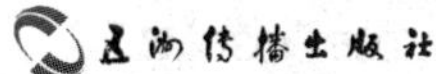

五洲传播出版社

图书在版编目(CIP)数据

格拉纳达三部曲 /（埃及）拉德娃·阿舒尔著；陈铮，李羚溪译．-- 北京：五洲传播出版社，2019.1（2023.6重印）
ISBN 978-7-5085-4035-1

Ⅰ．①格… Ⅱ．①拉… ②陈… ③李… Ⅲ．①长篇小说－埃及－现代 Ⅳ．①I411.45

中国版本图书馆 CIP 数据核字 (2018) 第 230484 号

出 版 人：荆孝敏
责任编辑：杨　雪
助理编辑：田　辉
装帧设计：高　伟
内文设计：马　凤

格拉纳达三部曲

作　　者：拉德娃·阿舒尔（埃及）
译　　者：陈　铮　李羚溪
出版发行：五洲传播出版社
地　　址：北京市海淀区北三环中路 31 号生产力大楼 B 座 6 层
邮　　编：100088
网　　址：www.cicc.org.cn www.thatsbooks.com
电　　话：010-82005927，010-82007837
印　　刷：北京画中画印刷有限公司
开　　本：710×1000　1/16
印　　张：31.25
字　　数：360 千字
版　　次：2019 年 1 月第 1 版
印　　次：2023 年 6 月第 2 次印刷
书　　号：ISBN 978-7-5085-4035-1
定　　价：95.00 元

译者序

每个人都有自己的格拉纳达。

——路易·阿拉贡

《格拉纳达三部曲》是埃及作家拉德娃·阿舒尔（1946—2014）的长篇历史小说，第一部《格拉纳达》于1994年出版，第二部《玛利亚》、第三部《远行》于次年出版。1998年，作家将三部小说整合为一本并命名为《格拉纳达三部曲》。2001年，《三部曲》被阿拉伯作家协会评选为“20世纪阿拉伯百佳小说”之一。二十年间，这部作品多次再版并被译为多种语言。

格拉纳达是阿拉伯人心中的伤痛，是他们“最后的叹息”。公元1469年，伊比利亚半岛上的阿拉贡国王费迪南德与卡斯蒂利亚女王伊莎贝拉联姻，给西班牙的穆斯林势力敲响了丧钟。1492年，卡斯蒂利亚军队进入阿尔罕布拉宫，格拉纳达城内高塔上的新月标志全部被十字架取代，素丹艾布·阿卜杜拉带着人马离开他的红色城堡，格拉纳达沦陷。入主阿尔罕布拉宫后，费迪南德与伊莎贝拉撕毁与穆斯林签署的和约，一场强制改教的运动于1499年开始。起初是焚书、关闭公共澡堂，接着是强迫穆斯林接受洗礼、禁止说阿拉伯语。许多人因此成了秘密的穆斯林，表面上信奉基督教，私下里遵行伊斯兰教：他们到教堂结婚，回家后再秘密举办伊斯兰仪式的婚礼；他们有两个名字，一个是公开的基督教名字，一个是私下使用的阿拉伯名字。1501 年至 1609 年间，西班牙的统治者几次颁布法令，要求留下的穆斯林要么放弃伊斯兰信仰，要么离开西班牙领土。自格拉纳达沦陷后的130年间，约三百万穆斯林或被驱逐，或被处死。

拉德娃 · 阿舒尔正是以这段历史时期为背景，讲述格拉纳达一户阿拉伯穆斯林家族前后五代的变迁。作家没有以历史名人为创作对象，而是选择了那些普通男女——书商、药师、澡堂与集市里的劳动者，写他们的日常劳作、生活细节，写他们彼此的关系、与时空的关系、与命运的关系，希望“写一部关于阿拉伯历史与文学写作不曾关注过的那群人的故事”[①]。拉德娃 · 阿舒尔表示，在创作小说的同时，她也在“以女性的身份、从一个反对文化霸权的阿拉伯公民、一个来自被边缘化、被压制的第三世界人民的立场”，表达自我、写自己的故事。[②]

在小说开篇，艾布 · 贾法尔看见一个女子赤身裸体从街的尽头向自己走来，他隐约感到这是格拉纳达沦陷的凶兆。事实上，正是同样的画面与感受促使拉德娃 · 阿舒尔决定创作这部小说。1991 年初，以美国为首的多国部队对占领科威特的伊拉克军队发动军事攻击。当作家看着电视屏幕上美军战斗机轰炸巴格达的画面时，眼前出现了一个赤裸女子的形象，她回忆起那些相似的场面：1956 年、1967 年以色列轰炸西奈半岛，1978

① 拉德娃·阿舒尔：《每个人都有自己的格拉纳达》，《格拉纳达三部曲》西班牙文版首发仪式讲话稿，2000 年。

② 同上。

年、1982 年轰炸黎巴嫩，巴勒斯坦难民营与黎巴嫩南部城市、村落遭受的持续轰炸……“我看见那个赤裸的女子走来，觉得自己就像小说中的艾布·贾法尔，在她的赤裸中目睹自己的死亡。恐惧中我问自己：是大难临头了吗？若当真如此，现在我该如何处理与死亡的关系？”正是这样的疑问，使作家产生了创作《格拉纳达》的念头。因此，《三部曲》写作不仅是作家“自我保护的一种本能方式”[①]，更是她对人类命运、民族命运、个人命运的深刻思考。

① 同上。

赠　予

我的儿子

塔米姆·巴尔加尼

目录

第一部

格拉纳达

第一章

那天，艾布·贾法尔看见一个赤裸的女子从街道尽头走来，仿佛向他而来。女子渐渐靠近，他意识到她并不放荡，也无酒醉模样。这是个面容姣好、身材窈窕的少女，有象牙雕塑般的乳房，黑发披肩，苍白的脸庞上，一双大眼睛被忧伤放得更大了。

那是条废弃的街道，两旁店铺还关着门，黎明前的那抹紫色尚未被曙光驱散。艾布·贾法尔觉得眼前的一切不过是场幻象。他仔细盯着又看了看，压抑住惊讶，起身迎向她，脱下羊毛外套裹住她的身体，问她姓名与住址。可她压根没看见，也没听见。艾布·贾法尔任她径自走着，目送她一路缓缓向前，金色脚链在脚踝上随步履颤动。她光脚踩着地面，脚链沙沙作响一路。

天气很冷，瑟瑟萧风刮着道路两旁的胡桃树，艾布·贾法尔始终站在他的店门口，直到太阳留下淡淡的金色晚霞，勾勒着街道的轮廓。

店铺里，艾布·贾法尔与纳伊姆交谈了几句，兀自走向角落，沉默着坐下。纳伊姆注意到师父的愁容，不敢再像以往那般聒噪，谨慎地干起活来。他一边想好好工作取悦师父，一边又不由得担心师父，时不时地偷瞄上两眼。

“你叫什么，孩子？”

男人高大伟岸，与那些吓唬他的大人并无两样。只要他们叫他站住，他便如胆怯的兔子，立即蹿得远远的。他抬眼，目光顺着高高的身躯向上爬，然后看到了男人的眼，蓝色的、温和的眼。他没跑，轻声嘟囔道：

“纳伊姆。”

“你家里人呢，纳伊姆？”

“走了，也许死了，我也不知道。”

艾布·贾法尔伸出手，大大的手掌握住了孩子的手，孩子尽量迈开腿，跟上他的步伐。

艾布·贾法尔给他吃的，给他住的，传授他手艺，训练他制作山羊皮革、上色加工，教他如何齐整手稿、粘贴封皮。艾布·贾法尔让他承担了几乎所有的工作，只有两个工序例外，这两个工序艾布·贾法尔更愿意亲自动手，且要求他在一旁观看学习。艾布·贾法尔先在锥子一头穿上线，然后精准地、缓慢地将锥子与线在书背来回穿梭，一次、两次、三次、四次，拉紧缝牢。之后便是纳伊姆将书背粘贴在封皮上，放入压书器中。几天后，当书从压书器中取出时，艾布·贾法尔会根据要求用金墨或普通墨水写上书名、作者名和书主名，并对封面进行装饰。

纳伊姆多么渴望师父能允许他做这项工作，他恳求再三，艾布·贾法尔微笑着递给他一张纸。

“给你，在这纸上写开端章。”

纳伊姆感觉自己做了最糟糕的事，因为他的字迹犹如山路一般，歪歪扭扭，忽高忽低。

“艾布·贾法尔，你病了吗？”

艾布·贾法尔没回答，也没看他，依然垂头斜眼，一副心不在焉的样子。整个白天，少女的身影都在他眼前抹不去。他不安，难过，一整天都在胡思乱想。第二天听说了阿尔罕布拉宫会议的消息，还有关于穆萨·本·艾布·格桑在沙尼勒河溺水身亡的各种传言。那个赤裸的女孩，是否是个信号，就像那些预言、先觉一样？

他心想这是个凶兆。几天后，纳伊姆告诉他有人发现河面上浮着一具赤裸的女尸，他愈加笃信，问：

“哈达拉河还是沙尼勒河？”

“沙尼勒河。”

“哦，那一定是了。”

纳伊姆疑惑地望着他，但他缄默不语，不做任何解释。河流的旋涡吞噬了残留的希望，国家和约毁了，穆斯林们孤独无依了。

连着三晚，格拉纳达和阿尔拜辛彻夜不眠，人们议论纷纷，谈的不是和约，而是穆萨·本·艾布·格桑的失踪。消息从沙尼勒河一直传到艾因·达姆阿，从纳季德门传至萨赫勒·本·马立克墓，在大街小巷和各家店铺中不胫而走，它顺着沙尼勒河水从城郊流入，再随哈达拉河进城，从西岸流进萨比卡宫、阿尔罕布拉宫、赫内拉利费宫，从东岸进老城、阿尔拜辛，再穿过城墙、大门、高塔、葡萄园，这一边传进了萨勒吉山，那一边走进了法赫尔山。

有人说，本・艾布・格桑决心与卡斯蒂利亚人决斗，遂退出阿尔罕布拉宫会议，以一敌十，孤身厮杀。就在卡斯蒂利亚人快制伏他时，他纵身跃入河中。

有人说，是小穆罕默德杀了他，好随心所欲地行动。然后可怜的"沙吉图"就将国家拱手出卖。从前本・艾布・格桑监督着他，他是决计做不出此事的。

也有人说，本・艾布・格桑并没有跳河自杀，也未被人杀害，而是进入深山中训练兵马，待他日东山再起。

还有人说，他淹没淹死都无所谓了，这不是他的时代，也不是我们的时代。我们还是带上能带的家当离开吧，安拉的土地广阔得很；要不就干脆留下，一切听安拉安排，服从新的统治者，活下去。

怎么办？这个问题像一枚锋利的箭头扎入艾布・贾法尔的灵魂，时刻警醒着他。像其他人一样，他一会儿喃喃自语，一会儿找人攀谈。正在他自言自语时，布告员宣读着和约条款从门口经过。他凑上前，紧挨着布告员，从头到尾仔细听完了所有条款。第一条要求格拉纳达的国王、将领、法学家、侍从、学者、穆夫提和贵族们在六十天期限内交城；最后一条要求费尔迪南德国王和伊莎贝拉王后履行和约各项条款，他们的后代继承者也将遵守和约内容。布告员前往下一处时，艾布・贾法尔跟了上去。

格拉纳达人聆听、打探、搜集各种细节。待布告员公布消息时，或是主麻日聚礼前，伊玛目登上清真寺讲坛长篇阔论时，他们再仔细倾听，好加以确认或进行比对。而那些未知的细节，他们则用打听来的小道消息自行填补。

关于阿尔罕布拉宫会议通过和约的细节，布告员尚未公布，伊玛目也未提及，但艾布·贾法尔和其他市民已了如指掌：

国王派去谈判的两位大臣——艾布·卡西姆·本·阿卜杜·马立克和优素福·本·卡马沙，在卡斯蒂利亚于阿拉贡国王代表迪·萨法拉陪同下走入大殿。三人执和约文本宣读。艾布·阿卜杜拉·小穆罕默德哭道："是安拉要他如此悲惨，国家注定丧于他手。"在场的大臣、将领和学者们失声痛哭，反复念着"无能为力，只靠安拉，命运已定，无力挽回"。穆萨·本·艾布·格桑对和约提出抗议，要求在场者拒绝执行，但无一人支持，便愤然甩手，骑马远去。在场者反复强调：安拉的裁决无法躲避，和约条款已是他们能够得到的最好结果……他们痛哭流涕，然后，签了和约。

一位国王怎能将自己的王国拱手相让？怎能要求王国的将领、学者和所有臣民交出对阿尔罕布拉宫城堡、要塞、高塔的主权，放弃格拉纳达的一座座城门，放弃阿尔拜辛，放弃它的郊野呢？

艾布·贾法尔随着浩荡人群走在布告员身后，眼神迷离，头歪斜，双臂则垂在两侧。人群迈着沉重的脚步，缓缓移动在肃静的广场上，一片沉默。广场上只有布告员的朗朗语声，和枯黄树叶的沙沙声。

当布告员离去，人群散场，艾布·贾法尔发觉自己正独自走在寒冷的街道上，漫无目的，任由双脚踩着熟悉的小道。他自言自语道，这个可怜的人，他不是第一个也不会是最后一个。他说，艾布·阿卜杜拉也会离去，今后除了罗马国王，不会再有哪个倒霉的人来继任了。想到这点，他五脏六腑都翻腾起来，连忙克制住念头，不再去想，转而找些事实和证据说服自己。一切都会变的，不变的只有安拉伟大的面容。优素福·穆勒素丹不是与卡斯蒂利亚人缔结过更下作、更糟糕的和约吗？后来艾萨尔素丹不是废除和约，与他们兵戎相见？艾布·哈桑素丹不是也曾缴纳贡税，后来又停止进贡，对他们的使者说“告诉卡斯蒂利亚的两个国王，我们的铸币厂近来只铸刀剑”？现在这个倒霉鬼扎基比，他刚上任时不是也曾与对方厮杀，后来才被俘的吗？谁知道明天会发生什么呢？他不是第一个，也不是最后一个，他像别人一样来了，也会像他们一样离去，而格拉纳达，凭主之意，会继续受到庇护。

他思绪万千，心似在刀刃上惊恐地扑腾着翅膀。他努力平复情绪，对自己内心反复说，格拉纳达是受庇佑的，会继续存在。他用话语转移它的注意，向它伸出手，抚摩它湿漉漉的羽毛和颤抖的身体，一边充满怜爱地轻抚，一边小声为它唱起温柔动听的曲子。

近午的日头斜挂在巷子上空，接着又偏了些，然后落山了。艾布·贾法尔继续走着，发觉自己到了沙尼勒河边。他望着水面，看见少女赤裸的身影，仿佛正从水中向他走来，再定睛看时，却只见水面泛着层层涟漪，一会儿再看，又见那少女在水面，象牙白的身体在死亡中不断放大，直到覆盖了整个河面。他的身体哆嗦起来，直冒冷汗。

第二章

艾布·曼苏尔坐在澡堂大门右边的长凳上。他向两人模棱地回了个礼，用手指了一下叠放着干净浴巾的柜子。萨阿德拿起三条浴巾，随主人登上三级台阶来到西厢，伺候他脱去衣物，用浴巾围在腰间遮蔽下体。他小心翼翼叠好主人的衣物，将它们包在一张丝质大裹巾里，随后脱掉自己的衣服，只剩一条衬裤，又将衣服裹在旧裹巾里。他把一大一小两个包袱交给艾布·曼苏尔，后者点点头，没说话，也没看他。

进澡堂中央大厅前，主人先进了厕所，于是萨阿德坐在东边两张长凳上等待。中厅只有三个男人，两个分别坐在萨阿德对面的两张长凳上，另一个瘦高个在厅里来回踱步，从厕所门口踱到更衣间门口，再踱到中央大厅门口。

艾布·曼苏尔怎么了？萨阿德差点要问他是不是病了，但没好意思开口。艾布·曼苏尔不习惯像其他澡堂老板那样坐在入口处，他总是让一个伙计坐在那儿收取客人的寄存物，而自己则在中央大厅和中庭之间忙活，给这个拿块肥皂，给那个递个盆、送块盖巾或是浴巾什么的，嘴里还要说着俏皮话，逗得客人们捧腹大笑。他是个四五十岁的胖男人，肤色红润，面容干净，胡须平整，有个小脑袋，却配着个大肚皮，一笑起来肚子也跟着颤。可今天，他却是一脸憔悴地坐着，不打招呼，不苟言笑。

“谁来保证？谁来保证？”

萨阿德抬眼，看见来回踱步的瘦高个男人从他面前经过，嘴里自言自语嘟囔着这话。他不停走着，窄窄的肩膀已经耸得快碰到两耳了。坐在萨阿德对面的一个人喊道：“兄弟，你把我们都给转晕了！为什么不安静下来，像大家一样坐着？”然而那个男人无动于衷，继续念念有词地来回走动。

中央大厅里挤满了人，有的坐在汗蒸房的石板凳上大汗淋漓，有的在冲澡前先下浴缸搓一搓身上的污垢，有的仰着、趴着，让家仆或澡堂工人为他按摩、搓洗，或者往头上泼热水。所有人都在七嘴八舌地聊着天，嘈杂的声音萦绕在澡堂的各个角落，就连有谁起身进厢间剃头，也不忘从遮帘后参与谈话，发表见解。

萨阿德和主人像往常一样，盘腿坐在靠近热水池的老地方。主人伸直双臂，萨阿德清洗搓澡巾并打上肥皂，然后为主人按摩右手、右臂、腋下，接着换左手。这时有人说道：

“艾布·贾法尔啊艾布·贾法尔，愿安拉保佑你，我们没法二者择其一，这是宿命啊！我们都被打败了，哪来的选择？”

有人打断道：

“我同意，和约是躲不过的厄运。殿下已经进退维谷了，本·艾布·格桑想要的抗战，结果早已注定。面对敌人重兵压城，还有那些新式武器，他有什么，我们又有什么？”

艾布·贾法尔说道：

“我们可以和他们拼杀，以安拉的名义起誓，我们可以和他们拼杀到底。”

萨阿德仔细听着这些对话，却看不见说话人，因为他坐在主人对面，只看得到墙和左侧的水池。

“为什么要和他们开战？十年战乱难道还不够吗？难不成你想让我们和马拉加人一样遭殃，杀驴杀骡啃树叶吗？”

“投降后他们就会惩罚我们，和约只不过是一纸空文。如果我们把格拉纳达双手奉上，他们就会要我们在牧师队伍经过时下跪，逼我们住在只有一扇大门的封闭街区，随时架刀驱逐我们。等他们坐拥城池、掌控一切时，还有什么做不了的?！”

主人仰面躺下，萨阿德双膝跪地，身子微倾，为他搓洗胸腹和双腿，接着主人又翻身趴着，让萨阿德为他搓背。

“交城求和才能躲避他们的伤害，保护我们的权益。”

“什么？”

严厉的呵斥声连续传来。

主人撑手坐正了。

“和约规定了要公平对待我们，尊重我们的宗教信仰、风俗习惯和买卖自由。我们有权保留自己的财产、武器和军队，也有权由我们自己的法官来仲裁纠纷。就连战俘也会平安释放归来。”

“一纸空文！”

萨阿德继续搓背，完工后他伸出手，示意主人看搓下来的污垢。这是主人的要求，每次他都要看看，好确认自己的仆人有认真地为他服务。

萨阿德抓起水瓢，从池子里舀出热水，浇在主人身上，然后用肥皂帮他洗头。

“如果我们拒绝和约，选择抵抗，马格里布、埃及和奥斯曼人都会派兵来增援的。”

“别妄想了！”

“不，他们不会坐视不理的。”

“我同意艾布·贾法尔的看法，本·艾布·格桑并没有死，散布谣言者别有用心。卡斯蒂利亚人是逃不掉的，我们在前，本·艾布·格桑的人马在后，埃及、马格里布和奥斯曼人的援军再形成包围，他们只有死路一条。”

主人示意萨阿德别再往他头上泼水，然后字正腔圆，一字一顿地说道：

“格拉纳达沦陷是不可避免的，本·艾布·格桑蠢到想让我们参战，我们可没那能力。感谢安拉他死了，我们解脱了，他也可以歇歇了！”

萨阿德还没弄明白发生了什么，就见他主人突然从面前一跃而起，撒腿就跑。他转过身，见艾布·曼苏尔抓着一根粗棍子激动地冲来。艾布·曼苏尔什么时候进来的？他哪儿来的那根棍子？发生了什么？艾布·曼苏尔怒火中烧地吼道：

“你这种人连给本·艾布·格桑提鞋都不配！你这个狗崽子！你这个狗娘养的！”

主人跑着，惊恐地躲闪艾布·曼苏尔的棍子，身上的浴巾都掉了。曼苏尔则紧随其后，怒吼：

“你娘才沦陷，格拉纳达绝不会沦陷！你这只晦气的乌鸦，滚出我的澡堂，否则我就宰了你！”

澡堂里的人一窝蜂地拥上，拦住艾布·曼苏尔。厢间里的人、浴池里的人全都赤条条地跑出来，犹如赤条条来到这世上时一样；而那个刚才还又坐又躺享受沐浴的人，在突如其来的逃窜中也掉了身上的裹巾。萨阿德茫然地站着，觉得自己应该跟主人走，可是他没动，脚下像被钉住了一般。

终日彷徨无措，坐在清真寺角落迎接夜幕降临，忍受饥饿的痛苦，你除了裹着粗布外套睡去别无他法……这有什么新鲜的？

萨阿德不是头一回失去生计了，他惶惶度日，前途如大雾弥漫的冬日清晨，人连自己的立足点都瞧不见。

在那些日子里，他便回忆过去：在极遥远的回忆中，树枝径自生长；在更近的回忆里，枝丫被风肆虐折断。每次回想过去的经历，都会记起一些被遗忘的新细节。他觉得诧异，自己怎会不记得这些了，更惊讶的是，它们怎么又会突然冒出。一番思索后，他确信自己没有遗忘任何事情，人的大脑真是个神奇的小盒子，只要还装在脑袋里，就可以存储不可计数的事情：大海的气息、妈妈的面庞、被雨水打湿的绿色葡萄叶上透出的黄色叶脉、织布机上的丝线、爷爷在清晨的咳嗽声、小女孩的笑声、巴旦杏的滋味、淌着油的破罐子，还有躲藏到橱柜背后时，滚到脚边那颗散落的念珠。

连续三日白天找工作、夜晚睡在清真寺后，萨阿德打算向艾布·曼苏尔求助，他说：

“我的主子不要我了，我是说……他开除我了，我正在找工作。”

“知道书商街吗？”

“知道。”

“去那儿找艾布·贾法尔的铺子，告诉他是我送你去他那儿的。”

然后他又补充道：

“如果他没给你找到活儿，就回我这儿来。”

艾布·贾法尔一边忙着手中的活儿，一边说：

“你要看好我做的和纳伊姆做的所有活儿。如果一切顺利，你就能很快学会……你会读书写字吗？”

“不会。”

“这又是个要解决的麻烦。过来，纳伊姆，这是从马拉加来的萨阿德，他将成为与你共事的伙伴，多帮帮他，你不是个高明的师父吗?！”

纳伊姆微笑着，接受了委派给自己的任务，而萨阿德却笑不出来。他看着纳伊姆，觉得他不过是个小孩而已，身材瘦弱，褐色的双眼闪着狡黠的光。萨阿德自己也不到十三岁，可他俨然觉得自己是个大人了。怎么不是呢？他已经成年了，身体发育了，嗓音变粗了，胡子也冒出了，眼前这个像小耗子一般不起眼的家伙怎么能当他的师父？

当天晚上，萨阿德对这个孩子更烦了，因为他不停唠唠叨叨，没话找话，先是问他马拉加的事，问他的父母，问他为何孤身一人来格拉纳达，为何不和父母在一起，来找艾布·贾法尔之前在哪儿干活。

孩子不厌其烦地问，萨阿德却没兴致袒露心扉，只寥寥数语应答，或是搪塞了事。

纳伊姆见萨阿德没什么可说的，便开始讲述自己的故事。

他说他不知道也不记得自己的妈妈是谁，爸爸是谁。只记得那个抚养他长大的老妇人。老人去世后，他无家可归，只能在街头巷尾流浪，然后遇到了艾布·贾法尔。

“你知道吗，萨阿德，我不怕走夜路，不怕野狗，也不怕像个面粉袋一样大摇大摆走在街上的巡查，就连妖怪我也不怕。我就怕艾布·贾法尔生病或者遇到不幸。”

纳伊姆说着这话，脸上突然一副忧伤的神情。沉默片刻，继续说：

“艾布·贾法尔把我从街上领回到他妻子乌姆·贾法尔面前，要她给我洗澡。她刚把热水浇到我头上，我就高声尖叫，然后蹿得远远的，想要逃出家，可她抓住我，弯腰蹲下，使劲把我摁在地上，用左臂环抱住我的胸，用双腿箍住我的腰。我只能大喊大叫求助。可我喊得越大声，她就搓得越用力，我简直觉得自己要死在她手上了。她花了整整一天工夫给我洗澡。”

“整整一天?!”

纳伊姆笑道：

“当时我就是这个感觉！”

第三章

宣礼员还没召唤晨礼，邻居家的公鸡还未啼鸣，阿尔罕布拉宫一名结束了执勤的卫兵就在巷子里奔跑，嘴里喊着断断续续的话，有的清晰，有的含糊。那个惊慌的声音，大概在诉说罗马军队今天入驻阿尔罕布拉宫，接管宫殿的钥匙。

艾布·贾法尔醒来，暗暗算了一遍日子，又用手指掐算了一遍，已经三十七天了。

他一直坐着，听公鸡啼鸣了一次、两次、三次，然后是宣礼员召唤晨礼，天亮了，时候不早了。

唤醒艾布·贾法尔的声音也唤醒了萨阿德，他惆怅地坐在昏暗的店铺里，不知刚才听到的是梦境还是现实。他起身穿上鞋，披上羊毛外套，出了门。

沿着蜿蜒的小巷，他一路向下朝达卡格大门走去。穿过大门，看见阿尔罕布拉高地沐浴在黎明的紫霞中，宫阁楼宇拔地而起，城墙高塔环绕耸立。也许刚才是场噩梦。他向卡迪拱桥走去，过桥来到对岸，然后又折返过桥到阿尔拜辛方向，凝望着河水。哈达拉河安详地流淌着，那棵无花果树，数月前刚吃过它结出的绿色果子，现在依然矗立，虽光秃秃的，但枝干还在。他向路的尽头望去，还如从前那般荒凉。他继续朝哈拉辛桥方向走去，在河岸边的一张石凳上坐下，开始等待。宫殿后方的天际染着黎明的玫瑰色，一片暗红，又带着朝霞的蓝，接着天际燃烧成明艳的深红。太阳冉冉升起，在一片宁静中离开了地平线，四下里传来鸟儿的欢鸣声。天亮了，阿尔罕布拉宫更是气派庄严：城池鳞次难以逾越，高塔轩宇，柏树、枣椰树郁郁葱葱，挺拔参天。他定下心，正要转身回店铺，突然听到一阵微弱的声响，仔细再听，的确是。那声音由远及近，没过一会儿，便听出是鼓声、喇叭声和三角乐器声。他们来接收阿尔罕布拉宫吗？是从东边过来，所以才看不见他们吗？早上那人的话是真的？他定在原地，盯着那轮日头。乐声越发清晰高亢，他也跟着心跳加速，尽管天气严寒，但是身上却一阵发热。

近午时候，萨阿德看见卡斯蒂利亚士兵将一个巨大的银色十字架抬上了哨楼。安装好之后，他们举起卡斯蒂利亚国旗和圣雅各标志，用外语喊了一通话，只听得出费尔迪南德和伊莎贝拉两个名字，这样重复了三遍后，又朝天鸣了几枪。

萨阿德没再多等，发了疯似的奔上阿尔拜辛高地，一踏进居民区便在街上高喊："他们进了阿尔罕布拉宫，我看到他们了""他们占领了阿尔罕布拉宫，我听到了""阿尔拜辛的人们，我看到了，我听见了"。

街道空荡荡的，没有人，没有牲畜，也没有鸟儿，一扇扇大门如墓门一样紧闭，而他则在中间哀号、奔跑，也不知怎么就跑回了店铺，这才发觉身上的外套不见了，鞋子也不知去向。他瘫坐下，抽泣起来。

纳伊姆对萨阿德的举动感到惊讶，他愣在原地，不知该做些什么或者说些什么，后来他又东碰西撞地找水罐，想给他的伙伴倒点水喝。

"怎么了萨阿德，干吗哭成这样？"

萨阿德继续痛哭流涕，纳伊姆没法子，转身去水罐边舀了一盆水端来，轻轻为同伴擦脸，又弯下腰为他擦去脚上的泥巴，清洗被石块和荆棘刺破留下的血迹。

艾布·贾法尔一整天都待在卧室里，一会儿坐一会儿站，在四面墙之间来回踱步。阿尔拜辛人帮艾布·阿卜杜拉夺得政权错了吗，错了吗？他们为他而战，为了这个倒霉的扎基比与格拉纳达人并肩作战。过去这个年轻人看着并不坏，也不可怜，他是众望所归，将人们从他父亲的昏庸奢靡中解救而出。人们拥护侯拉之子，向他暴戾的父亲关闭阿尔拜辛城门，令他仓皇弃城而去。他们错了吗？被压迫的人支持一位被压迫的王子，错了吗？他们效忠一位公正的王子错了吗？这位少年王子怎么了？被俘击垮了他？惨败摧毁了他？还是他注定失败？是否安拉在天牌上书写了信徒们的失败？救援迟了，迟了，可是救援终究会来，我们的人会从埃及、沙姆和马格里布地区前来，带着安拉的指令与意志前来。可如果他们没来呢？

艾布·贾法尔透过墙上的气孔向天空望去，若无天，地将绝，不禁感慨："你这最英明的统治者啊，你是这蓝色天穹的主人、真理的承诺啊，安拉！"

日渐偏西，静静斜去。过了傍晚，暮色渐垂，又是夜晚时分，人们忧心忡忡地待在家里。白天没有外出干活，到了夜里依然无心睡眠；这座城市白天肃静无声，夜晚也还是这般静悄悄的，但是，没有一个人睡去，连小家伙哈桑也没睡，他今天被妈妈莫名其妙地狠狠揍了一顿。

哈桑之前想去胡同里和小伙伴们玩耍，可是找了一圈一个人影也没看到，便顺路去找邻居家的两兄弟。兄弟俩的母亲便挽留哈桑在家里一同玩耍。

哈桑的母亲并未注意到儿子已出了家门，等发觉时，急得团团转。她在邻近街区四下寻找，可始终未见儿子的人影。孩子跨进家门的那一刻，母亲一瞧见便冲上去一顿狠揍。男孩哭喊着向奶奶求助，老人赶来一把将他夺下，一边厉声斥责母亲。

那天剩下的时间里，哈桑一直蜷缩在屋子的一角。他不愿跟姐姐萨利玛一起玩，只是蹲在那儿，任泪水一颗颗滑落，然后静静地用手背擦去眼泪，用衣袖抹去鼻涕。

妈妈怎么了？她失去理智发了疯吗？就像住在隔壁胡同里的那个疯男人一样，大家都怕他，只要一见到他就吓得四散而逃。妈妈从未打过他，即使他打碎了水罐、弄丢了钱币也不打他。可这次她却毫无缘由地对自己一顿痛打，奶奶把他拉走的时候，她还一直在号啕大哭。哈桑对妈妈又惧怕，又担忧。他哭，因为妈妈打他，更因为妈妈也在哭。奶奶递给他一块糖，为他擦去泪水，说："今天卡斯蒂利亚人进了格拉纳达城，你妈妈很害怕，以为你被他们拐走到市集上贩卖了。"要是在其他时候听奶奶这么说，哈桑一定会大笑，小孩怎么能像驴一样在市场上卖呢？还是奶奶认为他傻到像驴一样会相信她的话?!

奶奶喊哈桑去吃饭，他没应，奶奶便不再喊。上了床后，哈桑一直睡不着，他想着妈妈的奇怪行为，还有爷爷艾布·贾法尔。妈妈打了她，他那么大声地哭，妈妈又抽着自己的脸痛哭。爷爷就在家里，却一动不动，仿佛什么都没听见一样。家里人今天都怎么了？发生了什么？

无论是那个夜晚，还是后来的日日夜夜，哈桑都没能找到答案。直到七岁那年，爷爷领着他去法学家那儿拜师时，那天的记忆对他而言依然是个难解之谜。他知道了那一天是所有格拉纳达人的伤痛，卡斯蒂利亚人掳走了附近村庄的妇女、儿童和壮年男子，将他们贩卖为奴隶。可是他还是不理解为什么妈妈要这般冷酷地打他，也无法理解为什么一个人能够贩卖像他一样的男人、孩子或妇女。而且，他也不觉得卡斯蒂利亚士兵有什么让人害怕的地方，除了肤色更红润些、衣着不同之外，他们和阿拉伯人没什么两样。哈桑对他们的奇怪上衣、紧身裤、顶上插着彩色羽毛的帽子感到非常好奇。这些卡斯蒂利亚人打扮得光鲜亮丽，骑在高高的马上列队前进，队伍前一面面彩旗高举，还有鼓手、号手开道，整条路洋溢着节日般的喜庆。

为何他们入城会带来如此的伤痛？

第四章

若格拉纳达人能预知未来，不知丧国后的那几年是否会是他们屈辱、挫败的深渊?

他们终日忧心忡忡，和约中那些保护穆斯林贸易、信仰和生活方式的条款并不能减轻他们的忧虑；新统治者塔纳蒂亚伯爵采取温和的执政方式，格拉纳达大主教迪・塔拉维拉不顾年事已高，努力与他们交往，甚至主动学习阿拉伯语，还要求传教士们也学习阿拉伯语……这些都不能减少人们心中的屈辱感。被占领的日子终究还是被占领的日子，格拉纳达人心事重重，愁绪笼罩着生活，一同投下阴影的，还有阿尔罕布拉宫高塔上耸立的那座君临全城的巨大银色十字架。

艾布・阿卜杜拉・小穆罕默德与两位天主教国王秘密签订和约的事败露了。一国之君小穆罕默德交出了阿尔罕布拉宫的钥匙，于是他们赏了他三万卡斯蒂利亚镑作为奖赏，并保证他对宫殿、农场的永久所有权，保证王室成员们的财产。“这个倒霉蛋拿了自己的永久所有权走了”，格拉纳达人发现他们自己就像一群牲口一样被贩卖了，心如刀割。

他们眼见着贵族、名流、富豪集体迁徙，一副天下大乱的势头，人们四处奔走，争相买卖，每样东西都卖，每样东西都买：房子、农场、庭院，还有祖传父、父传子的，代代相传的珍贵手稿、宝剑。“买吧，艾布·贾法尔！价格便宜，买到就是赚到。”可艾布·贾法尔却倔得像驴，不卖也不买。他恼极了，觉得那一艘艘离船就是一口口漂浮的棺材。

他们看到亲王们改信基督。艾布·哈桑素丹的两个儿子萨阿德和纳斯尔自称为费尔南多·迪·格拉纳达公爵与胡安·迪·格拉纳达公爵，萨阿德比他兄弟更胜一筹，还加入了卡斯蒂利亚部队当斗士。“安息吧艾布·哈桑，安心睡吧，天堂之风吹拂你。艾布·哈桑啊，你的子嗣们做了笔罕见的买卖，他们可真够忠肝义胆，英勇无畏！”

代表国家前去谈判的优素福·本·库马沙，这位起草了公开和约与秘密和约的大臣，人生也得以圆满：改信基督、成了修道僧人。

年逾七旬的艾布·贾法尔越发沉默了。阴郁沉默下掩藏着内心的一场疾风暴雨，即使身边最亲近的人也不曾察觉。他不眠不休，仅睡上一小时或半小时，然后坐着，直到天方露白，立即走出家门，在街上等着开城门。城门一打开，他立刻出城，一路向下来到哈达拉岸边，沿着河一路行走，凝视着那个铁铸十字架、阿尔罕布拉宫的城堡和宫殿，还有两岸种植的树木：对岸山坡上的柏树、棕榈树、松树，阿尔拜辛这边岸上的无花果树、橄榄树、石榴树、胡桃树、板栗树。他一路走过，打量着这些树木，再看看河面。到大清真寺的时候，已经日上竿头，他环视着广场，见生意买卖依旧热热闹闹，熟悉的叫卖声不绝于耳，又继续向东来到格拉纳达犹太区和内志门，然后原路折回市场，经过香水巷、瓷器巷、玻璃巷、铜器巷和制革巷，接着走过大棚市场。他走过每一条巷子，端详着棉花、羊毛、丝绸织品和原料，看人们忙着比试、称重、买卖、借换钱币。接着，他离开大棚市场，走到萨卡廷街，从那儿又走回清真寺广场。他走进清真寺，小净，礼拜，行了四拜晌礼叩拜、两拜圣行叩拜，然后打道回府，回到自家店铺所在的书商街。

第二天他再次重复同样的行程。先去萨赫勒·本·马立克陵园给儿子和父母上坟，为他们诵读开端章，然后横穿街区来到另一头的瓷器区陵园，探望长眠于此的老朋友的坟墓，陪他聊会儿天。

艾布·贾法尔流连在格拉纳达的建筑间，学校、清真寺、栈道、栅栏、公园，似乎要尽数画下她所有的细节。他离家，回家，又离开，不和任何人交谈，迫不得已时，就简单吐几个字，不再多言。

店里的生意也不再有什么大不了，该走的都走了，留下的愁肠九转，生活捉襟见肘，没人再关心为新的手稿制作美丽的封皮。

妻子将他的沉默归咎于经济拮据，便试着寻找出路，可每当她打开一扇门，他就将其关上。

“卖了艾因·达姆阿的房子吧。”

“那是哈桑的，我赠给了他爸爸，那是他的遗产。”

“手稿呢？”

“留给哈桑和萨利玛。这是我唯一能留给他们的东西。”

“你可以降低萨阿德和纳伊姆的薪水。”

“他俩没有亲人，难道我把他俩扔到大街上?!”

“那没必要让两个孩子上学。”

“萨利玛爱学习，哈桑需要学习。”

艾布·贾法尔剖决如流，似乎一切安好，只待时间。

“我在这世上的时日不多了，让我做自己想做的事吧。”

忧愁蚕食着老人们的心，促着他们步履匆匆地行向坟墓，却丝毫没影响到孩子们。他们茁壮地成长，变高，和女孩们一起时，或是瞧见乌黑大眼和隆起的胸脯时，他们的心会怦怦直跳，似乎要故意激起越发热烈的想象。

萨阿德和纳伊姆笑着回忆初识的日子。萨阿德说：“我说这个自负的孩子小得像只老鼠，晦暗的肤色也像。”纳伊姆则回答：“而我说，艾布·贾法尔用这么个讨厌的伙伴来折磨我，天哪!”

两人不仅是一同工作、一同夜宿店铺里的同事，更是彼此熟悉的伙伴，就好像对方的历史正是自己的历史。他俩形影不离，街区里的人们都说，“萨阿德和纳伊姆好得可以同穿一条裤子”。人们总能看见他俩一同进出，穿着极为相似的衣服，有时还互相换着穿，尽管萨阿德的衣服穿在纳伊姆身上有些晃荡，纳伊姆的衣服穿在萨阿德身上稍显局促。

萨阿德比纳伊姆大一岁，一张消瘦的棕色脸庞带着些许阴郁或是严厉，已经长出的胡须掩饰了他略大的鼻子和厚厚的双唇，两只乌溜溜的眼睛前些年十分引人注目，现在由于眉骨长高的缘故，显得不那么大了，不过这也是这张脸与众不同的地方：深邃的黑眼睛、忧伤的眼神，让脸上的神情显得不再严厉。萨阿德中等身材，肩膀宽阔，纳伊姆与他相比，身高相近，但身形较瘦，他肤色偏黄，五官更精致，栗色的头发光滑柔顺，嘴唇上方冒着稀疏的金色汗毛，纳伊姆迫不及待想看它们快点长出来，可它们却没了动静。精致的五官和机灵有神的棕色眼睛让整张脸更加英俊清秀。

纳伊姆十四岁，看上去还是个孩子。可是，他却彻底陷入了爱河，终日魂不守舍。看到个漂亮女孩，他就心跳加速，面红耳赤，像个疯子似的跟着人家，追问她的姓名、家庭和住址，每天不由自主地来到她的街区，期待能见上一眼。他不断地念她的名字，把它写在一块小纱巾上，整整两周、三周，或许一个月都随身带着它。接着，新的爱人会出现，取代旧爱在他心中和那块纱巾上的位置。

萨阿德毫不掩饰地取笑纳伊姆，纳伊姆对此感到十分气愤，白天就一直和他作对。晚上，两人关了店门，纳伊姆迫不及待地要给这场对抗画上句号，便主动对萨阿德说道：

“你伤害了我。”

“抱歉，我只是想逗逗你。”

两人不断重复这样的开场白，直到双方都被逗得大笑，他们把这当作一种熟悉有趣的仪式，那意味着一场热烈的谈话即将开启。

萨利玛要说服爷爷同意她和弟弟一起去。艾布·贾法尔说：

“这次游行没什么特别，我不认为有必要去。”

“求你了，爷爷，求你了，让我们去吧。”

“没必要！”

第二天萨利玛又再三请求，奶奶则在一旁帮腔，说她觉得“只要能让他们开心，忘记烦恼”，没什么不能去的。她在艾布·贾法尔身边弯下腰轻轻道：

“艾布·贾法尔，孩子就是孩子，居丧不适合他们，他们也没法忍受，看在我的份儿上让他们去吧。”

萨利玛想着某件事的时候，会全身心投入其中，家中任何人，甚至所有人联合一致都无法动摇她。当她想要一件东西时，会一直要求、不断恳求，不知疲倦、不厌其烦，要是得不到它，任何人都别想安宁。她母亲说：“萨利玛身上具有蚊子的两大特征：嗡嗡叫、没益处。”乌姆·贾法尔笑着说：“她就像芭尔姬丝女王一样，要别人对她唯命是从，而她绝不听命于人。”奶奶常开玩笑地喊她芭尔姬丝，而不是萨利玛，虽然她这么调侃着，却十分为这个连鸡蛋都不会煎的孙女担心，街坊邻里像她这样年纪的女孩都已经能帮她们母亲干很多家务活了，就连小两岁的弟弟也比她老练活泼，他们让他去街上的烤房，他就会在头上顶着鱼或者需要烘烤的面团，在那儿等待，结账，然后带着烤好的食物回家。

艾布·贾法尔对妻子和儿媳的担心不以为然，他知道这个女孩虽然懒散，却有另一种形式的勤快。她的思维十分活跃，像个磨盘一样不停地转动，她观察、思考、提问，全神贯注。她还不到九岁，却已经背下了三分之一的《古兰经》，她能轻松流利地阅读，准确工整地写字，连她老师都对她赞不绝口，夸她领悟力强，讲的语法知识都能悉数掌握。

艾布·贾法尔望着孙女，心中满是怜爱，她继承了自己的蓝眼睛，更继承了她父亲充满智慧、活力的炯炯目光。小女孩这段日子着迷于发现新大陆的事情，她问他：

“为什么是新的？”

“因为是最近发现的，之前我们不知道它的存在。”

“可是爷爷，这并不能说它新！我第一次听到这个说法时，还以为它是安拉刚创造的地方，我还想象那里的树都是矮矮的，所有的一切都是小小的、刚出生的模样。”

她笑话起自己，说：

“我可真傻！”

艾布·贾法尔同意萨利玛和哈桑去看游行，但是必须由萨阿德和纳伊姆陪着，他对哈桑说：

“看好你姐姐，那里可能有卡斯蒂利亚年轻人，他们会冒犯别人家的姑娘，你要注意时刻抓着你姐姐的手，一刻也不能疏忽。”

两天后，哈桑、萨利玛、萨阿德和纳伊姆四人前往游行地点。虽然吹着冷风，但是晴空万里，阳光为春天的早晨增添了暖意。四人说说笑笑，为争取来的这次外出机会和即将看到的神奇游行感到兴奋无比。

离目的地越来越近，道路也越发拥堵。抵达终点时，沿路已经站满了人，楼上阳台、窗户、临街的屋顶上也全是人。大家有说有笑，高声叫唤，或者从流动商贩那里给孩子们买些青杏、无花果干、抹了蜂蜜的面饼。

人群静下来了，嘈杂声变成一片沉寂，一个个脖子伸得长长的，一双双眼睛紧盯着路尽头。鼓声、号角声、三角乐器声与铃铛的丁零声清晰可辨，声音越来越近、越来越响，人群越发安静，瞪大眼睛好看得更多了。一群扛着五颜六色彩旗的人出现了，后面跟着乐队群，一身卡斯蒂利亚装扮：剪裁合体的紧身裤、刺绣装饰的夹克、高帽。

一个人用卡斯蒂利亚语喊：

“是他，这就是他，你们看！”

他指着一位骑着白色高头大马、走在队伍前面的骑士，那匹马踏着轻快的步伐款款前行，似乎被自己给美晕了。

“克里斯托弗·哥伦布万岁！克里斯托弗·哥伦布万岁！”

这位大胡子男人举起他的黑色兜帽向人群致意，并示以一个灿烂自信的微笑，仿佛他就是那个万王之王。

萨利玛兴奋地说道：

“有人说他发现的那块大陆遍地是金银，他现在就要前往巴塞罗那将他发现的宝藏交给国王和王后。”

哈桑说：

“他为什么不自己拿了那些宝藏呢？”

萨利玛说：

“他不能！”

萨阿德问：

“为什么？”

她回答：

“因为国王和王后为他的出航付钱了，就好比他俩雇用他去做这事。萨阿德你看，你看！”

这位大司令率领的骑士阵队经过之后，游行队伍中出现了一些扛着大型笼子的人，里面是色彩绚丽的鸟类，有的个头如麻雀一般小，有的大小中等像鹦鹉，有的则大得像天鹅，有的鸟长着大家从未见过的巨大的喙和精致的头冠。这些人之后走来的是些扛着玻璃箱的人，里面关着奇怪的物种，大型蜘蛛、巨蟒、让人看着就心惊胆战的巨大爬行动物。人们注视着游行队伍，呼吸加速，对这位骑士发现的未知新世界感到既兴奋又害怕。

游行组织者似乎有意让人们歇口气，随后走来的是植物阵队，于是街道充斥了各式植物：像棕榈又不是棕榈的树叶，说不上种属的灌木，那些奇怪的果实有的裹着毛皮一样的棕色外壳，有的果皮长得则像棕榈树皮。接着，又一些骑士走来了，他们像先前的人一样拿着装有展品的玻璃盒，在阳光下，展品闪闪发光，耀眼夺目。一个妇人喊道："那是金子！""金子！"喊声四下里不断重复，人们瞠目结舌，心跳加速，瞪大了眼睛盯着盛有金沙或金块的盒子。那些大大的金锭子，他们从不知道地球上还会有这样的东西。一位妇女高呼：

"克里斯托弗·哥伦布万岁！"

这次人们的欢呼声弱了些，似乎诧异与惊喜抽走了体内的部分力气。

萨利玛喊道：

"那不是新世界，它是个不同的世界，这就是全部事实。"

惊讶的事情还没完，队伍的最后出现了俘虏，人群窃窃低语：

"那里的人，他们是那里的人，新世界的居民！"

那些人双手被反铐在背后，迈着沉重的步伐走着，两边被卫兵包围。他们面庞精致，身材消瘦，甚至有些羸弱，男人像女人一样披着一头油光黑亮的长发。虽然穿着卡斯蒂利亚人的服装，但他们的容貌、神情和插在头帕里的彩色羽毛都清楚表明他们与众不同。尽管模样奇怪，他们却一点儿都不让人反感，而且还正好相反，也许是因为五官清秀、身材苗条或者别的什么原因。但是一些卡斯蒂利亚人却嘲笑起来。萨利玛转身问萨阿德：

“他们笑什么?!”

“不知道！”

那些笑声让萨阿德感到诧异、困惑，而后是生气。

纳伊姆喊：

“萨阿德，你看到这个女孩了吗？”

“哪个女孩？”

“那个穿白衣服的女俘虏。”

纳伊姆手指着一个身材纤长的女孩，她绊了一跤，摔倒在地。一个卫兵想扶她起来，却被她用肩膀顶开了。尽管双手被紧铐着，她挣扎着自己站了起来，继续前行。

“她叫什么名字？”

“我怎么知道！”

“但愿我能知道她的名字！”

游行队伍在铃声、鼓点和笛音中前进，乐声中还穿插着金属三角铃击出的丁零声、人群的嘈杂声和笑声。四个孩子先前的那股子欢快劲儿早已不知去向，事实上，他们并没有察觉到愉悦的气氛已不复存在，一片哀伤正笼罩着这支队伍，也蒙上了他们的双眼。他们默默注视着一双双铐在身后的手、一只只沉缓的脚、一颗颗低垂的脑袋，还有那偶然抬头与你四目相对时的诧异目光。

萨利玛说：

“我们回家吧？”

“回。纳伊姆哪儿去了？”

他们站着等纳伊姆回来，等了许久，慌了起来。萨阿德想去找纳伊姆，可他答应过艾布·贾法尔“一刻”也不离开哈桑和萨利玛。又等了好一会儿，萨阿德做了决定：

“我们回阿尔拜辛，纳伊姆可能先回那了。”

他没有说，其实他想先送他俩回家，然后回这里找他的伙伴。

回程路上，哈桑和萨利玛都说纳伊姆肯定已经回城里了，萨阿德对他俩说一定是这样的，可心里却不这么想，他越发忧心忡忡。

三人默默地走在山路上，太阳西沉，山坡上色彩一片暗淡，准备接受即将到来的黑夜。萨阿德注视着离开的俘虏队伍。他们是不是像封锁马拉加一样从海上和陆上包围了他们？是不是让他们挨饿，饿到有胆大的人吃马肉充饥？是不是炮轰了他们的房子，然后冲进去将他们俘获？

初夏，几场大雨让天气变得更暖了，四下里飘着湿润的草香味。大人们说马拉加的巴拉什镇沦陷了，卡斯蒂利亚人要来了。

大人们说，他们到了，在城墙外安营扎寨，挖掘壕沟，修建木塔木桥，架起兰帕里德亚大炮。费尔迪南德国王到了，女王从君士坦丁堡来了。父亲说，指挥龙达城保卫战的哈米德·萨格里，在龙达沦陷后被派去俯视马拉加的法鲁山城堡率领守备队。父亲说，萨格里带着军队从城堡上下来，斥退了打算交城投降的马拉加长官，组织了城市保卫战。大人们只谈论这些，孩子们听了似懂非懂。不过不管怎样，他们都要把听到的故事再过家家表演一遍。

在街区里追逐、玩捉迷藏找躲在树后的伙伴们、偷摘别人家果园里没成熟的葡萄，这些旧游戏在新花样面前都黯然失色。孩子们分配着角色，意见不合又争闹起来。所有人都想当萨格里，至少也得当他率领的一名勇士，争到最后还是接受去扮演费尔迪南德国王，或者他的某个随从和骑士。孩子们什么道具都不缺，家里、街上有的是。一个孩子从家里偷偷带出个陶罐作费尔迪南德国王的王冠，把它倒扣在头上，板直身子，俨然成了国王。树枝是现成的宝剑，小石子当金币，大一点的石子则是稀世珍宝，旧长袍往头上一裹成了彰显威仪的头巾，活脱脱一位大商人的模样。

那位头顶着陶罐的费尔迪南德国王喊来三位骑士，要求他们前往马拉加："告诉他们，交城投降。"骑士们俯身亲吻国王的小手，然后转身向另一边传口信："费尔迪南德国王要你们投降。"缠着头巾的几颗脑袋就凑到一起相互商量。商人们说："我们投降，否则就是死路一条。"其他人则说："我们不投降。"这时马拉加的将军达尔维什要做了断："我们投降。"

萨格里驾着假想的马出现，他举起剑朝达尔维什刺去，后者倒地而亡，其余人四散逃跑。萨格里高举树枝宝剑，说道："告诉你们的国王，我的主人扎格尔令我指挥城堡不是为了投降的，我们要保卫我们的城市。"国王使节说："但是国王给你带来了礼物。"他伸出手，手里一大一小两颗石子，说："如果你交城，国王还会给你一座宫殿和更多的钱。"萨格里将石子还回，高傲地说："我不要你们任何东西。"

接着战争爆发，所有人手持木剑加入战斗。战场扩大到整个葡萄园，小战士们分散在各个角落，两两对决，直打到精疲力竭为止。

被围困后的头几周，这是他们的每日游戏，后来物资紧缺，大家饥肠辘辘相继倒下，空空的肚腩让他们无法再追逐嬉戏。就连曾经酷爱偷摘、觉得美味无比的酸葡萄此时也不受待见了，那酸味会燎得肚子烧灼一般。

父亲不肯宰杀他的马，母亲哭道："孩子们会饿死的。"他叫起来，没说真话："谁说我饿了。向伟大的安拉发誓，我不饿。"说着便哭了起来，是饿，也是担心那匹马。

父亲没有宰马，母亲采下葡萄叶，加水烧开了给孩子们充饥，又把棕榈叶捣碎磨成末，加水和成面团煮熟了吃。

尽管傍晚光线暗淡，萨利玛还是注意到萨阿德脸上的表情。她不懂为何他要颤抖，为何那似明似暗的脸庞带着深深的哀伤，她感觉到了，但是没说。她看到那颗泪珠从他眼角悄悄滑落，便伸手握住了他的手。

萨阿德将哈桑和萨利玛送到艾布·贾法尔家，然后朝店铺走去。"先等他一会儿，如果他还不出现，我就回刚才的地方去找他。"灯光从门下缝隙透了出来，他知道，纳伊姆回来了。

"怎么回事，你去哪儿了？"

纳伊姆支支吾吾，显得很不安，然后不好意思地说：

"我跟着队伍走了。"

"为什么跟着队伍走？为什么一声不吭就走？"

萨阿德厉声说。他知道要是纳伊姆不给他一个合理的解释，他一定会大发雷霆，把他一顿痛斥。

"发生什么了?！"

“冷静，萨阿德，冷静。你不冷静下来我怎么回答你。我也很不安，很悲伤，不知道该怎么做。”

“发生什么了？”

纳伊姆起身，端上晚饭。两人沉默地吃着，吃完时，纳伊姆开口：

“我爱上了一个女孩。”

“哪个女孩？”

“游行队伍里的那个，穿白衣服的。”

“然后呢?！”

“我为她着了迷，萨阿德。我也怕，因为我连她名字都不知道。我追着队伍跑，竭力靠近她，还弄出声响引她注意。她望了望我，丢下了一个东西，像是脸上的面纱，但是卫兵把我推开，害我摔在地上。她当时望着我，笑了，然后卫兵把她移到队伍的另一头，我看不见她了。我一直跟着队伍走，多希望能再见她一眼，可始终没看到。萨阿德，我现在该怎么办呢？”

“关灯，睡觉！”

萨利玛来店铺找艾布·贾法尔，可是他不在。“爷爷来的时候告诉他，奶奶……”萨阿德没有听到接来下的话。那一瞬间比天际的电掣还快。他假装不理睬，因为他没法继续望着那张脸，那张脸庞他见了一千遍，却从未好好端详过，只有眼罩掉下的时候，才能迅速看一眼，一看便觉得五脏六腑都在颤抖，只好又佯装无事。

萨阿德彻夜不眠，发了烧一般辗转反侧。接下来几日他都没去艾布·贾法尔家，要是有事得去，就找个借口推托，拜托纳伊姆替他去。他想向纳伊姆倾吐心事，可每次都欲言又止。

他想克服它，它却越发热烈。

两个月后，他告诉了纳伊姆。纳伊姆听到萨阿德口中说出“我爱”两个字，兴奋得手舞足蹈，可后面“艾布·贾法尔的孙女萨利玛”这几个字却让他一下愣住，愁眉不展了。沉默了一阵子，他说：“爱她一阵子，然后就爱别人！”纳伊姆心里想的也正是困惑萨阿德的事。要是艾布·贾法尔知道了会怎么说？他会说我那么信任萨阿德，托他照顾家人，他却辜负了这份信任。如果萨阿德向他的孙女求婚，他会接受吗？他会不会说一个穷小子无亲无故，却想娶他的孙女，是贪图他的财产和名望？纳伊姆回过神，说：

“爱她一个星期或者两个星期，然后去爱别人。我还担心你呢，老兄，我说萨阿德在女人面前怎么这么不开窍……谢天谢地，你开化了！”

纳伊姆停了下，又问：

“你怎么爱上她的，萨阿德？”

“什么意思？”

“老兄，我得对你放心啊……我想比较下你爱姑娘的方式和我爱姑娘的方式。快说，一五一十地说一下你是怎么爱上她的！”

哈桑和萨利玛在爷爷家一贯受宠，父亲英年早逝更让他俩备受呵护。艾布·贾法尔不仅满足孩子们提出的所有要求，更对他俩寄予厚望。他为萨利玛请来家教学习读书写字，在哈桑年满七岁后陪他去一名德高望重的法学家那儿拜师求学。他对哈桑说：“哈桑，格拉纳达沦陷了，可谁知道它会不会因你手中的剑而收复呢？或者你也可以写它的故事，记录它的名人轶事。孩子，我不要让你成为像我一样的书商，而是让你做一名伟大的作家，像伊本·哈提布一样，让世人将你的名字与格拉纳达一起记载进每一本书。”

萨阿德心猿意马地望着萨利玛的那天，萨利玛九岁了。她察觉到异样，不免有些尴尬。萨阿德的存在就像哈桑、纳伊姆、爷爷和家教老师一样，对她而言早已稀松平常，可那个眼神和自己的感觉却是从未有过的奇怪，她不知道该如何是好。这样困扰了两三天后，便也渐渐淡忘了。萨利玛并不在乎自己有没有女孩子家的模样，不似她的伙伴，她们在这个年纪已经被家里人收拾好准备出嫁了。艾布·贾法尔尽管未明说，但早已暗下决心，要让萨利玛像阿伊莎·宾特·艾哈迈德那样，成为科尔多瓦女性和男性的骄傲，在学识和教养上都出类拔萃。他并不在意萨利玛的婚事，也没让她去想这事。萨利玛的母亲也一样，不过是出于其他原因：她与女儿相依为命，只要一想到女儿要离开她，远嫁去陌生男子的陌生家里，就不免心惊胆战。

熟人朋友们提醒艾布·贾法尔，说他花在孙子孙女身上的教育开销就是打水漂。“艾布·贾法尔啊，现在不是学者和法学家的时代了，连誊写员也不值钱啦。卡斯蒂利亚语一定会来的，阿拉伯语无利可图了。”艾布·贾法尔听着，默不作声，他一刻也不曾想过要放弃对两个孩子的教育，不仅出于对梦想的执着，也因为他坚信，放弃对孙子孙女的教育就意味着承认失败，而这也许并非安拉最后的裁决。梦想尚未放弃他，他又岂能放弃梦想呢?！他愿意把这一切想象为短暂的梦魇，因为安拉是不会抛弃、遗忘他的信徒们的，他们心怀对他的爱与赞念，崇拜他、信奉他，为他建设家园。他看到将来的日子里，卡斯蒂利亚人撤军退回北方，格拉纳达在阿拉伯语和宣礼声中和平宁静地生活。他知道自己这辈子是看不到这一幕了。于是他对自己说，他的灵魂将会见证这一切，他会化为白色的鸽子盘旋在城市的上空，振翅飞进阿尔罕布拉宫的塔楼，飞进大清真寺的宣礼塔，落在广场上啄食孩子们喂的面包屑。它飞翔，盘旋，穿梭，最后落在阿尔拜辛一户人家的窗台上，那原来是他的家，现在则是格拉纳达大作家哈桑的家，作家哈桑正拿笔蘸了蘸墨水，熬夜伏案写作。

两个孩子的优异表现滋养着他的梦想。萨利玛背下了许多诗歌，很多胡须一大把的人都未必能记住；哈桑写的字工整娟秀，一行一行好似清真寺的壁带一般，出自他手的作品令人赏心悦目；孩子们的老师也纷纷夸他们天资聪颖，艾布·贾法尔则越发慷慨地给他们报酬，哪怕自己要节衣缩食，穿着满是补丁的旧衣。

第五章

一四九九年七月，那人来到了格拉纳达。无论是否有战争，无论是被占时期，还是欢庆时分，夏季的山野都在举办着它热闹的喜宴，满眼是无穷无尽、层层叠叠的绿色，五彩缤纷的野花在丛中欢笑，红艳艳的银莲花分外绚烂夺目。格拉纳达的夏天，橄榄树在结果，甜杏在绿叶中若隐若现，石榴在成熟季节到来前悄悄地沉淀着甘甜，凉亭随处可见，胡桃树、杏树、板栗树绿荫如盖，遮蔽着条条道路，山上的流水一路欢歌笑语地冲进峡谷。

那人在夏天来到了格拉纳达。他剃了头，只在那顶油光发亮的皮毡帽四周露出一圈头发。他神情严肃，面色暗黄，额头宽大，一对小眼睛透着苛刻挑剔。他长着一个鹰钩鼻，两片薄薄的嘴唇紧抿着，上唇显得略厚些，身材瘦削、结实，当他把黑色宽袍下的两只手臂摊开时，整个人看上去就像只巨大的人形蝙蝠。

他是谁，从哪儿来？人们很久之后才能正确念出他的名字：弗朗西斯科·希蒙尼斯·迪·西斯内罗。据说他是托莱多的主教，从格莱亚城来，他曾在那儿建了一所大学。这么看来，他应该是一位法学家，卡斯蒂利亚法学家，来这是为了见阿拉伯的法学家。他接触了当地的法学家们，常常登门拜访，以礼相赠。

布告员在人群中宣布，哈米德·萨格里要被释放了，市民们若想亲眼见证，可在第二天前往圣萨尔瓦多教堂，教堂是公共场所，所有人都可参观。

艾布·曼苏尔斥责道：

"我们会去那个被他们改成教堂的清真寺广场?！"

萨阿德说：

"即使他们改了名字，那也是属于我们的地方。再说了，我们去那不是为了他们，而是为一个我们关心的人。我们是他的家人、他的亲人，萨格里被关了那么久，难道要让他出狱时孤身一人吗?！我们要把他扛在肩上抬出清真寺广场，这是他应得的，也是我们该做的。"

艾布·贾法尔没说话。

第二天，三人前往更名为圣萨尔瓦多教堂的阿尔拜辛清真寺。那里已是人头攒动，挤满了阿拉伯人：有的人是特意从马拉加赶来格拉纳达的，这些男男女女都认识萨格里，他的一言一行牵动着他们；另外的则是格拉纳达及周边村庄的居民，他们关注着哈米德·萨格里的英雄事迹，在内心深处为萨格里建了一座温暖的小屋，这座小屋旁是英勇正义的阿里的大屋。

人群蜂拥至清真寺广场，排成一列列队伍翘首以待。接着，希蒙尼斯主教身着黑袍出现了，他迈着坚定、沉缓的步伐向东边回廊走去，在那儿摆着的豪华大椅上坐了下去。他望着人群，人群也望着他。然后，他拍了下手，四个卫兵围着一个瘦骨嶙峋、衣衫褴褛的人走了出来。那人手脚上了镣铐，垂着头，步履蹒跚。

人们交头接耳：

"这是哈米德·萨格里吗？真的是哈米德·萨格里吗？不，他不是哈米德！"

"是他！"

一位马拉加来的萨格里的昔日战友说道。人群立即传开了："马拉加的艾布·阿里认识他。""他认得他？""谁认得他？""马拉加的艾布·阿里。"

主教用他那双大手和细长的手指向卫兵示意，他们便解开了镣铐。主教开口道：

"哈米德，现在告诉人们你看到的一切吧。"

哈米德看了看人群，低下头，然后又不安地瞄了一眼。

人群屏住了呼吸，哈米德说道：

"昨天……"

一个卫兵说：

"大点声。"

哈米德清了清嗓子，稍稍挺起身，高声说：

"昨天，我在牢房里，准备睡觉……"

然后语塞，咳嗽，又继续道：

"昨天我正在睡觉，一个声音对我说，安拉想要你……"

又停下，一阵沉默，似乎无话可说了。他闭上双眼，说：

"想要你信奉基督教，这是安拉的意志和愿望。"

鸦雀无声，这个挤满数百人的地方似乎荒废了。卫兵领着萨格里走了。当教堂的风琴乐声在广场回荡时，人们四散惊走。

萨阿德说：

“我们走吧，艾布·贾法尔，快走吧，艾布·曼苏尔，我们回家去。”

他回头看艾布·贾法尔，惊恐地发现他泪如泉涌，像个孩子一般。萨阿德搂住艾布·贾法尔的肩，反复说：

“爷爷，起来吧。”

艾布·贾法尔轻轻摇了一下头，向萨阿德做了个手势，萨阿德明白，艾布·贾法尔想留下。

卫兵们再次走进广场，带着解开镣铐的哈米德·萨格里。他们给他洗干净脸，梳好头发，穿上了丝绸衣服。萨格里拖着沉重的步伐向主教的座位蹒跚走去。他跪在希蒙尼斯的脚边，主教从助手那儿接过圣水杯。他把手指浸入杯中，在哈米德头上洒了几滴圣水，口中念着圣言。哈米德·萨格里为自己选了一个教名——冈萨雷斯·费尔南迪斯·齐格里。

人们还没从发生的那一幕中缓过神来，也没人敢去回顾细节、追忆伤痛，又有消息传开了：卡斯蒂利亚人突然闯入清真寺和学校，把里面的书都缴了，不知运到哪儿去。

整整一周，书商街经历着史无前例的大动作。白天家家店铺大门紧闭，要么就开门佯装营业，宵礼过后两到三小时，整个街区都忙碌起来。艾布·曼苏尔带着三个少年从澡堂这一侧把守街区，纳伊姆和两个青年则在另一侧盯梢。

一扇扇虚掩的大门之后烛火通明，每间铺内烛光摇曳，映出几个人影。书柜门大开，一只只手小心翼翼地伸进伸出。口袋塞满了，篮子箱子也装满了，一个黑影拎着袋子走了，另一个提着篮子走了，还有两个抬着箱子走了。漆黑的街道上，黑影悄无声息地来来回回，有的弯腰驼背，有的像木杖，头戴奇异的巨大皇冠，有的像是会移动的高脚床架。整个街区全是这些沉默的黑影，身子挨着身子，货物碰着货物，相互间比画着手势，就像幻想中出现在黑夜的庞大神话生物，随着公鸡啼鸣又消失殆尽。

艾布·贾法尔与书商街的同僚们商量好，趁着夜幕将书籍转移到他们家中，白天再转移到车上藏匿好，或者用其他货物掩人耳目，由骡子驮去港口，或是在各家之间不断转移。他们决定这一切要逐步地、有条不紊地、周详严密地完成，避免引起当局的注意，并一致决定将这些书分别藏在几处地方：山洞、荒废的民宅、家中地窖。

过了几天，艾布·贾法尔租了两辆车装满了他和朋友们的书。他让妻子和萨利玛骑一头骡子，哈桑和他母亲骑另一头，自己单独骑一头，然后朝艾因·达姆阿出发。一路上艾布·贾法尔故意扬言说自己厌倦了阿尔拜辛的生活，再也无法忍受传教士们像蝗虫一般席卷街区。

到了艾因·达姆阿的宅子前，他们下地卸了货物，打发走车夫和租来的车辆，然后将书籍搬入地窖。乌姆·贾法尔打开窗子，和乌姆·哈桑、萨利玛一起打扫屋子，似乎打算在此长住。

萨利玛给奶奶和妈妈帮了一小会儿忙，就借口说听见爷爷叫她，跑下了地窖。奶奶笑了，她知道孙女忍受不了家务活；

妈妈虽然也这么想，可担惊受怕的心情实在让她笑不出。

没过两周，艾布·贾法尔又租了三头骡子和一辆车回阿尔拜辛。同上次一样，他反复对路上遇到的人说："我说我要去艾因·达姆阿度过余生，可是我做不到……我离不开阿尔拜辛。我生在这，全知的安拉知道我也将死在这儿。"

乌姆·哈桑打开门，纳伊姆气喘吁吁地一下冲进屋子。

"艾布·贾法尔在哪儿？"

"孩子你怎么了，连声招呼都不打！"

纳伊姆失去了理智一般，用尽力气大喊艾布·贾法尔。艾布·贾法尔跑了出来。纳伊姆说：

"他们把抢来的书堆在拉姆莱门。他们要烧书！"

艾布·贾法尔穿上靴子，跟着纳伊姆一路跑出去。萨利玛过来询问，母亲将听到的话给她重复了一遍，她立刻跑向衣柜，几分钟内换好了衣服准备出门。

"去哪儿？"

"我要和爷爷一起去。"

没等母亲开口，她就像离弦的箭一般飞向了院门，母亲只能喊来哈桑，让他跟着姐姐。

几人在哈达拉河岸会合。河水在两岸间奔流不息，一群群认识或不认识的人沿着河奔跑，或沉默不语，或高声喧哗。到达巴格因拱桥时，河道向沙尼勒方向拐了个弯，而人群则继续向拉姆莱门奔跑。

在拉姆莱门广场上，他们看见牛车、骡车、驴车熙熙攘攘地向广场中心靠近，车夫勒紧缰绳，牲畜慢下脚步，车轮嘎吱作响，然后停住。坐在车子书堆上的三个卫兵板直身子，活动了一下四肢，缓解一路久坐的麻木感，接着开始干活：弯腰，埋头，抬头，直起身，扔下手中的东西，然后再弯腰，抓起一把东西扔出去，动作连贯快速。书本接连掉下，有的合着，有的摊开，有的散了架，破碎的纸片漫天飞舞，像极了漫天纷飞的零落秋叶，然后轻轻地、静静地落在地面。

他们看着大大小小的《古兰经》纷纷落下，饰有花纹和线条的皮封面也脱落了；看着那些手稿，新的、旧的，就这么散了架；那页页纸张，带着纸中言，一行一行，一篇一篇零落。

卫兵们继续埋头干活，忽然又来了七辆车。它们靠近广场的时候，车轮的咕咕声混着书本的哗哗声、士兵的警告声和围观人群的议论声。

艾布·贾法尔注视着这一幕，低下头，然后再凝神注视，口中念念有词。他没感觉到萨利玛正紧握他的手，也没感觉到她的指甲深深嵌到自己的掌心，更没听到她急切地反复大声问他："爷爷，他们不会烧书的，是不是？他们不能烧书的?！"萨阿德和哈桑一声不吭，纳伊姆哭了起来，用袖子抹着鼻涕。

越来越多的车辆从东西面和北面，从阿尔拜辛和马勒斯坦，从阿尔罕布拉宫和格拉纳达犹太区，从学校和大清真寺方向过来了。

萨利玛受不了这样的场面，她对爷爷说她什么也不想看，便跑了。艾布·贾法尔坚持着最后一丝希望：安拉怎会抛弃信徒们？即使抛弃了，难道他会眼睁睁让他的经书这么被烧毁吗？艾布·贾法尔望向天空，等待着，却听到了人群的哭泣，一片浓烟腾起。

书堆周围零散守着些士兵，他们点着火，接着迅速跑开，免得被迅速蔓延、不断上蹿的熊熊火焰灼伤。火焰吞噬着书本，焦黑了边缘，灼干了纸张，书页不断向内卷，似乎要抵御火的侵蚀，却是枉然。火焰袭来，张开大嘴吞噬它，一行一行、一页一页、一本一本烧尽它。熊熊大火在广场上燎虐，烈焰炙烤着眼睛，浓烟要令胸腔窒息，艾布·贾法尔惊恐地望着这一切，发出无声的嘶号：它不像森林啊，野火纵横卷尽绿叶，吞噬枝丫，待春风吹过又能播撒种子，雨水降下就能浇灌土壤，大地便复苏，又恣意重生；它不是种地啊，农民们年复一年在格拉纳达的土地上种下小麦、无花果、橄榄、柠檬、橙子，然后眼睁睁看着大火烧光一切，无力感慨“无能为力，只凭安拉”，复挽起衣袖重垦土地，辛勤劳作，换来新的收成。完全不是这样的，对于艾布·贾法尔而言，它是死亡笼罩的田地，死亡包围的森林，死亡的兀鹫成群盘旋在尸野之上，夺食肺腑内脏。

艾布·贾法尔打道回阿尔拜辛，身边人来人往，眼中却只见那熊熊烈焰。他咳着，揉着双眼继续前行，他只觉得那扇通向安拉的大门，那扇他一辈子坚信就在不远处的大门，关上了，成了一堵沉默的高墙。他停下，一阵猛咳，咳得快要窒息。

当他背向哈达拉河攀山前行时，蜿蜒而上的山路似乎已无力继续了。他的双脚瘫软，仿佛拖着沉重的树干，无力支撑。他登几步，又歇几步，然后再登。脚下一个踉跄，便栽在地上，鼻血直流，膝盖也磕破了。可他并不在意，爬起来继续登山，登到改为圣萨尔瓦多教堂的阿尔拜辛清真寺广场，然后坐在石椅上，就这么坐着不动，直到夕阳西下。

那天晚上，艾布·贾法尔在临睡前对妻子说："我将一个人赤条条地孤独而死，因为安拉是不存在的！"然后，他死了。

人们擦净他赤裸的身体，念誓词，裹上白布，然后扛起他的尸架，祈祷，将他送入最后的归宿。

艾布·曼苏尔、萨阿德和纳伊姆跳下墓坑，双手高举，小心翼翼地接过遗体放下，然后爬到地面，埋上土。

艾布·贾法尔家中全是前来吊唁的女人，她们和死者的家人一同伤心哀悼，诉说死者的美德，请他们节哀顺变，安拉会保佑好人的。唯独萨利玛没有哭，也没和席间任何人交谈。她们说"每个人都有宿命"，这真是他的宿命吗？或者说焚书事件才是罪魁祸首？

吊唁的人离去，夜幕渐沉，家人们纷纷入睡，萨利玛躺在床上望着一片漆黑独自思索。她本人也无法容忍书籍被焚毁，纳伊姆当时号啕大哭，萨阿德和哈桑也是惊恐失色，但却只有爷爷一人这样突然去世，没有任何病患征兆。萨利玛还不满四岁时父亲就去世了，去世前，父亲饱受病痛的折磨。萨利玛问：

"爸爸为什么呻吟？"

"因为他病了。"

"什么时候好？"

"当安拉允许的时候。"

安拉应允了，却是另一件事……他们将他扛去了坟墓。

"他去哪儿了？"

"死了。"

“死了是什么意思？”

“安拉选了他去天堂当邻居。”

萨利玛幻想着安拉让爸爸坐在身边的高椅上，天堂比艾因·达姆阿的园子要美，清澈的河水潺潺流淌在参天大树和缤纷花朵间。她要不要也求安拉选她去那个美丽的地方和爸爸一起生活？还是留下和爷爷、奶奶、妈妈、弟弟相伴？或者求安拉将他们全部带走？可是小伙伴们怎么办呢？或许她最好还是留下吧。

一年多后，萨利玛在院子里发现了一只小壁虎，靠近的时候，它并没有逃走，便伸手抓住它的尾巴，这才发觉它已全身冰冷，死了。萨利玛拿着壁虎来到奶奶面前：

“这只壁虎死了，是吗？”

奶奶厌嫌地尖叫起来，并责备萨利玛，要她丢了壁虎去洗手，可萨利玛站着不动：

“奶奶，壁虎死后会升天吗？”

奶奶一时语塞答不上话。

问题悬而未解，萨利玛脑子里又生出了其他问题：壁虎、蝙蝠、蝎子有什么用呢，安拉一开始为什么要创造它们，然后又让它们死去呢？

几个月后，她问爷爷：

“蝎子和壁虎死后会像人一样去天堂吗？”

母亲一把将她拽开，告诉她问这些荒诞的问题会让爷爷生气的，并要她出去和伙伴们玩。

萨利玛站在家门口，想着：死蝎子、壁虎和蛇去天堂应该是不合理的，因为它们会惊吓到天堂里的人，会打扰他们。她又跑回去找爷爷。

“爷爷，壁虎死后是上天堂还是下地狱？”

“地狱。”

“它做了什么事会下地狱呢？”

“它给人类造成伤害，所以要下地狱。”

她又跑回街上，对听到的回答将信将疑。蝎子去天堂是很奇怪，可是蝎子下地狱却更奇怪。难道不是安拉创造了蜇人的蝎子吗？这又不是它自己的选择。既然如此，安拉为什么还要惩罚它？

萨利玛又想起了爷爷，想起拉姆莱门广场上熊熊燃烧的书堆。她打了会儿盹，又忽然惊醒，觉得周身灼热，睁开眼，才发觉自己正冷得瑟瑟发抖，牙根打战，身上压了许多层毯子。在高烧中，她觉得自己就要追随爷爷而去了。

萨利玛病愈那日，乌姆·哈桑号啕大哭，她觉得那场病让女儿失去了理智和正常的认知，她被女儿的行为吓到了：萨利玛起床，洗脸，更衣，然后说她要去艾因·达姆阿。

“对，我要去艾因·达姆阿，如果你们想和我一起去，那就走吧，如果你们不想，我就一个人去。”

大家试图劝她放弃，未果，只得随她一齐前往，也许满足她的愿望能让她错乱的理智正常一些。他们租了辆车，陪她前往艾因·达姆阿的宅子。刚到家门口，萨利玛便直接走下地窖，开始打扫并重新整理里面的书籍。她拿来纸笔墨水，写下一行作者名和书名，然后再写下一行，就这样整整记录了十页的书名清单，前九页每页录有七本书，最后一页六本书。写完后，她让哈桑坐在她面前，递给他笔、墨、白纸，然后口授书单让他记录。

“为什么啊，萨利玛？”

“我想要两份书单。”

第六章

通往阿尔拜辛、新卡萨白、旧卡萨白的道路在布努德广场交会，一个姑娘此刻正提着篮子，像其他人一样走着。她可能是出门买东西，也可能是去拜访姑妈或姨妈。是去还是回，只有天晓得。她正常地赶着路，头上的披巾遮不住她的长辫，宽松的衣袍掩不住她窈窕的身材。

姑娘瞥见两个卡斯蒂利亚男人正在靠近，她作若无其事状，继续赶路，时而在前，时而在后。姑娘一抬眼，见两人正盯着自己看，又装作不经心，脚下步伐却加快了。待再抬眼时，见两人正朝自己走来。她咽了咽口水，情急之中突然朝反方向奔跑。两人从后面追了上来。

“你们想干吗？”

“你叫什么名字？”

她跑不掉了。其中一人的手臂一把环抱住她，另一个人则揪住她的辫子，像缠绳子一样缠到自己手上。

姑娘高声呼救，两人开始拳脚相加。求救声越来越大，四位青年听到连忙赶了过来。卡斯蒂利亚人看到有人来，也不停，接连抽打姑娘耳光，脚上一顿踢踹，直到她昏倒在地。

“这人是警察长布列斯科·迪·巴利诺维夫。”

“另一个是谁？”

“是主教的仆人萨勒休。

青年们认出了这两人后更是义愤填膺，纷纷和他们扭成一团打了起来，拳头、脑袋、腿脚都用上了。这期间，两个小伙子把不知是死是活的姑娘送到最近的一户人家；另两个青年则与卡斯蒂利亚人纠缠。“走狗萨勒休溜了！”一个青年回头喊，另一人跟在他身后一起跑不见了。回头高喊的青年被布列斯科迎面击中，脑袋歪到一边，对手乘机逃了。青年起身追赶，眼看就要在街口抓住人了，突然有人从一扇窗户中扔下一块石头，砸中布列斯科的脑袋，他便一头栽倒，没了性命。

短短数小时内消息就传遍了整个阿尔拜辛，人们压抑已久的怒火爆发了。“怎么办？”“关城门！”。

人们东南西北四下散开，用巨大的铁插销将城门锁住，又在门后用木料、铁块和他们的血肉之躯筑起了防御工事。他们关闭了所有城门，只留下一扇，青年们穿过这扇门，前往阿尔罕布拉宫附近的主教府第。浩浩荡荡的人群从布努德门前往旧卡萨白，蜂拥渡过哈达拉河。悲痛，一种沉重的悲痛压在他们身上，人人心事重重，情绪愤怨。但是他们忍住悲痛，挺直脊梁，昂起头颅，双眼闪着光芒，迈开大步向前进。人群开始脱了缰似的奔跑，像一条燃着火的大鱼。

人们在阿尔拜辛熬夜行动，安拉庇佑，夜空正巧挂一轮满月，皎洁的月光为他们照亮道路。屋里，女人们点燃炉火，亮起明灯，推动磨床，她们磨细面粉，加上水和盐粒开始和面团，然后搓成一颗颗面球烘烤，再将烤好的面包整齐地放入篮子中。孩子们头顶这些篮子，小心翼翼地走着，身还未到，香味早已飘到建成防御工事后熬夜干活的人们鼻中。

铁匠们也点起灯火埋头工作，鼓风、捶打、锻压、造型，修复那些年久破损而人们在那晚想重新使用的旧物。人们找出了祖传的刀、剑、匕首，擦去上面的尘土，磨利那些还能使用的，剩下的则送到铁匠们那里，修理断裂的刀柄或歪斜的枪头。

那晚，阿尔拜辛没有入眠，仿佛不夜之城灯火辉煌。街巷里来回都是孩子们喧闹奔跑、大人们谈话做事的声音，家家户户烛火通明，一双双眼睛闪着光芒，黑夜成了白昼。

黎明前，布告员在人群中巡回宣布：阿尔拜辛清真寺就是阿尔拜辛清真寺，谁想要到那里做晨礼的，欢迎前往；谁想要参与商议此事的，就请到清真寺进行晨礼。

人们还未等到宣礼声就已经动身前去了，法学家、教师、商人、手工业者、老兵，甚至还有乳臭未干的孩子们。他们在清真寺旁边的广场集合，或站或走或席地而坐，彼此交谈着。接着，宣礼员的声音朗朗响起，人们走进清真寺，站入礼拜队伍，跟着教长高喊安拉至大。

他们的教长既不是清真寺长老，也不是著名的法学家，那些人在条约公布后数日内就收拾行囊迁走了。带领礼拜的是一位年长的木匠，有人认识他，也有人不认识。

礼拜结束后，教长说：

“安拉让阿尔拜辛清真寺失而复得后，有人要求我带领大家在这里做礼拜。”

老人流下泪，声音哽咽了，他清了下嗓子，继续道：

"这是我的荣幸，希望我能胜任。格拉纳达和阿尔拜辛的人们，这是我们的城市，我们品尝过她的甜美和苦涩。今天，大业就在我们面前，我们能否审慎思考、彼此商量，成功策划大业？如若不能，我们将饮下苦酒，在痛苦中度过余生。阿尔拜辛人，你们说呢？"

广场上一阵安静，然后人们起身调整座位，将礼拜的队列改成了圆形，这样大家彼此都能看到。

人们从晨礼谈到了晌礼。乌姆·哈桑在家中如困兽一般来回打转，乌姆·贾法尔则徒劳地劝着她。"他去做晨礼，迟了，之后一小时，或者两小时就该回来的。现在还没回，去哪儿了？"

各种想法在她脑中接连闪过，一会儿觉得肯定是这样，一会儿又觉得是那样。他是不是和那些年轻人一起驻扎在防御带了？要是真去了，怎样才能把他带回来？是不是该去北边的法赫斯·路兹门那儿找他呢，还是去南边的格什塔拉门，是向东去欧勒亚河谷大门，还是向西去伊利比尔大门呢？这孩子该不是昏了头，和那些年轻人从布努德门出了城，去包围主教府了吧？

她哭着，不停念叨，她的直觉告诉她，孩子遭遇了不幸。"母亲的直觉错不了。"

乌姆·哈桑继续哭个不停，乌姆·贾法尔和萨利玛知道劝也没用，便不再吭声。这时哈桑突然出现在三人面前，他脸颊泛红，面带微笑，内心的喜悦溢于言表。

母亲像是见到了远行归来的游子，立刻迎了上去。哈桑并未注意到母亲脸上的泪痕，也未察觉到自己回来后母亲的欣喜若狂，他朗声宣布道：

“今天在阿尔拜辛清真寺，我们成立了反卡斯蒂利亚的独立政府，选举了四十人担当大业，治理阿尔拜辛。”

乌姆·哈桑还没从之前害怕失去儿子的悲伤和儿子归来的喜庆劲儿中缓过来，她根本没听懂这些话，而乌姆·贾法尔则一脸苍白，面带忧虑，只说了一句：“孩子，愿安拉保佑你们成功，保佑你们胜利，他是无所不能的。”

萨利玛听到这个消息后欢欣雀跃，要求弟弟坐下，好好给她讲讲清真寺里发生的事。哈桑将细节尽悉告知，萨利玛全神贯注地听着，那模样就好像她亲自在参加会议。

哈桑话没说完，纳伊姆便来通报，说那些围困主教府的人们已经回来了。两人根本顾不上回答这边萨利玛的问题“为什么回来”，也管不上乌姆·哈桑的高声阻拦，跑着冲出了家门。

布努德门这边，人群围着回城的青年们，边听边问：

“我们用石头砸他的房子，尽情骂他。”

“为什么不冲进他家？”

“试了，可那些门坚固得很，那房子就像座城堡。”

“那窗户呢？”

“我们可一扇都没放过。玻璃都碎了，掉一地。”

“那走狗没出现？”

“没出现，像蝙蝠一样蜷在老巢。所以我们打算包围他们，直到他们饥渴难耐出来找我们。”

“那你们怎么回来了，发生什么了？”

此时卡斯蒂利亚军队已将他们包围。

“来了大部队，人数远超我们，而且全副武装……我们只好商量，到底是和他们拼了，慷慨就义，还是再想其他办法。就在那时，塔纳蒂亚伯爵骑着他那匹灰色的高头大马出现了。他下了马，高声问：‘谁是你们的代表，我和他谈谈。’我们没作声，本来出去的时候也没说领导这回事。伯爵再问的时候，四个青年上前靠近他，听他说了些什么，然后回来告诉我们，说他要求我们马上解除对主教府的包围，说：‘明天我会亲自前往阿尔拜辛和你们的同僚面谈并解决这个问题。’我们说，在他走之前我们会一直留在那，只要他答应了我们领导的要求，我们就解除封锁。几个青年走了过去，然后又回来转述他的原话：‘首先解除包围，否则我们就动用武力了。你们区区几个手无寸铁的市民，那些是我们的士兵，你们也看到了，骑兵、步兵，全副武装。’我们商量了一下，决定解除包围……我们错了吗？”

跟青年们同去主教府的萨阿德问了这个问题——“我们错了吗？”没有人回答，但是那些迷茫的眼神已经解答了他的疑惑。

正在那时，城墙和塔楼上的孩子们突然高声叫喊起来，提醒人们卡斯蒂利亚骑兵正在逼近城门。气氛一下紧张起来，人人投入战斗工作。有人加固城门，有人准备武器，有人像纳伊姆一样爬上城墙，准备将石块和诅咒一股子劲儿全砸在那些攻城混账的脑袋上。石块和诅咒从四面八方落了下来，有些骑兵成功躲开石子，靠近了城门，却发现大门紧闭，密不透风，便调转马头，在一片夹杂着怒骂、欢笑、诅咒、唾沫和赞美安拉的喧闹声中撤退了。

阿尔拜辛又是一个不平静的夜，有人熬夜，有人沉睡，一边是劳作，一边是寂静。

当选阿尔拜辛管理者的那四十人没能休息，甚至连想的机会都没有。他们要商量如果塔纳蒂亚伯爵赴约谈判时，他们得说些什么，如果士兵们企图攻城时，他们得做些什么。他们得安排阿尔拜辛十万人的生活，如果封锁持续下去，几周、数月……面粉能够吗？如果前往哈达拉河的路被切断了，井水够喝吗？是否该对居民的消耗品有所规定？是否该向山里的居民捎信？如何向马格里布、埃及以及巴叶吉德·苏尔坦·本尼·奥斯曼素丹求援？如果士兵们冲进城展开厮杀，是否需要打开西面和北面的城门，让妇女、儿童和老人们先出城，还是应该让他们留下照顾守卫城门的人？

第二天塔纳蒂亚伯爵如期赴约，与四十人政府见面。他说：

“你们反对两位国王的革命是一场叛乱，不会有好下场的。”

他们答：

“两位国王签署并承诺遵守的和约条款已经被破坏，你们强迫我们信奉基督教，焚烧我们的书籍，侵犯我们的妇女。”

他说：

“你们冷静些，回去做事吧，我们会研究你们遭遇的不公。”

他们说：

“让希蒙尼斯离开格拉纳达，是他下令烧毁书籍，是他长期折磨萨格里并强迫他改信基督教。他是个祸害，我们的条件是让他走。”

他说：

"如果你们不开城门，我们将强行攻下阿尔拜辛。"

他们说：

"你们赶走希蒙尼斯，遵守和约，城门自然会开。"

塔纳蒂亚骑上他的马走了，他的骑兵卫队跟在后面也走了，人们松了口气，夹杂着些许自豪。城门依然紧闭，防御带依旧在，他们有能力、也愿意继续这么坚持。

谈判持续了数日，伯爵每日来了又走，走了又来，然后有一天他带着塔拉维拉主教回来了。主教经过布努德大门时，脸上带着那惯有的微笑。塔纳蒂亚跟在后面，摘下头上的帽子抛向空中，人群轻声议论，"他想要和平"。一个小男孩跑来捡起伯爵的红帽子，举起递给他。伯爵微笑，男孩也微笑。一边是格拉纳达的长官和大主教，一边是四十人政府、商人和法学家，双方展开了谈话。

伯爵说：

"让我们和平共处……让这次危机过去吧。你们的行为不是对卡斯蒂利亚国王和王后的叛乱……你们希望执行和约的条款，这一点我们未来可以保证。"

他们问：

"谁来保证？"

大主教说：

"我会保证。"

他们又说：

"怎么保证？"

塔纳蒂亚答：

“必须有充分的信任。”

沉默了一会，他又继续说：

“我会让我的妻儿住在这里，和你们一齐住在阿尔拜辛。这样的保障还不够吗?！那我们一致说定了，今天我的家人就搬来和你们一起住，今天你们就打开城门，放下武器，回到你们的岗位上。”

伯爵带着他的卫兵走了，大主教和他的仆人也走了，人们留在原地默不作声。消息很快传开，甚至那些没有出门，仍在家中哺乳幼儿、洗衣服的妇女们都知道了。他们能相信伯爵吗？四十人政府为何什么都没有说？塔纳蒂亚能牺牲他的妻儿吗？这个男人一定是诚恳的，他们内心的惶恐没有必要……人们左思右想，忐忑不安。

虽然已缔结了协议，虽然阿尔拜辛清真寺旁那座废弃的宅第又重开大门，迎接阳光和空气，屋内一团忙碌，准备迎接伯爵一家的到来，但是人们的眼神却黯淡无光，一张张面孔紧绷，颜色苍白，挥之不去的愁云惨淡。青年们着手卸下城门后的防御，拉起门闩，巨大的嘎吱声引得心里一阵寒战。他们用肩膀顶开城门，门开时的吱吱声却又让他们越发忐忑。

时间变得沉重，日子过得郁结。为何如此？危机不是解决了吗，他们敬重的那位大主教不是保证要以礼相待的吗？那些乌鸦又是从哪儿来的？它们啼叫着，将周围的天空都渲染得同样漆黑。

虽然内心疑惑惶恐，可阿尔拜辛人却安慰自己道，是自己多想了。然后，他们回去了，日子过着，心也就静了。卡斯蒂利亚人要求血偿巴利诺维夫之死，法官答应他们，交出了凶手。可卡斯蒂利亚人又返回，抓了另外三人。四个年轻人被绞死，尸首公然悬在刑架上。人们知道下一个目标将是四十人政府，随后有传言说他们已经逃入布加拉山。有人谴责他们的逃跑，有人则为他们辩解，“难不成他们得等着绞绳套上脖子吗？”能保持乐观，继续过日子的人没几个，一只手的手指都能数过来。

第七章

艾布·贾法尔去世后，萨阿德搬去了艾布·曼苏尔的澡堂，纳伊姆则在一家鞋铺找了工作，鞋匠教他制鞋手艺，他学会后，为萨阿德做了双靴子。萨阿德问他为什么不给自己做一双，纳伊姆支吾半天，随后坦言："没法再多做了，我师父会发现皮革和鞋钉少了的！"

两个伙伴每天都如约见面。澡堂关门后，两人便坐在澡堂门口或者鞋铺门口，再不然就一起在大街上散步聊天。

萨阿德不停诉说他对萨利玛的爱慕，说渴望向她求婚又担心遭拒。纳伊姆只是听，没有告诉对方自己与日俱增的担忧。起初他总是笑话萨阿德，萨阿德也嘲笑他。安拉给了他一颗柔软的心，就像枝叶迎着清风徐徐摇曳，然后他见到了那个女俘虏，整颗心被她瞬间占据，可她又去了哪儿？只有天知道。她走了，留下那个倩影在他脑海中日夜浮现。他恨她，也恨相见的那日。他发誓一定要爱上第一眼瞥见的女孩，可梦醒梦回，唯独只见她的倩影。萨阿德的爱情来得迟，爱得那个样子也没什么可羡慕的。他在萨利玛面前定住了，就像头顽固的骡子，不放弃也不后退。现在他十九岁，萨阿德二十岁，要是两人再这么耗上几年，那就真老了，没有哪个妙龄女孩能看上他俩。

交给安拉吧，萨阿德告诉艾布·曼苏尔，让他去提亲。

萨阿德把这事和盘托出后，艾布·曼苏尔对他说：

“这是结婚生子的时候吗？以掌管克尔白天房的安拉的名义起誓，每个夜晚我都对自己说，但愿你没成家……如果你没有需要供养的妻子，就能朝卡斯蒂利亚人的胸口扎上一刀，从此免受欺压，要么就一头跳进河里，一了百了。”

可是一周后，萨阿德正在澡堂里打扫卫生，艾布·曼苏尔对他说：

“我去了艾布·贾法尔家，和哈桑谈了，两天后有答复。”

萨阿德一动不动站着，手里抓着扫帚，突然间他好像明白了什么，扔了扫帚，冲上前亲吻艾布·曼苏尔的额头和双肩，然后向鞋铺疯狂地跑去。

纳伊姆正弯腰将皮面固定在鞋帮上，手里拿着锤子不停敲打，压根没注意到有人来了。听到萨阿德声音时，他吓了一跳，锤子掉下砸在大脚趾上。

他喊道：

“什么时候来的？怎么了？”

“艾布·曼苏尔为我向萨利玛提亲了！”

纳伊姆一下子站起，锤子又砸到脚上。他痛苦地叫了几声，然后又笑又跳，手舞足蹈起来。

“我要在你的婚礼上跳支舞，就算街坊邻居们老得掉了牙、失了忆也能记得它！”

“如果爷爷艾布·贾法尔还在世，会同意把萨利玛许配给萨阿德吗？”这是艾布·曼苏尔离开后，哈桑脑子里转的第一个问题。他的母亲会说他“穷得叮当响，身无分文”。可我们呢，难道我们不是穷人，不是几近身无分文吗？萨阿德是个实在的小伙子，能够保护萨利玛，那又为何要回绝他的提亲？萨利玛呢？哈桑思考不下去了，好像遇到了个大难题。她可能会满心欢喜地接受，也可能会斩钉截铁地说“不”，而所有人都得迁就她。他永远也弄不清她的想法，可她又是他的姐姐，是他唯一熟知的女孩，他常常疑惑，“因为她是萨利玛，所以她天性如此吗？还是所有女孩都是这样，让我捉摸不透？”

哈桑把这个消息首先告诉了奶奶。她说：

“如果萨利玛同意，那就是安拉赐福了。如今世道艰难，而萨阿德又这么正直淳朴，他绝不会动摇去当卡斯蒂利亚人的奴才。”

“要是爷爷在的话，会同意吗？

“天晓得呀，我的孩子！”

晚上，哈桑和奶奶、姐姐、妈妈一同落座，他说：

“今天艾布·曼苏尔来找我，替萨阿德向萨利玛提亲。”

“萨阿德？”

妈妈的声音似乎很惊讶，又不无责备。

“妈妈你怎么说？”

“他为什么要向萨利玛提亲？他是马拉加人，让他去找个马拉加来的同乡去提亲。”

“这是什么话呀妈妈……萨阿德又错哪儿了？”

“他错在一贫如洗，错在无亲无戚，我们没法儿对他放心……他错在……”

哈桑打断道：

“这些并不是他的错！”

“他还错在连个安置新娘的房子都没有。”

乌姆·贾法尔笑道：

“宰娜卜，最后这个错对你可有利了……你的女儿不会离开家的，她和她的丈夫都会和你住一起。”

乌姆·哈桑说道：

“你爷爷不会接受他的。”

“爷爷喜欢他，对我们俩一视同仁，他曾对我说过，‘哈桑啊，如果萨阿德向萨利玛求婚，就把她许配给他’。”

“他真这么说过？”

“是的，说过！”

乌姆·哈桑说：

“但萨利玛不会接受。”

萨利玛立即坚定地回答：

“谁跟你说的……我只会嫁给萨阿德！”

萨利玛、母亲、奶奶度过了一个无眠之夜。虽然三人并排躺在同一间屋子的三张床上，可是彼此却没有交谈，每人都各有所思，思绪难平。

乌姆·贾法尔知道，丈夫并没对哈桑说过要将萨利玛许配给萨阿德，他压根儿没想过孙女的婚事，更没着急过此事，他内心深处希望能让萨利玛无止境地学下去，而不是嫁为人妇传宗接代。哈桑欣赏萨阿德，也了解他，想借姐姐的婚事拉近与他的关系。对于哈桑的赞成以及乌姆·哈桑的反对，乌姆·贾法尔都不觉得意外，就算是马格里布的王子骑着飞马来向萨利玛求婚，乌姆·哈桑也会抱怨说，他错在是个王子，错在宫殿在海的另一头，她不能远离她的一双儿女，只有看到他俩都在她跟前，她才能够踏实舒心。乌姆·贾法尔在床上辗转反侧，无奈地想：小一辈慢慢长大，该走的也走了，“艾布·贾法尔，愿安拉怜悯你，保佑你”，她执着地回忆着丈夫的模样，好让自己不去想另一个人的样子。这么多年过去了，她还是无法面对失去他的事实……她的儿子，这两个孩子的父亲，自他走后，她再也无法说出他的名字，又怎能去回忆他的音容笑貌呢？

萨利玛和奶奶一样辗转反侧，无法入睡，她问自己为什么如此坚决地答应。此前她从未想过自己的婚姻大事，不管是嫁给萨阿德，还是嫁给其他人。这次提亲对她而言真是既难以理解又出乎意料，她诧异极了。现在她必须考虑如何应对这次提亲，不能简单地拒绝或接受，而是在拒绝或接受之前深思熟虑：要当一个男人的女人，对他千依百顺，服侍左右，生儿育女吗……为什么？可当妈妈数落起萨阿德的缺点时，她又着实为自己吃惊，就像刚听说提亲时那样地吃惊，她听见自己说“我只会嫁给萨阿德”。她原来考虑过结婚对象吗，就能这样回答？现在她应该冷静地思考。就算天亮之后她宣布谁也不嫁，又能怎样？天又不会塌下来。而且，若不是妈妈的话刺激了她，她也不会那么说。

萨利玛的母亲同样辗转难眠，焦虑不安。恍惚中，她惊觉这不是梦境，而是清醒的现实。支离破碎的场景、零散的画面与一个个瞬间在她脑中闪过，像一条线串起生命里的林林总总：萨利玛出生那天，丈夫从她手中接过婴儿抱在怀中。他那长着胡须的脸庞、深沉的嗓音、蓝色的双眼与锐利的目光、转身扭头、睫毛眨动；怀着哈桑的时候，他的手在她肚上温柔轻抚；哈桑出生那天，丈夫去世，她在恸哭时，艾布·贾法尔出现了；她第一次见到瘦弱的萨阿德时，他正在服丧，艾布·贾法尔说："这个可怜的孩子是马拉加来的，他的家人都没了。"

哈桑同意了姐姐和萨阿德的婚事。可是当萨阿德听到艾布·曼苏尔转达的消息时，却慌乱了，他浑身一阵颤抖，一种不知名的情绪涌来，像恐惧，像哀伤，像别的什么。他默不作声继续做事，然后到巷子里走着，好静下心思考。难道他不想娶萨利玛吗？他想娶她，想向她求婚，一直都想。他觉得她的同意与否决定着自己的存亡。现在她同意了，这是他多年来梦寐以求的答案。可是，他是如此潦倒，没有爸爸，没有妈妈，没有妹妹，没有那片大海和葡萄地，也没了定夺苍生的安拉的信仰。他只能这样一无所有地，只身前去叩响新娘的大门。

萨阿德坐在野栗子树下，闭上双眼，看见一个少年正在崎岖小道上奔跑。身后是他的家，那里曾住着他的妈妈、爸爸、爷爷、妹妹。曾经兴旺的家宅却在那被封锁、饥饿和炮火毁灭的城市中变得荒芜。他从那里奔向何方？他不知道。白天他忙忙碌碌，孤独尚能忍；可到了夜晚，马拉加那些光秃秃的岩山，从山峰、山腰到山谷，全变成了可怕的怪物，铺天盖地朝他涌来，吓得他心跳都要止住。他不敢往右边看，担心看见那些庞然怪兽，它们像蛇一样长，长着骆驼的脊背和猫头鹰的巨型脑袋，它们越靠越近，几乎就要够到他、抓住他了。头顶上方悬着的月亮像一块红铜，那么硕大，越发恐怖。周围的一切都变成了索命的宿敌，他夺命狂奔、嘶喊，传来的回声一声盖过一声。他暗暗对自己说："萨阿德，你爸说过，要像个男人，别胆怯，男子汉不会胆怯！”又说：“勇敢点，萨阿德！这些都是石头山，你白天都看得清清楚楚，光秃秃的山不能伤害你。”尽管这样，他还是牙齿打战，浑身哆嗦，大汗淋漓。他蜷成一团，将头埋在双膝之间，双手环抱。不一会儿，又乏又倦，便坐着睡着了，直到清晨阳光将他照醒，驱散些许夜晚的恐惧。

萨阿德起身，精疲力竭地朝澡堂慢慢走去，看见纳伊姆正蹲在门口等他。

“你去哪儿啦？”

他没回答。

“否了？”

“答应了。”

纳伊姆盯着朋友的脸，困惑不解，怎么脸上表情是一回事，嘴上说的又是另一回事，怎么回事？

“同意了还是没同意？”

“同意了。”

“那你在愁什么？”

“不知道！”

“你爱上别人了？”

“纳伊姆……我不想开玩笑。”

“难不成我在开玩笑？”

两人并肩而行，萨阿德一言不发，纳伊姆也只能沉默。他不懂这位朋友，不过认识了这么多年，他早已习惯这些他没法儿理解的事了。如果萨阿德关上心扉，自我封闭，任何人都叩不开他的心门，纳伊姆也不行。有时他又突然要独自一个人出门，“这地方太令人窒息了，喘不上气，我要透透气。”透什么气啊，萨阿德！外面大雪封路，天寒地冻，冷得人四肢麻木。可他跟没听见似的甩头就走了。纳伊姆已经学会任由他朋友而去，等过上一天或几天，萨阿德自然会回来敞开心扉，伸出友谊与交流的橄榄枝，像什么都没发生过一样。

什么礼物适合萨利玛呢？萨阿德走在人群熙攘的大清真寺广场。他望向琳琅满目的香皂、香水瓶、织物、篮子、灯具、壁龛和木盒子，然后仔细看了一个镶着贝壳与象牙的盒子，底部还有两排小抽屉，接着又看了另一个小一些的，饰着铆钉，铁钉的圆头构成平行交错的线条。老板向他问好，招呼他买东西，他回了礼，道了谢，便走了。他经过摆着马具、马套、马镫等各种马用品的商铺，又在卖器皿的铺子间张望，那些用陶瓷、马口铁和玻璃制成的锅碗瓢盆形态各异、色彩斑斓。他在一间铺子前停下，各式瓶瓶罐罐被店老板整齐地码放在羊毛毯上，毯子的颜色与器皿的色彩相映，五光十色，让这里显得分外明媚动人。店老板拿起一个湛蓝色的瓶子，瓶身上用闪亮的黑墨水镂刻着几行库法体，说道：

“多赏心悦目，这可是送礼佳品啊，您看呢？”

萨阿德道了谢，拐向珠宝街，去看各种或华丽或轻盈或精巧的金银工艺品。他打量着这些宝石，在一条挂着深色蓝宝石的金项圈前站了许久，嘀咕道：“适合萨利玛，她也有一双蓝色的眼睛。”店老板正望着自己，萨阿德这才发觉已经在这站了良久，连忙尴尬地走开，反正自己什么珠宝都买不起。

他朝萨卡廷大街走去，接着走进了大棚市场。在路过摆满各类丝绸织品的商铺时，一位老板冲着他说：

“布加拉的丝绸嘞，热那亚人专程赶来这儿购买，就连开罗和大马士革也供不应求呢！”

“你有马拉加的丝绸吗？”

店家同情地笑道：

“这也是问题吗，我的孩子……怎么可能有马拉加丝绸？我们哪有人从那回来的？”

萨阿德一言不发走开了，还能说什么呢，只能对自己突然提出的非分要求抱歉……那块父亲织的丝绸，当他捧在眼前时，便有大海和母亲的气息扑面而来……多奇特的心境啊，真是奇特！

他继续在大棚市场的小巷中穿行，浏览着各式各样的男女衣帽鞋品，他走进一条巷子，穿梭到另一条，最后又进了一条小巷。他离开市场，回到大清真寺广场，继续走着，一直来到食品铺，琳琅的小吃、糖果、无花果干、巴旦木、杏仁被堆在一个个大篮筐中，向买客展示着，萨阿德绕开了。

什么礼物适合萨利玛呢？想着想着，他到了市集边的空地上，另一头是封闭的家畜市场。萨阿德朝那走去，看着那些马、骡、驴、羊，正要转身折回时，眼前一亮。

是什么让他停下了脚步？是那迷离的眼神还是双眸的眨动？还是那既害怕又温驯的目光？它的皮毛细腻柔顺，橘黄色中交杂着白色，纤细的四肢撑着小小的身躯。

“我可以抱抱它吗？”

他抱起它，感觉到它在怀里挣扎。“我要买下它”。他给卖家付了钱，带着它走了。

萨阿德给萨利玛买了头母羚羊，并把它从集市一路抱回艾布·贾法尔家。乌姆·贾法尔被这一幕逗得前仰后合，笑到眼泪直流。而乌姆·哈桑盯着羚羊，接着之前的话又说："他还错在是个疯子！"萨利玛也被这个礼物吃了一惊，她走上前，伸手摸它，羚羊一阵惊慌，萨利玛也吓了一跳，连忙收回手。她望着羚羊，注意到两只乌溜溜的大眼睛和眼中的慌乱。"它在害怕。"再一次，她小心翼翼地伸出了手。羚羊没有躲闪，萨利玛轻轻抚摩着它，感受到它身体的战栗。她拿来一小碗鲜奶，坐在一边看它喝。

萨利玛这一天剩下的时间都被羚羊占据了，除了去给它拿吃的喝的，几乎寸步不离。到了晚上，萨利玛和妈妈闹起了意见，因为妈妈想把羚羊拴在外院，而萨利玛坚持把它留在卧室。乌姆·哈桑说：

"这是什么道理……畜生难道要睡在我们床边？"

"首先，它不是畜生。其次，要是把它关在外院，它可能会着凉，天上的飞禽还可能会伤害它。"

乌姆·哈桑坚持己见，萨利玛也一样。两人争执不下，最后乌姆·贾法尔进来提议将羚羊关在侧厅，方才作罢。

"但你早上得把那里打扫干净。"

萨利玛和妈妈接受了这个提议，大家各自上了床。在确认妈妈睡熟之后，萨利玛抱起被褥，悄悄溜出了卧室：

"去哪儿？"

奶奶问，她答道：

"我去侧厅睡，这里热得受不了！奶奶晚安。"

"晚安。"

乌姆·贾法尔忍住笑说道。

婚礼前一周，艾布·贾法尔家一派喜庆。纳伊姆和哈桑忙着前去亲朋邻里家送礼，人还未到，橄榄油煎饼的香气就已飘进人家。两人捧着皮托盘，上面摆着蘸满蜂蜜的甜饼，在街区里挨家挨户地送，送完了回家再取。

乌姆·贾法尔、乌姆·哈桑和家里的一位女亲戚，三人从破晓时分就开始忙碌，筛粉、和面、发酵、揉面，然后放进三口铜锅里煎。从清早到午后，锅不离灶，热油烧开，大饼煎熟便捞起沥干，继续下一锅饼。

婚礼前两日，三辆骡车从艾布·贾法尔家驶向“哈娜澡堂”，车里坐着萨利玛和她的妈妈、奶奶、女街坊和她们的孩子，还有和萨利玛年纪相仿的女孩们。

女人们的身边摆放着篮筐、用手巾裹着的干净浴巾和换洗衣物、沐浴搓巾、丝瓜络、水瓢、香皂，还有她们用来装药草、麝香、杏仁油和橄榄油的各式器皿。

乌姆·贾法尔头晚烤的羊肉装在密封的大铜锅里，两位妇人合力将它抬上了小车。

邻里们带上了小鼓和铃鼓，一边不忘大声宣布她们对制作蜂蜜酿饼、奶酪馅饼、茴香馅饼和核桃馅饼的热爱。当然，还得带上贮藏多月专为喜事酿制的水果饮品。

队伍进入了澡堂，四下里响起孩子们的喧闹声与女人们的欢声笑语。她们放下手中物品，脱去身上衣物，将一块毛巾缠在腰间，另一块则搭在肩上稍稍遮挡裸露的胸膛。

队伍向浴池走去，一位邻居大婶忽然高声提醒乌姆·哈桑十四年前萨利玛出生时的情形。

“我将她抱在怀中，对你说，乌姆·哈桑啊，如果安拉允许我活到她出嫁的那天，我一定要帮她沐浴，还记得吗？”

乌姆·哈桑根本不记得，不过她答道：

“当然记得。”

于是这位大婶让萨利玛坐在她身前，为她解开辫子，从水池中舀出一瓢热水，浇在她头上。

女人们开始欢呼，其中一人抓起铃鼓，婚庆的欢快旋律响起，接着是老人们的祷告祈愿，求安拉保佑自己安康长寿，子孙孝顺有为。孩子们兴奋地跳舞，母亲们则在一旁呵斥，警告他们别一不留神摔断了手脚。

邻居大婶帮萨利玛按摩完身体，又用肥皂清洗头发和身子，然后将热水浇在她身上，对她说：“起来我看看。”萨利玛刚站起来，大婶便一把扯去她腰间的浴巾，她发觉自己赤身裸体地站在大家面前，像刚出生一般，羞得涨红了脸，恨不得立刻抓起浴巾遮住身子。但她又不想显得年幼无知，便站着不动，带着几分羞涩，几分倨傲。

一个女人高喊：“万能的主啊，你的新郎会很幸福的，安拉做证，他一定会幸福。”萨利玛卷曲浓密的黑发披在颈上，水滴混着汗珠滑落下，由于按摩和热水的作用，棕色的皮肤闪着红润的光泽。她的乳房小巧又饱满浑圆，蜂腰，臀部略丰满，双腿笔直。“赞美安拉”，有人评价道。“快过来，萨利玛”，另一个声音说着便把萨利玛拉到了修剪头发的厢房。

歌声此起彼伏，女人们专注地给孩子们洗澡，又彼此互相擦洗。厢房里则是更为繁忙的气象，乌姆·贾法尔和乌姆·哈桑把她们的沐浴计划推迟到了午餐之后，乌姆·哈桑准备了足够所有人使用的海娜[1]，盛放在大木盘里。乌姆·贾法尔则在中庭忙碌着准备餐食，并一如既往地担心自己做的饭菜是否可口、会不会不够吃，或者做多了。乌姆·哈桑安抚道："乌姆·贾法尔，这是你第一次宴客吗？我吃你做的可从来不剩。"尽管有这赞美之辞，乌姆·贾法尔还是不放心，直到大家品尝后，大赞食物可口，分量正好，这才安下心。女人们吃点心时，她就在一旁留意，绕着大人小孩转，招呼大伙儿用餐，时不时再给她们添上三两块，自己却不吃，只要客人们吃饱，自己尽了地主之谊，就心满意足了。

用餐之后，女人们稍作歇息，又回到浴池继续沐浴。乌姆·贾法尔坚决地宣布说："我要给萨利玛沐浴。"她往萨利玛头上打了三遍香皂，给她身上擦洗了三遍，然后舀水为她冲洗，擦干身体后，又给她的头发涂上杏仁油，用麝香和橄榄油为她按摩身体。她的双手忙个不停，脸上也阴晴不定，眼中时而闪着光芒，时而含着泪花。这个曾经抱在怀里的小肉团，已经从小婴儿出落成亭亭玉立的大姑娘了，这个宝贝儿子的宝贝闺女……她仿佛看见了艾布·贾法尔，便努力想看清他的模样，就像胆小的孩子看到不敢看的东西被吓呆了一般，乌姆·贾法尔也像失了魂一样。

"乌姆·贾法尔，你为什么不唱歌？"

"我唱，我唱！"

她用颤抖的声音同她们合唱。

---

① 海娜花（hanna），属千屈菜科植物，多见于印度西北部及北非地区，其叶茎中含有橙红色分子，可与白头发或指甲、皮肤等蛋白质相结合，生成橙红色。西班牙安达卢西亚地区、北非地区的妇女常使用海娜花纹身。

“乌姆·哈桑，来画海娜吧。”

另一人喊：

“我来给她画海娜。”

她走近木盘，用左手取了一点湿软的面团，“萨利玛，站起来。”萨利玛站了起来，那个女人席地而坐，用右手食指的指尖蘸了一点海娜，小心翼翼地从萨利玛的脚趾间向上绘线条，接着再蘸点海娜继续画，反复如此，直到深红色的繁花锦枝构成精美的图案装饰脚面，“坐下吧，萨利玛”。萨利玛坐下，女人开始在她的脚跟、脚底绘图，最后又在手掌上绘了海娜。大功告成后，人群中再次响起欢呼声。随后，女人们纷纷开始给自己绘海娜，而年纪大的女人则用海娜给自己染发。

萨利玛坐着不动，手脚伸直，直到海娜干透了才放松下来。她打量四周，又看着自己，对这一切诧异不解，她想着要是现在能和小羚羊在一起，摸摸它的头，追着它在院子里快乐轻盈地蹦蹦跳跳该多好。

婚礼那夜热闹极了，来宾们都沉浸在激动的喜悦中，不仅因为婚礼，更因为布加拉起义爆发了，革命者挫败了卡斯蒂利亚人，并占据了一部分沿海要塞。希望的大门敞开了：他们可能会打到阿尔梅里亚，起义可能会扩大，他们也许就能收复格拉纳达，援军也会从埃及和马格里布赶来，战士们和流放者们都会乘船纷至沓来，和这片土地上厮杀的兄弟们会合。

布加拉起义成了人们津津乐道的话题，它就像每日小酒，令人贪杯，无法释手，在他们的血管中循环着兴奋喜悦。他们不厌其烦地重复那些细节，听取那些细节，仿佛它们是乌德琴律和韵歌一般，主旋律的重复让人心情愉悦不已：

卡斯蒂利亚人心高气盛地骑着战马踏上崎岖山道，胜利似乎唾手可得，只需用鞋上的马刺蹬两脚，马儿便会嘶鸣着冲上山顶。然而石块从山顶滚滚而下，砸向他们的脑袋，连人带马一起坠入深谷，一命呜呼。人们开心得哈哈大笑，其中一人面带微笑，不断重复着《古兰经》中的经文："难道你不知道你的主怎样处治象的主人们吗？难道他没有使他们的计谋，变成无益的吗？他曾派遣成群的鸟去伤他们，以黏土石射击他们，使他们变成吃剩的干草一样。"（象章：1—5 节）

毒蛇般的塔纳蒂亚派兵向山区发动进攻，然后在宫里喜滋滋地坐等捷报传来。却不料革命者们已在山顶开闸放水，河水像安拉惩罚人类的那场洪水一般汹涌澎湃，将骑兵们覆没，没有挪亚方舟来救他们。

他们无拘无束地高声大笑，笑声中掺杂着女人们的歌声和鼓点声。乌姆·贾法尔、乌姆·哈桑、哈桑和纳伊姆收拾好了院子给男宾们闲坐聊天，他们在地面铺上地毯和席垫，然后哈桑和纳伊姆陪着萨阿德到艾布·曼苏尔的澡堂，因为曼苏尔坚持要亲自为新郎沐浴。"这可是人生最重要的一次沐浴！"他帮萨阿德擦洗背部和脖颈，萨阿德忍不住咯咯直笑，似乎布加拉起义又让他变回原来那个和蔼有趣、乐观开朗，对世界、对他人都满腔热忱的少年。

婚礼上，艾布·曼苏尔伴着乌德琴的旋律和有节奏的掌声翩翩起舞，他摇摆双肩，张开双臂，挺直腰板，摇摆肢体，肚子便一阵乱颤，乐得他自己哈哈大笑，在场的人也被逗得前仰后合。他不停地使劲跳舞，满面春风，仿佛自己才是那个新郎。而真正的新郎官萨阿德也被他拉了出来，授意他跳舞，萨阿德羞涩地笨手笨脚舞起来，可完全比不上艾布·曼苏尔的轻盈和柔软，于是显得更加蹩脚，他就像一个在大人面前表演的小姑娘，羞涩难当，感觉血液都涌上脑袋了。

萨阿德和艾布·曼苏尔坐下后，另一些男人站起来载歌载舞，有些人拿着棍子，两人一组对舞起来。一人双手持棍，水平举过头顶，他的舞伴要跃过此棍；一人高高跳起，让舞伴手中的棍子从他脚下划过。他们不停地跳着，跳到汗流浃背，衣服都贴着身体了。

纳伊姆站起来，笑着说："给我腾个地，我要来段独舞了"。他朝萨阿德使了个眼色，这是对他许过的承诺。

他张开双臂，挺直腰身，踮起脚尖，左脚离地，突然飞速旋转起来，仿佛挣脱了地面，身体转成一条直线。突然，他停止了旋转，掌声喝彩声响起，大家都为这精彩的开场舞蹈叹服不已。随后，纳伊姆和着众人的掌声缓缓舞动，有张有弛，如同抑扬顿挫的旋律。他高举双臂，伸展颀长的身体，微微倾斜躯干，接着用双脚敲击地面，然后慢慢地半垂双臂，鼓起胸膛，像张紧绷的弓，腿部开始加速敲击。抬腿，落下，抬腿，落下，众人看得目瞪口呆，呼吸急促，仿佛这舞动中有某种意义，而意义中有某种魔力。

第八章

萨阿德和萨利玛还没醒，乌姆·贾法尔和乌姆·哈桑已经准备好了一切：沐浴用的热水、早起现烤的新鲜面包、庆贺新婚的鸡汤，以及各式甜品，有的是婚礼前乌姆·贾法尔做的，有的是婚礼当天宾客送的。

萨利玛刚从卧室出来，乌姆·贾法尔就迅速扫了她一眼，见她脸色红润、神情平静，便放下心向她道早安，亲吻她的额头，然后走开继续忙手上的活儿了。

接下来两天观察到的情况同样如此，乌姆·贾法尔看见小两口快活祥和，便评论道："一对小鸳鸯！"乌姆·哈桑笑着打趣女儿："要早知道结婚能让你变得这么温顺，在你学说话那天我就把你嫁出去了！"。

可后来发生了什么？乌姆·贾法尔发觉萨利玛脸色憔悴，眼皮肿胀，像是大哭了一场。"两口子有时会闹点别扭，可是刚结婚没几天就闹？"她把自己的担忧告诉了乌姆·哈桑，两人把这事翻来覆去想了又想：吵架了？她受不了他？他没法满足她？要是没看到萨阿德，也许还会认为他对萨利玛不好，像一些男人一样霸道，从一开始就对妻子严厉冷酷，好让她们乖乖顺从。可是萨阿德也和萨利玛一样憔悴不堪，满脸倦怠，眼神黯淡。所以到底怎么了？乌姆·哈桑问她：

“萨利玛，你怎么了？”

“没什么。”

“萨阿德对你不好？”

“萨阿德？”

“他跟你吵架了？”

“这是什么话，妈妈，他当然没跟我吵架啦！”

乌姆·贾法尔和乌姆·哈桑讨论了半天到底该怎么办。两人想和哈桑谈谈，转念又放弃了。考虑良久，终于想了个办法，得两人协作完成。当小两口儿进了卧房关上门后，乌姆·贾法尔就站在门后偷听，一定能听到点什么。等她累了，困得眼睛睁不开了，就叫醒乌姆·哈桑换班，自己去睡一会儿。她俩就这样轮流在门口守了一晚，把耳朵贴在门上，所有注意力都集中在这只耳朵上。

天亮时，乌姆·贾法尔睡醒了，起床去见门前值班的儿媳，乌姆·哈桑撤身离开，两个女人轻手轻脚地来到院子里，交流夜里调查的结果。

因为乌姆·贾法尔年纪大，也为了保证事件的连贯性，首先由她开始说：

“我站了半天，腿都麻了，可什么也没发生！”

“什么叫什么也没发生？”

“没吵架，没听到萨阿德呵斥她，也没听到他大声说话，她也没声音，平时要有谁说她几句，她可一点儿不客气！”

“他们一直没说话？”

“不，说了，小声说的，好像在说什么悄悄话，我觉得是这样的，可我什么都听不见，不知道是门板太厚隔了音，还是我耳朵太背了？”

“其他声音都没听见？”

“完全没有，他好像都没碰她。”

“我也是，没听见这种动静？”

乌姆·哈桑困惑不已，她觉得自己彻底懵了。

“我还想着，那可能是前半夜的事，乌姆·贾法尔应该已经听到了，两人现在是和好了，又开始愉快地谈话。可是，他俩前半夜聊天，后半夜还聊天，这事可不能不理。”

乌姆·哈桑决定将这事向儿子全盘托出，让他去处理，谁叫他把自己的姐姐许配给萨阿德的。乌姆·贾法尔想阻止她，可她固执地朝儿子卧室走去，焦急地坐在床前等他醒来，好告诉他自己熬夜观察的结果。可是，她刚说完，哈桑就训斥她，说她是妇人之见，“你为什么就不能让萨阿德和萨利玛按自己的意愿过日子呢?!”这话真是火上浇油，乌姆·哈桑更气了。

在羚羊到家之前，如果有人告诉萨利玛，她会拥有一只羚羊，会像爱妈妈、奶奶和弟弟一样去爱这只羚羊，她一定会嘲讽他，说他疯了。然而这只突如其来的羚羊，却悄悄住进了她的心里，仿佛那才是它的家。夜里她把它拴在东厅，天刚亮就来解开它，与萨阿德一起喂它食物，同它玩耍，轮流抱它。萨阿德去工作时，萨利玛就按妈妈的要求，麻利地做完家务活，然后一边陪着羚羊，一边读书。她捧着书坐在院子的地毯上，看一会儿，再抬眼望望羚羊，看它蹦跳玩耍或是安静伫立。有时它会自己走到萨利玛身边跪下，萨利玛便右手拿着书看，左手轻轻抚摩它。

说出“我只会嫁给萨阿德”那句话时，萨利玛为自己的一时冲动整夜无法入睡。现在回想那夜，不禁莞尔而笑，那句曾经让自己忧心忡忡的话，现在看来就像是安拉的启示。因为当她接受了萨阿德，就与他更加亲近了，而当她走近他，便爱上了他。

新婚之夜，萨阿德羞涩地向她走来，她不由自主也迎了上去。一种从未有过的平静包围着两人，触动了她内心深处的怜悯、温柔与甜蜜，这种感觉，她从未体会过。

第三夜，萨阿德向她讲述了那片大海、那些停泊的船只和进出港的船只。“马拉加依山傍海，山上有宫殿和城堡，城堡上城墙高耸，华丽极了，虽然比不上阿尔罕布拉宫的精致，但却更加恢宏庄严，给人一种奇特的感受，就像恐惧与安宁的感觉混杂。马拉加是一座大城市，楼房多，花园和林荫道多，路上种着无花果树、橄榄树、橙子树、葡萄藤和枣椰树。你见过葡萄园大雨倾盆的样子吗，萨利玛？乌云密布遮住太阳，只透出一点光线照在葡萄叶上，照得深绿色的叶子透着亮黄，雨珠打在上面闪闪发亮。葡萄园离我家很近，不是我们的，但是离得很近，挨着我们房子，我们看它比庄园主人看得还多。”

“我爸爸叫穆罕默德·阿卜杜·阿齐兹·哈利里，出生在纺织世家，他个子高、五官深，一张棕色的脸，一头和我一样的卷发。他的眼睛黝黑，眼神犀利，显得很威严。爷爷当时和我们住在一起，他和爸爸长得很像，不过年纪老了更瘦些，个头也比爸爸矮。他每天祷告很长时间，念珠终日不离手。要是我们太吵了，他会吼我们，不过我一点儿也不怕他，我也不知自己为什么不怕他。”

“我的妈妈叫阿伊莎，她皮肤很白，身材丰腴，特别爱笑，一笑起来整张脸神采奕奕特别美。爸爸每年都要为她织造一块丝绸，她会裁成衣服，在八月节之夜、斋月第一天、盖德尔之夜等节日穿，或是去参加婚宴的时候穿。我还记得她穿上蓝色丝绸衣裳的样子，还有穿上一件带白色刺绣的深色衣裳的模样。”

“妹妹娜菲赛比我小四岁，妈妈常说：我刚给你断了奶就怀上了她。我还记得抱着她哄她入睡的情景，记得她蹒跚学步的样子，记得背着她在葡萄庄园里奔跑，她乐得咯咯直笑的情形。”

萨阿德脸色惨白，萨利玛强忍着泪水，俩人没注意到天已破晓，也没听到宣礼员的声音，因为卡斯蒂利亚人已经禁止宣礼很长一段时间了。萨阿德换了衣服，准备去上班。

萨阿德并不想继续讲故事，可萨利玛再三要求，他只好连续三晚向她讲述那些细节：马拉加如何被围困，又如何在海陆轰炸后最终惨遭陷落。萨阿德说：“卡斯蒂利亚人用火球、石球和炮弹轰炸城市，大炮还没击中人，那轰鸣声已经震死人了。他们的部队冲进城里，四处放铃铛，又把十字架立在清真寺上，他们的旗子高高地飘在堡垒、城墙和楼房上。”

“几天后，他们宣布天主教国王和王后下令分粮给市民，可那时我的爷爷因为不堪忍受饥饿和压迫，已经去世了，可怜的小娜菲赛也在饥饿和恐惧中夭折了。妈妈哭着不停说‘现在那还有什么用?!’但她还是去了，回来的时候，拿着发给我们的面粉，用它做了大饼，说‘吃吧’，我就吃了。”

“他们一开始对我们说，市民可以凑赎金赎回他们的亲人，钱、金子、家私都行：三十枚金币换一个人头，婴儿也一样。我们城有一万五千人，怎么可能凑够赎金？他们派人去格拉纳达求援，据说格拉纳达又向马格里布地区求援了。”

“卡斯蒂利亚人在百姓那极尽搜刮之能事，然后说赎金不够，宣布所有马拉加人都是卡斯蒂利亚和阿拉贡国王和王后的奴隶，国王和王后可以任意处置他们。国王和王后决定用三分之一的马拉加人质交换他们被扣押在马格里布的战俘，另外三分之一当苦力，偿还因战争消耗的国库，剩下的三分之一大部分都是女人，送给教皇、欧罗巴贵族、皇室成员和战士们作礼物，我的妈妈就在这最后的三分之一中。”

“他们来带走妈妈时，我哭得撕心裂肺，一个卡斯蒂利亚士兵同情我，过来轻拍我的头安慰我，他告诉我他的孩子们和我一般大，那时候我八岁。他说：‘跟着我吧，没人敢欺负你，我把你带回去，抚养你，和他们一起成长。’我和他在马拉加过了一个月，然后我们上路去他家乡时，我指的‘我们’是我和这个男人，他叫胡赛·布兰科，我逃跑了。”

萨利玛微微屈身坐在萨阿德身边，歪着脑袋，双手交叉放在肚子上，仔细听他讲述。她觉得身体一阵发抖，头也疼起来，五脏六腑都揪到了一起，赶忙跳下床，生怕吐在床上，边跑边说“我去厕所”。她冲到门边，一下子打开门，正好撞到了妈妈，两个人同时吓得叫起来。萨利玛接着跑到厕所吐了起来。

奶奶给她烧了两遍薄荷叶，又给她端来一杯热洋甘菊水，这时已经快中午了。乌姆·哈桑看着女儿说道：

“现在好些了，脸色没那么苍白……你觉得好点了没？”

萨利玛盯着妈妈：

“妈妈，你在门后做什么？”

第九章

哈桑在酒馆里看见了她。她的指间夹着钹，正给三个男人伴奏。一个年长的男人右肩挂一根皮带，斜挎过身子在腰间系一个圆柱形大鼓，拿两根小木槌打着鼓。两个年轻人则分别吹奏笛子，腮帮子鼓着，脸也涨得通红。

乐声抑扬顿挫，流畅悦耳，一下子便吸引住他。他随乐声方向望去，目光就停在了那个女孩身上。他猜她十二岁，最多十三岁，又瘦又小，还没穿上成年女孩的服饰。她有张褐色的面孔，一头波浪卷黑发，五官清秀平常，与市场中见到的多数女孩并无二样。是什么让他停留？也许是她眼神中的某样东西，或者是脸上的什么，也许是那一切，它为你开启了一扇大门，使你从黑暗步入光明，从监狱般的漆黑走进广袤的天地，你感到奇怪，因为自己从未意识过那扇紧闭大门的存在。发生了什么？难道这个女孩是吉卜赛人，施展法术迷惑男人，让他们不停幻想？

他的目光流连着她，可当他低下眼时，才发现是自己的灵魂在牵挂她。他走开了，但她的倩影却挥之不去。她是个棕皮肤女孩，他很确信，是棕皮肤，头发乌黑，眼睛乌黑。其他色彩从何而来？她的衣裳和手掌上的海娜文身是一个颜色吗？她下巴上纹的线是墨绿色的吗，还是穿的袍子是绿色的？也许是指钹的节奏和乐曲旋律在他脑中引起了蓝色火焰般的遐想？

倩影挥之不去，他对自己说："去酒馆，看到她，这些色彩就会消失，我就能正常了。"

他去了一次又一次，去了很多次，看了又走，直到看着他们带上乐器离开酒馆。

后来，他又去了，见他们在演奏，演出刚结束，他就朝男人走去，说道：

"我叫哈桑，我在过世的爷爷艾布·贾法尔家长大，他是一名书商。我从事书法工作，目前正在练习写契约。"

他继续说着，毫不迟疑：

"如果这个女孩是你的女儿，请将她许配给我。"

男人的眼皮抖了一下，伸出手与哈桑握了一下。

"请与你的家人到寒舍小坐，如果安拉愿意，那是个好事。"

哈桑和奶奶、妈妈、姐姐、萨阿德一起去了。那户人家并不像他们以为的是穷人家，是栋古老的、传承了数代的大宅子，庭院中央有一口喷泉，周围三面有拱门，引向不同的房间。

女人们进入她们的房间，哈桑和萨阿德则走进一间铺着地毯的房间，地毯明显陈旧了，尽管失去了原始的色泽，依然看得出编织的精美。房间墙上挂满了装饰品：插在鞘中的古剑、书法镂刻作品、两把带着银鞘的匕首、库法体书写的《古兰经》经文，还有一面旧锦旗。

哈桑和萨阿德坐下，面对着男主人和另外两位年纪相仿的男士。男人介绍说，其中一个是他兄弟，另一个是他堂兄弟，哈桑见到的那两位吹笛子的年轻人是他的儿子。

主人家端上了橙子、无花果干、椰枣和葡萄干。哈桑暗自祈祷安拉打开他的话匣，可舌头却不听话。萨阿德与他们倒是相谈甚欢，接着他们便求安拉同意，读了开端章。

回到家后，母亲责备地说："你没告诉我那个男人和他的孩子们是在酒馆卖艺的！"哈桑哑口无言，不知该说什么。奶奶开口道："他也没做错什么。他从前唱的是赞歌，逢节日庆典时唱颂先知的生平和功德，歌颂他侄子[①]的英雄事迹。万恶的魔鬼来到这里后，不准我们唱赞歌了，难道让他去偷去抢，还是让他去给罗马国王唱赞歌吗？"母亲不依不饶："真不知道她有什么地方吸引你。肤色棕得发绿，瘦得像根棍子。邻居家的姑娘比她漂亮一千倍，要不我去给你提亲?！"哈桑责备地看了一眼母亲，说："妈妈，我们已经念了开端章，这是男人间的谈话。另外，我就要这个女孩！"乌姆·哈桑恼怒了，说："我不能让你娶一个鼓手的女儿！"哈桑脸色一沉，乌姆·贾法尔连忙打圆场，好结束这次对话："宰娜卜，你担心什么？那个姑娘很和气，性格又活泼，她还小还没完全发育呢。我结婚那会儿，比她还瘦。哈桑，恭喜你！安拉保佑，愿你的新娘带给你幸福，带给全家幸福。恭喜恭喜！"

一周后，哈桑与他的新娘结婚了。教他写契约的师傅为他写了婚书。

---

① 指第四任正统哈里发阿里。

奉至仁至慈的安拉之名，求安拉保佑我们的先知穆罕默德，保护他的家族、迁士、辅士、朋友以及他所爱的人们。

这份幸福的婚书托安拉之福，依教法条例得以缔结。缔约男方为哈桑·本·阿里·本·艾布·贾法尔·沃拉格；缔约女方为幸福的贞女玛利亚·宾特·艾布·易卜拉欣·阿里·萨达格。彩礼为五枚金币。丈夫的房屋继承自其亡父，位于格拉纳达城外艾因·达姆阿，房屋周围土地上种植的橄榄树和葡萄树都属于他的财产。屋子南向是艾布·穆罕默德·沙提比的房屋，北向是穆尼娅·乌姆·萨阿德·宾特·塔哈·马斯欧德的房屋，东面是利德旺·艾比·哈利勒的房屋，西面依山。

婚约内容如上，全部内容至此结束。

玛利亚自从会走路、学东西记名字时便有了这个熟悉的箱子。她妈妈说："这是玛利亚的箱子，她嫁去夫家的那一天也会带着它的。"箱子曾经属于她的奶奶，而奶奶也是从她妈妈那里一代一代继承来的。

这是一个长方形木箱，表面刻着橙色、柠檬黄色、榛果色和绿色的花鸟纹案图。每个装饰单元中有两只模样相似的鸟儿相对而立，中间是一朵玫瑰，玫瑰和鸟儿的四周都有花纹装饰。从鸟儿收拢的翅膀和尾部后，开始另一个装饰单元，这边鸟儿的尾部几乎快与前一个单元中鸟儿的尾部相连，随着背部线条上升拉开了距离，它的头朝向另一边的玫瑰花和它的同伴。在两个装饰单元之间的倒三角区域，是枝条、花叶的纹饰。一个个装饰单元重复相连，在年久渐深的橄榄色背景上仿佛一条五彩织锦。

箱子很大，几年过去了玛利亚都还能坐在箱子里。她常求着妈妈让她坐到里面，但妈妈极少同意。玛利亚跳进箱子，盘腿而坐，身边放着天蓝色的玻璃瓶，里面装着渗渗泉的泉水，是一位祖先从希贾兹地区带回送给妻子的，还有一块绣花手绢、一匹绣有金银丝线的深黑色天鹅绒，一条串着咖啡色木珠的项链，木珠间点缀着闪亮精致的三角形或方形贝饰。此外还有两个化妆用的墨盒，小的那个用纯金打造成孔雀的形状，大的那个是银质的，装着圆形眼线笔、一个小象牙盒、一块深玫红色的奇怪石头。

五岁那年，玛利亚坐在箱子里，按妈妈一再嘱咐的那样，小心翼翼地抚摩这些物品。她高兴极了，尤其当她意识到坐进箱子里是件多么不易的事，就像过节一样，必须经过长久的等待，而且街区上的其他女孩都不可能有这机会。她和女孩们说她的箱子，再添油加醋地加上自己的想象，大家都信了，因为没有任何人见过箱子里的模样，总是见它上着一把老旧的铁锁。

哈桑向她求婚又和父亲读了开端章之后，玛利亚的箱子里添了三件新衣、两双皮鞋、一块绣花手绢、一条面纱、两件衬衫、四条衬裤、两双厚袜子和一件羊毛大衣。妈妈帮她叠好，小心翼翼地和其他物品放在一起，又在里面放了一本小册子，绿色封皮正中写着“古兰经”，这三个字位于一个八角星的中心，八角星周围是花草纹案，就像一个长方形的金项坠放在了两条金线织成的细框中，金线间穿插着连续的六边形图案，带着书封那种绿色。

两头强壮的骡子拉着车，载着箱子、玛利亚一家和部分邻居，穿过格拉纳达来到阿尔拜辛，哈桑正神采飞扬地等待新娘到来。

新娘到了，一张张笑脸相迎，问候声、祝福声此起彼伏，但是没有任何欢呼声响起。这是艾布·曼苏尔的主意，他把想法告诉萨阿德，萨阿德又转告哈桑，哈桑同意后告知了妈妈、姐姐和奶奶，她们再传达给街坊邻居。

艾布·曼苏尔说：

“萨阿德，布加拉的村庄被焚烧，每天几百个村民被屠杀，你们还要在艾布·贾法尔家里举办婚礼吗？”

哈桑垂下头，不知怎么作答。

“布加拉在服丧，艾布·贾法尔的家中还要传出欢呼声吗？”

艾布·曼苏尔并不生气，该生气的日子早过了。他愁眉苦脸地坐在澡堂门口，几乎不说话。他把澡堂的工作交给助手们，他对萨阿德说：“你是一个理智、负责的人，去做你认为正确的事吧！”他很少再进澡堂了，就算进去，也很快就出来，似乎无法再忍受待在一个头顶有天花板、四面有高墙包围的封闭场所。

哈桑将艾布·曼苏尔对萨阿德说的话转告给母亲和奶奶，母亲说：

“女方家人会怎么说，一场没有锣鼓、没有庆贺的婚礼？”

奶奶说：

“她的家人邻居和我们的街坊都会来，我们怎么问候他们，怎么庆祝？”

哈桑说：

“宰羊，准备合适的饭菜，不需要欢呼，不需要奏乐。”

乌姆·贾法尔和乌姆·哈桑都没有被这话说服，不过她们还是把意思转达给了街坊们。有人说：“艾布·曼苏尔是对的。”有人说：“要是办婚礼，不用一点儿歌声温暖心灵，我们会悲伤而死的。”乌姆·贾法尔说：“我们会举办婚礼，大家会聚在一起，分享哈桑的快乐，只是没有欢呼声和歌声而已，我们会有婚礼的。”她边说边站起身，不让人看见眼眶中打转的泪水，可它竟不争气地流了下来，她便转过身背对她们。

只有艾布·易卜拉欣一人知道，女儿的婚礼将会是一个独一无二的夜晚，会永远留在参加婚礼的格拉纳达人和阿尔拜辛人记忆中。当哈桑告诉他艾布·曼苏尔的想法时，他答道：“他是对的，这话真应该是由你或由我先说，而不是他。”就在那一刻，他下定决心，让卡斯蒂利亚人和他们的什么律令都下地狱去吧，他要在女儿婚礼上歌唱，做了这个决定后，他确信，当他歌唱时，歌声将化为魔力。

婚礼那天，男宾们坐在院子里，萨阿德、纳伊姆和玛利亚的兄弟们忙着端食物，斟乌姆·贾法尔做的杏仁饮料。当客人们用完餐，青年们收拾完剩余饭菜后，艾布·易卜拉欣说：“哈桑，过来，我想要你坐在我身边。”接着他提高了声音，对着客人们说道：“各位注意，我想要将这份礼物送给我的女婿。”人们安静下来，看着艾布·易卜拉欣，他面前什么都没有。礼物究竟在哪儿？艾布·易卜拉欣露出一个灿烂的笑容，说："首先，我们向先知祈祷。"

院子里鸦雀无声，大家翘首以盼，想把婚礼的意外开场仪式弄个明白。

艾布·易卜拉欣高声唱颂：

> 多么美好！一帮人带走了他们，凭仁慈的安拉相逢。有时他们赞念着敬爱的人度过光阴，在古兰经深处寻求真理。他们是哈希姆先知的继承人，最崇高的阿德南阿拉伯人。他们在圣地驰骋爱的飞马，向光明和真理的殿堂进发。他们叩响包裹躯体的那片天，天空敞开大门，露出双眼。右边的眼睛笑意盈盈，因为她看见儿女们在幸福的天堂；左边的眼睛泪水滑落，因为她见儿女们身处炼狱的火焰中。

怎么了？人们为何如此慌张，像是农夫惊诧地发现干涸多年的洪流再度奔涌而来。为何他们的身体开始颤抖，越想克服，脸色越发苍白。

艾布·易卜拉欣继续唱他的赞歌，《优雅的先知》《眼中的光芒》《仁慈的精英》《亲爱的穆斯塔法》《阿德南人塔哈》……人们默不作声，不知是自己陷入了乡愁哀绪，还是卡斯蒂利亚人的魔鬼假扮成天使来到他们身边。但这可是艾布·贾法尔的房子，魔鬼怎么可能踏足？

接着，艾布·易卜拉欣开始歌颂穆哈勒哈勒·本·法耶德国王与哈立德·本·瓦利德之间的故事。故事讲到先知正与众人一起行礼拜，然后哭着告诉大家，敌人正带着十万骑兵、五万步兵、四万奴隶前来追杀他们，“你们怎么看？”

艾布·易卜拉欣唱：

先知的伙伴说：

“穆罕默德，我们是你锋利的宝剑，是你锐利的长矛，是你坚固的磐石，是你杀敌的利箭，是你奔跑的烈马。我们将为你而战，直到战死在你面前。”

先知派人找来哈立德：

“哈立德，是什么阻止你与我们一起？我的兄弟哈立德，你没有听到呼唤与先知一齐行聚礼的宣礼声吗？”

哈立德哭了，先知也哭了，他说：

“安拉的使者啊，我们家已经三日未起灶了，家中三儿三女，我每日与他们玩耍，要他们累得忘记饥饿，倒头便睡。”

女人们害羞地将头从门边探出，脚步不由自主地向前移动，一步、两步、三步，然后停住。她们站在环绕庭院的长廊上，脚下不动，身子却拉着长长的影子渐渐倾斜，在那些倩影下，男人们盘腿而坐。

在众多门徒中，使者选了哈立德·本·瓦利德去给穆哈勒哈勒送信，先知说：

“我的兄弟瓦利德，如果你登上了高山，请赞念安拉；如果你走过了河谷，请赞颂安拉；如果内心哀伤，就诵读《古兰经》，它将治愈你心中的悲痛。当你见到那群人时，便不会感到慌张与畏惧。”

哈立德出了城，日夜赶路马不停蹄，来到了一片莽荒之地，进去死路一条，出去才得新生。没有水，没有植被，马儿又渴又饿跌倒在地，哈立德说：

“我的好马儿，我的伙伴啊，难道你也要弃我而去，留我只身一人？”

马儿悲伤的双眼望向他，哈立德轻轻拍着它的头，亲吻它。他将衣襟扎入腰带，将马鞍挂在肩上，告别马儿继续前行。行了一段路后，忍不住折回，见马儿双眼闭合，头上立着死亡之鸟，便说：

“死亡之鸟，你难道不知我带着安拉使者的书信？死亡之鸟，放过我的马，走吧。马儿啊马儿，醒来吧……”

话音刚落，死亡之鸟飞走了，马儿站起，四蹄踏地走动起来，哈立德跟随马儿一同前行。一人一马步行至一座高山下，小心翼翼登上山顶，见山脚下山谷绿荫繁茂，河水流淌，于是又缓行下山，哈立德说：

“马儿啊，所有这一切都是安拉赐予的。”

马儿吃草饮水，身体康复如初，发出健康的嘶鸣声。

哈立德说：

“我的朋友，我的好马儿，请你看护我一会儿，让我睡一觉。”

他卸下盔甲，宝剑置于胸膛，倦意袭来，昏昏睡去。他觉得马儿在四蹄跺地，慌忙醒来，套上马镫，翻身上马，端坐马鞍之上。只见一千名骑兵迎面而来，策马疾驰，高举长枪。

艾布·易卜拉欣继续歌唱这位骑士和骑兵们的交锋场景，只见刀光剑影，血染衣襟，萧萧马嘶响彻战场。

艾布·易卜拉欣唱：

但是他们以多对一，擒获了哈立德，将他五花大绑。

国王说：

“把他的马宰了扒了皮，把他裹在马皮里绑到这棵枣椰树上，再去准备些柴火，明天我们烧死他，这样就烧了艾布·卡西姆的心和希贾兹的一个支柱。”

哈立德就这样被绑着。夜幕降临，他仰望天空，看着星辰。天地间万物沉睡，人界、灵界只剩下这个生命不睡，一阵西风吹来，他歌唱起来……

艾布·易卜拉欣高声唱着那哀伤的歌曲，人们聚精会神地听着歌声，目不转睛地看着他。这是什么声音，从何而来？他们面前的这个男人和他们一样行走市集，养家糊口，这声音为何如此销魂荡魄？

人们眼中映着声音的画面，声音也有画面吗？声音中是否也有光明？他们的面容就像河水一样荡漾，像一面面锃亮的镜子相对摆放，反射着阳光，彼此投射太阳的映象。

是阿里听到了哈立德的声音并前来营救他的。少年阿里身背双叉剑，骑着烈马，飞奔解救哈立德。他顺着声音找到哈立德，摇晃起枣椰树。哈立德说：

“谁在摇我的刑架？”

阿里答：

“哈立德，安拉与悲伤者同在。”

阿里将树根砍断，双手环抱，小心接住了哈立德，不让他摔伤，他抽出身上的小刀，割断绳子，将哈立德背到河边，洗净他身上的马皮和血渍，又脱下自己的一件衣服，把头上的头巾取下撕成两半，分了一半给哈立德，又为他穿上衣服。黎明时分，阿里和哈立德登上山顶，天方露白，旭日东升。人群开始行动，可恶的敌人和该死的恶魔骑着战马，与大军前行，国王穆哈勒哈勒走在队伍前方。阿里一蹬马刺，策马前冲，仿佛雄鹰从天而降。穆哈勒哈勒认出了卡西姆家族的标志，对他说：

“阿里，并不是所有的白色都意味着严寒，所有的黑色都是煤炭，所有绿色都有芬芳，所有的马匹都能上战场。

“阿里，我是穆哈勒哈勒·本·法耶德国王，没有女人能生出我这样的人物，若你不想担惊受怕，我可以给你指条明路。”

阿里说：

“天杀的，你想怎样？”

穆哈勒哈勒道：

“你下马亲吻我的鞋，在我的人面前向我致以崇敬。”

阿里跳上了马，高喊：

“我的马儿，我的雄狮，求安拉保佑你矫健驰骋。”

阿里稳坐马背，剑从右手换到左手，伸出双臂，抓住敌人的腋下，将他拖下马鞍，就像苍鹰用利爪擒住鸟儿一般，接着以双叉剑刺向敌人，将其杀死。

阿里转向正在高喊“安拉至大”的哈立德，俩人如雄狮一般向敌人发起进攻。阿里与哈立德各攻一路，异教徒们接连倒下，尸横遍野。太阳高挂天穹时，敌人已全军覆没。

一阵清脆的欢呼声响起，回荡在院子四周，男人们四下张望，女人们转过了脑袋。身材高挑的乌姆·贾法尔伫立在庭院的中央颤舌欢呼。

第十章

一天又一天，纳伊姆愈加坚信，是忌妒之眼狠狠戳中了他，这么多年以来阴影挥散不去。若不是这样，要如何解释他被一个不知名、不知姓、不知来历的女孩偷了心？他连她家住何方都不知道，如何去敲开大门，对她家人说“请把你们的女儿许配给我？”一年，两年，三年过去了，他的眼中容不下其他女子，只有那张面庞，醒时见，梦中念，却终不得见。思念将他百般折磨，他渐生怨恨，恼她，也恨自己。他信誓旦旦要结婚，先相中了第一个路过街区的漂亮女孩，当天便打听了她的消息，拍板定了自己的大事，然后和萨阿德一道前去拜见对方父亲，征得同意后一起读了《古兰经》开端章。众人还未前来道贺，纳伊姆暗暗庆幸自己终于否极泰来、成家立室，这时女方父亲来了，说：

“纳伊姆啊，卡斯蒂利亚人欺人太甚，让我们做的事都不是人干的。我兄弟在非斯，他让我去那儿，说那儿工作机会多，过得好。”

“别担心，爸爸，我会保护您闺女，好好对她的。您一路平安，多保重，这里一切安定时，您再回来！

“你跟我们一起去，安拉自会解决这里的一切！”

纳伊姆没有答应，于是男人带上女儿远走他乡了……纳伊姆对乌姆·贾法尔诉说了他的烦恼，她说：

“我会给你找个更美的新娘！”

“乌姆·贾法尔啊，我不想要什么漂亮不漂亮，我只想找个好姑娘结婚。现在的我就像件滞销货品，时间再往后过，我怕是要变成一个没有老婆、没有孩子的老光棍！”

乌姆·贾法尔被这话逗得哈哈笑。

“这事儿交给我了，我给你找个闭月羞花的新娘。”

乌姆·贾法尔开始物色合适的新娘人选，她找到了一个，向纳伊姆描述她的身高、体型、容貌、头发，还有她活泼的性格。纳伊姆便在萨阿德和哈桑的陪同下前去拜见了新娘的父亲。同一天，在写婚书之前，新娘的母亲找到乌姆·贾法尔，泪汪汪地说，因为卡斯蒂利亚人禁止格拉纳达穆斯林和卡斯蒂利亚其他城市的居民来往后，她丈夫决定改信基督教：

“乌姆·贾法尔，他是个车夫，靠四处赶驴拉货养活自己和全家人。我们现在都要改信基督教，我指的是家里所有人。如果纳伊姆想要娶我的女儿，他也得这样做。”

乌姆·贾法尔对纳伊姆说：

“她的确一直在哭泣，虽然我嘴上狠狠训斥了她丈夫的决定，但内心还是同情她的。她走了，我告诉她纳伊姆不会做的，就算刀架在脖子上也是如此，是这样吧，纳伊姆？”

“当然，乌姆·贾法尔。”

那一刻，纳伊姆感到自己倒霉透了，坏运气可能要一直陪着他，陪到他驼了背、掉了牙。乌姆·贾法尔安慰他：

“你是迟了点，不过你也才二十岁啊！”

“二十二岁了，乌姆·贾法尔！”

纳伊姆没有对她说自己迷恋的那双眼睛，毕竟那时他只有十三岁，每周都爱上一个新姑娘。他唉声叹气，想道：究竟是谁的眼睛，让我这般着迷？！要是知道的话，我一定要让她向卡斯蒂利亚人施法，这法力太强大了，太强大了！

萨阿德已经结婚了，他俩的见面从每天一次缩减到每周一次。萨阿德现在牵挂着有孕在身的妻子，将来生下儿女，他更有得忙了。哈桑也结婚了，要为妻子忙碌。而他呢？白天忙着弯腰修补鞋子，夜晚孤零零地在小巷里四处晃悠，或者坐在店门口想念那双迷人的眼睛。

纳伊姆心烦意乱地坐在店门口，看见萨阿德朝他走过来。今天并不是他们每周一次的见面日。纳伊姆高兴地跳起来，大声向朋友打招呼，然后跑进店里端出一串葡萄、五个无花果、一把杏仁，他把它们放在萨阿德面前，笑道：

“今天刚买的，好像早知道你会来看我，快请吧，萨阿德！”

他注意到萨阿德的脸色，似乎有烦心事。

“怎么了，萨阿德？”

“萨利玛再过两个月就要生了。”

“我知道。”

“也许我不该跟她结婚。”

纳伊姆惊奇地睁大了双眼，然后问道，嘴角还带着一丝微笑：

"你喝了艾布·曼苏尔的饮料？"

"没有。"

"和萨利玛吵架了？"

"也没有。"

"那怎么回事？"

"一个男人连家人都养不起，为什么要结婚？"

"乌姆·哈桑说什么话伤害你了？

"他们今天去封了艾布·曼苏尔的澡堂，还封了阿尔拜辛的所有澡堂。"

纳伊姆张着嘴，没明白萨阿德的话。

"你确定？"

"我跟你说他们把澡堂关了。来了些士兵，把我们赶了出来，然后关了门，说从今往后再开澡堂的话，老板及其手下都要受酷刑。"

萨阿德苦笑一声。

"他们说澡堂有害健康，是一个毫无意义的阿拉伯陋习。"

"那人们去哪儿洗澡？"

"洗什么澡？他们的卡斯蒂利亚主子洗澡吗?！"

"萨利玛和这事有什么关系？她因为封澡堂的事和你吵架了？"

"纳伊姆啊，愿安拉喜爱你……我没和萨利玛吵架，她也没跟我闹别扭。我现在丢了工作，难道我就这么待在哈桑家里吗？难道要我和他说，哈桑啊，为我们夫妻俩和即将出生的孩子花钱吧！"

"哈桑是你的兄弟，纳伊姆也是你的兄弟，你会找到工作的。”

片刻沉默后，纳伊姆先开了口，像是自言自语：

“狗娘养的……他们关了澡堂，那该去哪里洗澡！”

两人再度沉默，各自若有所思。纳伊姆拿起一颗葡萄放进嘴里，开口说道：

“明天你来我这儿，天一亮就过来，我教你做些我的活儿，三四天工夫你就能学会，然后再请我师父收留你。澡堂关门这事会让他愤怒的，也许心一软就给了你一份工作。当然他会问你之前干过鞋匠活儿吗，你就说，去艾布·曼苏尔的澡堂工作之前，干过几年。他还会问在哪儿、跟着谁干的？你说在马拉加。然后他会让你露两手给他瞧瞧，你就把我教你的东西做给他看。怎么样？”

萨阿德走了，纳伊姆开始思考澡堂查封这件奇怪的事。敌人要杀你，这事好理解。可是关闭澡堂、强迫市民改信基督教，这是什么道理？看来卡斯蒂利亚人是个没脑子的古怪民族，可他们为什么脑子不正常？他们生下来时不都和其他生物一样，是健康正常的孩子吗？怎么就失去理智，干这些奇奇怪怪的事儿？纳伊姆百思不得其解。或许因为北方天气严寒，他们脑子冻僵了，血液不循环，所以坏死了？也可能他们吃多了猪肉，所以疯了？

虽说纳伊姆对澡堂关门、萨阿德丢了工作的事情十分担忧，但他还是迫切希望第二天快点到来。要不是因为觉得愧疚，他早就宣布自己对此有多么开心了：萨阿德和自己一起在铺子里工作，俩人又能像从前一样每天见面，聊个不停了。

纳伊姆一躺上床便酣然入睡，一阵敲门声将他惊醒，发觉天已破晓。萨阿德站在他面前，像昨晚说好的那样，他已经早早到了。

“师父日出前不会来，时间还早呢，你先说说你的事，然后我们再开工……”

萨阿德看着纳伊姆直笑，后者这才意识到，他朋友昨晚那么迟才离开，还哪儿来的什么新鲜事啊！不过他还是犟嘴拗舌道：

“我是想问你，你回去有没有撞见谁？乌姆·哈桑有没有对你说些无聊话？你这晚有梦见什么吗？还是睡得很沉，什么都没梦到？当然啦，总会有新鲜事的！”

萨阿德听得直乐，纳伊姆也笑了，随后俩人开工干活。

乌姆·哈桑不停埋怨儿媳，她对乌姆·贾法尔说：

“别人家儿子讨媳妇，儿媳上门承担一切……这个玛利亚真是少有的蠢，什么都不会！”

乌姆·贾法尔忙说：

“她还小呢，宰娜卜，你教她，她就学了！”

“怎么教！我做饭时她连人影都不见，看见我弯腰打扫屋子，也不赶紧接过我手里的扫帚！”

乌姆·贾法尔笑着指出萨利玛也不会做这些，况且玛利亚虽然年纪小，但至少很听话，有求必应。而萨利玛呢，让她做点儿什么她就烦躁，要么就假装自己有别的事忙，还说什么“我可不能同时做两件事呀！”

“她们俩还小，还要怀孕生子，假以时日，再有了孩子，自然会学好的。”

乌姆·哈桑还是不停地抱怨玛利亚，袒护萨利玛，乌姆·贾法尔哈哈笑，不住感叹婆婆终归是婆婆，儿媳妇再好也不可能真心接受……“天下的婆婆都这样吧，除了我！”

乌姆·哈桑为自己一再辩解，她强调自己从没见过哪个女人在丈夫起床去工作后，自己还赖在床上呼呼大睡。她一整个白天都在唠叨此事，乌姆·贾法尔只得坚决地说：

“你女儿和她一模一样，简直就是一个娘胎里出来的，你怎么就只怪一个人！”

乌姆·哈桑从不拿萨利玛和玛利亚比较，而是和自己比，她深信自己儿子走了背运，没能娶到一个勤快能干、懂得操持家务的媳妇。乌姆·贾法尔维护她，说什么还小，孩子不正要学习吗，孩子跟着大人，模仿他们，学经验、学知识。可这个玛利亚又懒又蠢，什么都不想学。她自己也是在她这个年纪嫁人的，但她渴望获得婆婆的认可和赞赏，所以寸步不离婆婆身边，观察她，模仿她，竭尽全力地洗衣擦地，连一口口铜锅都擦得跟镜子一样闪闪发亮。

厨房里，她在乌姆·贾法尔身边或坐或立，眼睛片刻不离婆婆，仔细观察她如何烹调库司库司 、甜汤、泡馍、馅饼。要是知道有其他烹饪方法，她还会向母亲和姨妈们请教。所以没过几个月，乌姆·贾法尔做饭就离不开她了。她在玛利亚这个年纪的时候，已经知道各种腌肉、腌鱼、羊肉肠、腌制橄榄、柠檬和茄子的方法了，还会做各种糕饼、奶酪、果酱、饮料，家中总是食客不绝。

几天前乌姆·哈桑注意到大家餐后洗手的肥皂用完了，就叫来玛利亚，让她再备份新的。没让她去灌羊肉肠，没让她生火做饭、和面烙饼，只是让她制一罐肥皂，仅此而已，可玛利亚对她说：“告诉我怎么做，我好准备。”她再次对这个女孩的愚蠢感到震惊，可她还是表现出耐心和大度，说：“你先把沙棘果、干百里香、玫瑰花瓣和干柠檬叶掺一起，加一些檀香木粉和一点肉豆蔻末，这就行了。”玛利亚去了厨房，结果又不下十次地回头找乌姆·哈桑，一会儿问干百里香在哪儿，一会儿又问研钵放哪儿了，因为她需要研磨东西，一会儿又问每种材料的分量。待乌姆·哈桑去厨房看儿媳妇制作的肥皂时，不禁火冒三丈，差点怒骂着把那东西给扔了，亏得乌姆·贾法尔在一旁相劝，求她不要挫了小姑娘的热情。要是让她去做一顿库司库司，得是什么样?！没准这姑娘真会端上一盆黏糊糊的面汤泡着半生不熟的肉！真不知道哈桑看上她哪一点，没姿色又不会操持家务，只会和萨利玛在一起叽叽喳喳！

萨利玛和玛利亚的友谊日益加深，尤其萨利玛比弟媳大三岁，自然扮起姐姐的角色。玛利亚乖巧随和，欣然接受，她对萨利玛充满了尊敬和崇拜，她能翻开一本书，看着里面，解开那些神秘符号，然后讲给她听。一天萨利玛提议教她读书写字，她觉得更爱这个姐姐了。

“我行吗？”

“为什么不行？”

乌姆·哈桑在一旁评论：

“就差这个了！”

两个姑娘说不完的悄悄话越来越多，每日相聚时，玛利亚拿着一块板子，萨利玛坐在她面前，给她听写字母和单词，然后批改。

乌姆·贾法尔和乌姆·哈桑忙着做饭、打扫房间、洗脏衣服，而两个姑娘坐在原地纹丝不动，就算不聊天、不学习，也要挨着坐。萨利玛读自己的书，玛利亚则为肚子里的孩子和萨利玛肚子里的孩子绣襁褓。

纳伊姆对师父说：

“我朋友是个出色的鞋匠。他在马拉加学艺，后来到了格拉纳达，在一个大鞋匠手下干活儿，可之后发现他师父和卡斯蒂利亚人有来往，他就把自己的担忧告诉了艾布·曼苏尔，你是知道曼苏尔这个人的，他一向疾恶如仇，所以他让我朋友离开那个浑蛋，去他的澡堂干活儿。”

“艾布·曼苏尔这个可怜的，他们关了他的澡堂！”

“师父，我担心我朋友会去隔壁街区的鞋铺，那他们的货和咱们的就有得争了。”

师父不说话，纳伊姆觉得必须挑明了直说。

“我说师父呀，为什么不叫萨阿德来我们这干活儿？”

“我付不起两个人的薪水，再说最近生意也没多到这个程度。”

这头狡猾的狐狸！街坊邻居谁都知道他是个极度吝啬的守财奴，他们说他把金子藏在家中的三个水罐里。要不要说最近的活儿太多，他一个人忙不过来呢？

“师父，最近店里的活儿实在太多了，要是有两个人做，能做得更好。”

“我付不起两个人的薪水。”

没用……再换个法儿试试：

“说实话吧师父……我就不拐弯抹角了，您是一个好师父，一向照顾我，从不吝惜任何东西！”

“什么事？”

“事情就是我要结婚了。”

“找到对象了？”

“还没找到，但准备成家了。我找了份薪酬更高的工作，能有足够的钱养活家人……但我对自己说，孩子啊，这么做可不够男人啊，就这么突然丢下工作，抛弃师父。所以我去找我朋友，问他是否愿意干回老本行。”

“所以你不想在我这工作了？”

“安拉在上，师父啊，我也是被逼无奈才接受这份可能都不感兴趣的工作，我需要钱啊。”

“你这个朋友可靠吗？我能信赖他吗？”

“他可比我好多了。”

“那我见见吧。”

纳伊姆一下站起来。

“我去带他来？”

“不是现在，你先把手上的活儿干完，再去找他。”

纳伊姆一干完活儿便起身奔向艾布·贾法尔家。匆匆跑过几条街，来到艾布·贾法尔家那个街区时，他突然想起自己还没想好怎么向萨阿德解释，既然自己要放弃鞋铺的工作，那萨阿德问起时，他得说个让人信服的理由，不能引起好友的怀疑。他转身原路返回，慢慢走着，边走边想着如何解决这个新难题。

第十一章

夜幕下，艾布·曼苏尔来到他的澡堂，在门口那扇古旧的大木门前站了一会儿，从口袋里掏出钥匙，小心翼翼地在锁眼里转两圈，推门而入，又谨慎地关上大门，可大门还是发出吱呀一阵响，艾布·曼苏尔想这声音一定回荡在整个阿尔拜辛。

四周漆黑一片，伸手不见五指，艾布·曼苏尔熟练地向前走五步，左转，登上三级台阶，伸手取下油灯，点燃放回原位，又走到另外两盏灯旁，点亮，然后走到对面，重复同样动作。

他走回长凳坐下，头微微后仰，闭上双眼，像是睡着了一般。没必要睁开眼点亮灯，这里的每一处细节他都了然于心。尽管如此，他还是重新睁开双眼，四下打量：方正的庭院，地板铺着地毯，四条高高的弧线交会在圆形拱顶，顶上花纹装饰，深沉的绿色像橄榄一般。在每两个拱弧之间的三角区域，画着科尔多瓦城的大清真寺、公园、楼宇。

艾布·曼苏尔凝视着这幅画，然后抬头望着圆顶，视线再下滑，数起了圆顶下方的窗，他知道那是十二扇，还是又数了一遍。目光又移到两个相对的厢房间，顺着三级台阶向上看，台阶上铺着地毯。长椅后方的墙上有些相对的拱门，有的挂着壁灯，有的用来放浴巾。浴巾散发着薰衣草的香味，叠好后装在平整的小布袋里。

艾布·曼苏尔双臂靠着椅背，闭上眼，看见父亲怒吼着打他，他跑出家门，决心从此再也不回这个世代囚禁儿女的家庭，离开那个由老祖先一手打造的疯狂牢笼。

说起这位老祖先，他是曾爷爷的父亲，他的故事是家族传说，爷爷奶奶、爸爸妈妈、叔伯姨妈都耳熟能详，不厌其烦地传述。

两百多年前，科尔多瓦沦陷，老祖先抛下房子和澡堂，带着一点积蓄和只为实现梦想的一腔热血，举家迁至格拉纳达。他日思夜想，忙碌操劳，一切都为了实现那个梦想：建一个比旧澡堂更大的澡堂。他告别妻儿，只身前往沙姆地区考察，因为传言说那里的澡堂比科尔多瓦的精美。他去了，看了，比较了，过了两年，回来了。他在马拉加下了船，赶了五匹骡子回家，自己骑一匹，大马士革工程师骑一匹，剩下三匹驮着从大马士革、开罗和亚历山大买回的澡堂用品。到了妻子面前，清了行李，妻子哭了。他没给她带回大马士革丝绸作纪念，没给新婚女儿带礼物，也没给翘首盼着父亲早日归来参加婚礼的儿子带礼物。

阿费夫着手建澡堂。整整两年时间，每天都在主持工作，从日出到日落，从披着旧毛毯的寒冬，到罩着突尼斯短衫挽袖而立的酷暑，他都和工程师、建筑师、木匠们在一起。大门完工时，他失望地喊道：“这也算门？这就是一块实心木头！”木匠们大吃一惊地查看雕花大门的每一处细节。可是阿费夫心仪的是在埃及和沙姆见到的那种，他想：“我要准备好足够的木材，付够他们钱，安拉保佑我重新做扇门！”

大门、水池、大理石浴缸、拱顶上的装饰花纹、柜子、长椅和壁龛，所有这一切耗尽了阿费夫的积蓄和时间。债可以赊，可时间去哪儿赊?！澡堂完工一周后，阿费夫就撒手人寰，留下妻子和七个儿女，还有从亲朋好友、街坊邻居那欠下的重债。他的子孙世代都在澡堂里辛勤工作，谋取生计。“科尔多瓦人阿费夫的宰因澡堂”赏心悦目，令人心旷神怡。他们终于还清了祖先欠下的债。

艾布·曼苏尔站起来，朝箱子走去，过去客人们把他们随身的衣物和钱装进包袱里，存放在这箱子里。长方形的大箱子，四根木腿将它撑起，离地约二十厘米高，箱子由胡桃木打造，上面的装饰花纹斜向相交，点缀着三角形和四方形的象牙贝，深沉的桃木色与光亮的象牙白相得益彰。

艾布·曼苏尔把钥匙插入铁锁，打开箱盖，里面只剩下一本《古兰经》和一束用手帕扎着的薰衣草干花，散发出沁人心脾的芳香。

“我不想在澡堂干了。”

“那你想干吗？终日喝酒吟歌，追着艺人跑？”

“这也比在澡堂干活儿好！”

父亲扇了他一巴掌。青春有残酷，有愚昧，青春时眼里什么都看不见。现在他终于明白了父亲当年的恐惧。澡堂不只是澡堂，更是一部家族史，子孙后代们只能去维护它。艾布·曼苏尔热泪盈眶。父亲去世时他正和那些歌手们一起，弹着乌德琴伴奏。得知噩耗后，他赶回家，母亲递给他澡堂钥匙。他打开澡堂，修整了一番，那年他十八岁。

四十年来，他随身带着那枚父亲、祖父、曾祖父曾经带过的钥匙。他打开门，那扇工匠们精心制作，表面镂刻着长形、方形、三角形的实木门，每一处凹槽，每一条纹路，他都熟悉于心，仿佛看着镜子中自己的脸。

艾布·曼苏尔起身，蹒跚走向中庭，中间是粉色石子砌成的八边形水池，池子中央是雪花石筑成的花形出水口，水从这里涌出。是他加修了这个水池，又翻新了两侧的盥洗室，添置了一盏彩绘玻璃灯。

艾布·曼苏尔穿过中庭，来到侧厅。这里的一切都维持着原样，桑拿房走廊的长凳贯串大厅南北，两侧都有蓄水池、大浴池、小浴池、五个大理石浴缸，地面铺着粉色黑色相间的大理石石板。这是老祖先的梦想，在能工巧匠的手下实现了。

艾布·曼苏尔目光流动，四处审视。拱形门里，明亮的烛火曾映在墙上摇曳生姿。他在长凳上躺下，一片冰冷，室内没有炉火。他伸展双臂，合上眼，睡着了。梦里，他看见自己变成了一个小男孩儿，唇上还是浅浅的绒毛，正盘腿坐在桑拿房里享受着房间里的温暖，手中还握着一把乌德琴，拨弦弹唱。一个神情肃穆，身材高过一般人的老人走来，对他说：

“站起来，孩子。”

他站起来，把乌德琴放一边，为老人脱去衣服，从水槽中舀了一瓢热水浇在他身上。然后为他擦洗身体，给头发和胡须打上肥皂，用丝瓜络反复揉擦，再浇水冲洗，接着为他修剪手脚指甲，之后又清洗一遍。他带着惶恐的心情做着这一切，身子也在发抖。完工后，他望着老人，结结巴巴地问：

“你是我的祖先阿费夫吗？”

老人看着他，目光炯炯，眼神坚定，他更害怕了。老人说：

“是的，我就是你的祖先穆赫易·丁，你连我都认不出了？”

慌乱中他手中的铜瓢落在地上，滚了几圈，发出叮叮当当声。

老人站起来，弯腰捡起地上的瓢，从水槽中舀起一瓢水，然后让他坐下，问道：

“你帮我洗了脚吗？”

“洗过了。”

“那么现在轮到我帮你洗了。”

老人弯下身，为孩子轻轻洗脚，他哭了，泪水打湿了胡须，和热水混在一起流下。

第十二章

在被占领时期，日常琐事烦恼不断，但是艾布·贾法尔家的生活依然较为宽裕。户门大敞，人丁兴旺。乌姆·贾法尔是家中的顶梁柱，撑起了这里的一片天，每个角落都是她烤制面包的香味、晒制薰衣草的芳香、榨出的艾因·达姆阿橄榄油的气息、看到孩子们经历一切依旧安好时的开怀笑声：哈桑爱着玛利亚，他们即将迎来一个小生命；心不在焉的萨利玛也在成长，尽管萨阿德越发惆怅，时常萎靡不振，神不守舍。“赞美安拉”，乌姆·贾法尔在心底反复说，希望安拉能继续保佑这个家，子孙满堂，和睦兴旺。

萨利玛怀孕七个月时，有一天突然气喘吁吁地跑来找奶奶，乌姆·贾法尔没等她开口，便训斥她做事莽撞。可是萨利玛一点儿不在乎，她的不安已经接近恐惧了，她反复说：“我不知道它怎么了，它躺在地上一动不动！”乌姆·贾法尔跟着萨利玛来到院子里，羚羊侧躺在地，身体僵硬，两只眼睛像玻璃一样。

“它死了！十有八九昨天死的！”

萨利玛盯着奶奶，大喊：

“不！不对！”

然而羚羊确实死了，能做的只有将它远远弃在荒野，留给飞禽走兽。

它怎么会死呢？为什么？这些问题困扰着萨利玛，甚至让她忘了悲伤，或者是悲伤隐藏在这些问题后，让她忘了抗拒。是安拉杀了它吗？高贵的安拉想从一只温婉如细风、惹人怜爱的羚羊那儿得到什么？安拉绝不会霸凌的，所以难道是魔鬼？魔鬼又是什么？是谁创造了它又把它送到人间？奶奶说死亡是正确的，是每个生灵的命运。爷爷艾布·贾法尔去世了，但他是老人了。年纪大了剩下的时日就会变少，身体长大自然要衰老，果实成熟然后腐烂，纺织品旧了就会破损。然而这只羚羊，还没有长大就夭折了，一只美丽的羚羊，眼睛闪烁着生命的光芒，活蹦乱跳……是谁偷走了它的生命？是蝎子吗？还是类似蝎子的东西，躲在它身体里喷射黄色的毒液，让死亡在闪光的新生命中蔓延？

“奶奶，爸爸是怎么死的？”

突如其来的问题令乌姆·贾法尔想起儿子健康的脸庞，和他发自内心深处的爽朗笑声，想起他卧病在床时，渐渐惨白的脸，凹陷的眼，舌头说不出话，头部艰难转动，连呼吸都那么困难，生命就在最后的喘息中离开，那个眼神她永远记得，却无能为力，从此带着希望，活在深深的自责中。

“生病死的。”

“我知道，但他得了什么病死的？”

乌姆·贾法尔无法忍受回忆儿子的脸庞，她撇下萨利玛，站了起来。

玛利亚先产下了一女，家中一派喜庆，人人忙着照顾产妇和婴儿。接着萨利玛产下一子，喜上加喜，更是忙碌。可是萨利玛的儿子在出生两周后不幸夭折了，乌姆·贾法尔知道，羚羊的死亡是个征兆和信号，安拉在上，自有其裁定，人类难以理解。怎么办呢？家中陷入尴尬，一边是生产的喜悦，一边是夭折的悲伤，家里人也恍惚不安，不知怎么才好，到底该不该公开喜事？可丧事相伴又显尴尬。还是表示难过？但喜事确实在，这么做也尴尬。

只有萨利玛已将悲伤和喜悦置之度外，她只想着一个问题，它像伤口般灼热刺痛。是安拉邪恶地要故意伤害她吗？还是萨阿德给的只是一场空？于是礼物的喜悦变成伤痛，蔓延在灵魂中，折磨她。

分娩的过程是痛苦的，几乎要把身体撕成两半一样毁了她，身体像紧绷的弦，承受了所有无法承受的，终于婴儿呱呱坠地。她听到了孩子虚弱的哭声，将他搂在怀中，凝视他，抚摩他，亲吻他的小脸，感受双唇间他的味道。她的乳汁充裕，孩子含住乳头时，她觉得体内仿佛有棵幼苗破土而出。她心里的感觉不只是快乐，因为快乐是狭隘的。某种东西在她的精神与肉体中流淌，害怕、快乐、担忧、惊奇交杂，还有千百种道不明的滋味，仿佛生命中的山川、河流、天空、日月星辰都汇聚在这里，集中在这张叼着她乳头的小嘴上。她拥他在怀中，用胸膛的乳汁哺育他，只有安拉知道他从何来、如何来，就像神奇的甘泉从大地内部涌出，像绵绵雨露从天而降。

整整两周，萨利玛和她的孩子形影不离，看的听的全是他，她乐在其中，满足不已，所有人、整个世界都可以抛弃。可是安拉却带走了他，这是为什么？

萨阿德好不容易摆脱了丧子之痛，却日益不安，每次敲萨利玛的门都徒劳无功，只能独自一人被放逐在墙外。她不和他说话，不靠近他，排斥任何心灵交流或肉体接触。而他就这么继续生活着，偶尔向纳伊姆倾诉苦衷，心中满是对未来的恐惧。

不幸的打击让人沮丧消沉，然后更不幸的事情接踵而至，让之前的不幸显得微不足道，只能蜷缩在心底的某个角落。

天主教国王和王后颁布法令，要求所有市民必须接受洗礼，法令四处张贴，在人群中广而告之。格拉纳达人和阿尔拜辛人只有两种选择，要么洗礼，要么迁徙。

哈桑说除了迁徙已无他法，他会卖了艾因·达姆阿的房子和家里人现在住的阿尔拜辛的房子，然后举家迁去非斯。

“你们有什么说的？”

乌姆·贾法尔说她不走，反正她也没剩多少时日了。

“我不会离开家，不会让艾布·贾法尔孤单一人苦苦等我。我要留下，为他坟头放上绿枝，直到安拉让我随他而去。”

“那你接受洗礼吗，奶奶？”

“绝不！”

“那怎么办？萨阿德你怎么看？”

萨阿德一直缄默。他想起了遥远的马拉加。当轮船载着他靠近马格里布海岸，阿尔拜辛将远在一方，马拉加更加遥不可及。

“迁徙是困难的，可是……”

“那么，我们走。”

“走。”

玛利亚说道：

“我们不走。只有安拉知道人们心里所想，人心长在他自己身上。我很清楚我是玛利亚，这是我的女儿露琪亚，就算国家统治者硬塞给我一纸证书，说我叫玛利亚，她叫安娜，事情又有什么不同呢？我不走，舌头说的还是他的语言，脸孔长的还是那副容貌。”

大家惊讶地看着她，小小年纪，玛利亚从哪儿来的这种智慧？仿佛她释放了某种能量，光芒迸发，照亮了暗淡的房间。大家决定了，留下。

选择很难，而做起来则难上加难。街坊女眷站在熙熙攘攘的人群中，接受群体洗礼。神父口中念念有词，她们听不懂，只是沉默地盯着他。那张脸像澎湃汹涌的深海，海面上小舟战栗，巨浪让它迷失、惶恐，尖叫着随波沉浮，一浪退去一浪还来，更高更汹涌，尖叫声更响，仿佛灵魂一边向死亡天使投降，却一边高喊着“我不想”。

事情并非玛利亚所说，只是简单的改名换姓。他们的整个生活、每一处细节都成了罪过：给男孩行割礼，按教法为他们婚配，打鼓唱歌办婚礼，观察新月确定斋月、开斋节、宰牲节的日子，盖德尔之夜的赞颂词，礼拜斋戒，周四周五的聚礼，为死者着葬衣念颂词入殓，在女孩手上和成年女性头上绘海娜……一切都是罪过，监狱大门向这些行罪的人敞开，薪火高高堆起，只待一束火苗将它引燃。魔鬼的车轮转动了，人们疲惫不堪地跟随其后。

“新入教的教徒严禁穿着阿拉伯服饰，严禁任何裁缝裁制受禁服饰，严禁阿拉伯妇女佩戴头巾。”

“新入教的教徒不得将个人财产出售给同样出身的阿拉伯人。”

“严禁任何阿拉伯人出售个人财产，违令者没收财产并处以酷刑。”

“在格拉纳达及其管辖区的村落范围内，凡持有书籍和手稿的阿拉伯人，应尽数上交，否则将面临审判和监禁。在规定期限后被查出持有书籍者，将没收其所有财产。”

“严禁藏有或持有武器，包括剑和匕首。”

“严禁按照伊斯兰方式继承遗产，遗产不得分割，须根据卡斯蒂利亚王国的律法进行转移。”

“严禁收留、庇护由马格里布乘船而来袭击卡斯蒂利亚王国海岸线的穆斯林破坏分子，或向其租赁房屋。严禁与山区叛乱者接触或进行任何形式的交往，违令者处以死刑。”

“任何人一旦离开格拉纳达，均不得返回。如有返回，则没收一切财产，拘捕并公开拍卖为奴。”

车轮滚滚向前，人心精疲力竭。尽管如此，孩子们依然在成长。

玛利亚在露琪亚出生后，又陆续生下了五个小孩，最后一个是男孩，起名为希夏姆。而萨利玛，安拉未眷顾她，要如何眷顾呢，她拒绝萨阿德，一心埋头读书、配制草药、制作各种药剂、药膏、药水。起初，书本是她的一切，她废寝忘食地读，画线标注，在空白处写批注。后来她又四处询问女占卜师，请教各种治疗病痛的古法偏方。她买来各式瓶瓶罐罐调配草药，把新鲜的、晒干的药材混合、碾碎、研磨，再加热、冷却、蒸馏，街坊里的女人们纷纷上门求医问药。乌姆·哈桑忍受不了，和萨利玛大吵一架，声音高得邻居们都听见了。但是乌姆·哈桑的反复怒叱、不断劝说，试图让女儿像其他女性那样，生儿育女、描眉画唇、香气袭人、取悦丈夫，可这些在萨利玛这儿都无济于事。在数月激烈斗争后，乌姆·哈桑放弃了，一切听天由命吧。

乌姆·贾法尔的行为恰恰相反，她从一开始就接受了萨利玛的行为，尽管心不甘情不愿，但她接受了，或许也是上了年纪无心交战。在乌姆·贾法尔心中，孙女忙的这些事倒还好，更让她忧心的是她对丈夫的忽视。她看着萨阿德抑郁哀伤，很是同情，便百般呵护。她常把纳伊姆请来家中做客，因为她知道这个年轻人能让萨阿德好受些，疏解这些时日的压力。

萨阿德对萨利玛的冷淡感到绝望，纳伊姆听了他的抱怨后说：

“萨阿德，你揍她！狠狠地打，打到她清醒。”

随后又说：

“对她好点，萨阿德，她失去了孩子，够可怜了，她需要同情和迁就。”

或者说：

“起来，现在就去打烂她那些装古怪试剂的瓶瓶罐罐，撕烂那些腐化她脑子的书，再赶走那些上门问医求药的女人！”

纳伊姆的建议五花八门又前后矛盾，萨阿德一个也用不上。他依赖萨利玛，希望和她亲密相处，就像她是自己的母亲一般，可是她却抗拒自己。她坐在那，仿佛天塌了一般，沉浸在突如其来的愁绪中。他等待，用言语宽慰她，用尽各种问题、评论、消息吸引她的注意，可她始终躲避。真心不奏效，怀抱也不管用，萨阿德就像被抛弃的孤儿，罩在深深的忧伤中，只能强忍着泪水睡去。

那天发生了什么，让萨阿德在熬过这么多日日夜夜后，终于无法忍受？乌姆·贾法尔听见他的声音越来越尖锐，萨利玛也毫不示弱地针锋相对。争吵越发激烈，乌姆·哈桑也听见了，她一路小跑从厨房赶来，想要弄个究竟，乌姆·贾法尔劝道：

“随他们去吧，吵一会儿就好了。”

乌姆·哈桑听不进婆婆劝，因为萨利玛的叫声越来越高，显然萨阿德在打她。乌姆·哈桑恨得大叫：“最后就这个样子，我们把他从半路捡回家收留他，他竟敢欺负我闺女，还敢打她！”她冲进萨利玛的房间，乌姆·贾法尔跌跌撞撞跟进来，喘着气说：“你闺女也有错，宰娜卜，萨阿德不是第一个也不是最后一个打老婆的男人。你行点好，宰娜卜！”乌姆·哈桑冲进了萨阿德和萨利玛的卧室，三个人的吼声混作一团，乌姆·贾法尔还没弄明白事情的细节，突然见萨阿德卷起衣物，扬长而去。萨利玛脸涨得通红，咬着唇，一滴泪也没流。

玛利亚刚从集市回来，乌姆·贾法尔就把发生的事一五一十告诉了她，让她去安慰萨利玛。哈桑回来后，她又如实相告，求他去把萨阿德找回来，好言劝慰。哈桑同意了。出门之前，他去了萨利玛房间，又骂又打，玛利亚和乌姆·哈桑、乌姆·贾法尔都吓哭了，孩子们也哭了。哈桑撇下他们走了，嘴上还咒骂着这些没脑子的女人和只会让人操心的孩子，男人们真是蠢驴，蠢到想去结婚生子！

乌姆·贾法尔相信是毒眼在折磨着他们，她嘱咐玛利亚买回最好的熏香，好保家宅平安，驱走忌妒之眼。

不出哈桑所料，他在纳伊姆处找到了萨阿德，劝他与自己一同回家。萨阿德拒绝了，哈桑发誓要是他不回去，就立刻宣布三次休妻，否则就和他一起回。

接下来的三天，萨阿德和萨利玛一句话也不说，最后萨利玛先开了口，她说：

“你不该打我，萨阿德，你打了我，惹得哈桑也打我。从没有人打过我，爸爸没打过，爷爷也没打过。”

她沉默片刻，接着说：

“我也伤害了你，我不该说什么‘这是我的家……你想要我就留下，不想要就走’这种话，那只是我一时气话。”

萨利玛望着萨阿德，眼神清澈坦诚，蓝色的眼睛里是他多年来心仪不已的那道光。他艰难地咽了下口水，说：

“我不想伤害你，但萨利玛，你没日没夜做的那些药膏药剂让我发狂。我受不了那个味道，它让我做噩梦！”他又咽了下口水，“噩梦连连！”

“如果你受不了的话，我把它全挪到别处去，但萨阿德，求你别让我放弃……我需要它，也需要那些让你生厌的书……我需要！”

萨阿德瞥见她眼中闪烁的泪光，透过泪光看到了她的倔强。他知道，自己永远无法阻止她做自己想做的事，不只因为他拗不过她，也因为他不想。

第十三章

乌姆·贾法尔年岁渐高，越发依赖纳伊姆了，每天数着日子等他来。打纳伊姆儿时起，她就认识他了，看着他一天天长大，习惯了时常对他教导一番或是斥责一番。但是近年来两人的关系有了新发展。纳伊姆倾诉，她热切专注地侧耳倾听。他的话传递着温暖和色彩，赶走枯树的寂寞，驱散浓郁的阴霾，消解四肢里岁月之冬的寒冷。

自从那天纳伊姆告诉她费尔迪南德国王和伊莎贝拉王后的子嗣都遭遇了不测后，两人之间的谈话就没有断过。

“怎么回事？”

纳伊姆当时正在服侍一位博学多才的卡斯蒂利亚神父，为他打扫房间，整理并加封装订书籍，所以常能从神父那儿听说，或是从他和客人们的谈话中听到一些事，然后又转述给乌姆·贾法尔听。

“我从米歇尔神父那儿听说，国王和王后之前就失去了长子唐·胡安王子，接着最小的胞妹伊莎贝拉公主也去了。伊莎贝拉公主之前嫁给了一位葡萄牙王子，但是婚后没几月，那位王子便撒手人寰。”

“这么说，安拉已经惩罚他俩了。一个人连骨肉都失去了，赢得战争、开疆辟地又有什么意义？”

纳伊姆的这番话让她心里痛快极了，不单单因为这两个让格拉纳达人尝尽苦头的人终于遭了报应，更因为她终于看到了上天的公正。在此之前，一想到天不开眼，她便夜不能寐，有时想起焚书事件后艾布·贾法尔的话，更是充满疑惑，只能驱散这些念头，求安拉宽恕。

伟大的安拉是英明的、公正的，国王和王后为自己犯下的罪行受到了惩罚。战争的失败远不如丧子之痛。真理昭然了，她的内心也平静了些，纳伊姆每次来的时候，她都会问长问短，让他常来。

“乌姆·贾法尔，他们俩受到了诅咒。安拉可没让他们等到审判日，他在现世就降下惩罚。现在他们俩也死了，安拉一定会加倍惩罚他们的。”

纳伊姆坐着，她拿了些吃的给他，靠近他坐下，注视着他，竖起耳朵听他讲那些振奋人心的消息。

“乌姆·贾法尔，好好听听这个新消息，阿尔拜辛还没人知道它。费尔迪南德国王和伊莎贝拉王后的女儿胡安娜疯了！”

“万物非主，唯有安拉！”

“我听说她嫁了另一个国家的王子，据说叫英俊的菲利普。”

“真好，然后呢？”

“他叫英俊的菲利普，因为他长相英俊，每个女人一见到他，都会热烈地爱上他。”

“然后呢？”

“然后，胡安娜公主可不喜欢这样，她的心忌妒得要死。”

“她是对的。”

“她把自己的忌妒告诉了英俊的菲利普，却遭到一顿毒打，可她依然爱他。一面是爱情的纠结，一面是忌妒和伤痛的纠结，于是公主疯了。然后，英俊的菲利普死了。”

“没有办法，唯有安拉。”

“死了，那胡安娜公主做什么了？”

“当然是哭啦，尽管他背叛了她。因为她是爱他的。”

“这不重要。”

“那什么重要！”

“耐心点，我会告诉你所有细节。伊莎贝拉女王的母亲也是个疯子，看起来她把疯病遗传给了孙女。”

“赞美安拉，可难道这个时代要如此欺凌我们吗，让我们被一个疯子家族统治？

“这是我从牧师们那儿听来的，他们当时正在谈话，我给他们端去食物和饮料，他们继续聊着，就当我不存在一样，或者只是他们身后的木柜子。重点是，英俊的唐·菲利普在壮年时候去世了，胡安娜彻底疯了：她把丈夫的尸体从坟墓里挖了出来，把他当作活人一样放在自己卧室。每当她不得不外出处理政务时，就带着尸体一起出门。因为她不能忍受任何女人靠近丈夫的尸体，所以就将所有的女仆都换成了男仆，为她打扫卧室，服侍出行。”

“尸体肯定会腐烂，再感染胡安娜的血液，于是她也死了……”

纳伊姆大笑，他还没放出那个消息呢，他知道乌姆·贾法尔听了后一定会大惊失色，像被天雷钉在原地一般。

“她没死，反而在她母亲死后继承了卡斯蒂利亚王位，又在她父亲死后继承了阿拉贡王位，她现在是王国的拥有者和统治者！”

如纳伊姆所料，乌姆·贾法尔张大了嘴，难以置信地盯着他，然后说：

“你是指，现在统治我们的女王，老国王和王后的女儿，就是那个疯女人？”

“正是她，米歇尔神父郑重地说‘胡安娜莱卢卡’，意思就是‘疯女人胡安娜’。乌姆·贾法尔，统治我们的是个神志不清的女人！”

纳伊姆笑得合不拢嘴，而乌姆·贾法尔的思绪却是一片混乱，她难以理解：安拉要惩罚昏庸的暴君，让他们的儿女或死或疯，可他们却依然在统治我们，难道我们要承担他们疯狂的后果！人类难以理解安拉的智慧，它是艰深难解之谜，而她只是一个老妇人。

虽然如此，在纳伊姆离开后，乌姆·贾法尔又沉思了许久。她发现那些霸道的条例说得通了，如果说它们是由疯子制定的话，就容易理解了。一个人不吃猪肉，在手上绘海娜，不在教堂里举办女儿的婚礼，如何会伤害他人呢?！百姓收不收藏阿拉伯语书，对国家的统治者又有什么不利呢?！一个像她一样的女人穿阿拉伯式服装还是卡斯蒂利亚式服装，在不在她亡夫的坟头放一根绿树枝，又有什么可让她生气的呢?

她不懂安拉的智慧，为什么他让一个疯女人来统治他的信徒。但是她明白了，那些奇怪的、霸凌的法律原来都是精神错乱者制定的。要不是纳伊姆，安拉保佑他顺利，她是不会明白这一点的。要不是纳伊姆这些有趣的谈话，她觉得自己只能孤苦伶仃地度过一个个白天黑夜，没人和她说话，她也找不到人说话。萨利玛每日沉浸在她的试验瓶中，乌姆·哈桑忙着给家人做饭，玛利亚也忙着他们的事，孩子们只顾着一起玩耍、聊天，玩累了、说累了就围着妈妈，缠着她讲故事。而她呢，每次招呼孩子们过来讲故事时，都能察觉他们眼中暗暗的讽刺，因为她说出来的词已经不像词了，她的牙掉了，吐词困难。哈桑一整天都要工作，当他精疲力竭地回到家时，又被老婆和孩子们缠住。除了萨阿德，她也没什么人可担忧了。纳伊姆时不时地来看望她，给她带来些生气，他的那些故事让她无比振奋。

乌姆·贾法尔一看见纳伊姆，就知道他又给自己带来了大新闻。纳伊姆一脸灿烂地向她走来，努力克制嘴角的微笑。他忍着不笑，笑意却洋溢在他的目光，和舒展的皱纹中。他尖声说：

“早上好啊，乌姆·贾法尔。”

“早上好，纳伊姆。你又有奇谈趣闻了，对不？”

纳伊姆的微笑变成了清澈的欢笑。他伸出手递给她一根线、一根针。

“可以帮我穿下这根线吗？”

乌姆·贾法尔接了过去，纳伊姆可不会讽刺她。她望着他，目光带着疑问和责备。纳伊姆继续说：

“乌姆·贾法尔，试试吧，试试！”

她不高兴地回答：

“纳伊姆，你怎么啦，你知道我已经做不到了！”

他再三要求：

“但是你会穿好这根线的。”

他把针递到她的左手，将线递到她的右手，乌姆·贾法尔完全蒙了，无奈又不安地等待着。

纳伊姆从兜里掏出一个小袋，小心翼翼地打开，拿出一个奇怪的东西：两个镶着平面玻璃的圆框，由一根精致的金丝连接，其中一端带着一个小巧的架子。

“这是什么？”

纳伊姆拿着架子，将两个玻璃圆片翻起来，靠近乌姆·贾法尔的脸，贴在她眼前。她闭上眼：

“你在做什么，纳伊姆？”

“别怕，乌姆·贾法尔，睁开你的眼睛穿线吧。”

乌姆·贾法尔慢慢睁开眼，嘴里念着“至仁至慈的安拉”，当她透过那两块玻璃片，看到多年来无法看清的针孔如此清晰地在眼前时，声音变得更高了。她试着穿了一次，两次，没成功，因为她的双手颤抖个不停。

“平静，乌姆·贾法尔，然后再穿。”

“纳伊姆，你玩魔术了？”

她又试了下，终于把线穿过了针孔。把针递给纳伊姆时，她听见自己心怦怦直跳。

纳伊姆取下玻璃片，开心又自豪地说：

“乌姆·贾法尔，这个东西是人们视力衰弱无法看清小事物时用的工具，它是米歇尔神父的。”

“神父也要穿线吗？”

纳伊姆大笑了起来。

“神父用它来阅读那些写着小字的书。”

“他在哪儿买的？”

“一个南方来的商人给他的。”

“那么，在热那亚卖？

“不知道。”

“很贵吗？”

“不知道。”

“如果不贵的话，我就让哈桑给我弄一个，正好有几个来格拉纳达做买卖的热那亚商人。来，纳伊姆，再让我试一下。”

乌姆·贾法尔伸手抓住小巧的金支架，将玻璃拿到与视线平行的高度，环视起四周。

“真奇怪！”

“奇怪什么，乌姆·贾法尔？”

“看远处不带戴它更清楚！”

“看来它是用来看近处的。我看到神父只在读书的时候用它。”

乌姆·贾法尔叫来哈桑的一个闺女，让她把姑姑萨利玛喊来。

“看看萨利玛是怎么用它看书的。”

小姑娘去姑妈房间前，先告诉了妈妈、奶奶和姐妹们纳伊姆的奇怪工具，于是所有人都跑来围在纳伊姆身边，好奇地看着、问着，不过纳伊姆可不允许她们靠近或者碰它。一个小女孩说：

“这个玩意儿能让盲人看见？”

“不能。”

小女孩沉默了一会儿，信心十足地说：

“肯定还有更厉害的，能让盲人也看见！”

乌姆·哈桑高兴地点着头说：

“天大的好消息，我去告诉那个失明的邻居，她也可以去弄一件，重见光明！”

她立马起身去告诉人家这个好消息，根本不听纳伊姆反复强调这个东西只能放大微小的物体，不能让失明的人看见。

萨利玛进了屋，询问什么事。她拿起这东西在面前打量，举到眼前，又放下，准备拿去自己房间试试读书的效果，不过纳伊姆不同意。

“把书拿这儿来。”

他拿回眼镜，萨利玛回屋拿来了一本字迹很小的书，向纳伊姆借了那两片玻璃，透过它读起书上的内容。那些字非常小，读得很吃力，她不断寻找合适的姿势让自己看得轻松点。她把书拿远了点，眯起眼睛，盯着看。非常清晰，读起来格外轻松。

“纳伊姆，从哪儿来的这个工具？”

“是神父的。”

“你能把它留在我这儿一晚吗？”

纳伊姆跳起来，伸手从萨利玛那将眼镜拿回来，说：

“不行。牧师会问的，我怎么说？”

“既然你把它带过来了，神父一定是出远门了。”

“他是出门了，可明天就回来。”

“把它留在我这儿，明天早上还你。”

乌姆·贾法尔、乌姆·哈桑、玛利亚还有小姑娘们一起劝纳伊姆把眼镜留给萨利玛，“一晚上而已！”一来一往，争了半天，纳伊姆只得认命，把眼镜交给了萨利玛，再三叮嘱一定要轻拿轻放、小心使用，因为它会碎。

“明天，明天一早，我来拿。”

第二天一早纳伊姆来拿眼镜，萨利玛已经做了决定，说：

“你担心的事发生了，眼镜碎了。”

“碎了！”

纳伊姆喊了一声便不说话了，过了好一会儿也不知该说什么，做什么。他说：

“怎么碎的，让我看一下？”

“掉到地上，摔了粉碎。我担心孩子们受伤，把它扔了。”

纳伊姆满心疑惑，突然明白了：

“萨利玛，你撒谎，你想偷走眼镜！”

“说话注意点，纳伊姆！”

他已经气得火冒三丈，冲着萨利玛直喊，萨利玛也不甘示弱，两人唇枪舌剑，针锋相对地吵了起来。乌姆·贾法尔和玛利亚都劝不了，乌姆·哈桑对纳伊姆指责自己女儿偷窃十分恼火，于是站在萨利玛一边帮腔。纳伊姆离开的时候，愤愤道：

“我会告诉你丈夫和你兄弟的，如果安拉愿意，他们会教训得你血流满地，让你说出偷走的眼镜藏在哪里！”

第十四章

烦恼忧愁写满人心，也拉近心与心的距离。萨阿德与哈桑这么多年来在同一屋檐下生活，已经结下了深厚情谊。俩人有说不完的事，多数时候对事情的看法也保持一致。哈桑对待萨阿德友好不只因为萨阿德是他的朋友、他的姐夫，更因为萨阿德曾经是爷爷的客人，爷爷一直照顾他，以至于多年过去，他不再是客人，也没人记得他原本只是个客人。就连萨阿德和萨利玛之间的问题，也成了增进两人友谊的要素。哈桑内心深处对姐姐是不满的，也感激萨阿德没有虐待姐姐，没休了她，或是再娶他人。

那天不知发生了什么事情，两个男人的低声闲聊变成了剑拔弩张。哈桑提高了嗓门，萨阿德也一样。乌姆·贾法尔以她这把年纪最快的速度跑了出来，想弄明白是怎么回事，哈桑冲她喊：

“奶奶，拜托您离远点，这是男人之间的对话，带玛利亚、我妈和孩子们去内堂，让我们自己处理我们的事。”

就算在远处的内堂，依然能隐约听见哈桑和萨阿德充满火药味的争吵。乌姆·哈桑说他俩都被毒眼诅咒了，“就是毒害萨利玛的那只毒眼！”而乌姆·贾法尔则焦急地念叨“求安拉宽恕！”

孩子们入睡了，乌姆·贾法尔、乌姆·哈桑和玛利亚也都各自上了床，但是没人能合上眼。今天究竟发生了什么？是什么让他们情绪如此激动，用这么大的嗓门说话？

第二天清晨，萨阿德来找乌姆·贾法尔，坐在她身边，说：

“乌姆·贾法尔，我要走了。”

这是她不曾料到的。

“走？萨阿德，去哪里，为什么？”

萨阿德说不出话。

“你要离开格拉纳达，让我们独自在这里承受痛苦？”

他的双眼噙着泪水，弯腰亲吻乌姆·贾法尔的手。

“我要去山区，那里的伙伴们需要我。乌姆·贾法尔，我不会离开格拉纳达，不会抛弃你们，除了你们，我没有别的亲人。奶奶，再会。”

他起身，乌姆·贾法尔紧紧跟着他，萨阿德向乌姆·哈桑、玛利亚和孩子们告别，随后向萨利玛告别。而说话的是乌姆·贾法尔：

“萨利玛，萨阿德要离开了。”

“我知道。”

萨利玛看上去十分不安，乌姆·贾法尔发觉她的脸有一丝颤抖，鼓起勇气说：

“萨阿德，留在你妻子身边，留在我们身边。如果哈桑对你不好，那是他的错。来，你的头……”

萨阿德来不及躲，乌姆·贾法尔亲吻了一下他的额头。

“萨利玛，你说话啊。”

“我说了。”

“你说什么了？

“我对他说，萨阿德，留下吧，做你想做的事情，这是我的家，是哈桑的家，也是你的家。留在这儿，做你想做的事。”

那么问题肯定出在哈桑身上。乌姆·贾法尔一路小跑，叫醒仍在睡梦中的哈桑，像骂小孩儿一样把他骂了一顿。

“你对你姐夫做了什么，说了什么，为什么要惹他生气？”

哈桑站起身，深深叹了一口气，脸色十分苍白。她说：

“萨阿德想要走。”

“我知道。”

“你做什么了？”

“我什么也没有做。”

“那他为什么要离开？”

“奶奶，随他去吧，他已经决定了，不会退让的。”

乌姆·贾法尔哭了，乌姆·哈桑哭了，玛利亚也哭了，孩子们见大人们哭，也都哭了起来。萨利玛站在那儿一动不动，好像要走的不是她丈夫。哈桑也不动。“不，他们俩不可能不在意”，乌姆·贾法尔看着哈桑暗暗想，她几乎能感觉到哈桑夏衫下的身体在颤抖，而萨利玛则面无血色，像大病了一场。

哈桑和萨利玛，都没有将争吵的原因和萨阿德离去的真正原因告诉家人。哈桑说萨阿德不会离开他的祖国，他会时常回来看望他们，“也许……”，话没说完他就出了家门。

两周后，纳伊姆来了，知道这件事时气得要疯了，孩子们吓得躲得远远的。

“走了？怎么走了？为什么要走？他要走怎么不告诉我一声，不带着我自己就走了？我现在该做什么？他和哈桑吵架了？哈桑不是爱吵架的，萨阿德也不是。你们俩在骗我，我朋友到底怎么了？他是不是死了？”

他的嗓门又高又急，语气充满了愤怒和恐惧。

“哈桑在哪儿？”

“他不在家。”

“萨利玛呢？”

他冲向萨利玛的房间，像是自己家一样，又好像自己是个孩子，可以随便进入女人的房间。

他怒气冲冲地站在萨利玛面前，不知说什么好，声嘶力竭地喊道：

“你现在舒心了吧……他走了……这就是你想要的？”

萨利玛抬起头，盯着他。

“我与他的离开没有关系。”

纳伊姆眼中闪着魔鬼的影子，心里有一股强烈的冲动，想把萨利玛那些瓶瓶罐罐和盒子全部砸烂，把那些药粉、药水、膏药都扔到地上，然后再狠狠地揍她一顿，好释放几个月来积压在胸中对她的愤怒。最后，他只朝地上啐了一口唾沫，走了。

乌姆·贾法尔喊他，他也没理会。离开的时候，心中五味杂陈，思绪混乱、愤怒、害怕、不解。难道萨阿德听了他的建议，离开萨利玛作为惩罚？这个惩罚也太迟了，而且自己有什么错，要跟着受罚？乌姆·贾法尔和哈桑又有什么错？他与哈桑吵架了？怎么回事，为什么？难道朋友遇到什么不测，他们都在隐瞒他？

他又原路折回艾布·贾法尔家，问：

“哈桑回来没？”

“还没。”

他又出了门，蹲在家门口等哈桑。

瞧见哈桑从街区尽头走来，他一下跳起来，向哈桑跑去：

“哈桑，发生什么了？”

“晚上你可以在我这过夜吗？”

“可以。”

“好，走吧。”

俩人一夜没合眼。哈桑说，纳伊姆听，只打断了一次，说：

“这件事萨阿德一点也没和我说过，是他告诉你的吗？”

“一开始他没说，但是我察觉到了，因为我们住在一起，我知道他什么时候回来，什么时候不在，什么时候有我不认识的陌生人来见他。于是我要求他把事情说明白，他便告诉我了。我们俩意见不合，所以吵了起来，纳伊姆，难道是我做错了吗？”

纳伊姆没有回答，他得在牧师觉察到他不在家之前回去。“如果米歇尔牧师已经醒了，我就说我一早出去呼吸新鲜空气了。”

纳伊姆快步走着，脑海里想着为什么萨阿德要瞒着他，为什么要不辞而别。他放慢了脚步，停下，不自觉地走到路边坐下，号啕大哭。

随后几周，哈桑变得焦躁不安，家里人都察觉到了。孩子们可意识不到，尽管他们吃够了苦果，受到父亲的严厉对待，一反常态地又骂又吼又打。乌姆·贾法尔和乌姆·哈桑认为他的反常是那次争吵的不良影响。她俩数着日子，期待萨阿德回来，哈桑也能恢复正常。但是，到底他俩吵什么，吵得萨阿德离家出走，吵得哈桑放弃自己的朋友和姐夫？

只有萨利玛和玛利亚知道整件事的来龙去脉，萨利玛不说，因为她依然沉迷在那些草药中，少言寡语。玛利亚不能说，因为她请求哈桑说出事情真相的时候，已经在《古兰经》面前发誓要保守这个秘密。

而哈桑本人，也感到疑惑，他辗转反侧，不断问自己，这么做究竟是对还是错？当时他是那么信心十足，毅然决然地说：

“萨阿德，我无法阻止你选择的道路，但是我要对这一家子人的安全负责，我要保护他们。”

萨阿德说：

“哈桑，你做的并不是保护。如果我们每个人都紧闭家门，说什么家宅平安，那我们所有人都得灭亡，我是指所有人，彻底地、永远地灭亡。”

哈桑声音尖锐道：

“你是在指责我背信弃义吗？”

萨阿德没有回答，但他看着他，眼神更加紧张。那是指责的眼神。哈桑声音高了八度：

“我不会为自己辩护，保护自己家人没有错，哪怕撒谎欺诈都不是罪过。你活下去就是为了让他们有口饭吃，有安身之处。卡斯蒂利亚人毫无人情，你是知道的，每天也能亲眼看见。他们要是怀疑哪个人，仅仅只是怀疑，就会把他带走调查，百般折磨，直到对方忍受不了酷刑，对自己压根没做过的事供认不讳。他可能还会被判处死刑，或者还没判刑就被折磨死了，留下一家人无依无靠，妻子为了养活孩子不得不上街求生计。哪个良家女子愿意低三下四，但是为了孩子，她们什么都能做。”

“你说的都对，可是你想过什么办法去解决这场灾难吗？要是每个人都说我担心妻儿的安危，照现在这么发展，以后会怎样？”

哈桑叹气：

“安拉保佑。”

“这是推卸责任，哈桑！”

哈桑提高嗓门：

“够了，萨阿德，不用再指责了！”

萨阿德执拗地继续：

“就是懈怠、推卸责任。马格里布沿海的弟兄们冒着风浪过海征战，尽可能给卡斯蒂利亚人造成损失，山区的同胞们也在抵抗。当他们向我们求援求保护的时候，难道我们说我们有妻有儿，你们自己去吧，安拉与你们同在！要是你们凯旋，我们会将你们扛在肩头，表示感激！”

哈桑痛苦又不无讽刺地说：

“萨阿德，我不是战士。”

“我也一样没这荣幸，但我可以协助他们。如果有人向我求助，只要我能，什么都可以给。”

“但是你却在我家里，在这里接待他们，从这里出去见他们，你会害了家里的每一个人，我妈妈、我奶奶、我姐姐、我妻子和我的孩子们！”

“哈桑，你想怎样！”

“我要你不再和战士们来往。”

“要是我不同意呢？”

“你必须同意，因为你不是一个人生活。”

“那么我走，一个人生活，这样你舒心了吗，哈桑？”

哈桑脸涨得通红，喊：

“萨阿德，你为什么要让我为难，为什么？难道你认为我不关心吗？难道你认为这件事我就不担心、不困扰，没有为它心神不宁，寝食难安吗？我已经想了很久，也请教了三位博学的法学家，你等着。”

哈桑起身，过了几分钟他拿着三张纸回来，在萨阿德面前摊开，说：

“你看看。我誊写了这封信，担着风险把它保存下来，就是为了让你亲眼看到、亲耳听到，你就会知道我并不胆怯，也没有畏缩逃避，更没有偏离我们的正统信仰，我们的信仰是幸福，不是痛苦。听听这位马格里布大法学家的见解吧，他说通过掩饰和隐藏的方式保护自我和孩子是合法的。

他说：

‘一切赞颂归于安拉，祈祷安拉赐福先知穆罕默德和他的家人朋友们。我们秉持信仰的兄弟们，犹如手握炭火；安拉慷慨给予回报者，因他们心见安拉，坚忍不拔，并教育子女忍耐以博安拉欢喜；凭安拉意愿，这些异乡人将在天堂的最高层见到至上的安拉，他们继承祖先不辞劳苦的优良传统；在血染黄沙之际，我们求安拉善待我们，让我们助你们以虔诚信仰、忠诚之心，行安拉之道；让我们和你们皆大欢喜，峰回路转。此文笔者向您致以问候，笔者欧贝德·拉是安拉最渺小的信徒，最需要得到他的宽恕，共同执笔者还有伟大安拉的信徒艾哈迈德·本·布朱玛·马格拉维和瓦赫拉尼。安拉对众生都是仁慈宽恕的，他询问你们的忠诚和愿望，保佑你们摆脱家宅厄运，获得福报，清算之日与清白者一同接受清算；安拉要求你们恪守伊斯兰教，教导你们的子女坚守伊斯兰信仰；如若你们不担心敌人知晓你们的思想而伤害你们，那么当人群腐化时，你们就为那些正直的异乡人行列福礼。在荒唐愚昧的人群中不忘赞念安拉，乃举世皆浊我独清。’”

萨阿德打断道：

“这位谢赫在他的见解里怎么不说，‘那些将圣战士逐出家门、拒绝保护他们权益的人，请与他们背道而驰，断绝关系’！”

哈桑的脸涨得通红，冲萨阿德怒吼：

“你给我听完这段话，不要打断我！”

“……礼拜，哪怕用眼神进行礼拜，这种方法是你们这些乔装藏匿的穷苦人使用的，因为安拉看的是你们的内心，而非外表，哪怕浮在海里也要洗净污秽。如果受禁戒，礼拜就在夜晚进行，它与白天一样有效。如果没有清水，可双手触墙代净；如果无法代净，可暂缓礼拜，因为无净水净土；但若可手指或面朝净土、净石、净树，便以手势代净……”

哈桑声音微颤，继续读着，脸上惨白一片，“如果他们强迫你们宣誓叛教，若你们可以使用双关或暗语，那么就做吧。如若不能，就心怀信仰，嘴上平静坦然地说，心中对其否定拒绝。

如果他们要你们辱骂穆罕默德，把他称作穆默德，那么就骂他是穆默德，称他是魔鬼。”眼泪簌簌落下，喉咙里的声音在痛苦地颤抖，他克制着自己，继续读到信末：

“如果心存困惑，请告诉我们，凭主意愿，我们会根据你们所述的情况指引你们。我向安拉祈祷，希望他铲除一切不利伊斯兰的恶事，让你们克服磨难、不再胆怯，虔诚崇拜安拉。我们在安拉面前为你们做证，你们坚信安拉、信奉安拉。你们定有回报，祝所有人平安……凭主意愿，异乡人将至。”

萨阿德疲惫地看着哈桑，用坚定的语气答道：

“这个见解谈的是另一码事，哈桑，明天清晨我就走。”

第十五章

乌姆·贾法尔去世了，死的时候还在苦等萨阿德。她走得突然，没有任何病痛征兆，像往常一样上了床，虚弱，但没有任何不适。早上，他们发现她躺在床上，去世了。

“怎么办？”

乌姆·哈桑擦着泪水问。

哈桑回答：

“现在你、玛利亚、萨利玛过来按我们的方式为她擦洗身体，穿上她的刺绣衣裳。我去找牧师来念点他要念的东西，打发走。然后我去告诉艾布·曼苏尔和几个可靠的街坊，我们在家为她做礼拜，最后抬她出去，按他们的方式入葬。”

“按他们的方法入葬？”

“对，按他们的方法入葬。”

哈桑脸色铁青，目光呆滞，他从牙缝里挤出这些词，好像藏得太深，一下子要找出太费力气，接着，他迅速把它们丢出，免得出错或磕巴。

母亲盯着他，他不理睬，继续说：

“我去小净，然后拿《古兰经》来。”

女人们按哈桑的吩咐开始行动，她们低声啜泣着，将温水浇在那具安详的躯体上。当玛利亚拿来那件绣袍走近遗体时，乌姆·哈桑弯下腰，在乌姆·贾法尔湿漉漉的头旁，轻语：

“我们不能为你穿尸衣，主啊，我们不能！”

她的啜泣声渐高，玛利亚干脆恸哭起来，啜泣声一下变成了哀号，到牧师来了方才止住。只见牧师口中念着祷告词，将一个小小的木质十字架放在死者面前。牧师走后，男人们来为她行亡者礼拜，然后出门送葬，将她带去最后的归宿，葬在亡夫身旁。

等待男人们回来的时候，乌姆·哈桑、玛利亚和街区的妇女们忙着为吊唁者准备饭菜，她们哀悼乌姆·贾法尔，也哀悼那个可以白布裹尸入殓、行入葬礼拜的时代。

萨利玛没和大家一起做饭，也没哭泣，独自回了房间。她一直在思考着不可抗拒的、令人胆战的死亡，思考着人类面对死亡时的无能为力，思考着高高在上的安拉。他是否沉默地看着这一切，毫不在意？难道不是他拿走了灵魂吗？为什么要拿走它，为什么最初又要释放它，让它停留在心里，然后又呼唤它离去，任那曾经的温暖巢穴荒芜呢？她觉得安拉是那么模糊、不解、强大，他让信徒们承受他们无力承受之事。她凝视奶奶在死亡中安详的面孔，体内不由一阵颤抖，喉咙哽咽，泪水盈盈。奶奶死了，就像她抚养的那头小羚羊一样死了，怎么会这样？为什么？她不能像故事里的哈耶那样，羚羊将哈耶喂养大，当他呼喊它却得不到回应时，便检查它的眼、耳和所有器官，未发现任何疾病迹象，但是它却不再动弹，于是他切开它的胸腔，寻找让它身体枯竭的东西。

萨利玛拿来书，翻到那页，由于反复读，这页已经要翻烂了。她读道：

“他取出心脏，看到它全向封闭，便仔细寻找是否有明显的病变，但什么也没发现。用手捏了一下，内部是空心的，他说：或许我要的就在这个器官内部，到目前为止我还没发现。

他切开心脏，发现里面有一左一右两个空穴。右边的充满了凝结的血块，左边的则空无一物。他说：右室里见凝结的血液，它一定是在身体变成目前这个状态后才凝结的，这里肯定知道所有血液何时流入、流出、凝结、凝固。这些血和其他血液一样，在各个器官里都存在，没什么特别。我要找的不是这种。我要找的应该是这种状态下所特有的，是我一刻也不能缺少的，也是我复活时所依赖的。

多少次我被猛兽和利器伤害，身上都流出许多的血。但那并未危害我，也未使我失去丝毫行动力，所以这个右室不是我想要的。而左室空空如也，什么也没有。我看到的都白费。我以为每个器官都应各司其职，为什么这心室看上去却一无是处？我觉得我要找的就在这里，只是它离开了，放空了它。在那一刻，这具身体发生了变化，丧失了功能，失去了认知和行动力。

心室里原有的物体在它坍塌前就走了，丢下它自生自灭，当他这么想的时候，更加确信既然破裂毁坏已经发生，那个东西最好还是别回去了。于是这个躯壳在他看来变得如此卑微，他相信那个东西只是在这里居住一段时间，然后就离开了。于是他开始考虑这个东西，它是什么？它是怎样的？是什么把它和那具身体联系在一起？它去了哪里？离开身体的时候是从哪儿出去的？如果它愤然离去，是什么事情惹恼了它？如果它不得已离去，又是什么原因迫使它离开这个躯壳？

他一心想着这些问题，想得忘了那具躯体，抛开了它，他明白那个关心他、哺育他的母亲是离开的那个东西，一切动作都是由它做出的，不是这具没用的躯壳。这个身体只是它的工具而已，好比用来斯杀猛兽的棍棒。于是他与那个身体的关系变成了与身体主人、身体驱动者的关系，他想念的只有它。”

《哈义·本·叶格赞的故事》是萨利玛在爷爷去世后从艾因·达姆阿带回的五本书之一，后来纳伊姆偷偷给她带过一本，第二次又带了一本。每次送书的时候纳伊姆都强调必须几天内读完，这几天正是牧师出行的时间。纳伊姆把书交给她，她就期盼着黑夜快点来。到了夜晚，她便仔细研读、做记录，累得不行时就打会儿盹。梦中各种想法纷至沓来，又因为担心书被拿走，一会儿便惊醒，又继续点灯苦读。纳伊姆再来时，就取回书放回牧师的书房。

有哪个学生像她这样，学的内容和课程就这么几本书？萨利玛在痛苦和烦闷中不断安慰自己，她有一本书抵得上一百本书，那可是大毛拉 、大学者、大哲学家侯赛因·本·阿卜杜拉·伊本·西那写的《医典》，读了这本书，就相当于受了他的教。她安慰自己，可事情并不如意，这个卑贱的时代像一座囚狱，快要让她窒息，连藏书都要受罚，学习变得小心谨慎、偷偷摸摸，不仅要提防陌生人的窥探，连自己的亲人也要躲避。她不能在白天读书，那样哈桑、妈妈或孩子们会看见她戴着从纳伊姆那儿拿的眼镜。待夜幕降临，家人们都上床休息了，方才点灯夜读，此时监狱变得宽敞，一点一点地宽敞，一道光芒在书页间、头脑中闪耀，囚笼随之消逝。这是怎样的求知者，所有的知识仅为十本书？萨利玛陷入深深的痛苦中，她想起旧时，人们可以自由前往图书馆阅读，统治者重视教育，人们渴望前往埃及、沙姆地区拜访学者，你可以定居也可以游历，无论怎样，总有千百本书的光辉照耀着你，为你传道解惑。而她，身陷狭隘的卡斯蒂利亚囚狱，要如何解开那只带走安拉之道的飞鸟之谜？她绝望，又再度豁然；她一面觉得有伊本·西那的《医典》足矣，一面又觉得还不够，便在书页边记下自己的疑问和批注，还有自己的经验总结。她一面向这卑贱的时代妥协，服从哈桑为保护家人做出的苛刻决定；一面又不妥协，悄悄让纳伊姆给她送书，或者花去一整年攒下的钱，求某个女人通过层层关系，找人给她捎来某本书。

如果妈妈、奶奶，甚至一直知道自己藏书的玛利亚知道了她是怎样得到那本伊本·比塔尔的《百科大全》，又付了多少钱的话，她们一定要说她疯了，妈妈恐怕要立刻晕厥在地。得到书的那天，她将书尽数抱在怀中，心跳加速，好像那颗心嫌胸膛太挤，想跳着挣脱出去。花多少第纳尔也抵不上那样一本百科全书啊，那里详尽描述了各种药草和植物的功效。买书的人是智慧的，而卖书的那个，真是彻头彻尾的愚笨，笨得就像那些夜以继日耗费心思欲将贱金属炼成金子的人。假设他们真的炼成功了，他们又能实现什么？死亡在窥视，派出它的使者用疾病冲破那重重城墙，然后死亡降临，骑着战马将那些躯体踏在铁蹄之下！如果他们没能炼出金子，那就荒废了一生，白费脑子。

萨利玛执着地相信，疾病存在于人体内，使身体枯竭的东西也在体内。它是什么，从哪儿来，又为何离开？这些问题虽然没有动摇她的信仰，但是困扰着她，让她无法入睡。带着疑问，她每日埋头研究那些人体疾病，观察它们，研制对付它们的利器，她从书中寻找灵感，再埋头试验。那些瓶子、罐子、缸子、箱子里全是绿色干药草、混合剂、药膏和复方。她用它们治疗，有失败，更多是成功，她会心地微笑，却忘不掉心底某个角落的痛苦。她痛苦地知道，所有的胜利只是冰山一角，因为死亡随时能抽出利剑，发出胜利的狂笑。

第十六章

玛利亚在街坊邻里和街区的女人当中已颇有名气，总让大家惊喜连连。她反应敏捷，做事得体，总有本事迅速化险为夷，将弱肉强食的痛苦化为一阵爽朗的笑声，于是风向逆转，强者变弱，弱者变强。

街区的女人们不厌其烦地谈论着玛利亚又说了什么、做了什么。为什么不呢？每段关于玛利亚的故事都能让大家开怀不已，用快乐和欢笑点亮那些孤寂的时刻。

最近她们谈论的是玛利亚去找教会学校老师理论一事，她劝他相信阿拉伯人生来“就是如此”，“老师先生，要是你不相信我，您可以随便让一个小孩脱下裤子，您自己去看。我们阿拉伯人的孩子就是这个样子，生来就长着浓密的黑发，您不能因为他们没长着你们孩子出生时多出来的那部分就责怪我们。”

玛利亚之所以去教会学校，是因为一位女邻居哭着来找她寻求帮助和建议，她六岁的儿子在学校操场上玩耍时，脚下绊了一跤，摔倒在地，露出了裆部。当时那位教师正好站在附近，当他看到眼前景象时，怒火中烧，发誓一定要告诉宗教监察局的官员，好好惩罚孩子家人的违法行为。玛利亚安慰这位邻居说：“别担心，我会处理的。”第二天，玛利亚去了学校，要求见那位老师，并向他说了那些话，老师不屑地一笑，用严厉的眼神看着玛利亚，说：

“你是在嘲笑我吗？”

玛利亚坚定有力地回答：

“先生，我为什么要嘲笑你呢？我只是告诉你一个你不知道的事实而已，因为你是卡斯蒂利亚人，并不太了解我们阿拉伯人。而且你是一名教师，我可不能让阿拉伯人嘲笑你，指责你无知。要是你肯赏脸来我们家，我丈夫可以让你看看我们儿子的私处，虽然他只有三岁，但是你会发现他那里和那些孩子们一模一样。我还可以带你去一位邻居家，她两天前刚生了个男孩，如果你检查下，会发现情况是一样的。你现在可以立刻去班上，让孩子们把裆部露给你检查，你就会知道我说的都是真话了。”

教师很困惑，因为坐在他面前的这位女士谈吐那么自信、有力、果断，估计她的话是可信的。为了彻底打消疑虑，他起身进了教室，要求所有孩子掀起衣裳，褪下裤子。一个一个扫视过去，看到的都一个样子，只是长短粗细不同，而特定的褶皱和圆圆的末端几乎都一样，所有孩子无一例外，都没有那位女士所说的“多余部分”。教师叫孩子们穿好衣服后，离开了教室，回到等待检查结果的女士身边，还没开口，她就一脸平静地说：

“瞧我怎么说的，你还不信。没找到哪个孩子不一样吧，是不是？先生，你现在该相信我，就和你们是白皮肤、我们是棕皮肤一个道理，你们男孩出生的时候有那部分多余的东西，而我们的男孩则没有，真是遗憾！”

教师难为情地咕哝道：

“但我听说阿拉伯人会给他们的孩子行割礼。”

“是的，很久以前我们给女孩们行割礼，但这不对，我们早就不这么做了，至于男孩，我们可怎么割？”

玛利亚起身，教师向她表示感谢，对自己的误会表示道歉。

整个阿尔拜辛都笑翻了，笑了整整两个星期。不过哈桑可笑不出来，反而责备玛利亚，说她这样是把自己置于险境中，还可能波及全家，“玛利亚，你不会每次都平安脱险的！”

但她总有方法脱险。玛利亚总能敏捷机智地处理这样那样的问题，邻居们津津乐道地说着玛利亚做的事，大笑，有时也不免为她担心：要是玛利亚没这么走运可怎么办？想到这里，不禁心惊胆战，不过，大家还是继续开怀大笑。

街区上的人都喜欢她，因为她是玛利亚，因为她做的一切给他们带来了片刻的欣喜。不少人都受过玛利亚的恩，她帮助他们和他们的孩子摆脱麻烦，要是没有她，天晓得他们该怎么办。不仅是熟人和邻居对她心存感恩，就连她不认识的人也是如此。患难知恩情，拜访结识又滋生美好的情谊。

玛利亚并不认识那个男孩，也不认识他的家人。不过她在格拉纳达的集市附近看到了他。他大约八岁，一张灿烂的笑脸，雀跃而行，一边重复着节日礼拜词，一定是从大人那里听来的，或者是节日时候和家人们一起去行秘密聚礼时听来的。

孩子欢快地重复说着："安拉至大，安拉至大，安拉至大，万物非主，唯有安拉，安拉一诺千金，助胜他的军队，消灭他的敌人。"玛利亚像受到威胁的鹰隼，眼睛迅速扫视一番，瞥见两个卡斯蒂利亚卫兵和一些行人。她跑到孩子跟前，揍了他一耳光，孩子呆了，瞠目结舌。没等他哭，玛利亚就用力抓着他的手，用卡斯蒂利亚语朝他大吼：

"和你说过一千次了，不要和阿拉伯小孩混在一起，你看看你都从他们那学了什么好！"

玛利亚又喊又叫的，哭诉自己的不幸，路人和两个卫兵都围在她身边，她对他们说道：

"谁来告诉我，我们到底在做什么，就没有办法保护我们的孩子远离那些祸水吗？他可是我的儿子啊，我的亲生儿子，我可是血统纯正的卡斯蒂利亚人，而他却唱着阿拉伯歌曲，说什么安拉至大！"

玛利亚又开始冲那孩子咆哮恐吓，有人劝她，说他只是个孩子，还不知道自己说的是什么。玛利亚瞥见人群中站着一个认识的阿尔拜辛人，她看见对方眼神中的鼓励，更是壮了胆继续演，这把戏已经彻底把卡斯蒂利亚人唬住了。人群里有人严厉地训斥孩子，一个卫兵轻轻拍着孩子的头，对玛利亚说：

"别对孩子这么厉害了，他还小，不懂事。"

孩子吓坏了，完全不知道发生了什么。玛利亚牵着他的手走开，路上问他：

"孩子，你家在哪儿？"

他愣了下，说出了地址。玛利亚把他送回家，对他母亲说：

“你应该嘱咐孩子们，在外头要格外小心。”

玛利亚按哈桑希望的方式教育自己的孩子们。在家里，他们说阿拉伯语，每天像他们的父辈祖辈们那样生活，在街上、在学校里，则说卡斯蒂利亚语，按当局和宗教监察局要求的那样行事。这是哈桑要求的，也是玛利亚所做的，不过，是按她自己的方式。

“谁要在家里说卡斯蒂利亚语，或者做卡斯蒂利亚人做的事，就会变成猴子。”

“妈妈，以前有小孩变成猴子吗？”

“可多了。明天我带你们去市场，让你们看看那些耍把戏给主人挣钱的猴子，太可怜了。它们曾经都是孩子，都有像月亮一样漂亮的脸蛋，然后就受罚变成了猴子。”

“在家外面说阿拉伯语的人呢？

“谁出了家门说阿拉伯语，或是把家里的任何一个字传到外头，就会迷路，怎么都找不到回家的路，不明白怎么进了街区、出了街区，可就是找不到家，它就像块盐融化得无影无踪。”

玛利亚对抗着那个时代，虽然有苦有难，但日子还能承受，有时也挺快乐，因为她的心充满力量，怀着对孩子们的爱、对哈桑的爱。她尽量不去思考哈桑的行为，更愿意为他的行为找些这样或那样的借口和理由。她对自己说，他只是假装严厉而已。他愈加谨慎小心，也许有人认为那是背叛和懦弱，但那只不过是他努力要保护这个家、避免家人陷入麻烦。有时，她又觉得哈桑心不在焉，当他回过神时，她又觉得他不喜欢孩子，也烦她，似乎他们都是他的负担。她觉得他一定是不要她、不要孩子们了，不停想着有别的女人占据了他的心，所以他厌烦与自己生活了。对这种念头几乎要确信不疑了，她又赶紧将之抹去，坚信这是不可能的，她忆起过去的时光，哈桑明明那么亲切温柔，善良和蔼，便责骂自己：这时代已经日月无光了，我还要这么冤枉他吗？

访客没有捎来好消息。日出前，两位家兄叩响了大门。她换上衣服，跟着他俩出去了，哈桑和她一起。父亲前晚去世了。玛利亚揭开盖在他脸上的布，望着，又盖回布，一动不动站着。她站了许久，仿佛灵魂已经出窍，身体一时无法动弹，过了很久，终于泪如泉涌。

两位哥哥说："我们要做符合他身份、符合我们身份的事。让卡斯蒂利亚人下地狱去吧！"哈桑在一旁劝说不要意气用事，免得招惹麻烦。但两人坚持己见，而玛利亚，已是泪流满面了，什么也没说。

人们为艾布·易卜拉欣洁净身体，白布裹身。送葬队伍出了家门，穿过一条条窄巷，来到那座废弃的古宅，宅中有条长廊通往秘密清真寺。他们为亡者祷告，送到墓地安葬。夜里，悼唁的人们聚在一起，两位哥哥轮流诵读《古兰经》，满腔深情，回荡在街区，久久不肯散去。

第三晚，玛利亚回了婆家。不出一周，卡斯蒂利亚人就闯入她父亲家，抓走了她的母亲和两位哥哥。他们被抓去哪儿了？卡斯蒂利亚人要对他们做什么？宗教监察局会拷打、罚款、监禁他们一年或两年吗，还是说这些都不够？她还能再见到他们吗，还是说她这一辈子，或者他们这一辈子都无法再见了？

玛利亚只能不断去看“阿托达菲”游行，也许能在队伍中看到妈妈或者某位哥哥，或者所有人。她企盼看见他们，祈求他们被判无罪，或者只是付笔罚金，哪怕是穿着罪犯的斗篷，胸前挂着罪名牌，被驴驮着游街也好。

每到那个日子，玛利亚便早早出家门，与人群一起在教堂外守候。人群中有像她一样悲痛万分的居民，也有前来看热闹享受这一过程的卡斯蒂利亚人。她伸长脖子，心就快跳到嗓子眼，眼看着队伍渐渐靠近。一排被告人，穿着圣袍，光着脚，脖子上套着绳索，手里举着蜡烛，走进教堂行忏悔礼。也许人群太拥挤，所以她看不见他们。玛利亚迅速跑到广场上，占了一个可以看到全景的位置，在夏日毒辣的阳光下，在冬日的严寒萧瑟中就这么等着，直等到敲锣打鼓的乐声由远及近，直等到牧师、宗教监察局官员、大人物们渐渐走近，身后跟着一队罪人。大人物们纷纷入座，罪人们一字排开，她目不转睛搜寻着，也不在意身边越发拥挤的人群和嘈杂的喧哗声。她竖起耳朵，所有感官都调动到两只耳朵上，仔细听官员宣读罪名和判决，一个名字又一个名字，一个判决又一个判决，直到结束也未听到任何亲人的名，她失望地拖着双腿回家。她不想继续等着，看某个男人被鞭刑，或者某个女人被判刑烧死。她走了，身后的广场上人声鼎沸，一群群卡斯蒂利亚人赶来观赏这些惊心动魄的场面，还有些观众则与那些罪人们有关系：兄弟、儿女，或是邻居。

玛利亚脸色苍白、眼神迷离地回家，病上一天或数天，卧床不起，身体消瘦无力，她对自己也对哈桑说“我再也不去了”，可每每听说政府又要举行这样的正式庆典时，她又蠢蠢欲动，天天算着日子。到了那一天，便早早地出了家门。

周日早上，哈桑对玛利亚说：

“我看你是不准备和我们去做弥撒了？”

玛利亚头天整个白天都在看罪犯游行，听罪名和判决的宣读，她说：

“哈桑，我累了，没力气去。”

但他坚持说：

“玛利亚，他们盯着我们呢。他们抓走了你妈妈和两个哥哥，现在就盯着你，肯定的。你坚持一下，安拉会保佑的。”

玛利亚顺从了，他们都去了教堂，除了萨利玛，她多年前就对此事很坚决，斩钉截铁地宣布绝不会去，除非他们用绳子绑着她，像牲口一样拖她去。哈桑不再和她讨论这个问题，只是坚持带他母亲、妻子和孩子们去，以便掩人耳目。

教堂里，一家人正好占了一条木凳，哈桑坐在中间通道的这一头，母亲坐他身边，然后是孩子们，玛利亚则坐在侧道那一头。

昏暗的光线、古旧的气息加上牧师悠扬的嗓音，让玛利亚内心愈加悲痛。她垂着头，脸色惨白，身子稍稍前倾，像是凝视摊在膝头的手掌。可她并未看见自己的手掌，眼前全是昨天游行队伍里看见的一张张脸，愁容满面，苍白无光，眼神涣散，满脸写着羸弱、不安、恐惧。尽管有宽大的圣袍蔽体，依然无法掩饰他们消瘦的身体，无法掩饰在虫鼠肆虐，在那些惨死、烧死的冤魂环绕的黑暗地牢里那一夜夜酷刑折磨的伤痕。被判刑的人中，有个和她女儿露琪亚年龄相仿的女孩，她总是忍不住回头看她。离开广场时，女孩的脸一直跟随她，挥之不去。

睡着后，那张脸又出现在梦境中。

风琴声突然响起的时候，玛利亚打了个寒战，她的身体一阵颤抖，眼中噙满了泪水。她微微抬起头，透过泪水看见了他。他那么近，似乎一伸手就能触到他。

他就在她右边。玛利亚凝视着他，目光从那光着的双脚向上移，看到垂着的小腿，消瘦赤裸的身体，窄窄的肩，歪着的头颅，最后是那顶荆棘冠。她盯着那一条条突出的肋骨，痛苦中低垂的眼，绑在木十字架上张开的双臂，最后目光停在他的手掌上，两只手掌都有一根钉子，穿透人体，钉在那磨难十字架上。她又看他的脸，痛苦，绝望，不堪折磨，只能微微侧倾头部表明态度。

玛利亚站起来，向他走了两步，双膝跪在地上，伸手抚摩两只光脚，似乎是要祈求他的宽恕。可当她靠近他、触碰他后，心里一阵荡漾，喃喃念着："'我在出生日、死亡日、复活日，都享受和平。'这是麦尔彦的儿子尔撒，这是你们所争论的真理之言。"[①] 那两只绑在十字架上的手臂，像一对翅膀为她送去爱与怜悯，玛利亚什么都没有要求，只是张开双臂环抱他的双腿，她微微低下头，亲吻他的双脚。

---

① 《古兰经》麦尔彦章：33—34 节。

第十七章

米歇尔神父建议纳伊姆陪他前往新世界旅行。这个提议来得太突然，纳伊姆不知如何作答，他求雇主容他考虑几日。倘若萨阿德没有如此无情地抛弃他，他一刻也不会考虑离开。现在的他像根折断的树枝，为何不去新世界、旧世界，哪怕是印第安人的地狱游历一番呢？去此处还是别处又有何区别，反正他无妻无儿没朋友，乌姆·贾法尔也已入土为安了。再说，牧师心地善良、平易近人，从不蔑视他、伤害他，恰恰相反，他时常见神父对宗教监察局的行径愤愤不平，对它压迫欺凌阿拉伯人或非阿拉伯人的事恼怒不已。神父谈起新世界时，仿佛那是个美丽富饶的人间伊甸园，那为何不去呢？要是萨阿德回来呢？为何他一去三年，音信全无，至今未归？

纳伊姆深感困扰，萨阿德的突然离去让他倍感受伤，也让他无比担忧，他没完没了地想：萨阿德是去了马格里布，还是去了山区？他和圣战者们一同在船上工作吗，还是坐在某个山洞里与同伴轻声讨论明天的事务？他是否遇到了不幸？还是与其他姑娘结了婚并育有儿女？萨阿德，你究竟在哪里，此时你在做什么，是否偶尔会想起你的朋友纳伊姆，还是已经彻底忘了他，就像你不辞而别，离开格拉纳达一样？

纳伊姆接受了神父的提议，出发前两天他到哈桑家辞别。乌姆·哈桑因为他要走哭了，不过孩子们却异常兴奋，问了他一堆有关新世界的问题。他笑着说，他还没见过那个世界，无法告诉他们。“等我回来的时候，我会告诉你们所有的故事，还要给你们带回好多好多黄金，因为他们说那儿地上的沙子全是珠宝，土壤都是纯金。”纳伊姆边说边笑，他可不相信这些传言。

哈桑默默坐着看纳伊姆，想到他即将远行，内心无比沉重。他想起了萨阿德的离去，想到路途险恶，无依无靠。

“纳伊姆，你什么时候回来？”

“一年，也许两年。神父说他此行是为了写一本书，他要亲眼看到一切，把它们写进书里。”

纳伊姆把手伸进口袋，掏出一张叠好的纸递给哈桑，说：

“要是我不在的时候萨阿德回来了，请把这封信给他。告诉他，我很想念他，他的离去让我很痛苦。告诉他，我不会去很久。告诉他……还是别说了，我把所有话都写在信里了。我可以和萨利玛告别吗？”

一个小女孩抢在前头跑进萨利玛房中，告诉她纳伊姆来了。他进屋站着，一时语塞，然后说：

“我要和米歇尔神父一起前往新世界。”

萨利玛望着他，他觉得自己看见了她眼中的不安和失落，也许是她的脸颤了一下。她什么也没说，伸手握了握纳伊姆的手。纳伊姆转身要走时，听见她说：

"纳伊姆，别生萨阿德的气。他很爱你。"

他回身，看见了她脸颊的一颗泪水，立刻跑了出去，生怕院子里的人看见自己哭泣。

那晚，纳伊姆是否高声呼唤，使身在偏远村庄的萨阿德听见了他的声音？朋友的声音是否跨过平原越过山川传到了对方耳中？那晚，萨阿德在梦境中看到了他的朋友。他们俩与萨利玛和哈桑一起，围着身材高挑的艾布·贾法尔。艾布·贾法尔满面春风，正指导他们干活。哈桑一边整理着手稿，一边裁剪制作书皮的皮革，而纳伊姆则埋头在封面上写下书名，一串串字母像枝丫摇曳交错。"纳伊姆从哪儿学来的这一手好字？"萨阿德看着他问。萨利玛牵着小羚羊站在店铺门口，说这本书是她的。艾布·贾法尔笑着说："别急，萨利玛。我们先把书做完，然后再给你，我们会给你的。"

是否是他太想念大家，所以才会在梦里见到他们？或许这个梦是个团圆吉兆？萨阿德回忆着梦中的细节自问道。一定是他们在呼唤他，现在他的内心听到了呼唤。他得下山去格拉纳达见他们。

整整三年，他一直与年轻的圣战士们住在人迹罕至的小山村中，行走在卡斯蒂利亚人不知道的崎岖山路间，与战友一道为海上的游击队员们运送补给、传输信件，助他们袭击海岸，打击卡斯蒂利亚士兵和政府。他还安排那些决定迁徙的村民们前往出发的海岸。当他们收到某个村的传信时，就趁着夜色掩护进入村庄，会见村里的长老们，制定总计划和细节。到了那一日，要走的人群聚在一起，由萨阿德和同伴们带领着，穿越山间小道。无声的黑影在黑夜笼罩下移动，每颗心都跳到了嗓子眼，没有吆喝、没有歌唱、没有赞颂。海岸出现的那一刻，孩子们兴奋了，欢呼雀跃，大人们忙碌起来，将孩子和行李送上小舟。多少个日夜交替，眼前亮起解脱的曙光，又因离别的愁绪而黯然，别了，院里的橄榄树，那香草树枝再无人安放在祖先的墓地。他们登上小舟，驶向停泊在海上的大船，乘船远去。

萨利玛像往常一样点着油灯伏案看书，听到那声音的时候，转身看了一下，又回过头继续看书，一边自言自语道“静下心来”。当她再次听见那声音时，确信是萨阿德在喊她。她跑出屋子，在漆黑的庭院里见到了他。他张开宽广的臂弯拥她入怀，她也紧紧抱着他，彼此亲吻。她牵起他的手，他跟随她进了里屋，家人们都睡了。

在她房里，萨阿德羞怯地坐在她面前，不知该说些什么，她也坐着，不安地望着他。离开三十九个月，似乎已过了十年。是因为她的思念吗，还是因为他两鬓的斑白、额头和眼下新添的皱纹，写满了这些年来的风吹日晒？

“你走了好久，萨阿德。”

萨阿德走向她，两人相对，思绪澎湃，带着身体的思念、灵魂的渴望，她要他，渴望他。他把自己交给她，她也把自己给了他，缠绵的浪推着他们，在生与死之间喘息，一浪淹没，一浪再起，一边是黑暗的深渊，一边是高阔的蔚蓝，炽烈的阳光在燃烧，他们喘息着，肉体缠绵，灵魂结合，当到达的彼岸出现时，海鸥展翅奋飞，用自己的洁白点缀天际，高亢的嘹声划过。

在抵达的彼岸，两人平静地交谈。他们聊了许久，低声细语，清晨鸟儿啼鸣声响起时，俩人才沉沉地睡去。

萨阿德的意外到来给家里带来了节日般的喜庆，上上下下一片激动喜悦。最高兴的莫属哈桑了，他放声大笑，似乎很多年都没笑过了，他开萨阿德玩笑，找他谈话，问他问题，弄得孩子们和乌姆·哈桑抗议连连，因为他们都没机会和萨阿德说话了。

萨阿德也无法相信，三年分别有如此的变化，露琪亚和她二妹在他离开时还是两个孩子，现在已经出落得亭亭玉立，要是有人来敲门向她俩提亲，真是一点也不奇怪。之前还在蹒跚学步，只会说两三个词的希夏姆，现在已经说话流利，听得懂问题，也会作答了，他说再过一年他就要去学校学习读书写字了。

"希夏姆，学阿拉伯语还是卡斯蒂利亚语？"

"在学校学卡斯蒂利亚语，在家里爸爸会教我阿拉伯语，就像姐姐们一样。"

萨阿德开怀大笑，为孩子的聪慧感到高兴，他对乌姆·哈桑说：

"焚香吧，让它从我眼中升起。"

哈桑大笑，但是他母亲却没笑，只是念诵起"求安拉保佑"，她先清晰地说了这句话，然后嘴里念念有词。

萨利玛和玛利亚都没有参加他们的谈话，两人一早就出门去市场采购食材了。玛利亚早先时候对萨利玛说：

"今天不同，走，和我一起去市场吧。"

萨利玛同意了，出门刚走远，玛利亚就狡黠地看着萨利玛，说：

"一夜抵千宵，可不是吗？"

萨利玛羞得满脸通红，说：

“我们买什么做饭呢？”

“我要宰只羊。”

傍晚前，羊已经烹制完毕，只等食客到来。晚宴上欢声笑语不断，不仅因为萨阿德归来、家人团聚和美味的羊肉，还因为玛利亚的故事本里又多了一则关于羊的故事。

当我告诉萨利玛我想宰羊为萨阿德庆祝的时候，她以为我在开玩笑，对不对，萨利玛？我当然不是开玩笑。没错，的确是禁止在家里宰羊，那样可能会被送进监狱。但我既然决定了，就得做到。我找到家畜市场的一个老板，作愁眉苦脸状，好像两世的烦恼都压在我一人身上。我对老板说：

“我有个儿子，独子，生了五个女儿后，安拉将他赐予我。我向自己发誓绝不会拒绝他任何要求，我也做到了。可是一周来，儿子总找我说‘我想要只羊’。我说：‘你要羊做什么？’他回答：‘和它玩。’我说：‘一切但凭主的意愿。’但是我当时并没有想买羊，难道现在还是买羊给小孩儿们玩的年代吗？但是，我的儿啊，我的心肝，他昨天生病了。”

希夏姆打断她的话，抗议道：

“可是我没有生病，我也没要羊。”

姐姐们示意他安静，他便不说话了。她们正津津有味地听着故事，玛利亚继续说：

“我的儿啊，我的心肝，他昨天病了，额头像火一般烫，整个晚上都在说胡话，想要羊。你不觉得我得给他买只羊吗？”

老板看上去是感动了，他说：

“当然，给他买。这位妹子，要是你钱不够，也不用担心。

你带多少就先付多少，剩下的过几天或者过几个月付清都行。”

萨利玛说：

“要是你们看到玛利亚要哭的模样，还有她把那老板感动得要哭的场面，都会觉得希夏姆确实是病了。”

玛利亚又回到故事上，说：

最重要的是，我向那人表示了感谢，我说：

“你是善良、正直的人，你有孩子吗？”

他说：

“有七个。”

我说：

“安拉祝福并保佑他们。谢谢你的提议，我已经去了金匠那儿把我的金戒指卖了。羊多少钱？”

萨利玛笑着替她说完：

“我们还没离开，老板已经开始说‘这个可怜的女人，变卖了自己的金戒指，只为让生病的儿子开心’。回家路上，玛利亚把这个故事讲了三遍，两遍用卡斯蒂利亚语说，一遍用阿拉伯语说。天晓得听她讲故事的人中有没有宗教监察局的人。”

哈桑说：

“要是明后天他们来人问起羊来怎么办？”

玛利亚笑着回答：

“我就说羊死了。我会长叹一口气，然后说，主宽恕那位老板，他给了我一头病羊。要不是因为他有七个孩子，而我又心地善良，我一定要让主的愤怒降临他身上。可谁知道呢？也许那是英明的主的意愿和慈悲，他让羊死去，让我的儿子恢复健康。”

晚饭后，哈桑单独与萨阿德待在一起，萨阿德讲述他居住的那个山村：

“就像从前的格拉纳达，哈桑，村里回荡着宣礼声，婚礼上、田野间飘荡着欢歌笑语。我们毫无顾忌、每时每刻都说阿拉伯语，我们穿传统服装，等待斋月的新月，庆祝我们的节日。”

“村里没有卡斯蒂利亚人？”

“一个都没有！”

“真奇怪。”

“它是山区里一个被人遗忘的偏远村庄，也许他们根本不知道它的存在。”

“你要长久待在那儿吗？萨阿德，这是你的家，你想回就回。”

“现在还不行，哈桑。以前住在这儿的时候，我曾尽力帮助他们，现在我和他们一起战斗。”

“你要永远留在那里？”

“一起祈祷梦魇早日结束，就不用再战斗了。愿安拉指引奥斯曼或马格里布兄弟来，发动一场大战役。”

“你觉得这可能吗，还是我们在自欺欺人？”

萨阿德叹了口气，什么也没说。

“哈桑，乌姆·贾法尔是怎么去世的？”

哈桑简短地说了下，但是萨阿德却向他询问细节，于是便告诉了他。萨阿德说：

“明早我先去给她上坟，然后去纳伊姆那儿，告诉他我回来了。”

哈桑看着他，差点就要告诉他那位朋友走了，但还是忍住，准备明天再说。

“萨阿德，回去找你的女人吧。我们聊得太久，已经很晚了。”

翌日清晨，哈桑陪萨阿德去了乌姆·贾法尔的墓地，为她的灵魂诵读了开端章。回去的路上，哈桑说了纳伊姆远行的消息，把纳伊姆留下的信转交予萨阿德，他愁眉不展地读完了信，没说话。哈桑开口：

“跟我来，我带你看下那间客栈。”

通向哈达拉河岸的路上，坐落着那间客栈，哈桑对姐夫说：

“两个巴伦西亚塔希尔家族的人买下了这家客栈，那是个有钱有势的大家族，据说他们几年前成功为家族中三个年轻人开脱了罪名，宗教监察局指控他们在法国入侵期间通敌，鼓动阿拉伯人和当地市民发动叛乱，推翻阿拉贡统治。据说几个年轻人的父亲和叔伯去了马德里和巴塞罗那，与王宫和宗教监察局最高委员会取得联系，支付了巨额款项，成功救出了他们的孩子。

重要的是，买下这间客栈的两人就来自这个家族，当然他们与那三个青年的事没有任何关系，但他们是同一个家族的。看样子他们很有权势，尽管法律禁止阿拉伯人在格拉纳达王国境内购买土地和房屋，他们还是成功买下并注册了这间客栈。

两兄弟派人找到我，提议由我负责打理这间客栈。信使告诉我，如果我同意的话，那两人会亲自来和我进一步详谈。你怎么看？”

萨阿德仔细打量四周。两人穿过木门，经过门廊，来到了一个方形的露天庭院，中央一座双层石质建筑，庭院三面有长廊，廊柱林立，拱门相连，长廊顶上是相连的木阳台，二楼的四根龙骨延伸出三根支撑着这些阳台。

入门右侧，是一间高房顶的宽敞畜栏，一间间水槽、食槽分隔。左侧是通向木阳台的石阶，阳台旁边是一间间客房。

哈桑推开一扇门，这是一间长方形客房，可放下一张床、一个木衣柜，一扇大窗让房间光线充足，窗身长形，窗顶弧形收尾。哈桑说：

“这一层有十五间客房，每侧五间。底楼有十间客房，一间行李房，一面是畜栏，另一面是宽敞的大厅，可以做饭、吃饭，冬天可以生火取暖。夏天晚上，有庭院和回廊，我们铺上地毯，放上木躺椅，你觉得怎么样？”

“很漂亮，很宽敞，功能也多。愿安拉保佑你好好管理它，它需要多人共同努力。”

“要是这个工作在纳伊姆走之前就来了，我一定会挽留他和我一起工作的。我已经请求艾布·曼苏尔来帮助我了。”

“他行吗？”

“他能行，但他现在酗酒。我请他和我一起工作，也是希望这份新差事能够让他不再酗酒。”

两人出了客栈，向艾布·曼苏尔家走去，可是没找着他。

萨阿德在哈桑家过了三天，随后趁着夜色潜回了那个山村。一家老小送别他，乌姆·哈桑哭着，萨利玛则脸色苍白。走的时候他说：“我会在夏末前回来，如果不行的话，会在秋天回来和你们过开斋节。”

萨阿德告别格拉纳达，返回战友身边。回想着与萨利玛缠绵的情景，更觉离别伤感。他不知道，在那缠绵时分，女人怀上了他的骨肉，也不会知道几个月后，那颗胎芽在她体内变化、生长，长成了一个小女孩，和她父亲一样，有双黑眼睛。萨利玛拥着她，盼着她父亲早日归来，她要告诉他，他的名字已经变成艾布·阿伊莎了。

萨阿德未能如期在夏末回家，冬季过去也不见人影，一家人不禁忧心忡忡，但是阿伊莎的出生还是给家中带来了新的欢乐。宅子里再次响起婴儿的啼哭声，家人们也忙着照顾她。新生儿发现除了自己的妈妈，她还有许多妈妈的胸膛，大家都宠着她、呵护她。不仅萨利玛、玛利亚、乌姆·哈桑专心照顾小女婴，连哈桑的女儿们也是如此，大一些的女儿们照顾她，体验如何做一位母亲，小一些的则把照顾她当作一项新奇有趣的游戏。

只有希夏姆找不到自己的角色。他比阿伊莎大五岁，对他而言，阿伊莎是个不速之客，剥夺了他在家中的受宠地位。他默默忍受着这些烦恼，偶尔会以某个手势或行为表达不满，发泄愤恼。可父亲却受不了他的行为，反而严厉地训斥，这让男孩越发气恼。哈桑视小女婴的到来为福音。她出生后没几天，振奋人心的消息就接二连三地传到阿尔拜辛，让一双双眼睛神采奕奕：来自马格里布的游击队员们发动了袭击，重创西班牙人腹地，大挫他们的嚣张气焰。游击队员们像往常一样，在夜色掩护下将船只停靠在岸边，六百名迁徙者安全上船后，扬帆起航，但是西班牙船突然出现在海上，双方展开交战。圣战者们不仅成功防守，还向对手发起猛烈进攻，击沉了数艘敌船，又包围了其他敌船，俘虏了包括指挥官和贵族在内的所有船上人员，随后安全返回马格里布海岸。

女人们颤动起舌头庆贺这喜讯。阿尔拜辛的女人们在她们心中欢呼，而阿拉伯的女人们，那些圣战支持者和迁徙的人们，则在彼岸高声欢呼，迎接缓缓驶来的船只上的亲人们。

“萨阿德和萨利玛的女儿阿伊莎，为我们带来了福音”，哈桑将女婴抱在怀中，不断说着。他每天一起床就要去看看她的小脸，晚上睡觉前一定会在她的额头上印个吻，不论她正在熟睡还是啼哭。

哈桑为女婴在出生簿上登记外语名，他为孩子取名“伊斯佩兰萨”，他叫她一声“阿伊莎”，又喊她一遍“伊斯佩兰萨”，反反复复，不厌其烦。

第十八章

纳伊姆坐在角落，看米歇尔神父将羽毛笔放在墨水瓶里蘸了蘸，从左向右慢慢写字，然后再蘸蘸墨水，继续写。他希望神父能放下工作和他聊聊天，哪怕只是一小会儿。可神父只顾着全神贯注地写。

在灯光下，神父已是年迈体弱的老人。身着深色教袍、身姿挺拔、步伐坚定时的意气风发，此时已了无踪影。他坐着，穿一身白色睡袍，头微倾，柔软的银色发须也随之倾斜，胖胖的圆脸显得苍老憔悴。

他也很疲惫，也许和他一样受梦魇困扰，但他不会在夜里叫嚷着醒来。他从未听见过。他只见他哭过一次。听见声音后连忙跑去，见他在敞开的门外，双膝跪地，抬手，下巴倚在相合的双手上，绝望地高声祈祷、哭泣。

那天，他俩目睹十具当地妇女的尸体，挂在木刑架的绞绳上晃荡，高高的刑架让女人们的脚和地面之间空出一大段距离，她们的孩子吊在下方，在母亲脚底下晃荡。

晚上，神父哭了，纳伊姆没哭。他想，安拉是怜爱母亲的，因为她们先被绞死，然后才是她们的孩子。就在几天前，他看见一个小孩在他母亲眼前被杀害。那个美丽的女人丰腴动人，怀里抱着婴儿，七八个月大的男婴，继承了母亲的圆脸和两个酒窝。是怎样的厄运，让她在那一刻去了那处地方？她从容地走来，心情愉悦，舒畅安详地抱着孩子。当那个卡斯蒂利亚人突然袭击她时，她吃了一惊，发出一声尖叫，却没能阻止孩子被人夺走。一瞬间，卡斯蒂利亚人扑向她，抢下她怀里的婴儿，径直朝饥肠辘辘的恶狗扔去。那是只黑色的猎犬，长长的嘴，高个儿长腿，两只大耳朵像山羊一样耷拉着。恶狗一跃而起，扑向婴儿开始撕咬。母亲的喊声、孩子的哭声、围观的卡斯蒂利亚人的笑声混杂在一起。所有人都在放声大笑，除了两个人：一个盯着这一幕，机械式地摇头；一个用力抱着女人，不让她靠近孩子。恶狗继续它的美餐，男人们狂笑，女人在撕心裂肺地喊，终于，一声枪响，她安静了，栽在地上的血泊中，接着便是沉默。

轮船靠岸，他和雇主下船，一同踏上了这片新世界。这里的女人们婀娜多姿，高高的个子，深色的皮肤，让他心神荡漾。这些裸体女子好像仙女一般，他望着她们，觉得心跳加速、血脉偾张，一种强烈的欲望在燃烧。一天，两天，三天，然后他看见卡斯蒂利亚男人们疯狂贪婪地追逐猎物，待捉住时，他们撕裂她们的身体，凶残地入侵。他惊慌失措地跑到神父面前，告诉他这一切，神父说：“明天我去见长官，告诉他此事。这是罪孽！我的孩子！深重的罪孽会惹怒天主的。要是再这样下去，主会让我们遭遇灭顶之灾的，所有的人，不管有罪还是清白！”

纳伊姆不再惊恐地跑来向神父描述看见的事了，神父都知道，可他除了与长官、副长官进行无用的会见，除了写信给永远收不到信的西班牙国王与王室、给罗马教皇之外，再无能为力。

女人们袒露的胸脯，匀称的身材，诱人的双眼，纳伊姆经过时却视而不见，仿佛这些女人都是他的家人。他无法粗鲁地盯着她们看，他担心如果和她们四目相对，自己会被她们的赤裸和自己的无能臊死。

要是神父能够暂停写作，与他聊聊天，要是他能说当地人的语言，好认识一些人，交上些朋友就好了。他看着他们伐木、开路、搬运石块，一旁总有武装人员看守。他看着他们，猜测他们的性格和习性：这个人心地善良，那个人稍微差点，另外那个则充满自信，慷慨待人。他希望能接近他们，与他们交谈，亲自去了解他们，给他们讲自己的故事，也听他们讲他们的故事，但是怎么可能呢？他不懂他们的语言，而他们一定也认为他和那些漂洋过海来折磨他们的人是一伙的。

纳伊姆闭上眼，回想着那张脸，那个中年人他已经见过多次，两人甚至已经彼此熟悉了对方的脸。纳伊姆路过时，会微笑着向他挥手问候。第一次这么做时，那人盯着纳伊姆看，似乎很疑惑，后来他也报以微笑，并用同样的方式回礼：抬起手碰下自己的额头。要是他能听懂我的话，或者我能听懂他的话，我会对他说："我和他们不是一伙的……你以为我和他们一伙？我来自格拉纳达……"他会和他长谈，然后男人会熟悉他，喜欢他，邀请他去家里做客。谁知道呢，或许他有个像他一样善良的闺女，这样他就可以向她求婚，"的确，我是一个快四十岁的陌生人，不再像以前那么英俊，但我心地善良，会保护我的女人，能给她爱，给她很多儿女，叔叔怎么说？”

在半睡半醒中，纳伊姆看见了他要娶的那位姑娘，男人的女儿，她像极了很久以前在格拉纳达看到的那位姑娘，那位俘获他心的姑娘，惊人地像。她并没有赤裸身体，而是像那个姑娘一样穿着白衣。

“你困得眼皮打架了，纳伊姆。去睡吧，我的孩子。”

但是纳伊姆却睁大眼睛，说：

“不，神父先生，我现在还不想睡觉。”

米歇尔神父笑了，他摇着头说：

“但你刚才睡着了，也许你正在做梦，被我吵醒了。”

“牧师先生，我能问你个事吗？”

“说吧，我的孩子。”

“你在写什么呢？你具体写些什么呢？”

“我在写，我是指，我一开始写的是故事。我写克里斯托弗·哥伦布四世的旅行，他面临的困难，取得的成就。而现在，在这最后一个月里，我正在写这个岛屿和它的居民，我描写当地一年四季的气候状况，观察各种动植物和飞禽走兽，这之后，我还要写这里的居民，描写他们的外形、生活方式、思维和宗教信仰。

“但是……”纳伊姆结巴了一下，“你并没有直接和他们交谈，又怎么知道他们的思想和宗教信仰呢？

“我观察他们的行为，将我的观察与他人的观察整理比较，然后推断出他们的思想和宗教信仰。”

“那你还会写其他的事吗，神父先生？”

“是的，孩子，我写了而且还会写更多我看到听到的那些痛心的事，我还要说，将发现这片土地的伟人的梦想变成如此不可理喻的残忍现实，实在是太可耻了。纳伊姆，你知道是什么原因推动哥伦布去航海、去冒险吗？”

“发现新大陆，我的先生。”

“那只是一种方式，孩子，实现神圣崇高理想的方式。那个只有两个伟大目标，别无第三：一是将上帝的话传播给那些还未听见的人们，让他们投入教堂的怀抱；二是获得金子，发动对圣地的十字军圣战，打开耶路撒冷的大门，从那些叛教徒手中收复圣墓。”

“但是，神父先生，穆斯林并不背叛耶稣。”

这话不经思索便脱口而出，泼出的水收不回来了。米歇尔神父用严厉的眼光看着他，断然说：

“不，他们是叛教徒！”

米歇尔神父站起来，这个动作说明他结束写作，准备睡觉了。纳伊姆立刻跳起来，说：

“我的先生，谢谢你让我坐在这里，希望我的问题没有打扰到你，晚安。”

纳伊姆只能回到他的屋里，一个人孤独地躺在床上，像每个夜晚那样，让噩梦侵扰他，折磨他。

第十九章

欧麦尔、阿卜杜·卡利姆两兄弟从巴伦西亚远道而来，就客栈管理的细节与哈桑讨论，哈桑招待二人住在家中，盛情款待，不仅因为他们是远道而来的客人，也因为两人让他十分欢喜。他们正直的作风、优雅的谈吐，还有他感受到的每一点品质，尽管他并不完全明白其中真相，但所有这些都是他在格拉纳达的阿拉伯人身上看不到的。是财富让它们的主人更加稳重，还是权势赋予了人这种令人钦佩的品质？

两兄弟与哈桑年龄相仿，弟弟欧麦尔更善言辞，他说话坚定、流畅、简洁明了，谈论起政治细节时更令人刮目相看，他认为必须小心涉政。他如此英勇果敢地侃侃而谈，好像这些烦恼都是命中注定，或者它们根本称不上烦恼。他有一张圆圆胖胖的脸，颇具特色：两只大眼睛总是直视对面的人或是与他交谈的人，留着精心打理的小胡子。他身材高大，略胖，但不臃肿，一身优雅的大袍显得十分庄重。哥哥虽然与他容貌相似，却给人截然不同的印象。他安静稳重，言辞谨慎，说话言简意赅，外形、眼神和容貌都彰显自信、地位和严肃感，不过，他依然彬彬有礼、待人友好。

两兄弟聚精会神地听哈桑讲述格拉纳达的情况，欧麦尔说：

“巴伦西亚的情况更好一些，贵族与我们立场相同，如果我们采取一些明智的做法，王室也可能支持我们。阿拉贡的贵族们反对强迫入教和迁徙，费尔迪南德国王曾多次许诺，不会强制阿拉伯人信奉基督教，不会驱逐他们，也不会限制他们与王国内基督徒的交往，卡洛斯五世在他爷爷费尔迪南德去世后即位，登基时也不得不重申这一诺言。现在的纠纷主要在贵族和宗教监察局之间，王室是倾向于贵族的，但它也害怕激怒宗教监察局。”

哈桑难以理解贵族和教廷之间的分歧，他说：

“我不理解为什么贵族们会维护阿拉伯人的利益，难道不是他们资助了反阿拉伯人的战争，又为费尔迪南德和伊莎贝拉入侵格拉纳达提供了人马吗？”

“艾布・希夏姆，他们并不是维护阿拉伯人，而是维护他们自己的利益和阿拉贡王国的利益。阿拉伯富人是王国需要的财政力量。最重要的是，大多数在阿拉贡的阿拉伯人是在那些贵族们的封地里务农，我们所有人，无论富人还是穷人，征收的税比王国其他子民要高得多。阿拉伯人的迁徙会损害封地的利益，而让他们加入基督教会使贵族和国家的收入锐减。

阿卜杜・卡利姆说道：

“在巴伦西亚有句俗语：阿拉伯人越多，收入越多。”

哈桑说：

“但是他们并不想让我们继续当阿拉伯人或穆斯林。”

阿卜杜·卡利姆坚定地回答：

“的确如此，可是利益说了算。”

“不过欧麦尔先生昨天提到了‘兄弟帮’和那些城市暴乱、帮派运动，他们高举十字架，高喊‘阿拉伯人去死’，所到之处，无不尸横遍野、房屋烧毁，为了生存，惊恐的人们纷纷要求受洗礼。”

阿卜杜·卡利姆说：

“这些畜生，他们会遭报应的。”

欧麦尔说：

“那些畜生们，我和哥哥都认为他们的作为不会长久，他们不是冲着我们来的，而是针对贵族。他们打压阿拉伯人是为了让保护阿拉伯人、依靠阿拉伯人种植封地的贵族们痛苦。但那也不是重点，重点是我们如何得到王室的支持，说服王室成员特别是为首的国王，让他们相信照顾阿拉伯人，让他们留下是有利于国家的。”

哈桑觉得事情离期望越发靠近了，便问：

“这可能吗？”

“非常可能，唯一的问题就是那些称自己为圣战者的人。”

“圣战者？”

阿卜杜·卡利姆说道：

“他们破坏了一切！”

“怎么会？”

“他们愚蠢的行为一无是处，只会让事情更加复杂。”

欧麦尔进一步解释他哥哥的话：

“攻击西班牙海岸，帮助引渡逃难者，还有人以打击王室权力为借口与法国人合作，这些都愈加证明阿拉伯人对王国毫不忠诚的说法，更加说明只有强迫入教或者驱逐他们才能解决问题，这让我们的任务更加艰巨。”

这是哈桑听过的最奇怪的言论。格拉纳达人都不敢公开流露出对圣战者的同情，只能暗中帮助他们，或者假装宣誓对王国忠诚，但是他从没听说过，圣战者们的行为有损阿拉伯人利益。两兄弟的观点让他十分困惑，晚上他独自一人想了很久，在深思熟虑之后，他认为两位朋友的观点可能是对的，因为他俩是有权势的大人物，这种地位让他们有机会与贵族、王室或其他相关人士接触。

两人离开前一天，欧麦尔对哈桑说：

“你看，艾布·希夏姆，我们从巴伦西亚过来和你商量客栈经营的事宜，但是似乎安拉还有其他的决定。我们认识了你，了解了你，见到了你的家人，我们觉得，没有什么能比与这位高尚的人联姻更好的了，你觉得呢？”

哈桑惊得说不出话，欧麦尔继续：

“艾布·希夏姆，感谢造物主让你的女儿们如此出色，我有个儿子，我哥哥阿卜杜·卡利姆有两个儿子，你怎么看？”

“感谢安拉赐福！”

几只手伸了出来，他们读了开端章。回过神后，哈桑从惊讶转为欣喜。他何德何能攀上了这么一家望族，有德有识，有钱有势。

哈桑立刻将这个好消息告诉了玛利亚，让他惊讶的是，玛利亚非但不高兴，反而生气地大喊，表示抗议：

“你出什么问题了，男人，把你三个闺女远嫁异国？”

“小声一点，两位客人还在我们家里，不能让他们听到这话！”

“我怎么能把自己的闺女嫁给一个完全不了解的家族？”

“那是一个大家族，声望、财富、权势，你还能再要什么？”

“我想要闺女们都好好的，想要她们常回来看看我，想要适当的时候我可以去看她们。你不能这么做，不能！”

“冷静，玛利亚，听我说，这桩婚姻会让闺女们不再受苦，而且巴伦西亚的居民没有被强迫改奉基督教。你的闺女们不用再给她们的儿女们另起别名，也不用再偷偷摸摸地，明里信奉一个宗教，暗里信奉另一个宗教。”

玛利亚讽刺地笑了一下，回答：

“你怎么不把她们嫁给马格里布人、埃及人或者希贾兹人？”

“如果一个高贵的马格里布人来提亲，我会毫不犹豫地答应！”

“我受不了闺女们不在身边，我会悲痛死的！”

“巴伦西亚并没有那么远，两个国家由一个国王统治。禁止格拉纳达的阿拉伯人前往其他王国的法律也许一两年后就会改变。”

“嫁一个给他们就够了，为什么要三个？”

“我们已经读了开端章，这事就这么定了！”

哈桑转过身，闭上眼睛开始睡觉，玛利亚更生气了，起身去找萨利玛抱怨：

“萨利玛……”

“玛利亚，怎么了？”

“你兄弟疯了。我向安拉发誓，他疯了，脑子不正常了。”

“冷静点，告诉我发生什么了？”

“这两个人简直就是天上掉下的祸水。”

“你是指两位客人？”

“就是他俩。真希望他们没来咱家，咱也没见过他们。”

“他们欺负哈桑了？”

“他们提亲了，要把三个闺女许配给他们的儿子。”

“让她们去巴伦西亚？”

“是的，巴伦西亚。”

“哈桑为什么同意？可能他觉得这两人好，可谁知道他们的孩子是不是像父亲一样好呢？”

“就是，谁知道啊，我要去告诉哈桑。”

玛利亚一路跑回去，唤醒正打着呼噜酣睡的哈桑：

“你怎么知道那些孩子继承了他们父亲的品格呢？他们就不会生性顽劣、酗酒、残疾、脾气粗暴吗？我怎么能把自己的闺女许给完全不认识的陌生人，嫁到异国他乡去吃苦？”

哈桑揉着眼睛听玛利亚说话，半睡半醒中，还没搞明白怎么回事，等玛利亚第三次重复这话时，哈桑斩钉截铁地说：

“安静点，女人，让我睡觉吧！”

玛利亚气愤不安，不过这消息却着实让那三个姑娘欢欣鼓舞。她们要出嫁了，要去巴伦西亚了，要在那里举办乌姆·贾法尔乐此不疲，反复描述的隆重婚礼：白鸽、海娜、女人们的颤舌欢呼、歌声、鼓声。这一切太不可思议了，真令人心潮澎湃，仿佛梦还未开始就已经实现。女儿们的喜悦只让玛利亚越发悲伤，悲伤之余又觉气恼、自怜。大女儿露琪亚来吻她时，她不禁落泪，露琪亚问：

“妈，为什么哭呢？我们三人会住在一起，互相照顾。我们会在同一个屋檐下和睦地生活，难道这不比我们每人嫁给互不相识的丈夫、各居一方、只能在节假日见个面要好吗？”

玛利亚噙着泪水看着她，什么话也没说。但是想想女儿的话，她稍稍安了点心。

一个月后，阿卜杜·卡利姆和欧麦尔陪着他们的母亲、妻子和三位年轻人再次拜访哈桑一家。晚上与妻子独处时，哈桑说：

“乌姆·希夏姆，你现在心情好了吗？”

言下之意是指那三位年轻人给全家留下了好印象。他们相貌英俊，举止庄重，懂得适时说话，谈吐也显得有学识有教养。

哈桑不知道，他的三个女儿已经对对方一见钟情了，他们挺拔的身材、棱角分明的棕色脸庞、黑黝黝的眼睛、对仪表的精心修饰，都让姑娘们着迷。不过他倒是看出，无论是母亲、姐姐还是玛利亚，都觉得年轻人们无可挑剔，就连玛利亚，虽然依旧担忧，但也不那么坚决反对了。

塔希尔家的女人们带来了许多礼物，对未来的儿媳们也满心喜爱。哈桑一家受宠若惊，玛利亚听见两个不到十岁的小女儿在交谈：

“真希望新郎们还能有两个弟弟来向咱俩求婚！”

玛利亚一手抄起扫帚朝那两个女孩打去，两人刚要哭，玛利亚又举起棍子，低声但严厉地威胁说：

“不准出声，家里有客人！”

一家人平静地迎亲、订婚。他们请来可靠的邻居和朋友参加婚礼，大家吃着丰盛的美食，唱着婚礼赞歌，声音轻得出了街区就听不见了。

不过乌姆·阿卜杜·卡利姆，三位年轻人的奶奶，却无法理解、也不能接受这奇怪的婚礼，女人们不能踩着鼓点、踏着歌声去澡堂，宰羊的时候没有“安拉至大”的呼声，也没有用蘸着牲畜鲜血的驮鞍在户门印上装饰。

虽然玛利亚内心焦躁不安，乌姆·阿卜杜·卡利姆愤愤不平，但是哈桑家依然一片喜庆祥和，主宾融洽，孩子们激动得已经开始考虑巴伦西亚之行了。

临行前两天，乌姆·阿卜杜·卡利姆病倒了。她脸色苍白难看，目光涣散无神，全身滚烫，不住颤抖。可怜的老人刚出厕所，连床都没沾边，又跑回去上吐下泻。

乌姆·哈桑在玛利亚耳边嘀咕：

“可别死在咱家，他们会说：哈桑的女儿没给他们带来福气……难道是我们没有福气吗？我第一眼看到这个女人的时候，就见她愁眉不展，我的心啊就忐忑不安，那张脸太晦气！”

萨利玛为乌姆·阿卜杜·卡利姆诊疗，检查了她的胸、腹、眼睛、喉咙、脉搏和指甲颜色，然后坚定自信地说，问题不大。可是乌姆·阿卜杜·卡利姆的脸色却越发惨白，似乎行将就木。每每萨利玛碰到她身体的某个部位，她就吓得血液都快凝固了。事实上，她第一眼看到萨利玛的时候，就对她奇怪的外形、蓬松的头发和漫不经心的眼神感到惶恐不安，两天后，这种担忧进一步被证实：当时她正好经过萨利玛房间，屋门正敞开着，只见里面堆放着各式瓶子、罐子和书本，一阵阵怪味扑鼻，她连忙走开，口中诵起经文保佑自己平安无事。俗话说，女孩随姑妈。我们可不只娶一个姑娘，而是三个，何必非要这样的人家？她左右想不通。巴伦西亚就没有姑娘吗？一千个姑娘排着队呢！随便一个都比她们更美、更高贵、更体面。

乌姆·阿卜杜·卡利姆一筹莫展，只能听天由命，等着安拉的裁决。连萨利玛给她的药也不再拒绝服用了，因为欧麦尔、阿卜杜·卡利姆和两位儿媳都来批评她："乌姆·阿卜杜·卡利姆，你都这么一大把年纪了，还要像小孩一样固执吗？"她只得听天由命，服了药。一开始，萨利玛给她服用的是煎好的石榴皮肉豆蔻籽配方。她听说过这个方子，便吃了，也不再呕吐腹泻了。可她还是不舒服。萨利玛又送来新的配方药，她问：

"这是什么？"

"药。"

"我知道是药，我是问它用什么做成的？"

萨利玛没注意到对方的疑心，以为她的提问是出于重视，便坐在她身边耐心解释：

"这方药专治胃痛，非常有效，是我亲手调制的。先取一定量的干净铁屑泡入上等的醋中，中间换七遍醋，然后磨成粉，取一定剂量加入丁香粉、姜粉中，混上蜂蜜，最后将它们浸在麝香和龙涎香中。愿安拉让你早日康复。"

乌姆·阿卜杜·卡利姆的脑子只牢牢记住了"铁屑"这个词，不管萨利玛、玛利亚和两个儿媳怎么劝，她都拒绝服用。最后只得由阿卜杜·卡利姆出面，才逼她服下了药，简直比喝杯毒药还难。

五天后，乌姆·阿卜杜·卡利姆康复了，家里人觉得她比刚到阿尔拜辛时的气色还要好，但她坚信自己的康复，是因为安拉助她战胜了那个体内藏着妖魔的女人，因为安拉听到了她日日夜夜的祈祷，没有丢下她一人受苦受难。

乌姆·阿卜杜·卡利姆康复了，塔希尔一家也终于在哈桑一家的祝福声和玛利亚的泪水中，带着姑娘们返回巴伦西亚了。

第二十章

若冥冥之中有声音告诉萨阿德，萨利玛怀了他的骨肉，它在她腹中发育成长，最终化作名为阿伊莎的小女孩来到人世，他会做何感想？是兴奋地手舞足蹈，还是更觉高墙囚禁的煎熬？

当他告诉哈桑一家他会在夏末或秋初返回时，并不觉得会有什么问题，一切轻而易举。但是世间事物变幻莫测，可能的事突然变得遥不可及。

萨阿德受命前往一处荒废的海滩收军火。他在夜色掩护下收了货，驮在骡背上，尽量择荒废小道赶路，万不得已时才途经村庄。每次进村，他都称自己是个送货的骡夫，给自家镇上的乡亲们运送小麦。他进了那个倒霉的村庄，注定要发生这一切。有村民对他说：“我们买些小麦。”他道：“我不能卖，这不是我的货物，我只负责把它从卖家手上送到买家手上，他们付过钱了。”那些村民的眼神让他觉得不快，便加紧脚步，希望尽早离开。他察觉这个村里粮食紧缺，家家户户都需要面粉，愈加觉得不安。他不断重复同样的话，拒绝前来要求购买的村民，同时焦急地牵着骡子，就快跑起来了。这时，几个男人冲了过来，将他扑倒在地，径直去拿他们以为的小麦。萨阿德哆嗦着站起来，想赶走他们，但是那些手已经打开了麻袋，只听一声高喊“这不是小麦，是火药”，萨阿德撒腿就跑。

他跑在毫无遮蔽的路上，空旷的道路让他更觉无处遁藏，脚下的路随时可能冲出卡斯蒂利亚走狗，狂吠着追逐他。他心下一阵恐惧，竭尽全力拼命奔跑，只想找一地藏身。冲进森林后，尽管有树木掩护，小路纵横，他依然发疯般狂奔，直奔得力气耗尽瘫倒在地，上气不接下气，他仔细听周围的动静，却只听见自己的心跳声和喘息声。坐了一段时间，略微安下心来，他开始思考丢失的火药、付诸东流的钱款和大伙儿的希望。想着想着，不禁用脑袋敲身后的树干，不停问自己现在怎么办。找不到答案，只有深深的挫败感与无力感。

他坐着一动不动，不知过了多久，他想，现在能做的只有想办法回到同伴身边了。

一路走到了一个陌生的村口，他祈祷自己走点好运，也许能向村民问问路，或者找个地方歇脚休息一晚，喝点水吃点东西。可进了村后，却惊讶地看见一阵异常的骚乱，“发生什么了？”萨阿德问，才知原来是日耳曼人的“兄弟帮”暴动分子就要来了，他们的指挥官在附近城镇取得了胜利。他应该马上离开这个村庄，可是去哪儿呢？应该朝哪个方向走？他不知所措地站着，担心一不小心又回到那个发现他携带火药的村庄，或者误入日耳曼人的领地，他们对待阿拉伯人比卡斯蒂利亚王国的士兵更加残忍。

萨阿德询问一位忙着组织人群前往城堡避难的老人，老人为萨阿德指明方向和安全的通道，并提醒他，另一条道路已经被“兄弟帮”的人控制了。

萨阿德沿着通往山谷的小径出了村庄，时不时抬头望向远处那条盘旋而上的山道，村民们正拖家带口，背着点口粮，向山顶的城堡涌去。弯弯曲曲的山路上人头攒动，人们沿着古老的石墙一路向上。

后来的几个月中，萨阿德常常想起那个场景，他没有想起自己狂奔的情形，没有想起自己在深山迷路、又饿又怕时仓皇的脚步，没有想到四天后被捕的场景，只是不断想起那沿着城堡石墙的人流，拥上，又落下。他亲眼看见他们上去了，并未看见他们投降下山，只是听逮捕他并将他押送至检察官处的卡斯蒂利亚士兵们如实说，他想象村民们举着白色破布条沿路落荒而下，朝教堂走去，为了那几滴洗礼圣水，为了生存。

历史要重现了吗？一想起这场景，萨阿德不禁困惑重重，想起它时，总能想到另一个场景，他看见萨格里和他的战士们，还有他的父亲，在马拉加城堡浴血奋战，顽强抵抗，可最终还是败给了敌人。萨格里和他的士兵们是全副武装在斗争，而那些村民们却手无寸铁，他们只是种地的村民，手上只拿过犁和镰刀，只能依靠古老的石墙保护自己，石墙在炮轰下坍塌了，他们也崩溃了，只能举起白布离开，历史是否要继续重演?!

但是他无法继续思考，酷刑不断，恐惧将所有画面和思想撕成了碎片，当你遍体鳞伤时，灵魂就像被屠宰的鸟儿一样战栗。

披着一身黑衣的检察员围着你，目光穿透你的灵魂，一连串问题和各种刑具抛来，他们把你紧紧绑在那个木梯上，强行往你肚里灌水，用来灌溉的水，清洁的水，你希望那是干净的水，但是进入体内却像熊熊燃烧的烈火。你灌满了水，膨胀，窒息，想喊，却喊不出声，但那声音却坚持着，终于发出微弱的一声，仿佛灵魂艰难地出窍。他们盯着你。目光僵硬，表情僵硬，心灵被黑衣遮蔽。那烙得通红的铁钎灼烧你的脚心，那滚烫的石子燎烧你的背、肚、腚，那木刑具就是炼狱的化身，它的板子碾轧你的骨头，你像公牛被屠宰一般嘶吼。胸膛里的心被拧捏，仿佛被死神之手无情掐住。他们盯着你，眼皮都不眨一下。他们将你孤零零一人扔进地下室，你甚至无力哭泣。当你终于能淌下泪水时，并非因为身上伤痛难忍，而是因为你知道那破碎的肉身就是你，你为这境遇而哭，为你所爱的人去了高高的蓝天，独留你在火狱中煎熬而哭。你孤身一人在这昏暗的地牢里，孤独围困，微弱的烛光映着身旁检察官的影子在墙上抖动，要是他们不在，你的想象便不断膨胀，想象一只巨型蝙蝠将黑暗布满高墙。你孤身一人在这囚狱中，只有老鼠相伴，你熟悉它们，因为这些生命提醒你，你还活着。几个月后，他们将你转移到别处，灵魂的孤独得到些许安慰，从此你有了狱友日夜相伴。悲伤的心灵聚在一起，在漆黑的高墙上燃起一丝光亮。

一共有三人。一个是方济各会的神父，虽然年事已高，双目依然炯炯有神，深蓝色的眼眸犹如海浪翻涌，显得精力充沛。他总是侃侃而谈少年耶稣如何贫困潦倒、仪表堂堂又受尽折磨，讲述他尚在襁褓之中的故事，说他的母亲如何全身心呵护他，将他送往遥远的埃及，说他青年时如何身负使命，前往拥戴他又谴责他的国度，说他受难的十字架和他的永生。他滔滔不绝地讲着，蓝眼睛忽而波涛澎湃，忽而风平浪静，漆黑的地牢也变得开阔起来，仿佛面朝大海，一望无际的海面上，海鸟尽情翱翔，上帝的气息涤荡着人类的灵魂，温暖着他们的心灵。

吸引大家的不仅是他的故事，还有他灵魂中洋溢的某种东西，它充满言辞，浸润内心，给人一片宁静安详的心灵净土。就连那个在牢狱折磨下变得愈加暴戾焦躁，动不动就得打上一架的路德派暴脾气青年安东尼奥·索尼纳斯，此时也安安静静地坐着听胡安·马丁神父讲话。安东尼奥·索尼纳斯瘦得像一根甘蔗，脸色苍白，鲜有笑容，几乎每天都要和穆罕默德·布萨迪格打架。布萨迪格是个毛发未齐的少年，被指控修习黑魔法和巫咒，导致他地主家的牲畜死亡。少年双眼闪着狡黠的光，戏弄挖苦起索尼纳斯时更甚，看到对方暴跳如雷，就笑得前仰后合，因为这正是他要的结果。两人越吵越凶，互相揪着对方不放，马丁神父和萨阿德连忙出来制止。萨阿德很喜爱穆罕默德，欣赏他的冷嘲热讽和幽默感，更为他年纪轻轻却不被折磨击垮的强大精神折服不已。萨阿德总是当面指责穆罕默德捉弄索尼纳斯，接着又悄悄对他耳语，“别气我说你，穆罕默德，我只想快点结束这场争吵！”穆罕默德狡黠地坏笑道：“我知道你不是说我的，不过我更喜欢与这头蠢驴吵架。他觉得他的血是蓝色的，也许真的是蓝色的，因为实在太蠢了，血都从红色变成了蓝色。你生平见过这么愚蠢的驴吗！”萨阿德听得也哈哈笑，安拉保佑，幸好索尼纳斯听不懂阿拉伯语，不然又是一场更激烈的争吵。

虽然安东尼奥·索尼纳斯和穆罕默德·布萨迪格每天都斗嘴，但是四人却越发亲密，每个人都讲了自己的故事，其他人听着，跟着同悲同喜。他们说一说，笑一笑，有时又黯然神伤，便在这地牢里各自蜷缩一隅。

萨阿德和他们一起经历着这些，熬过这漫长的日夜，因为他们和他在一起，因为人脑中那个神奇的匣子能够在幽禁中给予他闪闪发亮的珍宝。那些爱过他的人，他们的面容浮现眼前，如此鲜活，就像妙笔丹青下的脸，光影的运用，绚丽的色彩，勾勒出一张张活生生的脸庞，似乎就要从这位或那位检察官身后的墙框中走出来，与你交谈，驱散审查的痛苦，减轻检察官那残酷眼神的伤害。

萨利玛那褐色、消瘦的脸浮现眼前。她蓝色的眼眸迷惘又透着一股不屈的勇气、敏感又有种执拗，她的两瓣嘴唇丰满诱人，一头浓密的卷发。在囚狱中，萨阿德看到的萨利玛比以往任何时候都要清晰。他看见她的脸，她的身姿，她走路时微倾，似乎希望身子能比脚步早些到。在囚狱中，萨阿德听见她的声音，她在说，她在笑，她恼怒，她沉默。他看见她还是艾布·贾法尔在世时的那个小女孩，是他日思夜想的姑娘，也是勇敢接受他、给予他，然后又不明缘由排斥他的女人。

他看见艾布·贾法尔，仿佛死亡并未带走过他，他清晰完整地站在眼前，修长的身体，宽松的大袍，嘴上似乎有个浅浅的微笑，却始终未笑，将一丝笑意流露在迷惘的眼中，那眼神既透着心底荡漾的温柔，也有刻意压制怜爱之情的苦涩责备。

他看见朋友纳伊姆的脸，容光灿烂，像是阳光垂直照射着他，赐予他太阳的一份热烈，他看见他棕色的眼睛、金色的头发，看见他一边奔跑，一边说话、开怀大笑。

身陷监禁的孤寂，更能看见你所爱的人，因为有的是漫长充裕的时间，因为在磨难中，他们给你抚慰，只要你愿意，就可以凝望他们的脸，长久地凝视。

萨阿德虽受尽牢狱之苦，但守住了自己的心，也没有说错话，即使在和狱友们交谈时也十分谨慎，闭口不谈那些可能对他不利的事。终于从轻判决了，因为只能证实他离开格拉纳达境内，与巴伦西亚的村民们非法交往。法庭判他无罪，洗脱了先前检察官指控他的异端罪、叛教罪、不信之罪。

第二十一章

从客栈回家的路上，哈桑希望这条路越长越好。那是沉重沮丧的一天，似乎所有的出路都堵上了。他呼吸着寒冷的空气，看雪花轻盈漫天飞舞，最后落在哈达拉河岸上，落在树梢上。在这白茫茫的寂静夜里，他的内心也一点一点平静。

这种心烦意乱要窒息的感觉不止一日，而是日复一日，千百个日夜。每天他都对自己说，高兴点，结果总是比前一天更加郁闷纠结。生活教会他要抱有一丝希望，要相信光明的力量，哪怕它渺茫得只有针眼一般。他坚持着，期盼着，先说服自己，再说服朋友和家人，他说“再忍忍，明天会不一样的”，可是到头来只有黑暗和深渊。国王颁布了法令，要求巴伦西亚居民要么信奉基督教，要么没收所有财产驱逐出境，玛利亚痛哭流涕，言辞与眼神都在责怪他。她说：“你出卖了闺女们，哈桑，还说什么我把她们远嫁去巴伦西亚，她们就能高贵地生活，有自己的宗教，自己的土地，还有丈夫们富有的钱财。现在她们什么都没了，没有宗教，没有土地，没有财富！”哈桑斥责她，说她什么也不懂，巴伦西亚的贵族们是支持阿拉伯人的，那些有钱有势的阿拉伯人肯定会去王宫说理阻止决议的。可是巴伦西亚爆发了动乱，愤怒和叛乱之火熊熊燃烧，哈桑对玛利亚隐瞒了此事，缄口不提，他从热那亚商人和往来的车夫那打听消息。他给女儿们捎去了五封信，只收到一条口头回复：现在状况不妙，但是我们所有人都还好。你有了六个健健康康的孙儿了。他只将孙儿的消息转告了玛利亚、萨利玛和他的母亲。玛利亚问："他们叫什么名字？"哈桑回答："我不知道。"母亲问："是每个姑娘都生了两个孩子，还是其中两人生了，第三个还没生？"他说："我不知道。""男孩还是女孩？"他依然不知道。玛利亚没说什么，从那天起她连续哭了好几日。

溺水之人抓住一块木板、一根棍子或是一根救命稻草，有什么错？给自己制一盏玻璃彩灯，熬过生活的黑暗，有什么问题？充满希望地憧憬新的一天，有什么罪过？那天，格拉纳达张灯结彩，阿尔罕布拉宫精心装饰，灯火通明，迎接国王的到来，他和其他人一样，满心期待国王与阿拉伯贵族代表团的会晤会有好结果。代表团向国王诉冤，要求展开调查。一直到昨天，他还愉悦地怀着一线希望等待，今天，他们张贴了法令，布告员当众公布新条例，不仅更新了旧禁令，还增加了新的禁令：

> 禁止使用阿拉伯语和阿拉伯称谓，禁止穿着阿拉伯服装、佩戴阿拉伯首饰，禁止使用留存的阿拉伯澡堂，所有书籍必须上缴检查，经确认无危险内容后返还，禁止阿拉伯产婆为产妇接生，禁止携带武器，所有居民逢周五、周日和所有节假日期间必须打开户

门，以便确认他们遵守了正确的律法，年长者必须遵守新的宗教仪式，年幼者送至宗教学校学习，接受与其父辈不同的宗教教育。

哈桑不想回家也无力回家，他不停地走着，走到四肢和鼻子都冷得冻僵了。他拐进了客栈。

客人们聚在大堂里，关着门，围着火炉，火焰在炭上燃烧，屋子里一片暖意融融。人们吃着，喝着，高声谈笑，厅里坐着三个女人，每人手握一面铃鼓，她们击着鼓，有时一人独唱，有时三人合唱，有时又与观众们同唱。

哈桑坐下，与素不相识的人一同酌饮，眼神落在了一个女子身上。她身材高挑丰满，身上的衣服酥胸微露，双臂则完全暴露，浓密的卷发披在几近裸露的肩上。女人走近时，他趁机搭讪，对方用那双乌溜溜的大眼睛朝这边望来，他便说她的眼睛迷惑人心。女人笑了，清脆的笑声让他心仪不已。唱完歌后，哈桑让出身边的座，她便坐下，两人一同对饮。后来，她邀请他去屋里小坐，哈桑便追随而去，将心中的烦恼和以往对陌生人的顾虑抛诸脑后。

在屋里，女人给哈桑拿来了更多的酒，他喝着，笑着，笑到泪水飞溅。她挑逗他，他也以从未有过的勇气回应她。女人褪去衣衫，赤裸地站在他面前。她的身体丰腴诱人。他深吸一口气，无法自已，伸出双手慢慢抚摩那身体，从肩膀一路向下到小腿，他将脸贴住那身体，双唇在上面游走，亲吻，轻咬。女人像野猫一样呻吟，那叫声让他更加冲动，便一把将她按在床上，压在自己身下，欲火在他体内澎湃、燃烧，越蹿越高，越烧越旺。

两人的那股火熄灭后，一片安静，仿佛他们是开天地以来最早的造物，无声无息，无新无旧，无回忆，也无记忆。只有橙色与绿色交织，只有那流动的银白，似水又似天，云朵在其中翻滚。一片浇注下雨水，其他的便汇聚，预示着更多的雨水。

清晨，哈桑已想不起昨晚缠绵了多少次。醒来时她已不在身边，只留下余香和散落在地的衣物。他匆忙穿上衣服，到了街上。

他悄悄溜进家，母亲看见了，立刻跑去询问他为何彻夜未归。她脸色苍白，双眼发红，说：

“我们都说你遭遇不测了。太阳刚出来，玛利亚就去你朋友们家里找你了。”

哈桑朝她大喊大骂，萨利玛赶来，厉声说：

“安拉保佑，你平安无事。要是你想在外面过夜，应该告诉我们，免得我们担心得整夜睡不着，而你就用吼叫怒骂来和我们道早安！”

哈桑听完感到很羞愧，不再说话，他将头凑到冰凉的水泵下，然后请母亲为他烧热水洗澡。

玛利亚和萨利玛对哈桑的状况放心后，立刻全身心投入那件对她们来说更加急迫和重要的事情上。而乌姆·哈桑接下来的几天则反复琢磨儿子失踪的原因。她曾经问过哈桑为什么那么迟回家，可他并未明确回答，难道哈桑又娶了一个老婆？要真是那样，何必对她隐瞒呢?！她可是他的妈妈啊，她会理解他的，她能想到他已经受不了这个玛利亚了，这个哀怨的女人终日将对离散母亲和兄弟的哀愁倾泻到他身上，又不停指责他把女儿嫁给异国他乡的陌生人，害得她与女儿不得相见。

过去乌姆·哈桑埋怨玛利亚，对她的缺点愤愤不平时，乌姆·贾法尔都会对她说："耐心点，宰娜卜，姑娘还小还嫩呢，她会长大，会学会的。"真希望她没有长大，什么都没学会，免得她总是干涉家里大大小小的事，总要纠正她说："孩子们喜欢这类食物，不是那类，他们喜欢这种做法，不是那种。"最后，乌姆·哈桑忍无可忍，发誓她举手投降，也不进厨房了，她对自己说："拭目以待，看看鼓手的女儿能做些什么吧！"但是几周后，她发觉那正中了玛利亚的下怀，她就想把她赶出厨房，好独自一人控制厨房，好像这厨房是她父亲的遗产似的。乌姆·哈桑意识到，她的儿媳就是那类自诩聪明的女人。于是她立刻改变了自己的主意，重回厨房，免得让那鼓手的女儿得逞。要是哈桑又娶了别的女人，她会支持他的，因为他与玛利亚的婚姻原本就不对。接着乌姆·哈桑又想到他们所有人已经白纸黑字画押成基督徒了，哈桑不能娶两个妻子，他必须先休了一个，才能再娶另一个。休妻不是那么容易的，几乎是不可能的。可怜的哈桑啊，妻子给不了他幸福，他也找不到办法让自己幸福。

玛利亚打断了乌姆·哈桑的思绪，她提着一个篮子来找她，说：

"乌姆·哈桑，看看这鱼。我今早在市场上买的，它非常新鲜，老板向我发誓，他是直接从河岸运到市场上卖的。"

乌姆·哈桑朝篮子里看去，看到一条银粉色闪闪发光的鱼，她抓起那条鱼，检查了鱼眼和鱼鳃，点头说：

"他没撒谎，确实很新鲜。"

玛利亚笑着说：

“孩子们、萨利玛和哈桑都说你做的鱼最美味，你看今天要不要给我们做？”

“你怎么不做？”

“因为他们更喜欢你做的鱼。”

乌姆·哈桑叹了口气，懒洋洋地起身去做鱼。玛利亚提着篮子，跟在她身后进了厨房，然后对乌姆·哈桑说她要和萨拉玛去趟市场。

“我们今天去得晚了，没有在那家香水店里找到萨利玛想要的，只得再去其他香水商那里找找。”

玛利亚和萨利玛出了家门，朝圣萨尔瓦多教堂边的广场走去，车子和车夫如约在那儿等待她俩。她们向车夫道了声早安，车夫也回了礼，两人坐上车出发了。

法令规定所有阿拉伯语书籍必须上缴检查，这让萨利玛吓坏了，她知道所谓“检查图书”意味着没收，而哈桑一定会服从这些新规定，她怎么劝都将无济于事。

“怎么办，玛利亚？”

“我们把书藏起来。”

“怎么藏？”

“让我想想。”

玛利亚想了一天一夜后，有了主意，她对萨利玛说：“我们去艾因·达姆阿，把那里的书都转移走。等哈桑坚持把书上缴的时候，你就对他说你把书都卖了。他肯定不相信，会去艾因·达姆阿的宅子看，结果什么都找不到，他会气得暴跳如雷，然后就没事了。”

“可是我们把书转移到哪儿呢？”

“转到这个家里来？”

“这里，怎么行？”

玛利亚脑海中已经有了完整的想法，她从买鱼让乌姆·哈桑烹饪开始，到最后如何不引起怀疑成功将书转移到家里，向萨利玛仔细道来。

两人到了艾因·达姆阿，把书装进五个麻袋中，每个麻袋都牢牢系紧。接着车夫帮助将书放到车上，随后她俩坐上车返回阿尔拜辛。

玛利亚先进了家门，经过厨房，看到乌姆·哈桑站在炉灶前，灶上架了一口大锅热油，准备煎鱼。玛利亚向她问了好，放心地走开了。接着她又叫来孩子们，让他们坐在乌姆·哈桑的房间里，要四女儿给大家讲故事，她说：“我给你们拿了糖果，如果你们安静地坐在这里听故事，我就给你们吃。”她快速地跑到家门口，与车夫和萨利玛一起将麻袋卸下。车夫收了佣金后走了，她和萨利玛两人将麻袋一一搬进玛利亚的房间。

玛利亚此前已经将她的箱子清空了，她打开箱子和麻袋，与萨利玛一起小心地将书叠放进箱子，完成后，玛利亚放下箱盖，用钥匙锁上，笑着说：

“就算哈桑怀疑我们转移了书籍，也绝对想不到这些书就藏在自己卧室里，就在这个早晚都见到的箱子里。萨利玛，你现在高兴了没？”

萨利玛紧紧抱住玛利亚，什么也没说，眼里噙着泪水。

第二十二章

纳伊姆对米歇尔神父说：

“神父先生，你觉得我的卡斯蒂利亚语怎么样？”

“非常好。”

“我说它的时候是不是感觉它就是我的母语呢？”

“绝对。为什么这么问？”

“我学外语很快，我想要给你个惊喜。我已经会了很多当地词语，能向他们说一句通顺的话了，也能听懂他们的回答。”

“的确是个惊喜。”

“先生，你知道我为什么想学习这门语言吗？因为我想帮你！”

“帮我！”

“是的，帮助你。如果有人能将当地人的想法翻译给你，那么你写书的任务会变得更容易些，不是吗？”

米歇尔神父看着纳伊姆，那目光让他很不自在，似乎要穿透他的内心，揭开他的秘密。

“但是你学习语言需要很长时间，也许你还没学会，我就已经写完书，我们就得回卡斯蒂利亚了。”

“不会的，我的先生。我在几个星期内会说许多当地话了，我能够在两三个月内掌握这门语言，我只是需要……”

该提出那个请求了，要是神父拒绝了怎么办？

“你需要什么？老师吗？”

米歇尔神父笑着说道，纳伊姆也回以笑声，这让他不那么紧张了。

“先生，我要的只是能和当地人更多交流。”

“有什么阻碍你的交流了？”

“并没有什么大障碍，只是我只能在经过一群群奴隶时，和埋头干活的他们随便聊上几句。要是我能不时和他们坐坐，每天去他们的棚里待一两个小时，我向你发誓，神父，我就能够在很短的时间里学会他们的话。我就能把你需要的他们的想法、故事和他们唱的歌曲意思告诉你了。

米歇尔神父沉默了一会儿，似乎在考虑此事。

“你是想每天离开家一两个小时？”

“不要担心，先生，我走之前会把你需要的一切都准备好，不会对你造成影响，但是……”

“但是什么？”

“如果你能告诉地区长官我是去学外语的，因为这有利于你的写作，那他的士兵就不会质疑我为什么总去那些棚屋了。”

“的确，应该这么做，我明天见到长官的时候会和他说。”

“神父先生，请相信我一定会努力学习，尽快掌握这门语言。”

纳伊姆刚走出神父的屋子，便高兴得手舞足蹈起来，他得到了他想要的，他就要每天都见到她了，他要去她的小屋，或许她会带他见家人，谁晓得呢，也许安拉能……

两周前纳伊姆遇见了她。当时他正在院子后面的小溪洗澡，她突然经过附近，纳伊姆光着身子，羞得赶紧钻进水里。再探出头，看到她站在那里望向他。她五官端正分明，棕色的圆脸庞，宽阔的额头，一双黑色的眼睛，眼尾明显挑起，大鼻子，嘴唇丰满，柔顺的长发在阳光下熠熠闪亮。纳伊姆一直待在水里，见她离去方才跳上岸穿好衣服，而她又一次出现了。她不是小女孩，而是个成熟女子，约三十岁，身材丰腴，乳房丰满，肩阔臀宽。纳伊姆佯装不见，抬头望着天空，但他知道她正看着自己，羞得面红耳赤。他看向她，笑了笑，掩盖自己的羞涩，她也笑了。他指着自己胸口，反复说“纳伊姆”，又用食指指向她，询问名字。她说“玛雅”。纳伊姆指着她，反复念她的名，然后又指向自己，反复念自己的名。两个人都笑了，她的脸明媚、甜美，令人陶醉。这么甜美的女人是从哪儿来的？纳伊姆想要送她一件礼物，他翻遍口袋，什么也没找到。他比画着要她留在原地，又挥挥手掌示意他去去就回。他跑回房间，从早上烘烤的两块蛋糕里拿了一个，又跑了回去。她正坐在小溪边上。纳伊姆在她身边坐下，将蛋糕放在她面前请她品尝。她没明白他的话，他便掰了一块蛋糕递到她手中，又给自己掰了一小块放在嘴里嚼，她也这么做了。两人一起吃着，什么也没说，只互相念着对方的名字，彼此报以微笑。当她起身要走时，纳伊姆想拥抱她，可是他没勇气。他害羞地伸出手，轻轻地拍了她的头，一路目送她摇摆着丰满的身体渐渐走远。

第二天，两人在同一时间、同一地点再次见面，纳伊姆带了丰盛的饭菜与她共享。两人坐着，吃着，她念“纳伊姆”，他说“玛雅”。他指着一棵树说“树”，她跟着念了几遍，又教纳伊姆怎么用她的语言说“树”。纳伊姆欣喜地回到家，他学会了她语言里的十个词，耳边回荡着她清脆的声音，心里想着她的笑声，想着自己在她脸颊上羞涩的匆匆一吻。每每想起她，全身就在燃烧。

第三天，玛雅没来。纳伊姆等着，期待着她出现。她迟到了，但是她会来的，她一定会来的，她没道理不来。等了许久，她依然没出现，纳伊姆伤心、失望地回到房间，想不到什么办法平复心情，只能继续等待明天，“希望，但愿”。从下午到夜晚，从夜晚到天明，从天明到中午，时间过得如此冗长、缓慢。他跑向溪边，来回踱步，站着眺望远方。看到她从远处走来，他立刻向她跑去，喊着她的名字。跑近时，他向她倾诉自己的担忧，“你去哪儿了？我一想到可能再也看不到你了，就痛苦得要死。玛雅，看不见你，我害怕极了。为什么……”纳伊姆突然发觉自己一直在说阿拉伯语，而她则微笑着看他，想知道他都说了些什么。纳伊姆张开双臂，一把搂住她，紧紧地抱着，他吻她的头，她的脖，她的双肩，他们的双唇紧紧贴在了一起。

在小溪边茂密的树林间，女人把自己给了纳伊姆，给了他自少年起就渴望却一直不得的东西。女人对他做了什么？纳伊姆像倔强的野马一样嘶鸣，身下的大地随之颤抖，他开始奔跑，踏着大地，地面随着他一起震动，他疯狂地奔跑，灵魂在呼号，大地上刀尖在羞涩地颤抖，它被烈火熊熊燃烧，便从多福河汲取甘霖。

当纳伊姆抽离她的身体后，他们依然紧紧相偎，不知不觉中，泪水已然盈眶。等察觉时，玛雅正用手掌抹去他的泪水，对他说着听不懂的话。

日渐偏西，落山了，月亮照着高高的天穹，纳伊姆平静地牵着她的手。神父会说“纳伊姆，你去哪里了？”“该死的神父！该死的萨阿德！你们从没告诉过我，我并不了解这个世界，我就没真正活过！”“该死的萨阿德！”听到自己讲出这话，他感到好笑，玛雅也笑了起来。纳伊姆看着玛雅，跳起来，说：

“现在，我要献给你一份礼物。”

她没明白，没关系，现在她就会懂的。

月光照耀在小溪上，波光粼粼，在美丽的玛雅身旁，纳伊姆举起双臂，摆动双肩，倾斜身子，时左时右。他绷直身子，双手击掌，双脚交替蹬地，高高跃起，像是脱离了地心引力，接着蹲落地面，连续移动双腿。他再次跳起，击掌，弯腰，旋转，时高时低。他倾向正盯着他的玛雅，张开双臂搂住她的腰，带着她旋转。他们转着，感觉世界带着他们在旋转，便跌倒在地笑了，他们不停笑着，笑到玛雅弯下身子，在他唇上久久一吻。

纳伊姆无法每天编个故事，向神父解释为什么他总在某个时候消失。他实在想不出那么令人完全信服、不起一点疑心的借口，再说，他觉得两人每天见面一小时也不够，一小时够做什么呢？爱的交流？还是学她的语言，或者教她自己的语言？还是用他仅会的那几个词加上大量手势，对她说少之又少的话？要是安拉对他慷慨点，让他晚上睡一觉，白天醒来时就能流利地说她的语言，那该多好啊！他想向她诉说好多好多的事，也想听她讲许许多多的事。她是他的女人，他怎能不了解她的方方面面呢？米歇尔神父会为他的事高兴吗，他会要求他娶她吗？米歇尔神父是个好人，但是他毕竟是卡斯蒂利亚人，而卡斯蒂利亚人有他们奇怪的、难以理解的方式。最好还是什么都别让他知道。他会学她的语言，去见她的父亲，要是合适，就用他的话喊他“叔叔”，他会向他讲自己的故事，让他明白他并不是那些无情杀害当地人、凌辱妇女的卡斯蒂利亚人。他的父亲会喜欢他，接纳他成为家中一员，没准还会向他学阿拉伯语呢，因为他们就要成为一家人了。谁说得准呢，也许安拉会让玛雅跟着他一起回到格拉纳达。安拉保佑你，乌姆·贾法尔，要是你还健在，我会带着妻子去看你的，你想都想不到会是她。你会对我说“她样貌奇怪，说的话也怪”，我会对你说，“但是她很漂亮，乌姆·贾法尔，善良又甜美”。

米歇尔神父说：

“纳伊姆，你烦什么？”

“先生，我有什么地方做得不对吗？”

“我见你经常苦着脸，不停地自言自语，连我进来都不知道。”

“神父先生，我自言自语了？”

“是的，我听过好几次了，我担心这是因为你经常去奴隶们的棚屋，那些人会巫术，也许他们会用巫术伤害你。”

“神父先生，我向你发誓，他们十分善良，都很喜欢我。是的，我现在想起来了，你是不是听到我用阿拉伯语自言自语？神父先生，事实上是因为我太想念格拉纳达和那里的朋友了。有时候我觉得自己在和他们聊天。神父先生，你知道这个地方只有一个阿拉伯人，就是在殖民地另一头工作的那个木匠，我隔好几个月才能见上他一次。我找不到人和我说阿拉伯语，所以有时候我一个人大声说阿拉伯语，就好像我在和格拉纳达的某个朋友聊天一样。”

神父严肃地说：

“你必须停止这么做，否则你会发疯的，而且，魔鬼也可能在那一刻侵入你的灵魂，只要你不是和站在你面前的人说话，你的话都会变成和魔鬼的对话。如果你想说阿拉伯语，那就读我给你的那本阿拉伯译文的祈祷书。你没带那本书吗？”

纳伊姆结巴了一下，回答道：

“非常抱歉，神父先生，我没把它从格拉纳达带来。”

神父责备地盯着他：

“纳伊姆，你大意了。”

“抱歉，先生。我向你保证，从今天起我不会再自言自语了。”

纳伊姆每天的自言自语都是在和玛雅对话。他等不及到彼此掌握对方的语言时，才向她倾诉。每到晚上，他躺在床上和她对话，白天则一边收拾屋子、准备饭菜、清洗神父的衣服，一边和她说话。他对她无话不说，一刻也不停歇，从艾布·贾法尔向他伸出手，问他‘孩子，你叫什么名字’那一刻说起，一直说到他在溪边洗澡时碰到她，害羞地躲进水里。

纳伊姆向玛雅表明自己想娶她，想见她的家人，征得他们的同意。她告诉他，她的家人住在很远的地方。纳伊姆并不确定他听懂了玛雅的意思，又问了好几遍，但是她的回答依然不甚明确。经过整整两天断断续续的谈话，他终于把事情弄明白了。玛雅从前与她的丈夫一起来到这个地方，后来丈夫去世，她便独自留了下来。去见她家人得有马，要是步行，得走好几个星期才能到，路上可能还会遇到卡斯蒂利亚人找麻烦。要是请求米歇尔神父将马借给自己，那就得把整件事告诉他，说不准他会不会同意……很有可能不会同意。这事必须得做。

纳伊姆把家里彻底打扫干净，洗了神父的衣服，晾干后仔细叠好，又为神父准备了三四天的饭菜。又出了院子，采了些野花扎成一束放在瓶子里，加上水，摆在神父的桌上作为装饰。然后，纳伊姆带上了他仅有的一点东西、一本《古兰经》小册、路上的干粮，还有一顶彩色草帽，这顶帽子是他悄悄做了准备作为生日礼物送给米歇尔神父的，现在他准备将它送给岳父，毕竟空手去见他是不合适的。

天还未亮，纳伊姆小心翼翼地离开家。他解开神父的马，牵着它来到小溪边，玛雅已经在等着他了。他抱起玛雅坐上神父的马，朝着岛屿的深处出发。

第二十三章

哈桑躺在暖和的被子里，觉得再舒服不过了。玛利亚掀起的那场风暴已经过去，两人又恢复了正常。她的家人出狱了，母亲无罪释放，两个兄弟被罚了巨款，无力支付，于是卡斯蒂利亚人没收了艾布·易卜拉欣的房子。玛利亚向哈桑提议，让母亲和两位兄长过来一起住，哈桑对她说：

“让乌姆·易卜拉欣来和我们一起住吧，我们都很欢迎。但是你的两个兄长，得自己找到另一处住所，因为家里还有我妈妈和姐姐，他们俩住进来不方便。”

玛利亚目光审视地瞪着他，说：

“哈桑你直说吧，没必要找借口。你之前邀请欧麦尔和阿卜杜·卡利姆在家里连续住了好几个星期，他们都是巴伦西亚的陌生人，和我们一点也不沾亲带故。”

哈桑尴尬地看着她，没说话，但她一直盯着哈桑，于是他说：

“你知道另一个原因的，有必要说出来吗？既然你想听，那就听着。你的两个兄弟刚出狱，有人盯着呢，我可不想让我自己和我的家人沾惹到任何麻烦。”

玛利亚什么也没说，她不再重提这件事，也没有任何暗示。但是，接下来的三个月，她变得十分尖刻、暴躁，经常无缘由地冲孩子们大吼。她揍希夏姆，为一些没必要的小事哭泣。她满足哈桑的衣食需求，但是从不与他说话，晚上也不允许他亲热。

哈桑能忍耐，几个星期，几个月，她终于冷静了。哈桑躺在床上想，安拉对他是满意的，他和他的家庭在一个不稳定的年代维持着稳定的状态。就连萨利玛，她那倔脾气和她选择的奇怪生活方式曾让他担心不已，现在倒也为他们家在阿尔拜辛赢得了尊重。她的双手给人们带来健康，治愈他们的身体和精神。人们都是这么说的。因为萨利玛继承了爷爷艾布·贾法尔的高贵和慷慨，即使病人无力支付医疗费，她也不会拒绝。也许正因为这样，哈桑想，安拉才如此庇佑她，手头宽裕的人都会慷慨地付她医疗费，而不管有钱没钱，他们都爱戴她、尊敬她。安拉赐予萨利玛智慧和学识，赐予她人们的爱戴，还有那个小女孩阿麦勒，她的清朗笑声和冰雪聪慧让家中充满欢乐。“阿麦勒，今天你要给我什么呀？”小女孩张开双臂，紧紧搂着他说：“我爱你胜过太阳、月亮和我妈妈。”哈桑开怀大笑，笑得眼泪都要流出来。现在就差萨阿德平安归来了，那样就安心了，到时候将剩下的两个闺女嫁出去，等希夏姆长大后再让他娶阿麦勒，他就可以子孙满堂，安享晚年了。

哈桑每天都要花上几个小时仔细思考自己和全家的事，想想这件，想想那件。因为哪怕他刻意睡得迟，也会在拂晓前两三个小时醒来，而玛利亚还在他身边熟睡，除萨利玛外，一家人都在梦乡中。除了思考问题，等待日出，等待家里人起床，他也无事可做。

有时哈桑在黑暗中醒来，点上一根蜡烛，注视那跳动的烛光，还有天花板和墙上的黑夜。有时他也会走到萨利玛房前，敲门进屋，安静地坐着，享受萨利玛的陪伴，望着熟睡中伊斯佩兰萨的脸庞。

萨利玛问他：

“哈桑，怎么失眠了？”

“没什么，萨利玛。我睡几个小时就够了。”

“你确定？”

他觉得她的问题很奇怪，不知如何回答，便不作声。萨利玛从书本中抬起头，说：

“哈桑，还记得你、我、萨阿德、纳伊姆去看哥伦布游行队伍的那天吗？”

“就是纳伊姆突然失踪，我们都不知道他去哪儿的那天？”

哈桑回想起那天的点点滴滴，脸上似乎浮现了一个笑容，神情似忧似喜。

“我们当时都还小，萨利玛，没想过生活会变成什么样子。”

“哈桑，有时我会问自己，一百年后我们的子孙会怎样生活？”

哈桑从未想过这个问题。

“只有安拉知道。我不去想太远，只希望将来有一天萨阿德和纳伊姆回来，孩子成家立业，我也子孙满堂。”

沉默片刻，他决定将几个月来一直想对萨利玛说的话说

出来，

“你同意希夏姆做阿麦勒的丈夫吗？”

萨利玛放声大笑，小女孩在床上翻着身，像是要醒了，然后又沉沉睡去。哈桑被这笑声弄得有些尴尬，语气有些不满：

“你笑什么？”

“我闺女阿伊莎才三岁，而希夏姆还没满九岁！”

“眨眼你就会发现她已经是十岁的少女，而希夏姆也是个魁梧的少年了。

“哈桑，现在谈这个还为时尚早。等到该谈的时候，我们还要面对卡斯蒂利亚人禁止近亲结婚的问题。”

“让他们下地狱吧，我不会让陌生人把阿麦勒从我家带走！”

萨利玛笑着附和哈桑，她觉得自己在和他玩一场关于未知与遥远未来的有趣游戏。

“那我们怎么拿到官方文件呢？等他们有了孩子，按照卡斯蒂利亚的法律规定，他们岂不都是无证的非法儿童？”

哈桑生气地回答，似乎现在就遇到了麻烦，必须解决，刻不容缓：

“我会找到出路的。萨阿德是马拉加人，阿麦勒可以随他姓。我会写书面声明，说明我不是她舅舅，你不是她妈妈。”

这一次，为了不吵醒正在熟睡的婴儿，萨利玛低声笑起来，她略带嘲讽地说：

“你何不现在就行动，签下婚约，这样我们只需等几年，到他俩成年就可以宣布喜事了！”

哈桑没法接受姐姐的玩笑，生气道：

“萨利玛，你怎么了？我向安拉发誓，我爱你闺女胜过爱希夏姆，胜过爱我闺女，也胜过爱那些远嫁到巴伦西亚我心心念念的闺女们。晚安！”

哈桑回去了，萨利玛像往常一样在黎明之际上床睡觉。他叫醒玛利亚为自己准备早餐，然后去客栈。

哈桑喜欢去客栈，喜欢那里的工作，除了艾布·曼苏尔的火爆易怒和情绪失控偶尔会破坏他的好心情。哈桑邀请他来客栈一起工作的时候，并不指望他卖力干活，只是看他整日无所事事，坐在家中和老婆斗嘴、酗酒，一杯又一杯地喝，喝到呼吸急促、面红耳赤，喝到斗嘴变成了激烈争吵，吵得周围的邻居们都不得安宁。

哈桑给他看客栈门口的小房间，对他说：

“艾布·曼苏尔，你觉得坐在这里远离喧嚣如何？你登记上住客的姓名，帮他们把寄存物品放到箱子里，等离店前把东西归还他们，再按住宿时间收取合理的费用。

第一星期，这份工作看上去对艾布·曼苏尔再适合不过了，他专心致志，积极乐观，也不再酗酒了。可是没过多久，他又重蹈覆辙，酒精在他大脑里发酵，他跑进客栈院子找人吵架。哈桑随时都得准备阻止或者化解这些争吵，要是不得不离开客栈一阵子，他就会吩咐客栈的员工留心艾布·曼苏尔，免得他又惹麻烦。

客栈生意兴隆，特别是夏季那几个月，所有房间都住满了，除了住客外，还有不少访客上门做买卖，或是聊天会友。

住客有阿拉伯人也有外国人，有的从格拉纳达附近的村庄来城里办事，需要住上几日，有的从阿拉贡、巴伦西亚或者意大利海滨城市远道而来，大部分是做买卖的生意人。白天，大家忙着自己的事，晚上便坐在一起吃饭聊天。夏季里，人们通常都会聊到很晚，客栈的员工总得忙碌到深夜才能睡觉。

哈桑正和厨子结账，听到了艾布·曼苏尔的叫喊声，立刻跳起，跑向院子，见艾布·曼苏尔脸色铁灰，双眼气得通红。哈桑一只胳膊抱住他的双肩，用力拉他回房，一边说：

"好了，艾布·曼苏尔，出什么事了？"

可是艾布·曼苏尔并不动，哈桑厉声道：

"走，去你屋里，我们冷静地聊一聊到底什么事这么生气。"

艾布·曼苏尔根本不理会哈桑，举起食指指着一位客人说道：

"你这个数典忘祖的畜生！"

被艾布·曼苏尔指着的年轻人，长相英俊，打扮极度精心。他不屑地看着艾布·曼苏尔，嗤之以鼻扭过头。

哈桑推着艾布·曼苏尔离开现场，一边说：

"愿安拉喜爱你，快来吧！"

"这是伙夫亚辛的儿子，他过世的父亲曾经在我的澡堂负责生火。我现在却亲耳听他说，他为自己祖祖辈辈都是卡斯蒂利亚人感到骄傲，为自己体内的纯净血液自豪。你所有东西都表明你是猥亵下流的家伙，哪儿来的什么纯净血液？"

青年愤然站起，怒气冲冲地对哈桑说：

"你就任由这个老不死的侮辱人？只要你还是客栈的负责人，你就得保障你的客人受到尊重。"

哈桑还没来得及张口道歉，艾布·曼苏尔已经伸出双手揪住了青年的衣服。哈桑立刻跳到两人中间，冲艾布·曼苏尔愤怒地喝道：

“艾布·曼苏尔，拜托你像个男人，别再这样丢人现眼了！”

艾布·曼苏尔像一头暴怒的公牛，挣扎着要冲向青年，重复喊：

“纯洁的血统，呸，你这个杂种！”

哈桑只能用力拉住他，一拳重重地落在他肚子上，便没了声音。安静片刻后，艾布·曼苏尔盯着哈桑说：

“哈桑还是婴儿时，我就抱过他，现在他打我。伙夫亚辛的儿子，你别担心，你不是唯一的杂种！”

那声音在院子里朗朗作响，接着变弱消失了。艾布·曼苏尔转过身，迈着步子，踉踉跄跄地离开了客栈。

哈桑向客人道了歉，亲吻了他的手掌，告诉他艾布·曼苏尔年迈嗜酒，请求宽恕他的行为。可是晚上上床后，却心塞胸闷。他从来不敢呵斥或指责艾布·曼苏尔，这次怎么会在客人们面前对他大吼大叫甚至出手呢?!

第二天早上，哈桑去艾布·曼苏尔家道歉，但后者却背过脸去不看他。他臭着脸，只把一句话说了两遍：

“走吧，哈桑，别来烦我，这时代的烦恼已经够我受的了！”

哈桑走了，以后又在大大小小的节日里去看望艾布·曼苏尔。有两次，艾布·曼苏尔要他妻子拿出家里的食物和饮料招待哈桑，他本人却默默坐着，像是忘记了如何说话。

后来哈桑没再去看望艾布·曼苏尔，他对自己说，只要萨阿德回来，我们就能和好如初。但是艾布·曼苏尔没有等到萨阿德回来那天。

哈桑跟着送葬的人们送艾布·曼苏尔到他最后的栖身之地，哭得悲痛欲绝，同行的人们对他说：

“忍着点，艾布·希夏姆，不该像个女人一样号啕大哭！”

第二十四章

萨阿德知道，不可能再回去与从前的战友们一起奋斗了，一个行动缓慢、拄着双拐的人还能有什么用呢？悬在山巅的村庄，蜿蜒崎岖的山路，他要如何登山进村又要如何离村下山？就算他们为他另寻一个住处，执行其他任务，他又能做什么呢？法庭对他的判决不仅仅只是监禁三年，还限制他只能住在格拉纳达，除了每周日去教堂礼拜以及圣诞节、复活节之外，必须禁足家中不得外出，且外出时必须穿着带有红色条带的黄色斗篷，以表明罪人身份。

如果让萨阿德自己选择出狱后要做什么，他是不会选择直接回格拉纳达的，难道要他回家对哈桑和萨利玛说，你们得供我吃供我喝，因为我没了工作，法庭又不允许我外出工作？另外，想到自己推开门，家人看到这样一张脸，这样残疾的身体，还支着两只拐杖，眼中流露的怜悯，虽然他们不出声，颤抖的双唇却将心底的恐惧喊出，想到这一切，萨阿德不免战栗。

萨阿德敲了门，乌姆·哈桑开了门，喊他的名，然后说了声“萨利玛”，便泣不成声。这不是他预想的，难道萨利玛遇到了不幸？

他吓坏了，说不出话，愣着不动，刚慌慌张张要开口问，玛利亚跑了过来，说：

“萨阿德，见到你太好了，萨利玛一切都好，她给你生了一个再甜美聪慧不过的女儿……快来，阿伊莎，快来和你爸爸萨阿德打招呼。”

萨阿德注视着三岁的小女孩，脸蛋像她母亲一样秀气，一双乌黑的大眼睛。萨阿德惊愕地望着她，像看到了一个难以理解又难以相信的奇迹。她与他的妹妹娜菲赛生前的年龄相仿，以他母亲阿伊莎的名字命名，她的面容让他想起了她们俩，仿佛这些年从未度过，仿佛时光逆转，回到了从前。

“她叫阿伊莎？”

“她叫阿伊莎，官方名字是伊斯佩兰萨，但是她舅舅只喊她阿麦勒。”

“阿麦勒？”

萨阿德拄着拐杖，尽可能地低下身子。

“过来，阿伊莎，过来，宝贝，来。”

小姑娘却很害怕他，吓得哭了起来。

萨阿德整夜未合眼，甚至都没沾床。他一直坐着，一会儿注视着小姑娘，一会儿则看看萨利玛留下的东西。白天时，小姑娘怕得一直躲他，不过她已经不哭了，而是站在安全距离外看他，一旦他想靠近，她便立刻逃跑。不过即使如此，小女孩也已经对他起了兴趣，一直远远尾随他，望着他。到了晚上，玛利亚抱着她讲故事，等她在身旁睡着了，便抱到她妈妈的床上，笑着对萨阿德说：

“你可以睡在她旁边了。”

小女孩沉沉地睡着，露着圆圆的清秀脸蛋，乌黑的刘海被额头上渗出的汗水沾湿了。萨阿德看着她，听见自己的心跳声，这一切变化让他心力交瘁。你有女儿了，萨阿德，她不是母亲腹中一天天长大的胎儿，也不是刚出生的婴儿，要你看着她怎样吃奶，怎样啼哭、微笑，怎样踏出人生第一步，开口说出第一个字和第一句话。她已经是个完整的小人儿了，知道自己的名字，能说是或不是，她是你的女儿，完完整整地在你面前。怎么可能?！但是他们告诉你，这就是你的女儿阿伊莎，接着又说，你的妻子不在这，因为几天前宗教监察局的人过来把她带走了。为什么？她做了什么？

玛利亚说：“他们搜查了整个家，每个犄角旮旯都没落下。他们又翻又查，可能狗杂种们觉得这里私藏有武器或者宝藏。他们将屋子翻了个底朝天，萨阿德。我没想到他们是冲着萨利玛来的，宗教监察局和像她这样的女人能有什么关系？但他们的确是冲着她来的。他们主要搜查了她房间，其中一人拿着纸笔，登记找到的草药、玻璃瓶和书。他们把东西装进两个大麻袋，把萨利玛铐起来放进了一个大篮筐中。萨阿德，你能相信他们把萨利玛放进了一个大篮筐吗！这是最不可思议的事，我到现在还不能理解为什么他们要把萨利玛放进篮筐。有那么一刻，我怀疑他们是不是从疯人院里逃出来的精神病人，但是哈桑向我肯定，他们就是宗教监察局的人。”

萨阿德听着玛利亚的话，愈加不安和恐惧，他希望法庭能指控萨利玛某个罪名，任何罪名都行，除了施巫术罪名。但是他们把她放在篮筐里，这意味着他们害怕碰到她，也就证实了他的担忧，他们逮捕她就是出于这个罪名，万罪之首。他的身体战抖起来，突如其来的短暂战抖，他忍住，牙齿咬住下嘴唇，不让玛利亚听到几乎脱口而出的“不”字。

他该为小女儿欣慰吗，还是任内心悲痛欲绝？一天之内这一切扑面而来，要他如何消化？现在，他终于明白乌姆·哈桑开门时脸上的表情了。看到他并发出呼救的那一刻，她已经吓坏了。不管拄不拄拐杖，他都老了，也许很多，也许一点儿。她认出了他，萨利玛的丈夫萨阿德，所以才发出求救。而现在，他就这么坐着，一筹莫展，想为女儿欢喜，又不免伤感，想担心萨利玛，又因女儿的存在而心醉，仿佛她的存在本身就带着一种欢喜、一种温情。

萨阿德坐着，望着熟睡的小女孩，想着不知下落的妻子，并没有听见隔壁屋里哈桑和玛利亚的对话。尽管对话里带着一股火药味，两人还是压低了嗓音。

哈桑忧心忡忡说：

“我不知道我现在该做什么。”

“关于萨利玛？”

“不，萨阿德。”

玛利亚脸上掠过一丝不安，说：

“什么意思？”

“他来我们这儿不是简单的释放出狱，他被禁足了，而且得穿罪人服。”

“这又说明什么？”

“这说明他受监控的，政府的眼线盯着他，这会让咱们家和家里人……”

“这会给咱们家和家里人争光。阿尔拜辛人敬仰被宗教监察局迫害的人，黄色斗篷令人骄傲！”

玛利亚很激动，眼里酝酿着一场暴风雨。

“我知道，玛利亚。我不是说我不尊重萨阿德，只是这么多年来，我一直在维护咱们家宅平安。”

玛利亚没等他说完，揶揄道：

“我知道你非常小心，就连法院没收了我妈和哥哥的房子，你也没同意他们住到咱们家。”

哈桑不予置评，沉默片刻后说：

“我想坦白地把我对这事的想法告诉他。萨阿德很敏感，他会明白住远点更安全，不用等我开口说我希望他别住我们这儿。”

玛利亚没说话，盯了他片刻，平静地站起来，拿起一本《古兰经》放在哈桑面前，把手放在书上，说：

“你给我听着，哈桑，你好好看一看，这是安拉的书，我向它发誓。我向伟大的安拉发誓，哈桑，如果你和萨阿德谈这件事，不管你是直说还是暗示，我会比萨阿德先离开这个家，有生之年不再踏入半步。”

玛利亚拿起书放回原处。然后抱起被子，出了房门。

乌姆·哈桑发现玛利亚躺在自己身边，不解地问：

“你要睡在这儿吗？”

“我不知道哈桑晚上吃了什么东西，呼噜声太响了。是，我睡这儿了。”

阿伊莎要找妈妈时，乌姆·哈桑就哭，玛利亚则使出浑身解数转移小姑娘的注意力，她给她讲故事，给她制作新颖的玩具，或者叫来希夏姆，让他跪在地上爬、学马叫，她对阿伊莎说：

“你想骑小马吗，还是让我来骑？”

小女孩说：

“他是驴，不是马！”

小女孩笑了，玛利亚也乐，希夏姆却生气了，他跳起来怒气冲冲地喊：

“我不是驴！”

母亲呵斥他，命令他继续弯下腰让表妹骑他身上，他不情愿地照做，又带着怨恨，报复地说：

“爸爸说阿伊莎是福音，其实她受了诅咒，她来了之后，她爸爸病了，只能拄着两根拐杖走路，宗教监察局又把萨利玛姑姑带走了。”

母亲听了大骂，威胁他如果再听到这样的话“就将他的舌头割掉”，但是男孩并不让步，母亲狠狠揍了他一顿，然后平心静气地向他解释说，他应该好好对表妹，因为她是他的表妹，而且她的妈妈不在她身边。

萨利玛的失踪让全家人陷入了不安与伤痛中。乌姆·哈桑拍着手背、泪眼汪汪地说：“束手无策啊！”她反复说着这句话，满心伤痛，愁容满面。哈桑没说话，萨阿德眼神迷茫，像坠入深不见底的深渊，他开口道：

“得想个办法，必须……可怎么办啊？”这个问题玛利亚一直在想，尽管从未对谁说。她至少可以打听到萨利玛的消息，她的罪名和监禁期限。她费尽心思四处打探，终于找到一个卡斯蒂利亚妇女，她丈夫在宗教监察局当书记员。玛利亚假装和她在市场偶遇，互相认识后，聊了几句就走了。两天后再次相遇时，聊的时间长了些才走。等那女人渐渐熟悉她，了解了她的风趣后，能在市场和她聊好长时间，请教她如何烧菜，又把自己烙饼的方法详细描述一遍。认识几周后，玛利亚对她说：

“愿安拉保佑我的丈夫，让他健康长寿。他对我很好，从不隐瞒任何事情，只是他的姐姐，既不喜欢我，也不喜欢我的孩子，不希望我们有任何好。但是，感谢安拉，惩罚了她的忌妒，褒奖了我的善良。宗教监察局的人抓走了她，也不知她造了什么孽。”

“她是坏人，一定是做了什么坏事才会受到法律制裁。”

“这就是让我烦恼的，要是知道她到底做了什么，我就可以告诉我丈夫，让他认清姐姐的真面目，也证明每次争吵都是她欺负我。当然，调查后她会出来的，然后说他们抓错了人，把她错认为另一个女人了，她会说自己是清白无辜的。”

那个女人并未在意玛利亚的这些话，她问玛利亚要不要买茄子。

玛利亚长叹了一口气，说：

“买，但是我大姑姐让我太烦了，你认识什么亲戚或邻居在宗教监察局里工作吗？”

“我丈夫就在那工作！”

玛利亚站在原地，显得十分惊讶，故意装出欢快的笑容道：

“我真是幸运，真是太幸运了！那么，你丈夫能知道他们为什么要逮捕萨利玛了？等我知道后，再告诉我丈夫，他就不会再相信他姐姐，而是相信我了！”

“我会问他的。你觉得这橄榄怎么样，你要买点吗？”

“你别买，我给你带更好的。我丈夫有一片橄榄园，再没有比那些橄榄更香的了。等你带给我消息的时候，我会给你两担橄榄！”

再见面时，玛利亚忧心忡忡。问到萨利玛时，那文员老婆喜笑颜开的神情让她心头一紧。

女人说：

“我的消息够你用一整棵橄榄树犒劳我了。告诉你的丈夫，他的姐姐是一个使用巫术毒害好人的巫婆。我丈夫告诉我，他们对她严刑拷打，想让她招供。但她拒绝，这说明魔鬼在体内协助她。”

玛利亚脸色一沉，头晕眼花，好像就要昏倒。

“怎么了，你为她可惜？”

玛利亚语塞，然后长舒一口气，说：

“当然不，只是我突然感到害怕。她原可以对我和我的孩子下毒手的，可是……”

“可是什么？”

“我觉得她不是巫婆。我肯定她不是巫婆，我们一起生活了好多年，从没看见她晚上出过家门。告诉你丈夫，他们一定是搞错了。告诉你丈夫，宗教监察局应该查出她真正的罪名，也许她偷了别人的东西，或者撒了谎。她是个骗子，只爱她自己，但她不是巫婆。”

卡斯蒂利亚女人挽着玛利亚的手臂，说：

“你别太善良了。你说过她对你很坏，现在安拉惩罚她受刑了。别再为她的事烦恼了。走，咱买东西去。”

玛利亚解释说自己把钱包忘在家里了，不能一同去市场。

“我要回家了。”

“橄榄呢？”

“什么橄榄？”

“你答应给我的橄榄。”

“下周会带给你的。”

第二十五章

萨利玛得背向大门走进大厅，然后倒退走几步。两天前他们把她带到这里后，莫名其妙的事太多了，这只是其中之一。

她转过身，看见他们。四个人正用审查的眼光注视她。其中三个挨着坐在一张乌黑发亮的小桌后，面向她，第四个人则坐在稍远一些的角落，面前摆着记录本、文件，手里握着笔。

坐中间的那人清了清嗓子，这是个满脸皱纹的老人。他把头稍稍向后，双手相合，萨利玛看到他枯瘦手背上密密麻麻的老人斑。他又清了清嗓子，书记员便提笔开始记录他的话：

"以主的名义，阿门。

公元1527年5月15日，出席人员宗教监察局法官安东尼奥·阿加贝达、调查员阿隆索·马迪拉、调查员米歇尔·阿吉拉尔，根据掌握的情况对格罗丽娅·阿尔瓦雷斯（旧名萨利玛·宾特·贾法尔）使用巫术并在家中私藏疑似用于伤害他人的种子、植物和配方一案进行调查……"

萨利玛全神贯注地听他讲，尽量不落下任何卡斯蒂利亚词。书记员在纸上记录时的沙沙声传入她耳畔。

“她的所作所为已经威胁到天主教和国家安全。”

法官用食指示意萨利玛上前，他眯起眼，松弛的眼皮几乎完全遮住了双眼。萨利玛走上前，按要求手触法官面前的《圣经》，发誓她所说的有关她本人和他人的话全部是事实。

法官继续说，书记员继续记：

“在被告向《四福音书》发誓后，我们向她提出以下问题：”

“你叫什么名字？”

“洗礼后的名字叫格罗丽娅·阿尔瓦雷斯，洗礼前叫萨利玛·宾特·贾法尔。”

“居住地？”

“阿尔拜辛。”

“父母名字，是否健在？”

“父亲叫贾法尔·本·艾比·贾法尔，是个书商，在卡斯蒂利亚人进入格拉纳达前就去世了。我的母亲洗礼前叫乌姆·哈桑，洗礼后叫玛利亚·比兰卡，她还健在。”

“你的亲戚中此前有人因为使用巫术被判刑吗？”

“没有。”

“已婚？”

“是的。”

“丈夫姓名？”

“洗礼后叫卡洛斯·曼努埃尔，洗礼前叫萨阿德·马利基。”

“你丈夫现在在哪儿？”

“不知道。”

“什么意思？”

“我们闹矛盾了，他因为生我的气离家出走了，我不知道他去了哪里。”

三个调查员互相交换了眼色，萨利玛不知其中之意，但她明白，自己的回答不好。她咽了下口水，深深吸了一口气，憋了一会儿，慢慢吐出。

“你丈夫什么时候离家出走的？”

“有些年了。”

“具体几年？”

“大概六年。”

“你有孩子吗？”

“有。”

“几个？”

“一个女儿。”

“叫什么名字，今年几岁？”

“叫伊斯佩兰萨，今年三岁。”

“不是说你丈夫六年前就出走了？”

“他曾经回来过一次，我们和好了，之后他又走了。”

调查员们再次交换了眼色，坐在法官右手边的年轻调查员眼中更是闪过一道光，书记员脸上也微微一笑，露出了几颗门牙。

“你使用巫术吗？”

“没有。”

“那你怎么解释在你家里找到的东西？”

“那只是我用来制药治疗病人的种子、草药和药剂。”

“谁教你的？”

"我自学的。"

"自己一人学的？还是从书上学的？"

萨利玛沉默片刻，继续说：

"我哪儿来的书？我看不懂卡斯蒂利亚文，而阿拉伯语书籍已经被法律禁止了。"

"那我们发现的那些书呢？"

"不是我的，也不是我们家里任何一个人的，我们没书，也没买书。"

"那你承认使用巫术了，是魔鬼教你如何制作这些你称为药的东西？"

"我没有这么说。"

"你难道不认为世上有巫术和女巫，她们能够引发飓风、杀死牲畜、在人类体内种下疾病的种子杀死他们吗？"

"我认为所有这些事情，我指的是飓风、牲畜或人类的死亡，都有我们未知的自然原因。因为不论个人还是整个人类，知识都很匮乏。不，先生，我不认为有女巫存在。"

"那人们为什么讨厌你呢？"

"人们讨厌我？"

"他们为什么讨厌你，害怕你，躲着不让你看见。你曾经对一个人说：'不要这么和我说话'，还瞪了他一眼，这一眼让他胃痛了一整个晚上。你还把手放在一个孕妇的肚子上，两天后她就死了。还有一个妇女请你去她家里为她的孩子治病，而你却令他儿子血流满地，也死去了。"

"第一件事我不记得。可能某人伤害了我，或者对我说脏话，所以我才说'不要这么和我说话。'但是我不记得什么时候、对谁说过这话了。他那天晚上发病仅仅是一个巧合。第二件事是事实，我在路上遇到的那位妇女是一个新入教的基督徒，她像我一样是个阿拉伯人，她对我说：不知道为什么我肚子里的小家伙不动了。所以我把手放在她肚子上，虽然她的肚子很大，已经是孕后期了，但我判断腹中胎儿已死，因为腹中没有任何胎动迹象。我的判断是对的，这个孕妇之所以死，是因为腹中死胎令她中毒了。

第三件事也确实发生了。一位卡斯蒂利亚妇女哭着来找我，要我和她走，因为她的小儿子病得很厉害。尽管家兄反对我去陌生人家，但我还跟她去了。到他家的时候，那个孩子正在出血、面色苍白、指甲呈蓝色。他快死了，我判断他是肠道出血，而且也做不了什么能救他了。”

“那么你就是承认使用巫术了？”

“我说了，我不相信有巫术存在。”

“那你也不相信有魔鬼存在？”

萨利玛沉默了，没回答。于是法官又重复了一遍问题：

“你不相信魔鬼的存在？”

“我不知道。”

“你是否相信魔鬼的存在？回答我是或不是。”

调查员们全都盯着她，法官的视线藏在耷拉的眼皮后，法官左边的消瘦调查员眼里闪着她无法理解的热烈光芒，右边那位面色蜡黄的调查员则沉默不语，眼神僵硬，记录员也将目光抬起，愉悦地打量她。

萨利玛轻声说道：

“我不认为存在魔鬼。”

她这么说了，然后立刻又改正了她的话，因为她注意到调查员们的眼中闪过胜利的光芒，她说：

“是的，我认为魔鬼是存在的。”

“你崇拜他？”

这个问题始料未及。

“我怎么崇拜他？”

“你崇拜他，而不是崇拜主。”

“当然不是。”

“那你怎么解释这个？”

法官拿着一页巴掌大小、看不清具体内容的纸片向她挥挥。他高傲地举起那纸片，像是她罪行不可辩驳的铁证。两位助手也点着头，高兴地微笑。

“是什么？”

“你靠近点，仔细看下这张纸，好好看。”

她定睛一看，纸上画着一只绵羊或者羚羊，她思索了一下，终于想起来了：

“这是一幅不怎么样的画，因为我并不擅长画画。”

“那么，你承认这画是你的。”

“我曾经有一只母羚羊，我非常喜爱它，就试着画它。”

法官高声大笑，笑声传染了两位助手，然后是后方的书记员。

“这是山羊，不是羚羊！”

“我说了，法官先生，我不是很擅长画画。”

“这就是与你交配的山羊，你在晚上就会去找它。”

“与我交配的山羊？”

“是的，那只让你抛弃丈夫，逼他离开你的山羊。他就是你服侍的魔鬼！”

法官说着，提高了音量，满脸通红，食指控诉地指向萨利玛，脖子也带着那颗愤怒至极的脑袋伸向前。

这是一场梦魇吗，她在梦中被一群举止怪异的疯子拖入无聊的游戏中？法官指控她与山羊交配，这种指责完全基于一张毫无意义、完全不重要的纸片。那些来逮捕她的人也都行为古怪，其中一个人想动她的书，她伸手阻拦，他却立刻惊恐地跳开，声嘶力竭地叫道：“别碰我！”好像她是毒蛇或是蝎子，一碰就会死。接着他们绑起她，把她装进篮筐里，好像她是发疯的公牛。那箩筐里的不是什么发疯的公牛，而是一只小羊羔、小鸡、小兔，她是萨利玛·宾特·贾法尔，他们把她五花大绑装在箩筐里抬出了家！想到那个场景，她号啕般大笑，然后停住了。

去见三位调查员之前，他们带来了一个巨人一样的妇女，体型高大，表情严肃。她先剪了萨利玛的头发，然后命令她脱去所有衣服，赤身裸体地站着。接着那女人双手在萨利玛身上搜寻，腋下、双腿间、鼻子、嘴、耳朵、私处。她到底在找什么？是欺人太甚还是彻底疯了！现在，法官又用食指指着她，像是要刺瞎她眼睛一般，喊什么“与你交配的山羊”？

萨利玛独自一人关在牢房里，害怕极了，她不明白发生的这一切。起初她以为那些人是冲着萨阿德来的，接受调查后，她才明白他们是冲着她来的，为什么？她想：他们会指控我礼拜天和节假日没去教堂，可是法官完全没提这事。她需要理清头绪，弄明白这一切，她需要冷静，可是面对这般羞辱，她要如何冷静？那个女人丢给她一块羊毛布，给她围成了一件衣服，然后带她去大厅，要她以违背常理的方式倒退着进门，然后说“转身”，她转过身，就见那三个调查员蜡黄的脸孔、高高的鼻梁、想要洞穿她灵魂的犀利目光，他们想从我这得到什么？萨利玛惶恐不安，又害怕，又痛苦。

她怒火中烧，无法平静，只想扑向调查员、记录员和那个陌生女人，将他们的脑袋砸烂，将他们撕碎。但是这凌辱呢，要怎样洗去？没有办法，凌辱已然发生，已成事实。“与她交配的山羊！”该笑，该哭？还是别管那几颗她够不着的脑袋，直接一头撞死自己好？“与她交配的山羊！”

接受调查时，萨利玛气得五脏六腑都在发抖，她没想到，那位法官还是个贤德博识、注重证据的人，还会纠正两位助手不必要的过激言行。

三人坐在那里交流，像是饱读圣贤之书的学者，他们对神性真是了解入微。

阿隆索·马迪拉，年龄最小的调查员，极度热衷信仰的圣洁性，努力捍卫它不受玷污。他以惯有的满腔热情慷慨陈词，眼里的光芒驱散了那张有着鹰钩鼻、薄嘴唇的消瘦脸庞上的严肃神情。

“我们应该逮捕那个女童，她身上有魔鬼的精血和灵魂，被告的话再明确不过了。她丈夫六年前就离开了她，而她是三年前受孕的。所以这个女童就是被告与化身为山羊的魔鬼苟且的果实。”

弓着身子耐心听助手说话的阿加贝达法官笑了，他明白，他们的热情有时会将他们推向极端，不过那也是出于效忠信仰的坚定信念和恳切愿望。

“我亲爱的阿隆索，魔鬼是灵魂，无肉身，它无法制造生命的种子，一颗都不行。”

“但是，法官先生，按照我们已知的、经证实的，魔鬼游荡在大地，四处收集种子，包括人类的精子，用于制造它想要的果实。圣·奥古斯丁在著作《论三位一体》第三章里强调了这一点，他说魔鬼们收集人类的精子并储存在人体内。在《出埃及记》第七章的注解中，学者萨布指出，魔鬼们在大地徘徊，收集各种种子，利用种子的力量制造各种生物。还有，我的先生，同一章的注释中也指出，神的儿子诱惑了人类的女子，说巨人就是那些魔鬼渴望女人并与她们无羞耻交合后的产物。”

米歇尔·阿吉拉尔此时开口了，他是一位经验老到的调查员，丰富的学识和阅历使他十分自信，这一点从他稳重、冷静的语调便可看出。

“魔鬼，正如安东尼奥神父所说，是灵魂，而繁衍后代则是物质生命体的特征。魔鬼们虽然拥有惊人能力，但是并不能给予附身的身体以生命，也不能使它有能力创造生命。魔鬼们可以让大地瘟疫肆虐，可以引发飓风、诅咒人类，让所到之处成为地狱，可以进入无法抵抗其诱惑的身体，破坏、摧毁生命，他们可以做到这一切，但不能制造一个精子，并让它成长为有血有肉的人。

阿隆索失望地说：

“那这个女童，不是来自魔鬼吗？”

阿加贝达神父坚定地说道：

“不，她属于另一个男人，魔鬼可能从他身上直接得到了精子，或者从另一个魔鬼那里得到，因为魔鬼也有等级之分，那些更高级的魔鬼是不屑于亲自与女人交媾的，于是他们在收集种子的同时也收集精子，并将它给予较低级的魔鬼，这些魔鬼与女人们交媾，并将种子放在女人身体中合适的地方。

在这种情况下，魔鬼会做令人受孕的事，但是怀孕本身并不是因为魔鬼的能力，也不是因为他附着的身体，而是因为某个地方某个人的生命力。这个女童并不是魔鬼的女儿，而是另一个我们不认识，而且被告本人也不认识的男人的女儿。”

“那么她不会被烧死？”

阿隆索带着一丝失望的口气说道。

“她不会被烧死！”

阿加贝达坚决地说。短暂沉默后，他继续说：

“这不是我担心的问题，因为这在古今学者的书中都有明确的答案。现在应该讨论的问题是：我们是否要对这个女人施刑，她可能还隐藏了更多的事情，还是说我们再来一次调查会逼她招供？”

米歇尔·阿吉拉尔说道：

“她今天的话供认了三件事。第一件显而易见了，她承认山羊是她画的。第二件事是她供出的，然后又反悔了，她说她丈夫离开六年，而她的女儿现在三岁。第三件事肯定了她是异教徒、无信者，她说她不知道魔鬼是否存在。”

阿隆索·马迪拉说道：

“光这一点就足够我们判处她异教徒罪了，她说她不知道魔鬼是否存在，这是对天主教信仰基本要素之一的否认。不过我认为应该对她用刑，因为她肯定还犯有其他罪行。”

他转过身，对阿加贝达神父说：

“法官先生，你第一次带我直接参与调查的时候不是对我说过，那些与魔鬼深度合作的巫婆，说话平静，不哭不号，因为她们依靠魔鬼的力量，以为魔鬼能帮助她们毫发无损，在调查过程中免受酷刑。”

“对，我今天也注意到这点。被告没有哭泣，没有求饶，没有失去冷静，这表明她是与魔鬼合作的厉害巫婆。你们是建议对她用刑呢还是再来一场调查？”

米歇尔·阿吉拉尔清了清嗓子，说：

“我认为，最合适的方法是再进行一次调查，我们可以问一些问过的问题，看被告的回答是否一致，再问些新问题，然后据此判断是否有必要用刑。”

三个人对此表示满意，他们站起身来，准备去吃晚餐，放松一天工作后疲惫的身心。

第二十六章

萨利玛独自在牢房里，努力让自己放松些。她不睡，因为睁着双眼保持清醒，可以赶走身边的老鼠，避免陷入那可怕的梦魇中，一旦睡着了，那噩梦便挥之不去，惊叫连连。她不睡，但这事怎么看得开，如何能轻松？给她送饭的高大女人说她是巫婆，事情已经板上钉钉，像之前的几百个案子一样，监察局的判处将是火刑处死。她想象着那一幕：他们给她戴上镣铐，推她走向人头攒动的广场，人们等待着火焰在木堆里蹿起，在她身上燃烧。就像那次焚书一样，爷爷艾布·贾法尔眼睁睁看着火舌从一本书蔓延到另一本书，书页一张张蜷曲像是要躲避那肆虐的火焰，可火焰不断蔓延、吞噬、干化、焦灼、炭化……然后，一切化为乌有，灰飞烟灭？那些书本里的内容呢？它们去哪儿了？还有人，人不就像那写着字的纸吗？不就是由一个个表意的字构成的字串吗？而她，彻彻底底，也不过就是一句话而已？她，萨利玛·宾特·贾法尔，曾经在那个瞬间想战胜死亡，然后，她退却了，接受了一个更现实的任务。她钻研医书，治病救人，不在乎卡斯蒂利亚人的压迫。走在集市里，她并不像其他女人那样逛街，而是一心想着上次开了药却未治愈好的女人，自言自语地描述她的面色和症状，脑子里翻来覆去地思索："用什么药呢？"

"萨利玛·宾特·贾法尔，"调查员问，"为什么人们厌恶你？"他们撒谎，他们并没有问阿尔拜辛人。当他们在她身上纵火时，人们有勇气看她吗？焚书的那一天，她无法像艾布·贾法尔那样忍住，他们是否能忍住？阿伊莎呢？她不敢去想女儿的模样，甚至不敢去想她，她躲开这些念头，不让自己的身心被击垮，那样会变得疯狂。她的思绪飞到了爷爷艾布·贾法尔面前，他在她书上写下了第一个字。不是爸爸，也不是妈妈，而是艾布·贾法尔第一个这么做的，他宣布要教萨利玛和哈桑写字，还对他妻子小声说，萨利玛将会像科尔多瓦的女学者们那样学识渊博。奶奶笑起来，不住地念叨，萨利玛听了便将它写下来，成了她书本里的第一行字。除了萨阿德之外，她没有喜欢过别人。为什么她会爱上萨阿德，而且依然爱着他？我让你受苦了，萨阿德，你会原谅我吗？她反复说着，甚至不知道萨阿德是否依然在世，还是已经先她一步去了那里。"那里"是虚幻的还是真实的？要是"那里"真实存在，她会和爷爷、萨阿德、夭折的弟弟还有爸爸相见吗？她要如何与爸爸相认呢？他不会认出她的，因为他离开时的小女婴已经变成年近四十的妇人了。她也许能认出爸爸，她会发现他和哈桑很像。可怜的哈桑！一心想要保护家人，却遭到这莫名其妙的打击。但他并不是一个人，还有玛利亚在他身边打理家务，照顾家人，还照料阿伊莎。萨利玛泣不成声，她的身体战抖起来，努力地想止住哭泣。

萨利玛双手抓着被火烧红的铁烙，拖着沉重的步伐行走，在经历了这类考验后，就像预料的一样，调查员们并不认为这个被告说的话是诚实的，反而更加坚信她得到了强大魔鬼的帮助，才能忍受这些痛苦。

他们在前一天又对她进行了审问，她并没有比上次招认更多，但是已经引起了更多的怀疑。法官问她是否在夜晚骑着飞兽穿越大陆，她回答，没听说人类能够这么做，除了穆斯林们的先知穆罕默德。法官要求她说得更详细一些，她说有一头长有翅膀的神兽驮着穆罕默德从麦加清真寺飞到了耶路撒冷的清真寺。法官问她是否真的相信这件事发生了，她搪塞道："我已经接受洗礼，是一名基督徒了。"

那些新细节让调查员们注意到此案中未曾想到的一个新问题，那就是：叛教罪、不信罪并不仅限于被告与魔鬼的交易，还包括她信仰的真实度。尽管被告接受了洗礼，但她并未抛弃她的穆罕默德宗教，在这种情况下，她与魔鬼的交易很可能是针对天主教会的。

调查员们试图让她承认这项罪名，未果，于是法官让她做出抉择，警告道："别小瞧它，你将要忍受铁烙。"她却回答她已经准备好了。他们看她双手抓着烧红的铁烙行走，怎么可能？这个疑问让他们战栗，也让角落桌子前见证并记录这一切的书记员战栗。

调查员们离开后，法官向自己和同事们表示祝贺，因为他们没有轻视这个女人，而是小心谨慎做了防护措施，好抵抗她邪恶巫术的力量。他们每个人都用蘸了圣盐的符咒和抄写有耶稣基督十字架七言的神符保护自己，将神符挂在脖子上贴着胸口，再以黑色教袍遮蔽。

阿加贝达神父痛苦地摇了下头，说：

“必须用刑了。”

两个助手点头赞同，阿隆索·马迪拉对叛教女子即将遭受的惩罚显得很高兴，而米歇尔·阿吉拉尔则神情淡然，他相信这是让那些自大、顽固的罪犯说出真相的正常手段，正是自大和固执使伊比利斯从先知的天使变成了该死的恶魔。

宣读判决的那天，萨利玛戴着镣铐被他们押到拉姆莱门广场，卫兵在前来观看判决与行刑的拥挤人群中开出一条道。

萨利玛忍着疼痛，艰难地向前走，她的双脚由于用刑已经肿胀发炎，她试图不让反绑在身后的双手相互摩擦，或是擦碰到衣服。抓铁烙的双手依然疼痛无比。她不看周围的人，只顾着思考。他们要判她死刑了，为什么她没有害怕得颤抖，为什么没有吓得尖叫？是因为她盼着死去，因为她祈求安拉赐予她死亡，所以死亡在她眼中是种解脱，不用再忍受那心灵与肉体的折磨了吗？是因为她已经把命运交给了安拉，就像那些伟大的信士一样，即使并不理解也不愿接受安拉的裁决，也能以平静、坦然照亮内心？或许事情并非如此，她只是不假思索地决定，不能让叫喊、求饶玷污了尊严，不能像夹板上的老鼠那样惊恐不安而作践了自己？绝不能耻上加耻，理智让人体面，自尊让人伟大。现在她能像一个拥有灵魂的人一样向前行走，哪怕是走向燃烧的炼狱。她能说，是，我就是萨利玛·宾特·贾法尔，一个伟大的书匠养育了我，在亲眼看见焚书的那一天，他心如死灰，在伟大的沉默中离去，而我，爷爷，我在受刑的时候的确嘶喊了，是的，在那片刻，爷爷，就在那片刻，我的理智和身体不听使唤了，但我没有说出任何让你蒙羞的话。我像你教我的那样读书，尽力医治病痛。爷爷，我梦想着有朝一日能送你一本我的著作，一本关于我生平阅读与行医的总结。我真的这么想，爷爷，要是没有这监禁就好了。

萨利玛四下望了望，人群异常安静。三个调查员坐在附近的高台上，法官激昂的声音在回荡：

"……我们为确认对你的指控，查明它是否属实，你是否曾在白天或者夜晚行走，所以招你来进行调查。我们让你在我们面前发誓，我们也询问了证人，我们遵守了所有的教法条例。我们希望实现最大的公正，在经过搜查，并对案情内容及调查结果进行了讨论之后，由尊敬的神学专家组成的委员会一致认为，我们认定你——被告格罗丽娅·阿尔瓦雷斯，洗礼前原名萨利玛·宾特·贾法尔，犯有叛教罪，因为你是魔鬼的工具和仆人，你保存它收集的种子，制作毒害人类和牲畜的魔鬼配方。

虽然你否认指控，但是证人的证词表明你导致一个母亲胎死腹中，并且害死了另一个病人。

同样，我们证明你已经背叛了接受你、试图解救你灵魂的教会，尽管你已接受了洗礼，但依然与你的穆罕默德教藕断丝连，依然对穆斯林忠诚。

即使如此，我们曾希望，现在仍然希望你能改邪归正，为叛教、为效忠叛教的恶魔而忏悔，希望你回归神圣教堂的怀抱，回归天主教信仰，以避免你在现世和来世的毁灭。我们尽力地帮助你，将判决的宣布推延了很长时间，希望你能悔过，但是你的自大和固执让你深陷泥潭，让你否认罪过。我们痛心疾首地宣布，我们未能让你忏悔自新。

为了让每一位有心智的人健康发展，远离叛教的邪道，为了让所有人知道不信必定会遭到惩罚。我，安东尼奥·阿加贝达法官，代表教会宣布，我坐在此，面前是《四福音书》，眼前只有主、信仰的荣誉和光辉，我宣布我的判决：

我们判决你，我们面前拉姆莱门广场上站着的你，是一个叛教者，拒绝忏悔，你将被烧死作为惩罚。”

人群一阵喧哗，喧嚷声像许多高高举起的铁锤敲击着萨利玛的脑袋，和她的心跳、脉搏搅在一起。她不想看四周，她不想，她害怕那些眼神，卡斯蒂利亚人的眼神带着骄傲的微笑，随时准备欢庆，而阿拉伯人眼神里的屈服、惊恐也令人绝望。她没看，但是她听见一个声音，像萨阿德的声音，她没看。他们稍稍解开她的镣铐，推着她走向那堆薪柴。

玛利亚心事重重，为萨阿德和哈桑的迟迟未归忐忑不安，但她不能拒绝阿伊莎听故事的请求，她讲起了故事：

“阿伊莎，天上有一颗巨大的树，树上有许多绿叶，地球上有多少人，包括小孩、大人、男孩、女孩、那些和我们一样说阿拉伯语的人，还有那些不说阿拉伯语的人，树上就有多少片树叶。很大很大的一棵树，阿伊莎，树上的叶子纷纷飘落，又有新叶不断长出。在每年的盖德尔之夜，那棵树会开出一朵神奇的花儿。故事发生的那一年，那棵树开出了……”

玛利亚停下，突然不会说话了。她思绪凌乱，只想着哈桑和萨阿德为何迟迟未归，今天是萨利玛宣判的日子吗？

“后来呢，玛利亚舅妈，后来呢？”

玛利亚看着小女孩的脸蛋，深深吸了一口气，吐出来，继续讲那个故事。

第二部

玛利亚

第一章

玛利亚说：

“傍晚过后一会儿我看到了，又大又亮，还以为是月亮，后来在另一个方向看到了真正的月亮，我觉得很奇怪。之后我睡着了，又看到它，在梦里它更大一些，闪着耀眼的古铜色光芒，挂在山头，山上还有一只大山羊，头上有树枝形状的弯曲犄角。山羊一动不动站在山巅，就像岩石刻出的雕塑，然后我就醒了。”

玛利亚扯起衣衫一角，擦拭额头上的汗水。盘腿坐在旁边地毯上的另一个女人从口袋里掏出一个小铁盒，打开，用拇指和食指伸进去蘸了一些暗红色粉末，放在鼻孔下，使劲吸着。静默片刻后，不停地打起喷嚏。

乌姆·优素福打完了最后一个喷嚏，晃晃头，用一块布把手擦干净，然后把布放在一旁，拿起一支笔一张纸，在上面写着数字和字母。

玛利亚还在祈求，一直盯着占卜婆，只见她眉头紧锁、全神贯注，接着皱纹微微舒展，随后完全绽放，玛利亚连忙追问：

“好吗？”

乌姆·优素福清了清嗓子，说：

“乌姆·希夏姆，你看到的是灾星，有动乱要爆发，时局要变化时它才出现，它预示着暴君和恶霸们的灭亡。问题是何时才能印证？”

玛利亚深深地吸了一口气，反复琢磨这句话：

“预言何时印证？”

“得等七年，这个伊历一月第一天是星期六，正好是我们先知出走的日子，也赶上了安拉创造亚当的日子。预言印证时，我们的占卜先辈们都说，曾经有一年浓雾弥漫、雨水稀少，而树上却果实累累。大地对我们无比慷慨，蜜蜂，就连蜜蜂，也无私地奉献出甜美的蜂蜜。”

玛利亚浑身冒汗，前胸后背，连头发根都湿漉漉的，听得见自己心脏怦怦跳，她聚精会神侧耳倾听，生怕错过任何一个字。

“你确定是这么回事吗，乌姆·优素福？”

话刚出口便暗暗自责，这个女人可是安拉派来的占卜师，精通星相、占卜和解梦。自己刚才的询问看起来就像一种冒犯和质疑。

“乌姆·希夏姆，你也看到了，我不过是解释了你的梦，你描述得准确吗？”

“以《古兰经》发誓，我清醒的时候看到天上有颗星星，跟月亮一般大，睡着后又看见山顶上有只山羊。”

“那么，安拉挑中了你向他的子民报喜，厄运即将破除，一切就要云开雾散了。”

玛利亚热泪盈眶，不过没哭。她俯身亲吻乌姆·优素福的手，告辞走了。走了一段，突然想起护身符和油罐，又原路返回，说：

“我给你带了一罐油，是我们艾因·达姆阿庄园榨制的橄榄油，我把它放在院子里，忘记告诉你了，另外，我还把护身符给忘了。”

乌姆·优素福递给她护身符，说：

“只有男孩贴身戴着，才能见效，谢谢你送的油啊，乌姆·希夏姆。”

玛利亚往家走，路上被绊了两次。她在一块石头上坐下，整理思绪。乌姆·优素福说的是真的吗？她解梦、占卜、看星相，从未让人失望过，这一片的女人们都见识过的，怎么这次却让她失望了？安拉让她亲眼去见证悲痛消散？熬过了这些年，再熬上个七年，这是安拉对她的慷慨吗？她想算算到时候自己的岁数，算来算去觉得累，便站起来继续赶路了。

她向哈桑说了梦境和解梦一事，哈桑说：“乌姆·优素福老骗人，占卜、解梦和星相在伊斯兰教里可是不允许的！”不过在她跟哈桑说的时候，街坊女人们在外头都听见了，并四处散布，不出三天，全阿尔拜辛都知道了，街区里的女人们聚在烤房、水井、磨坊和压榨坊门口，聊玛利亚的梦，还不断添油加醋。

有个女人说，自己丈夫告诉她有位德高望重的伊斯兰教法学家，梦见法蒂米将军跨上绿马，拔出宝剑，告诉人们他并没有死，而是被囚禁在山下的一块岩石后，在逃出了漫长监禁后，他来拯救他的同胞。

另一个女人则说，她堂妹听一个在各地运货的车夫说，巴伦西亚有一个女人生了个六指婴儿，占卜师解释说那是喜事临门的吉兆。车夫还说他运货去布沙拉特时，听当地人说，他们看见怪鸟在天空飞，村里有些人说看到的不是鸟，而是带着武器的一群人，骑着骏马在天上奔腾。

有个小姑娘也插话了，尽管年龄小，说出的话却透着机灵：

“我听爷爷说，阿拉伯人将从西班牙人手里收回奥兰和休达，然后抵达直布罗陀海峡，面前会架起一座龙涎香桥，他们跨桥横渡海峡，收复整个安达卢西亚，甚至阿尔梅里亚。”

“这个阿尔梅里亚在哪儿？”

“在最边远的地方，后面是山，然后就是欧洲大地了。”

玛利亚信心满满，今后的岁月一定幸福美满，于是她尽情想象，任思绪穿越时间阻隔，任意跳跃、翱翔：五个女儿和儿子希夏姆来看她，他们都回来了，张罗着翻新宅子，好不热闹，建房工人凿石锯木一片嘈杂，爬上爬下、来来往往，把宅子加宽加高了。她自己则忙着给大家准备丰盛的美食，在院子里拉起的长绳上晾晒洗好的衣服，有孩子们的、孙子们的，还有在阿尔拜辛出生的婴儿们的襁褓。

安拉能让她长命百岁，享受如此天伦之乐吗？玛利亚收起思绪，开始祈祷，她揭下头巾抬眼望天：看在您的使者、您喜爱的、被您选中的先知穆罕默德的份儿上，让我活得久一些，赐给我健康，让我迎接即将到来的人。过几周就能见到他们了，然后我愿如鸽子一样飞到您身边……

玛利亚怎么了？膝盖疼痛已经折磨了她多年，站起和坐下都很困难，现在不疼了，就像是幻觉一样。她又活跃了，心情愉悦，对哈桑提的要求也不生气。邻居们晚上常听见她的笑声，仿佛冰雪融化后流下的山泉那般甘甜动人。她还给自己买了三身新衣服，开始每天沐浴，精心地画眼线，用杏仁油焗头发。从前在院子里划出的一块长方形花圃，由于疏于管理，花草都枯死了，现在她又开始栽种，每日悉心呵护。播种、浇灌，照料，不久罗勒、薰衣草、玫瑰和迷迭香的幼苗都破土而出。她还在对着巷子的窗边架了一个花盆，种上一些野花，春天来时，花团锦簇、枝繁叶茂，红、紫、白、黄各色交相辉映，邻居们都被这美景吸引住，路过时不由连声称赞，忍不住要多看几眼，再抬头往上看，只见玛利亚坐在窗边，也在眺望，不看路人，而是望着巷口。她知道时候未到，但总在憧憬着离人归来。她在等。

第二章

“萨利玛！”

玛利亚梦醒。睁开双眼，坐了起来。尽管是用疑问的口气喊她名字，但她毫不怀疑，那就是萨利玛，只不过那究竟是幻影，还是活生生的血肉之躯？

她盘腿坐在床上，屏住呼吸，侧耳细听，在一团漆黑中出神，接着又压低声音轻喊：“萨利玛？”没有回音。

她起身，摸索着找到灯，点亮，环顾四周。小家伙正在酣睡，房间里只有她的物品：箱子、地毯、墙上挂的纺织品。

她举着灯，穿过走廊，走进院子，绕过水井，来到无花果树下，接着穿过庭院来到两棵杏树前，又回到走廊。她走进家中各个房间，登上屋顶，下楼。仍没找到她。

她把灯放在一旁，盘腿坐在走廊的木头长凳上。萨利玛从来没以这种方式回来过，只是一次次出现在她的梦中。她回忆萨利玛，想象萨利玛，萨利玛便出现了。她看见她的脸，听见她的声音。她与她絮絮低语，或无语相视。但今晚不一样，萨利玛就在房间里，与她一起。不是梦，是真切的事实，她为什么来，又为什么在眨眼间走了？

世上一切均有征兆，萨利玛的回来预示着所有离开的人就要归来？她的到来是为了印证乌姆·优素福的解梦吗？还是因为……

玛利亚突然一惊，立刻起身跑回屋里，把灯举在小家伙头上看了看，用手摸了摸他的额头、胸口，确认他睡得正熟，呼吸平稳。她回到走廊，坐下。不，萨利玛不是来带走这孩子的，她已经伤了我一次心了，绝不会再有第二次的。

那天，萨利玛出现在梦里：她站在通向屋顶的石阶上，裹着白袍，蓝眼睛周围画着黑色眼线，她怀抱着阿伊莎，就像时间未曾流逝，阿伊莎还是那个襁褓中的婴儿。玛利亚说：

“萨利玛，你抱的孩子不是阿伊莎，是她的儿子阿里。”

萨利玛转过头，用责备的目光盯着她，说：

“这是我女儿阿伊莎，我能认不出来吗？！”

她转身上了楼梯，玛利亚想追上去，脚下却一绊，跌倒了，还蹭伤了膝盖。等她费力站起来，萨利玛已经消失了。

玛利亚醒来后，检查了一下自己的膝盖，没发现任何伤痕，才确定那不过是个梦，她祈求安拉庇护，让她远离魔鬼。天一亮，她便去找乌姆·优素福解梦。乌姆·优素福对她说：“乌姆·希夏姆，安拉做了决定的事必然会兑现，阿伊莎会走的，她儿子给你留下。”这些话蒙蔽了她的心智，冥冥之中的事只有安拉才知晓，占卜师即便是真诚的，也是撒谎，这个女人不过是凡间俗人，会错也会对。不过她倒是说对了，木已成舟，事实的确如此，阿伊莎走了，把儿子留给了玛利亚，让她帮忙抚养长大，就像过去抚养她妈妈一样。

“萨利玛不会再让我伤心的，她不是来带走孩子的，而是来确认喜讯。”玛利亚熄了灯，起身去井边打了桶水洗脸，然后去厨房做蛋糕。

她筛面、揉面、烘焙，做好后把蛋糕码放在篮子里，提着篮子向集市走去，这是她每天早晨的习惯。

她来到老地方盘腿坐下，开始叫卖。顾客们来了，买了，走了，她便提着篮子回家。

阿里正在巷子里和邻居孩子们玩耍。她一眼瞧见了他，等阿里看到她，也跑了过来，她从兜里掏出从集市上给他买的一块糖，阿里接过糖，不像往常那么在意，说：

“家里来了客人，叫作纳伊姆。爷爷说是他朋友，去了很远的地方。”

玛利亚赶紧往家走，小家伙跟在身后：

“奶奶，那人可老了，有两百岁，或者更老，长得也奇怪，头发像雪一样白，很长，衣服也奇怪。街上的孩子都怕他，我不怕，我见他朝我们走来时，就问他是不是找我爷爷哈桑，他问我是谁？我就告诉他了，然后带他去找爷爷。奶奶，你认识这人吗？他说他叫纳伊姆。”

玛利亚没回答，冲进屋里，看见哈桑跟一个衣衫褴褛的瘦削老头坐在一起，那人手里还拿着一个奇形怪状的长笛。她上前跟他握了握手，表示欢迎，却没认出他是谁，只在一旁偷偷打量，努力寻找纳伊姆的影子。

脸不像，身材也不像，说话样子也不像，哪是纳伊姆呢？她熟悉的那个强壮聒噪的年轻人，两眼炯炯有神，活泼好动，叽叽喳喳，走路带风，快人快语，笑声似响铃般洪亮爽朗，脸上容光焕发，眼睛神采飞扬，总是众人瞩目的焦点。而坐在面前的这个老头，苍老虚弱，衣衫褴褛，看上去比她大了一辈甚至两辈，牙齿快掉光了，说话磕磕巴巴，掺杂着外语，口音也很奇怪，满脸皱纹沟壑纵横，身体干瘦得像乌德琴一样，头发全白了，邋遢地披在肩头，似乎多年没修剪梳理过。

他坐在哈桑旁，手里拿着一个奇怪的玩意儿，那玩意有个长长的、中空的木杆，像一根长笛，他把上端放在嘴边，下端是木质中空的端头，里面塞了深色叶子。他对着那奇怪的长笛深吸一口气，而不是向里边吹气，木质端头里的叶子烧了起来，像一块火炭发着亮光，然后他把长管从嘴边拿开，鼻孔里喷出一股烟，屋子里顿时飘散出一股浓烈的气味。

“纳伊姆先生，这是什么？”

“烟斗，里面塞了烟草叶。”

玛利亚不懂“烟斗”是什么，她怀疑这人神智是否正常，难道烟雾还长出了叶子吗？这人怎能往烟雾里塞东西?！她打算换个话题：

“纳伊姆先生，你结婚了吗？”

他突然转过头瞪着她，她有些慌乱，莫名其妙。

“是，结婚了！”

“有孩子吗？”

“有三个：巴德尔、希拉勒、佳麦尔。”

“怎么没带他们一起来？”

他双唇动了一下，牵着嘴边的皱纹一起动，接着又瞪了她一眼，用愤怒的声音说：

“我把他们留在那儿了，老婆、孩子们，全留在那儿了！”

玛利亚起身去准备待客的饭菜。她宰了两只鸡，坐在那儿一边拔毛一边思忖，那人真是纳伊姆，还是他的鬼魂？还是一个佯称自己是纳伊姆的陌生鬼魂？直到做完饭，这个问题都在困扰着她，搅得她心神不宁。等坐在一起吃饭时，玛利亚看他狼吞虎咽，觉得他应该不是鬼魂，据她所知，鬼魂不像人类，是不吃东西的。接着她听他问起萨阿德和萨利玛，心想他真的是纳伊姆。她想多待一会儿，听他说说话，好进一步确认，又担心哈桑当着小家伙的面，说萨阿德如何因目睹妻子被绑在木桩上活活烧死而含恨死去。她便开口道：

“阿里，你想听我给你讲个故事吗？”

“你要给我讲什么？”

“你想听什么，我就给你讲什么。”

“希贾兹天房的故事。”

玛利亚牵着阿里进了房间，把他放在床上，自己在他旁边躺下，开始给他讲希贾兹天房的故事：

天房笼罩着黑色天鹅绒外套，非常华美，上面绣着金银线花纹，各地的人们都来这儿，只为看她一眼，抚摩一下、走近她，他们就心满意足了。

一天，一群天使降落在天房上，天房热情友好地迎接他们，发现他们带着粗大笨重的枷锁，便问道：

“这些枷锁是干什么的？”

天使们说：

“我们带这些枷锁来，是为了在末日把你拉回去的。”

天房很吃惊，说：

“我不会走的！”

天使们说：

“我们把你带到天堂，你怎么能不去呢?！”

天房说：

“除非我爱的人们一起去，我才去。”

他们问：

“天房，你爱的人们是谁？”

她回答：

“大地上每一个受压迫的人。等等，我把他们介绍一下，你们去找，把他们带来，我就跟他们一起去天堂，不必用大枷锁拉我去，我朋友们很多，他们扛着我，我给他们指路。”

天房开始介绍她爱的人们，一百年过去了，她还在数，天使们还在等；一千年过去了，她还在数，他们还在等。后来……

孩子已经睡着了，玛利亚轻轻吻了一下他的额头，也合上了眼睛。

世上任何事都有征兆，人也许永远都参不透，也许片刻就醒悟。萨利玛托梦，就为了告诉她纳伊姆将归来，或许再托个梦告诉她，其他游子也将归来，或许纳伊姆归来本身就是个征兆。可这个糟老头，真是纳伊姆吗？

第三章

纳伊姆以为回到故乡能治愈他的伤痛，便回来了，却发现格拉纳达不再是格拉纳达，阿尔拜辛也不再是阿尔拜辛。他历经艰辛来到城里，沿着哈达拉河走着，他熟悉这条河道、河水、河面上的拱桥、俯瞰河流的阿尔罕布拉宫，却没见过那些新宫殿和岸边林立的教堂。迷路了吗？他问自己。不，并没有迷路，不过记忆里熟悉的地方已被新建筑替代。那个大宅里除了哈桑其他人都不见了，笨拙的哈桑看上去更迟钝了，玛利亚也没了当年的聪明劲，成了满脸皱纹的老太太，还像个傻子一样不停地问："纳伊姆，你结婚了吗？纳伊姆，你有孩子吗？纳伊姆，怎么没带他们一起来？"她没意识到这些问题简直给他打开了地狱之门。然后她去睡觉了，留下他和哈桑待在一起。哈桑不出几分钟便沉沉睡去，鼾声大作，越来越响的呼噜声简直要逼疯纳伊姆。那去哪儿呢，去哪儿？

房间闷得让他喘不过气来，于是他走到院子里，脱去衣服，把水桶放到井下打了一桶水，拉上来，把水浇在自己头上，然后坐在井边。

一轮明月高悬，大小介于新月与满月之间，他凝视着月亮，心里一片柔软。他微笑着问候月亮，问起玛雅，问她的情况。他相信她住在月亮里，被它照顾，被它呵护。他仰望月亮，却只见它或大或小，或满或缺，时而银色，时而铜色，他曾等上数晚，甚至数月，才能在那圆盘上看见她的脸庞：高高的额头、细长的双眼、精致小巧的嘴唇。看到她，向她倾诉心里话，讲讲发生的故事，一起回忆过去。他俩曾一起坐在草棚门口，或相视无言，或窃窃私语，月亮在小溪上洒下银色的光芒，他用手掌抚摩着她光滑的肚子，算着日子，说："儿子长大了。"她笑着答："女儿长大了"。他挠挠头，说：

"要是儿子，就叫希拉勒。"

"要是女儿呢？"

"就叫巴德尔。"

再有不到一个月，孩子就要出生了，他会从出生时的小婴儿慢慢长大。

那天没有月亮，太阳当空，笼罩着大地和地上的一切。突然枪炮声爆发，火势凶猛，狗疯狂地吠，到处流淌着鲜血。"玛雅快跑，快跑！大屠杀！"他跑了，她也跑："孩子太沉了，我跑不动！""忍着点，快跑！"他一边跑，一边用双手搂住她的双肩，往前推她。火舌在两人后面紧逼，像是地狱在召唤，逃生之路也在眼前。他跑，她也跑，她摔倒了，他背着她一起跑，又摔倒了，爬起来，继续跑，顾不上一路石头树枝磕绊，两人极度疲惫，似乎没有得到安拉庇佑。"为什么你不保佑你的信徒?!你不是万能吗？你只用给她娘儿俩生出翅膀！为什么对我们这么吝啬？"

整整一天一夜，他跪在她面前，祈求安拉让她活过来，或者让她肚子里的孩子出来，他哭着，叫着，沉默，哀求。

他挖了个坑，把她放了进去，用土掩埋她？怎能用土掩埋她?！他跳下去，在她身边躺下。

一阵声音传到耳边，纳伊姆睁开眼，见一群男人正站在自己周围盯着看，一群卡斯蒂利亚人，他害怕得哆嗦起来。那么，安拉站在他们一边？这是他的天堂，他却让他们进驻？或者根本就是将他送进了地狱？但是安拉为什么要送他下地狱呢？他们问他话时，他正高烧发抖。几天后，他们重新再问：

"你为什么穿他们的衣服？"

"我在小河里洗澡，他们偷走了我的衣服，然后我发现有个他们的人死了，就把他的衣服拿来遮羞了。"

他们相信了，祝贺他平安无恙，他们跳舞、喝酒。那天没有月亮，太阳当空，像一条疯狗噬咬着大地，凶猛、贪婪。大地跟天空不同，它包容慈悲，给你食物和栖身之所，即便它束手无策、失去力量、生机没落时，依然把你拥入怀中，温柔相待。而天空呢？纳伊姆大笑一声，笑声很苦涩。天空像一片蓝色的牧场，放纵疯狗作恶多端。他吐了口唾沫，一种虚假欺骗的蓝色！月亮像航行中的舵手，忠诚善良，静静独坐。他又望向月亮问候道："晚上好，月亮。"

纳伊姆回到无花果树下，蹲下，憔悴不堪地坐在那儿，等听见玛利亚道早安时，已经黎明了。

玛利亚快步走进厨房，听见纳伊姆用奇怪的声音问："玛利亚，对天空的蓝色，你有什么看法?！"她越发肯定这人是疯了：她见他站在光线暗淡的无花果树下，便对他道早安。后来她想去水井边洗把脸，却发现他赤身裸体地站在那儿，连忙扭头一溜烟钻进了厨房。现在他又问这么奇怪的问题，怎么办?!

玛利亚做好了蛋糕，提着篮子离开厨房。她两眼直直地盯着院子大门，不敢左顾右盼，生怕看见那人赤身裸体。突然纳伊姆站到了她面前，已经穿了衣服，显得温和平静，他问：

“玛利亚，这是你的花园？你的手真巧啊，花园好美！”

玛利亚有点不好意思，递给他两块蛋糕，想给他在开斋节之前买身新衣服，然后就动身去集市了。

“早上好，纳伊姆爷爷。”

纳伊姆转过身，看见阿里正向他走来。他盯着这孩子，天哪，他怎么没注意到，孩子长得像萨阿德，非常像：棕色的皮肤、大大的鼻子、深邃黝黑的眼睛、又黑又密的睫毛，连眼神都一样。

“阿里，你几岁了？”

“五岁，你呢？”

“你猜猜？”

阿里看看纳伊姆，有些茫然，一时给不出准确答案，随后说：

“一百八十岁！”

纳伊姆哈哈大笑起来，向孩子伸出手，拉着他，一起离开了院子。

两人来到哈达拉岸边，纳伊姆问：

“这个教堂叫什么名字？”

“圣巴勃罗·佩德罗。”

“这栋楼呢？”

“修女院。”

“那个呢？”

“监狱。”

阿里很聪明，什么都知道，对答如流。两人离开河岸，穿过大教堂，来到萨卡廷大街，轮到纳伊姆向阿里介绍了……

“这是丝绸市场，从这你可以去香水店铺，这儿是卖箱包的，那边通往地毯市场，再往前走你就能看到陶器市场。”

玛利亚回到家，没找到阿里。她问哈桑，哈桑说他也不知道。过了很长时间仍然没见到阿里和纳伊姆两人，她开始胡思乱想：这人是个疯子，孩子能平安吗?！她越想越害怕，赶紧冲出去找他，巷子里、周边各条巷子……她不停地找邻居打听，找到哈达拉岸边，又爬上小山坡，穿过圣萨尔瓦多教堂，仍不见踪影。她回到家，祈祷阿里已经回来了。但是家里只有哈桑一人，玛利亚跟他大吵起来，因为他照看孩子太疏忽了……“如果他丢了我们怎么办！”玛利亚哭了起来，哭号变成呜咽，不久听到了阿里和纳伊姆的声音，他们正哈哈大笑。

哈桑责备了他俩，玛利亚则一言未发。她抱起阿里，搂在胸前，喃喃道：“安拉保佑！赞美安拉！”

“我去给你们做晚饭。”

“奶奶，我们吃了很多东西。”

“你们吃了什么？”

阿里开始说起两人这趟出门，吃了什么、喝了什么，特别提到纳伊姆给他买了新衣服、糖果，还有小木马玩具。

“纳伊姆给你买的？”

玛利亚又问了一遍，凑过去在他耳旁悄声说：

“偷窃是不对的，撒谎也是不对的。你怎么得到这些东西的？”

“纳伊姆爷爷给我买的。我向安拉发誓，我一看到喜欢的东西，他就说给我买，要店家过来，从口袋里掏出钱，问了价，二话不说就给钱了。”

“他有什么奇怪的举动？”

“奶奶，我不明白你的意思。”

“他是个疯子吗？”

“奶奶，他不是疯子，跟我跟你一样很清醒的。”

“你确定？”

阿里奇怪地看着她，说：

“确定，不过他记性不好，我跟他说了十遍我叫阿里，而不是希拉勒，他还是一直叫我希拉勒。”

是阿里在撒谎吗？她相信他不会撒谎，不过纳伊姆从哪儿来的钱呢？除了比大教堂门口的叫花子穿得更破烂的衣服，他都没钱给自己买东西?！既然他有钱给孩子买衣服、玩具和糖果，为什么不给自己买件像样的衣服？他肯定疯了，玛利亚对此确信无疑。

第四章

阿里最近咳嗽，玛利亚用橄榄油为他推拿胸口和背部，用被子把他盖得严严实实，但他还是不停地咳嗽，咳到呕吐。

五更天的时候，他终于睡着了。玛利亚一直醒着，陪在一旁，待听见公鸡打鸣，才蹑手蹑脚地起来，阿里觉察到动静，她说："阿里，快睡吧，天还没亮呢。"不放心把他一人留在床上，玛利亚用毛毯裹着他，免得受风，让他跟着去了厨房。

他蹲在一旁，看她舀出面粉，过筛，细软雪白的面粉漏过筛眼堆在面盆里。她搬来油罐，身体微倾，澄澈的绿色橄榄油直直地注入锅中，落在洁白的面粉上。

阿里打了个盹儿，立刻又醒了，玛利亚正盘腿而坐，把揉捏成型的蛋糕往大蒸屉上码放。她起身，打开烤炉门，把蛋糕放在熊熊燃烧的炉中，关上炉门。

她牵着阿里走到井边，从井里打了一桶水，给他洗脸。

"奶奶，我不用洗澡吗？"

"今天不用洗澡。"

他不再坚持，因为奶奶说了，等咳嗽好了的第二天就给他洗澡。尽管天气炎热，他却喜欢夏天，因为奶奶允许他在巷子里尽情玩耍，还给他早晚各洗一次澡。她给他脱下衣服，打上满满一桶水，从他头上一股脑儿浇下来。他蹦跳着，呛了水还哈哈直乐，要求再来一次。

奶奶回到烤炉旁，他跟在后面。四周弥漫着诱人的香味，她取出蛋糕，递给他一块，然后给他爷爷哈桑和纳伊姆留下几盘，说：

“你今天和爷爷待着，等我从集市回来。”

他不答应，玛利亚继续哄他：“我给你买糖”，“纳伊姆会陪你玩的”，“爷爷会给你讲故事”，可他哭闹起来，玛利亚只好妥协了。

阿里随着奶奶的脚步，走在阿尔拜辛的小路上，一路蜿蜒，下行到哈达拉岸边。阿里的头还没够到奶奶的腰，玛利亚不慌不忙地走着，臀部晃颤着，身材像甘蔗一样挺拔。她左手牵着他，右手扶着头顶上的篮子，篮子里装着蛋糕，用一块洁白得像牛奶一样的布盖着。

两人来到市场，在一边摆好摊，他就开始央求她讲故事，而她正忙着叫卖蛋糕，买主停下脚步，她把蛋糕递过去，接过他们支付的第尔汗。

阿里喜欢听奶奶永远也讲不完的故事，在她那儿，每个人都有故事，每个地方都有传说，就连骏马和天空飞翔的小鸟，也有细枝末节。在她的故事里，格拉纳达有个朋友名叫沙尼勒，他用臂膀搂着她的肩，日夜陪伴在她身旁，给她讲旅途中的趣事，为了她跋山涉水而来。沙尼勒讲故事引人入胜，有说有唱。马拉加是一位公主，住在宏伟的宫殿，面朝大海，海那边有一个爱她的人，她也爱他，盼着他，望穿双眼等着他，便以歌唱打发时间。哈玛姑娘没有亲人，独自住在山上，孤独无伴，终日以泪洗面，她在夜里呼喊，声音回荡在山间峡谷。一个好心人听见了，便问：“谁在喊？”她说：“是我，哈玛。”那人牵着驴，循声而去，却走错了路，只好折回，又重新寻路。

纳伊姆也给他讲故事。奶奶的故事带着薰衣草的芬芳，她往衣橱叠好的衣服里塞进一些薰衣草，让故事也带上了香气。而纳伊姆的故事则混着烟斗的味道，他一边抽烟一边讲，周围烟雾缭绕，故事引人入胜，阿里规规矩矩地坐着，听得入了迷，忘记了去巷子玩耍，忘了肚子饿、嘴巴渴。待那股热流从两腿间涌出，才发现自己尿湿了座位和衣服。

两天前阿里也尿裤子了，不是因为听纳伊姆的故事入了神。而是因为咳得太厉害，玛利亚坚决不肯带他去集市，阿里哭起来，爷爷哈桑对他说：

“你不哭的话，我就给你讲黄金宫和蛇的故事。”

阿里顿时忘了哭闹，认真听起故事。宫殿的门槛用龙涎香和紫荆花做成，墙壁全是黄金，大铜柱，大理石台阶；四周有花园环绕，美得像天堂。突然有一天，一条巨蟒出现，它一会儿趴着爬，一会儿仰面爬，它吞噬牛羊，毁坏庄稼，还喷出浓浓的烟雾，阻断了宫殿与外界的通道。宫殿里的人纷纷祈祷，向穆罕默德先知求救，于是先知派去了堂兄阿里·本·艾比·塔利布，他骑上骏马一路驰骋，拔出带有脊骨的双叉剑，一队骑士紧随其后。等他们进了宫殿，烟雾从四面八方涌出，把他们包围了，脚下的地面开始晃动，石头向他们头顶砸来，他们连忙躲到一个地窖里，却还是浓烟滚滚，到处回荡着巨蟒恐怖的嘶吼声。

阿里吓得尿了裤子，故事讲到阿里·本·艾比·塔利布用利剑击毙巨蟒，还消灭了跟它一伙的妖怪，将宫殿交还给主人时，他仍害怕不已。

玛利亚从集市回来，见阿里脸色苍白，还尿了一身：

“怎么了？”

“没什么，我给他讲了黄金宫和蛇的故事。”

“你吓着孩子了，给他病上加病。”

两人吵了起来，玛利亚嗓门很高，哈桑也不甘示弱，阿里起来换衣服，大人争吵对他而言已经不是什么新鲜事了。爷爷奶奶经常吵架，纳伊姆来了后也加入了吵架的行列，不是跟奶奶吵，就是跟爷爷吵，吵到气冲冲地离家出走，发誓再也不回来，可是一到傍晚就回来了，总会回来的。

吵得不可开交时，阿里便躲开他们到院子里，要么爬上无花果树，要么去巷子里玩耍，或者告诉他们：“我去找沃尔黛。”伊尔南杜·本·阿米尔的家在巷子往上的那一头，设了一道木门把小巷尽头堵了起来。阿里一到门口，就抓住锁敲门，大声喊：

“沃尔黛，开门，我是阿里。”

沃尔黛听见声音，带了一人给他开门。阿里进屋和她一起玩耍起来，不过等到扈斯也过来时，他就烦躁起来。他一直待在伊尔南杜·本·阿米尔家，待到奶奶过来喊他回家。

“奶奶，我们从集市回来后，我可以去找沃尔黛吗？”

“你下午再去吧，我卖完蛋糕就带你去一个朋友那看看，她给你开点止咳药方。”

玛利亚卖完了篮子里最后一块蛋糕，给阿里买了一块糖，为家里添了些用品，带着他向阿尔拜辛走去。

到了那个女人家，她开了方子，把几味草药混在一起加水煎煮，让阿里在睡前服下。两人又去药店买了需要的药材，回家了。

哈桑一看见他俩，劈头盖脸一阵叫嚷，训斥玛利亚回来太晚："你借口去卖蛋糕，整天待在外头，跟来来往往的人闲言碎语！"玛利亚很生气，像他一样吼起来，哈桑便骂她、骂天下女人，这时她说：

"你自己说说，我嫁给你得到过什么？你把五个闺女都卖给了陌生人，就这么把她们带走了，你贱卖了你的闺女！开个客栈也差不多倒闭了，还虐待你唯一的儿子，逼得他离家出走，在山上流浪！"

哈桑气急败坏，起身抡起胳膊要打玛利亚，她一把推开他，扯过阿里，说：

"过来！阿里，我们离开这个破家！去别的地方！"

家门口撞见了纳伊姆，他问发生了什么，听完后，他说：

"玛利亚，哈桑老糊涂了，跟他离婚吧，我娶你！"

她呵斥道：

"纳伊姆，这时候还开玩笑吗？"

他说：

"我没开玩笑！"

玛利亚嚷起来，抽打自己耳光，叹自己命苦，夹在两个糟老头中间生活。纳伊姆撇下她，跑进屋里，不一会儿又跑出来，在门外不远处追上他俩，他高举拳头，自豪地说：

“我打他了，我干掉他了！他肯定已经断气了！”

玛利亚连忙奔回家，阿里和纳伊姆跟在后头。她冲进哈桑屋里，见他四脚朝天仰面在地，一动不动，不由悲从中来。阿里也吓得尖叫。这时哈桑的眉毛突然动了动，睁开眼，说：

“怎么了？蠢婆娘，又做什么蠢事！嚎什么？疯了吗？”

一切平静后，阿里再次大哭，三个大人怎么哄也不行。玛利亚让阿里去找沃尔黛玩，他说不想去。玛利亚一路哄他到了伊尔南杜·本·阿米尔的家，抓起门锁敲门，把他送了进去，然后走了。

阿里无心玩耍，跟沃尔黛、扈斯在院子里待了一会儿，就离开了。

一进家门，就见他们坐在花廊里，三个人又和好如初了。奶奶正放声大笑，胸脯都在抖动，纳伊姆也在咯咯笑着，爷爷手叉着腰，不停地嚷：“我快要笑死了！”

他茫然地看着，随后向大门冲去。

“阿里，你去哪儿？”

“回去找沃尔黛！”

他并没去找沃尔黛，而是背靠院墙，在巷子里坐着，气得脸色通红，真想咒骂他们。

第五章

哈桑为孙子在学校接受的教育伤透了脑筋，他没送阿里去法学家家中学习，考虑良久，他要避免孙子跟自己卷入各种麻烦，这些麻烦可能会愈加复杂，后果不堪设想。于是阿里去了教会学校，在那儿学会了拉丁字母，能用卡斯蒂利亚语交谈。这些都不是哈桑担心的，他担心的是，阿里似乎喜欢上了他们的宗教歌曲，能一字不落地背下，他越来越爱去弥撒祭，照他的说法，他喜欢那些歌曲的风琴声和合唱旋律。

而且，他还和一个西班牙同龄男孩成了好朋友，那个男孩瘦得像根玉米棒，头顶有一撮黄发，面色苍白。哈桑曾亲耳听他喊阿里为“黑鬼”，当时便狠狠地训斥了他，但阿里却为小伙伴辩护：“只是开玩笑而已，爷爷，我们在模仿班里老师说话，他说我俩总形影不离，是‘白鬼和黑鬼’，老师边说边笑，有时哈哈大笑，大家也跟着大笑，我也笑，安东尼奥也笑。”

阿里是个单纯的孩子，对这个世界一无所知，他不知道安拉会给他怎样的安排，要是放任不管，他会误入歧途的！

哈桑连续几晚都在思考这个问题，反复琢磨之后，更加坚定地认为必须教孙子学习阿拉伯语，这样以后就能读《古兰经》和其他书籍，渐渐懂事，认清他的角色。他已经七岁了，童年早期需要管束教育，不能耽误；现在正好在放两个月的暑假，时间也合适；玛利亚每天上午去集市，纳伊姆不到天亮不会上床休息，起床时已经很晚了。

哈桑把孙子叫来，问：

“阿里，你是大人，还是小孩？”

阿里自信地说：

“大人，爷爷。”

“那么，我可以悄悄告诉你一个秘密，你不能泄露给任何人，包括玛利亚和纳伊姆，你能做到吗？”

“爷爷，我会保守秘密的！”

“去，拿你的写字板来。”

阿里飞快地跑走，又飞快地跑回，手里拿着一块胡桃木板递给了爷爷。哈桑说：

“来这儿，坐我旁边。”

阿里坐下，看着爷爷在木板上写字：他竖着分行写下 a、b、c，在第一个和第二个字母间留下一定间隔，在第二个和第三个字母间留下更大的间隔，在第一个字母旁写下“艾利夫”，在下面第二个字母旁边写下“巴乌”，在第二个字母和第三个字母的间隔写下“塔乌”，在第三个字母旁边又加上了一个“萨乌”。

哈桑指着第一个字母说：

“这个字母是第一个阿拉伯字母，这样先写一个像棍子的竖线，上面有只眼睛，就像珠子的小孔，我们说 Andalucia，‘安达卢西亚’，发音差不多的。第二个字母是巴乌，我们说 barrio，

‘巴拉德’（家乡），发音一样的。拉丁字母表的第三个字母，跟阿拉伯语第四个字母对应，有相同也有不同，我们说 ciudad，casa，就像单词‘萨尤达德’（城市）第一个字母，也是单词‘萨鲁’（公牛）和‘萨利德’（泡馍）的第一个字母，不过阿拉伯语“卡萨”单词第一个字母是‘卡夫’，我们以后学。在巴乌和萨乌之间是字母塔乌，你看到了，它是阿拉伯语字母表里靠前的，在拉丁语字母中靠后。”

那天哈桑教了阿里四个字母，并要求他当场在木板上临摹，又擦掉板上的字迹，让他默写，第二天又教了阿里五个新字母，就这样，不出一星期阿里就把阿拉伯字母的读写全学完了。

阿里接触了新知识，总想证明一下自己的技能，每每想到什么，就跑到爷爷那儿，趴在他耳边悄悄说：“字母艾因，‘艾因·达姆阿’这个词里有艾因；字母格因，单词‘格拉纳达’里有格因；字母法乌，单词‘开心果’里有法乌；字母嘎夫，单词‘科尔多瓦’里有嘎夫……”哈桑朝他眨眨眼，示意没准玛利亚会听见，他俩的秘密可不能让任何人知道。

这第一个秘密刺激又有趣，是祖孙俩一起玩的游戏。之后的第二个秘密，就不免让人失望了。阿里起先尽情遐想，有片刻甚至开始翱翔，可随后重重栽下，让他又愤怒又沮丧。

哈桑再三要求搬去艾因·达姆阿的家：“阿尔拜辛热得难以忍受，艾因·达姆阿空气好，让人神清气爽。”于是纳伊姆租了辆车，由一匹强壮的骡子拉着，把他们从阿尔拜辛送到了艾因·达姆阿。车夫与纳伊姆一起把哈桑送上车，安顿好。等到了艾因·达姆阿，他们又一同帮他下车。要进屋时，哈桑说想在花园橄榄树下坐坐，于是他们给他在树荫下铺好草席，他坐了下来。

车夫驾着骡车走了，玛利亚忙着打扫房间，阿里和纳伊姆准备采摘树上成熟的果实。橄榄树占据了花园的一大半，沉甸甸的橄榄压弯了枝头，橄榄仍然很小，泛着青涩，需要经过整个夏季太阳的照射才能成熟。花园里还有一小株葡萄藤、两棵橘子树、一棵无花果树、一棵石榴树、一棵杏树。杏子成熟的季节已过，石榴尚未成熟，于是他俩开始摘无花果。

阿里搬来一个梯子，靠在树干上，踩着它爬上树，采下无花果，递给纳伊姆，纳伊姆把无花果小心码放在篮子里，篮子底部还铺了两张无花果树叶。

“阿里，过来。”

爷爷在叫阿里，纳伊姆答：

“哈桑，等一会儿，我们手头忙着呢。”

“我想让他去邻居家，告诉他们我们回来了。”

“那有什么好着急的？等我们摘完无花果和葡萄再去。”

“我想让他现在就去。阿里，过来。”

纳伊姆说：

“你爷爷一有点什么事就坐不住，屁股下像坐着热炭。快去吧，阿里，我先摘葡萄，等你回来我们再接着摘无花果。”

“阿里！”

“爷爷，我马上就去！”

“你先过来，我跟你说点事，你再去。”

“好的，爷爷。”

“来，坐在我旁边。”

阿里坐下了，哈桑从兜里掏出一串钥匙，其中有一把大的，剩下的几把都差不多小。他说：

“这是地窖的钥匙，你去打开看看里面有什么。如果我站得起来，就跟你一起去了，但我走不了路，怎么下台阶呢？你去储藏室，移开那个小木箱子，会看到后面有扇门，有条通道，通道尽头又有一扇门，这是它的钥匙，把门打开，带上一盏灯，沿着台阶下去，就到地窖了。把地窖里的油灯都点亮，打开箱子看看，回到我这儿，告诉我你都发现了什么。”

阿里从不知道家里还有地窖，他很兴奋，也有点害怕，从爷爷手里接过钥匙，向储藏室走去。储藏室在自己右手边，他转动门把手，打开了第一扇门，这门没锁，他蹒跚着往里走，穿过黑漆漆的狭窄通道，突然想起忘了拿油灯，于是又回去拿，点亮灯后朝通道走去，找到了那扇门，赶紧把油灯放在地上，把那把大钥匙插进锁眼里，努力试着打开，可钥匙没法转动。他跑回去找爷爷。

“爷爷，这把钥匙打不开门！”

“想办法啊，阿里！你不是说自己长大了吗？给钥匙抹点油，就能开了！”

阿里又向储藏室跑去，用钥匙蘸了点油，然后插进锁里一转，钥匙果然动了，打开门，老木门发出咯吱咯吱的声音，他更害怕了。

他右手高举着油灯，小心翼翼下了台阶，闻到一股潮湿陈腐的味道，光线暗淡，只见自己的影子，看不清台阶下面有什么，只觉两腿发软，内心战栗，硬着头皮下了台阶，看见一个宽敞的大厅，他把那里的油灯都点亮了。

这是一个古旧的大厅，有沙发、地毯、橱柜，地毯是彩色羊毛地毯，沙发是木质矮沙发，上面摆着几个垫子和靠枕，三个橱柜模样差不多，并列摆着，挨着墙壁，正对台阶。

阿里在第一个橱柜上把所有的钥匙都试了一遍，没打开，要不要回去找爷爷？他突然想起了油，又登上台阶回到储藏室，拿小碗倒了点油，带回到地窖。

打开第一个橱柜，从顶部到底部，一层层架子上排满了书；第二个橱柜里还是书；打开第三个橱柜，看到了更多的书。

他在沙发上坐下，心想爷爷好奇怪，讳莫如深，就像地窖里藏的东西是什么令人垂涎的宝藏，就好像是偷来的珍宝生怕走漏了风声。他慢慢走下台阶，吓得直哆嗦，以为地窖里等待他的是各种箱子，装满了翡翠、玛瑙、珍珠、珊瑚，或者其他令人眼花缭乱的东西，要不就是盏阿拉丁神灯或香水瓶。擦擦红铜色表面，一个可怕的巨人便出现在眼前，可以实现自己的所有愿望。如果巨人真的出现，那要些什么呢？只能许三个愿望吗？许什么愿呢？

他不能太仓促，必须好好想想。他要足够的钱，让奶奶玛利亚不用每天早上再去集市卖蛋糕；其次他希望沃尔黛的家人允许他经常去找她玩，不要说什么两人都不是小孩了，不能再在一起玩了。第三个愿望呢？他停了下来，有个愿望似乎不可能实现。可是巨人是能实现一切的精灵，就算不可能实现的愿望，它也能实现：请求安拉让妈妈复活，哪怕只看一眼也好，能看到她生前的模样，认识她的形象，牢牢记住，印在脑海里终生不忘。

阿里气呼呼的：没有宝藏、没有神灯、没有香水瓶、没有精灵……只不过锁着一堆旧书，还弄得像是所罗门的宝藏一样！

他吹灭了所有油灯，拿着带下来的那盏灯，走上了台阶，锁好门，一溜烟穿过走廊到了储藏室，把箱子放回原处，到爷爷那儿去了。他把钥匙递过去，说：

“我还以为橱柜里除了书，还有别的东西！”

孩子一脸失望，哈桑摇摇头，说：

“你奶奶讲的那些故事把你给带坏了，坐下吧。”

“纳伊姆爷爷还等着呢。”

“坐下！”

阿里乖乖坐下了。

“这些书最早是我爷爷——书商艾布·贾法尔的，卡斯蒂利亚人搜书焚毁时，他把书藏了起来，一直存在艾因·达姆阿这儿。后来又发布了新法令，要求人们把所有存书上缴，你奶奶玛利亚和已经去世的萨利玛姑奶奶把这些书搬走藏了起来。你不知道你奶奶玛利亚的箱子吗？”

“当然知道啦！”

“她俩把书藏在那个箱子里，对此守口如瓶，除了她俩，谁都不知道这件事，就连我也不知道，尽管那个箱子就放在我的卧室里。那些书在阿尔拜辛放了好多年，直到形势稳定后，偶然间我才知道了书藏在箱子里，我们又把它搬回了这儿。这些书是财富啊，孩子。”

阿里点点头，说：

“我可以去帮纳伊姆爷爷摘果子了吗？”

哈桑随他去了，书的故事既没让阿里打起精神，也没减轻他因为打断采摘乐趣而窝了一肚子的怒气。

第六章

一个中等身材的壮实男人，没敲门就兀自推门而入了，左腿略微有点跛，头戴一顶红色兜帽，脖颈间缠着一块同色的小手帕，脸庞像染过色，带着火热的骄阳和冬季的严寒。

阿里见他未经允许就进了院子，奔过去问他是谁，来做什么。那人双手将他举起，拥入怀中，又很快把他放下，丢下他就往里屋走，不理会阿里的问题。

阿里站着，被来人的样貌和奇怪的举动吓着了，然后又追了上去。玛利亚一见到那人，尖叫了一声，把他拥入怀中，那人也抱住她，亲吻她的额头和双手。玛利亚哭了起来，他说：

“乌姆·希夏姆，你哭什么？没什么可哭的，快去告诉艾布·希夏姆我来了，跟他说没必要总挡着我，我就来看看孩子，看看你，亲亲他的额头，然后就走。”

阿里想跟着这人去爷爷房间，被奶奶制止了。他听见爷爷怒气冲冲的责骂，然后看见那人满脸通红、面色阴沉地出来。

陌生人又一次把阿里抱起，把一个小布袋放在他手心，然后放下他。他又亲吻了一下玛利亚的额头，便不顾她的再三挽留，头也不回地走了。他步子飞快，左腿的微跛更明显了。

阿里连忙安慰哭泣的奶奶，试图让她平静下来，他也想知道奶奶为什么哭，进来的那个陌生人到底是谁，他似乎对这儿并不陌生。

玛利亚没回答他的问题，过了一会儿她止住哭泣，平静后对阿里说：

“不要告诉你爷爷那人给了你一个袋子。”

“袋子里有什么？”

她叹了口气，脸色更加悲伤了，阿里又问了一遍。

“奶奶，袋子里有什么？”

“你打开就知道了。”

阿里打开袋子，里面装着一些金币。

“里面是钱！”

“我知道。”

“为什么这个陌生人要给我钱？他走了，我怎么还给他呢？”

“你就留着吧。”

“你不是告诉我不能拿陌生人的钱吗？！”

玛利亚没回答，只是重复了一句：“不要告诉你爷爷！”阿里没有告诉哈桑，却问了关于那人的事，哈桑脸色通红，说：

“他是我一个朋友的儿子。”

“你为什么不喜欢他，他来看你，你为什么大声骂他？”

哈桑用威慑的目光瞪了他一眼，阿里立即跑到院子里去了。他觉得这一天真奇怪，来了个陌生人，模样奇怪，举止奇怪，就连爷爷奶奶的态度也不同寻常、令人费解！他要去问纳伊姆，纳伊姆是他的朋友，不会对他有任何隐瞒的。纳伊姆一回来，他便迫不及待地发问了，纳伊姆说："你给我描述一下那人。"阿里形容了一番，纳伊姆听完起身，留他一人在无花果树下等，一会儿，又回来了，目光躲闪，对阿里说："他就是家里的一个亲戚，来了又走了，你干吗关心他的事？"

连纳伊姆也骗他！那就不算朋友了！朋友间都会交换秘密，也没有丝毫隐瞒。大人们的行为让他很生气，他决定向他们隐瞒明天冒险的事，从头到尾都不让他们知道。

点子是安东尼奥出的，大家一起玩时他提议的，阿里起初并不赞成，但伊本·费达却怂恿大家行动，还描述了实施细节。他们当中年龄最小的老四，说他听说藏在一些废弃老宅里的宝藏，由原来住户的鬼魂守护，这些鬼魂在上空盘旋，任何人靠近房子就会遭到惩罚。伊本·费达对他说：

"你要是怕，就别跟着我们！"

那个孩子说：

"我就是把听说的告诉你们，我才不怕呢，安东尼奥，我要跟你们一起去！"

提到"怕"这个词后，阿里本想说服他们放弃冒险的计划顿时成了棘手的任务。他瞅准了一个机会，说：

"你们说的宝藏都藏在宫殿和大宅子里，全都住着达官贵人，有些是阿拉伯人。我们肯定会失败的，要空手而归，因为阿尔拜辛废弃的宅子住的都是平民百姓，像咱们这样的，没有黄金珠宝。"

安东尼奥说：

"我们试一下也不会有什么损失啊，没准什么都找不到，也没准能找到点什么！”

要不是安东尼奥的父亲在他面前说什么阿拉伯人迁徙前将装满金币珠宝的罐子埋藏起来，安东尼奥绝不会想出这么个冒险计划，也不会激起伊本·费达的热情。然而事情就这么发生了。

阿里没有直接回家，而是在蜿蜒的巷道里转悠，满脑子都想着废弃老宅的事情。阿尔拜辛这样的宅子不少，不管在哪个方向，总能路过一些，从破败的大门或锈蚀的露台就能感到一股荒凉，有的老宅石头围墙的皮都脱落了，也没见主人拎来一个桶、拿来一把刷，翻新一下，让它变得和其他房子一样白。要是一个人经过这样的房子，光是见到大门紧闭，里面一片荒芜，自然就会心生恐惧，并非只是因为人们说这里有妖怪居住。在那些没有月亮的夜晚出入街区，你也会害怕妖怪，所以你会加快脚步，脖颈僵硬，不敢顾盼，心跳到了嗓子眼，因为你知道妖怪可能就在身后尾随，躲在这棵树上、那堵墙后……

第二天下午，他们按约定碰头了，在圣萨尔瓦多教堂附近的路上，大家都亮出了从家里偷偷带来的东西，装备齐全：一盏油灯、三根蜡烛、两个粗布口袋用来装找到的宝藏，还有绳子、斧头、小刀。大家都松了一口气。他们踏上了冒险之旅，沿着老城墙一路走，进入了一片环道和街巷，接着到了圣克里斯托拜尔教堂。越过教堂后，右边是阿尔拜辛的另一道城墙，跨越山顶，将它跟田野分割开来，左边是一轮大大的太阳，在落山前燃烧着。

他们在街区周边发现了要寻觅的那条巷子，破败老旧、荒无人烟，四周一片死寂，连鸟鸣声都显得那么尖锐刺耳。安东尼奥指着其中一座宅子说：

“我们进这一座吧！”

伊本·费达却指着另一座说：

“不，这座！”

争了一会儿，安东尼奥同意了伊本·费达的选择，让他带着大家进去。

推开大门，门轴发出了一声沉重的叹息，他们慢慢走进昏暗的走廊，脚一踩着腐蚀的木板，便发出吱呀响声。他们穿过走廊，进了一个房间，里面很昏暗，只有墙壁上方略微透出些许暗光。他们四下环顾、打量、搜寻，房间里空无一物，于是又转到其他房间，只看到一个碎了的箱子、一张破烂的床。他们小心翼翼地前行，低头看看脚下，两只受惊的老鼠正在四处逃窜，而蜘蛛倒没受任何惊吓，也不吓他们，稳稳当当地在天花板和各个角落里织网。第三个房间也是空荡荡的，于是大家又回到院里，两棵光秃秃地树立在那儿，树叶已经掉光，干枯的枝丫像柴火棍一样。这时，阿里突然指着院落最远处一棵长着树叶的橄榄树大叫道：

“你们看！”

伊本·费达又好气又好笑地说：

“不过就是一棵枯树嘛，马上也要和其他树一样……有什么好看的！”

阿里被这一顿挖苦弄得有些不好意思，他也不懂自己为什么突然大叫，为什么一棵长了叶子的树让他如此惊喜，暂时忘记了内心的沉重与压抑 。

他们坐在井边，心里充满了失望。这座老宅已经是废墟了，除了这口井简直一无所有，冒险在哪儿？宝藏在哪儿？

伊本·费达说：

“安东尼奥，你的点子太蠢了！”

安东尼奥一直沉默不语。

最小的孩子突然喊道：

“井！我们为什么把井给忘了？”

伊本·费达烦躁地说：

“井，怎么啦？它已经枯掉了，就算里面有水，也是浑水，喝不了，渴了就忍忍吧，等我们从这儿出去再找水喝。”

那个孩子说：

“我的意思是宝藏有可能藏在井里。”

安东尼奥说：

“我们找不到什么东西的。不如走吧，太阳要落山了，路又远，回去晚了要挨骂的。”

那个孩子却固执地说：

“不过宝藏也许真的在井里啊！”

安东尼奥说：

“那谁下井？”

那个孩子结结巴巴地说：

“费德里科吧，他是我们中最大的。”

伊本·费达说：

“我是不会下去的！”

阿里说：

“我下去！”

他们把绳子绑在阿里的腰上，打了结，阿里坐在井沿，把双脚垂下放进了井里，随后身体也随之向下。伊本·费达和安东尼奥抓着绳子，最小的孩子右手举着油灯，脑袋和身体都靠着井口。

阿里想利用双手双脚的附着力爬下去，然而井内壁太滑了，他只能双手紧紧抓住绳子，让身体像一个水桶似的慢慢放下。

他突然把脸一转，大叫一声，大家也大叫一声，不停地喊他，问他怎么了。

“我们拉你上来吗？”

“不用，一只蝙蝠，就是一只蝙蝠！”

井里一片黑暗，随后他的眼睛习惯了从灯盏和天空泄进来的微弱光线，可当他接近井底时，光线过于暗淡，让他无法看清任何东西。他喊道：

“拉绳子！把灯绑上，放下来给我！”

他解开腰间的绳子，他们收了上去，阿里坐下等待着。要是这时突然出现房子住户的鬼影，怎么办？人们说幽灵总是在生前住的地方徘徊，他们身陷枷锁中，看着房子变为废墟，心里痛苦却无能为力。万一其中一个太痛苦了，砸碎了枷锁，把怒火都发泄在他身上怎么办？他浑身起了鸡皮疙瘩。要是这个幽灵现在就面对着他，那他就和它聊一聊，告诉他，自己并无恶意，愿意倾听它的故事，就像听纳伊姆爷爷讲故事一样。也许这个幽灵并不可怕，也许它像纳伊姆一样，虽模样古怪，却心地善良、仁慈友好。

油灯放了下来，他抓起灯，用右手高高举着，打量四周。他看见贴在井壁上吓了他一跳的蝙蝠，正用翅膀支撑着整个身体，挂在那一动不动，还有两只老鼠在地上乱窜。走了两步，瞥见一个发光的东西，便朝它走过去，想看个究竟，却见一张脸出现在眼前，吓得他大叫一声，声音在井里回荡，惊动了井外的孩子们，他们喊：“阿里，阿里！”然而只听见回音。

发光的物体只是一块反光的镜子碎片，他伸出手去摸它，不小心被锋利的边缘划伤了手，他在衣服上擦去血，伸出另一只手，小心翼翼地拾起了碎片。他打量了一下，看到了自己。他脱下内衫，把镜片包起来，喊道：“把灯拉上去！”他们把灯拉了上去，然后又放下了绳子。他把绳子系在腰间，把用内衫包好的镜片咬在双唇间，抓住绳子，孩子们往上拉他，跟他说话，他没回应，他们说：

“阿里到底怎么了？被蝎子蜇了？昏过去了？”

“也许死了。”

“死了？”

他听见最小的那个孩子和安东尼奥开始啜泣。

他们终于把他从井里拉了出来，他右手拿着镜子，向小伙伴们展示，解释自己为什么没说话：

“我用嘴叼着它。”

伊本·费达说：

“我还说阿里要是死了，怎么跟他奶奶交代。我们使劲叫你，也没有回答。安东尼奥和这个小的一直在哭，我还以为是这屋子的主人在惩罚我们，比让鬼怪出现在面前还可怕的惩罚。”

然后他转向安东尼奥，生气地说：

“你的主意糟糕透顶！罪魁祸首就是你那贪得无厌的爸

爸！整天只想着怎么掠夺阿拉伯人的财富，连他们房子的废墟也不放过！”

“费德里科！不准骂我爸爸！”

“我就要骂他！还要骂你！你这狗杂种！”

安东尼奥朝伊本·费达扑了过去，两人扭打撕扯起来，阿里和最小的孩子费了好大力气才把两人拉开。大家都沉默不语，回家的路变得漫长又寂静，最后小伙伴们在圣萨尔瓦多广场分道扬镳，各自回家。

玛利亚一看见阿里就惊恐地大喊：

“怎么了？你衣服脏兮兮的，脸色这么难看，从树上摔下来了？”

哈桑和纳伊姆也紧张不安地打量他。

“是，奶奶，我从树上掉下来了，不过没什么事。”

他决定，既然他们都不告诉他什么秘密，那他也不告诉他们那个秘密，就连那面在井底找到的镜子，也不给他们看！

第七章

它没有倒下，但两条前腿跪了下来，躯体也随之倾斜，鲜血顺着胸前的紫红色小孔汩汩流出。

猎人们手中的枪矛包围着它，他们眼中闪着自负又残忍的胜利之光，头上戴着装饰有鸵鸟羽毛的帽子，穿着天鹅绒刺绣外套、紧身丝绸裤，显出小腿上结实的肌肉。一切都是五彩的：帽子、帽上的羽毛、衣服、助手吹响的号角、狂奔后耷拉着舌头喘气的猎犬、果实累累的橘子树、樱桃树、石榴树，还有紫罗兰、铃兰、水仙和玫瑰花。

玛利亚盯着眼前这幅占了整整一面墙的捕猎场画作，视线落在了那头耷拉着脑袋的山羊身上，两只犄角似乎沉重得让它难受。它的样子很憔悴，目光空洞，眼神虽然悲伤，脸上却带有一种人类般的安详。玛利亚久久注视着山羊，然后开始观察画中的其他细节和它的金色边框，压根没注意到杜妮亚·布兰卡已经进了房间。听见她的声音后，不免吓得后退了两步，视线也从画作上移开。

女主人和她交谈起来，两人都站着。她告诉玛利亚自己要在家里办一场宴会，想在菜单上加一些阿拉伯菜，她已经拟好了菜单，要玛利亚准备。

杜妮亚·布兰卡列着各项要求和细节，玛利亚机械地点着头，却无心思考。要是事先没看见那幅画，她一定会回绝女主人的要求，婉言谢绝她，说自己除了做蛋糕别的都不拿手。说得太坦率可能不合适，不能直接告诉她，自己已经这个岁数了，不想再给贵族家里帮佣了，只不过是唐·佩特罗碰巧有天经过她在市场摆的摊位，买了一块蛋糕尝味道，之后便付钱让她每周为他烤制一些。要不是那次偶遇，杜妮亚·布兰卡压根不会知道她的存在，也不会派人去找她，让她今天来这座位于哈达拉河岸边的宫殿。玛利亚多少次从它门口经过，从未想过有一天会敲门而入，跟女主人交谈，她又不是这宫殿里的用人或奴隶，让一个摩里斯科女人来格拉纳达的权贵之家做什么呢？

唐·佩特罗府上的棕皮肤女奴费黛突然找上门来，这可不是约定的每周送蛋糕的日子。她对玛利亚说：

“玛利亚大婶，杜妮亚·布兰卡想见你。”

“她……想见……我？”

“是。”

“为什么要见我？”

“我也不知道！”

“觉得我做的蛋糕不好？我做蛋糕的方法每次都一样啊！”

她困惑不解，心情忐忑，跟着费黛走了。进入那座大房子后，玛利亚一下子被它的宽敞和奢华惊呆了，不过没几分钟她便忘了这一切，因为那幅画赫然跃入眼帘，她惊得几乎向后一跳，像是无意间闯入了到处是猎人猎犬的狩猎场。她从没见过这种尺寸的巨幅画，据说大教堂里有圣母玛利亚、耶稣、以及其他圣人的巨幅画像，但从没进去过，只是听说而已，未曾亲眼见证。

回家后，见哈桑和纳伊姆正在等她，哈桑问：

“杜妮亚·布兰卡跟你说了什么，找你干啥？”

“她要举办宴会，想让我为她准备阿拉伯菜肴！”

纳伊姆说：

“你拒绝了吗？”

哈桑说：

“她怎么能拒绝呢？唐·佩特罗在参议院工作，一拒绝就得罪他了。”

玛利亚说：

“我看到一幅画有一整面墙那么宽，画里有只受伤的山羊，还有猎人和猎犬！”

“你答应了，还是拒绝了？”

玛利亚没回答，丢下他们，忙着收拾脏衣服、烧水去了。她盘腿坐在铜盆前，搓、洗、拧起来。要去找乌姆·优素福吗？告诉她自己看到的一切？只是一幅画而已，并不是带有什么征兆的星星，占卜师也没法解释推论吧。说不定乌姆·优素福会嘲笑她，说：

“你看到的山羊不过代表一种捕猎场面，怎么能把它和安拉托梦的启示混为一谈？”

这念头是邪念吗，想迷惑她，令她分不清真相与谎言、现实与幻觉？玛利亚晾好衣服，心情却无比沉重，思绪不宁。

她做了一顿适合这大热天的饭菜：面包、橄榄、酸奶、莴苣。大家吃完后，她收拾桌子，把已经晾干的衣服收回篮子里，在花廊上坐下。那幅画并非巧合，或许是伟大安拉的指示，希望他们坚强不屈，相信自己，待时来运转，被压迫者会翻身获得胜利，这是安拉注定的，也如她所梦。

“阿里，你去唐·佩特罗家告诉费黛，你奶奶在路上摔了一跤，右胳膊受伤了，没办法做她要的菜肴，连平常的蛋糕也做不了了。”

“奶奶，为什么呀？”

“你照我说的做就行了。”

阿里乖乖地走了。玛利亚顿觉轻松不少，坐在花廊阴凉处，缝补着洗好的衣裳，哼起了小曲。

她抱起叠好的衣服，放进衣橱、箱子，又来到院子里，打了一桶水，泼在地上，接着又打了一桶，泼在地上，然后拿起扫帚，一边唱歌一边扫地。

然而事情并没结束，阿里执行了任务后冲回来：

“奶奶，费黛阿姨一定要跟我回来看看你，说这样她才能放心，我在巷口甩掉她跑回来了。现在怎么办？她会说我是骗子的！”

玛利亚赶紧跑回自己房间，躺在床上，阿里惊慌不已：

“您说骗人会受严厉惩罚的，现在我们要被惩罚了吗？怎么办?!”

外面传来了费黛的声音，她一边拍掌一边高喊：“有人吗？”

“跟她说请进，说，在房间里。”

费黛进来，见玛利亚坐在床上，右臂枕在两个叠放的枕头上。

“玛利亚阿姨，愿您平平安安的！”

玛利亚一边呻吟一边说：

“安拉的旨意啊！”

“到底出了什么事？”

“我离开你们后，想着杜妮亚·布兰卡的信任，要我为她的宴会准备菜品，我一门心思想着要怎么做，结果脚下一滑，哎……摔倒了！右臂着地的，有多疼啊，费黛，就像一团火扑到手臂上，我在地上缩成一团动弹不得，后来拼尽力气用左手撑着爬了起来，使劲忍着，站起来继续赶路。”

“你还没找医生帮你接骨吗？”

“我会去的。”

“那你起床，我陪你一起去。”

玛利亚叹了一口气：

“艾布·希夏姆要带我去一个他信得过的医生那儿，老相识了，在艾因·达姆阿。”

“艾因·达姆阿……太远了！”

玛利亚笑着在她耳边低声说：

“艾布·希夏姆非得这样。这么多年了，他还是那么爱吃我的醋，受不了陌生男人看我露出胳膊，还抓着！”

费黛笑了，玛利亚也笑了，想起手臂应该有的疼痛，又不住地呻吟。她叫来阿里，跟他耳语一番，孩子便跑去厨房，拿回一碟蛋糕、一杯凉水，还按照奶奶的吩咐在水里加了两滴玫瑰汁。

费黛属于棕色人种，生于一个世代做用人的家庭，身材高挑丰满，五官精致漂亮，长着高高的额头，皮肤亮丽光泽，下巴上是早年做的刺青。

玛利亚心想，费黛真是个心地善良、宅心仁厚的女人，如果这事只牵涉她，定是不会骗她。可对付那些令人胆寒、不容得罪的人，捏造点事实不失为一种解决方式，而且是必要的；对待像费黛那样的好人，自然没必要隐瞒真相了，那样既不伤害自己，也不会伤害他们。这事不是针对费黛的，而是她的女主人。

玛利亚给唐·佩特罗家送蛋糕的时候认识了费黛，两三次后，两人就熟稔了，费黛跟她聊自己的故事，说：

“我家祖上来自黑种人国度，曾祖父来这儿时才十岁，被一个奴隶贩子拐卖来的，他被带到格拉纳达卖给了一个国王，从此后代如他一样在宫中为奴作佣。最后一位穆斯林国王离开格拉纳达时，说：‘我离不开贾迈勒。’这个贾迈勒是我外公，外婆说他之所以叫这个名字，因为他是同行中最优秀的，不仅相貌英俊，体型匀称，声音动人，而且还会唱歌，国王走时把他和其他奴隶都带走了。我外婆和我妈妈——当时她还是个两岁的小娃娃，还有在我外公走后三个月出生的我的舅舅，都成了牺牲品，被赐给了唐·佩特罗家族，因为他爷爷曾经是参加过战争的骑士。

“后来我嫁给了表兄，生活安稳，唐·佩特罗对我们也不吝啬，给我们好吃好喝，不打我们，也不派给我们繁重的苦力活。但表兄是个盲目自负的人，常说：‘我不想过奴隶的生活。’我安慰他：‘我们只能过这样的生活，这是安拉赐予我们的，我们该认命，好好活。’他无法接受，抛下我和儿子，自己逃走了。几个月过去，几年过去，我苦苦等他，盼他回来，哪怕是捎个信来，告诉我他的下落。最后我不再等了。不管怎样，感谢安拉，我还有费德里科。这个孩子啊，玛利亚阿姨，他可是安拉的恩赐啊！唐·佩特罗也不像其他主子那么残暴。就像天空偶尔会乌云密布，一片漆黑，但也有阳光灿烂的时候啊……不是吗？”

玛利亚回忆起几个月前费黛跟她说的这些知心话，当时她看着身边坐的这个女人，只见她一脸喜悦与坚强，全无一丝苦楚，不禁寻思：怎么会这样？

第八章

某天，纳伊姆从他们身旁路过，打了个招呼，大家也问候了他，并邀请他过来坐坐。这群人和他年纪相仿，有的跟他一样已经年过七十岁，有的略小一些。每日太阳西沉不再炙烤大地时，他们就聚在一块儿，蹲坐在圣萨尔瓦多广场的一个角落，快活地聊着天，打量来来往往的人。

倘若纳伊姆嫌家中烦闷，或是跟玛利亚、哈桑吵了架，他就去找那群人，一言不发蹲在一旁听他们聊天，有时也不听，只把烟斗塞满烟叶，吞云吐雾。

那天傍晚，一反常态，纳伊姆开口了。大家正在谈论一条新法令，要求百姓把之前没有上报的书籍悉数上交，纳伊姆说：

“我见过焚书，那时我还是个小孩，在书商艾布·贾法尔那儿干活。艾布·贾法尔，愿安拉保佑他，他是绝无仅有的大好人，他把我养大，教我怎么装订书。人们经常拿来一叠松散的纸，风一吹就七零八落的。艾布·贾法尔整理好纸，压好书脊，然后用心挑选一个封面，经过他的巧手，一本装帧精美的书就出炉了，摸起来像丝绸一样光滑，有浅绿，有深红，有的像清澈的深蓝色海面，上面镂刻着书名和花纹。那些人搜来了各种书籍，堆在拉姆莱门前一把火烧了。他们烧了很多书，书商们提前得知了消息，也抢救了不少书。我们把书藏在箱子、麻袋、篮子里，悄悄运进地窖、洞穴和其他隐蔽的地方。

“几年前，一个卡斯蒂利亚人买了一幢老宅，开始拆除，要在原地盖新房。一天早上，工人们用铁锹砸墙时，书和纸随着石头一起落下，监察局的调查员上门查收了书籍，逮捕了房子的卖家，那人拒不承认，说二十多年前禁书令颁布时，他还是个孩子，没准是他爷爷或爸爸藏的，两人多年前就去世了，该为藏书行为负责的人是他们。”

“现在书还有什么用？没人会阿拉伯语了！”

“安拉降示《古兰经》用的就是阿拉伯语，他会保护它的，这是安拉之书使用的语言，这些苦难的日子……”

纳伊姆不再听，心不在焉的，然后起身说：

“大家晚安。”

往家去的路上，刚拐进巷口便听有人喊他，刚才在广场上聊天的一人追上前来。

“我能请你帮个忙吗？”

“帮忙？”

“我有本手稿，怕它坏了，想装订一下。”

“把它拿来，我帮你装订。”

“可是……”

“我不收你钱。”

“我不是这个意思。只是求您替我保密，因为保存这种手稿没准会要我的命！”

“放心吧，我会保密的。”

纳伊姆对这个任务热情高涨，琢磨着要买的用品：一块皮革、锥子、粗线……还需要什么来着？

第二天早上，那人就把手稿裹在一件旧衣服里带来了。纳伊姆打开衣服，翻开纸卷，觉得很奇怪：不是单单一卷手稿，而是一大堆手稿，有的仅仅几页，用的纸张品相和书写的墨水都不相同，有的字迹优美，有的只能勉强辨识。

纳伊姆决定缓一缓，去找手稿主人问个究竟。这天傍晚他来到广场，朝站在一旁的那人走去，询问后，那人说：

“这是我有的全部手稿，有的是父亲留下的，有的是自己买的，还有的是我亲手誊抄的。我想把它们合并成一本书，便于保存和隐藏，也方便随身携带，与人分享。”

纳伊姆回到家，整理了一下手稿，先是《古兰经》经文，其次是先知圣训，再次是宗教知识解答，最后是各种祈祷文。

他把书脊装订好，裁了一张封皮，用糨糊把它固定在书上，然后拿起羽毛笔，刚想写书名，突然惶恐地停住了，他拿来一张白纸试着写了写：要是以这种字写书名，等于糟蹋了精心制作的漂亮封面。怎么办？他找到哈桑：

“玛利亚去集市了？”

“出去了。”

“小家伙在学校吗？”

“在学校。”

纳伊姆把书、羽毛笔、墨水瓶拿了过来。

“帮我给这本书写个书名。”

“书……你从哪儿搞到的书？”

纳伊姆如实相告。哈桑翻了翻手稿说：

“我帮你写书名，不过把书还给主人的时候你得特别当心，千万别跟他一起栽进监察局的圈套！”

哈桑写好书名，纳伊姆接过书，用自己的旧衣服裹住，藏在长袍里，朝广场走去。他喊了那人一嗓子，见他从一群坐着的人中起身。两人走得远远的，确认周围没人后，纳伊姆得意扬扬地把书拿出来，对方接过书，藏进怀里，亲吻了一下纳伊姆的额头，说：

“我绝不会忘记这个恩惠！”

是谁泄露了秘密？纳伊姆只告诉了哈桑一人，而哈桑成天在家足不出户。他告诉了玛利亚，她向监察局的人泄露了这事?！可玛利亚怎么知道那人名字，怎么从一群人中辨认他的？

监察局的人逮捕了手稿的主人，有人看到他把手稿交给纳伊姆，或是从纳伊姆手中接过书？为什么他们只逮捕了他一人？纳伊姆每天都去广场，坐在那群人中间，问：

“有新动静吗？”

“没有！”

两个月后，监察局释放了那人。他说他不懂阿拉伯语，那书不过是关于他父母的一个纪念，内容他完全看不懂。乡里的牧师也做证，说他品行端正，定期做弥撒，应该侍奉上帝的钱毫不吝惜。于是监察局的人抽打他两百下鞭子作为惩罚，然后释放了。

那人还没回来，消息已在广场上传开了。两天后纳伊姆看见他被大家团团围在中间，便满心欢喜朝他走去，想给他一个拥抱，祝贺他平安归来，然而那人却伸长手臂跟纳伊姆握了下手，似乎有意不想靠近他。怎么了？大家忽然不笑也不说话了，连眼神都躲闪起来！

纳伊姆转身回家，一进门，如离弦之箭冲向哈桑。

“大家都觉得是我泄了密。你背叛了我，你这混蛋，玛利亚向监察局的人告发了，愿安拉诅咒你！诅咒玛利亚！诅咒我们一起住的日子！”

纳伊姆脸涨得通红，青筋暴起，大声咆哮。哈桑还没搞清楚究竟，就被纳伊姆的反应惊得目瞪口呆，待缓过神来，纳伊姆早已收拾好自己的东西，塞进包袱离开家了，嘴里念念有词：“纳伊姆不是叛徒！”

他要回去找他们，解释清楚这是一场误会？绝不！他不愿意与他们为伍，也不想认识他们、看见他们。他们的怀疑是对他的藐视，他怎能低三下四去找他们？愿安拉诅咒他们所有人、诅咒格拉纳达！他为什么回到这儿？这个陌生的城市，除了一对夫妻，他不认识任何人，玛利亚比哈桑更可恶。他们不是他的家人，他的家人远在大洋的那头，他们深爱着他，从不怀疑他。明天他就坐第一班船离开，回那边自己的家去。他要找到玛雅，找到孩子们，还有淳朴的亲人们。他要和他们一起生活，在他们的怀抱中死去，他们会为他哭泣，把他葬在玛雅和儿子希拉勒身旁。为什么要来这儿生活，一个外乡人生活在一群陌生人中间？他要走了，等他回到家乡，会找一个像玛雅那样的女人，和她结婚，生一群孩子，她还会为他做新衣裳。现在的他衣衫褴褛，身上的补丁一大堆，可有什么办法呢?！难道把这身破衣服脱下，像白痴一样赤身裸体地行走吗?！等他结了婚，妻子就会给他做合身的新衣服。等天一亮，他就马上离开格拉纳达这个鬼地方，到马拉加或阿尔梅里亚坐船。得安排一下盘缠，在船上打点儿零工，或者路上找个店铺偷点，计划好一切后，就能回到玛雅和希拉勒身边了。

玛利亚找到纳伊姆的时候，见他倚着一面古墙睡去。清晨的太阳挂在空中照耀大地，她推了推他的头，他睁开眼，看见了她：

“玛利亚，你为什么要泄密？”

“什么秘密啊，纳伊姆？”

“手稿的秘密！”

“什么手稿?！”

“哈桑没跟你说吗？”

“他跟我说，你昨天怒气冲冲地回来，收拾包袱就走了，我们还说他太阳下山后就会回来的，然后又说他晚饭后会回来，时间越来越晚，你还是没回来。等到天亮了，我们越发担心，我和阿里、伊本·费达三人分头找你，我们都在找你……”

“我在问你关于书的事！”

“亲爱的，愿安拉保佑你。到底是什么书啊，纳伊姆？”

“你能对着《古兰经》发誓吗？”

“我为什么要对着《古兰经》发誓！”

“除非你发誓，说你对我包装的那本书一无所知，否则我不回家！”

玛利亚一直缠着纳伊姆，他只好跟她一起朝家的方向走去，等到家门口，他站住了，非要她去拿《古兰经》发誓，否则不进去。

“纳伊姆，这像话吗？要是有陌生人路过，看到咱俩手里拿着一本《古兰经》可怎么办？”

他犟得像头驴，玛利亚便进了家门，拿了她那本绿色的《古兰经》藏在衣服里偷偷带出……她把手放在经书上，发誓，随后进了家门，纳伊姆跟着进去了。

第九章

烈日在这座城市肆虐，泼出的热浪一波接一波，道路像着了火，屋里闷得发慌，墙壁吸收了灼热的温度，让人喘不过气来。哈桑不停地说胸口疼，玛利亚觉得还是艾因·达姆阿的空气适合他。

他们离开了阿尔拜辛，准备去艾因·达姆阿待上两三周。可是刚到第二天，哈桑就说想回阿尔拜辛。

“我们昨天才离开那儿！”

“我想死在阿尔拜辛！”

“艾布·希夏姆，你很快就好了，会健健康康站起来的。我们都没想到今年夏天这么热，这炎热、加上艾因·达姆阿的空气，安拉保佑，一定会让你痊愈的。”

哈桑哭了，说：

“安拉保佑你，玛利亚，送我回阿尔拜辛吧。”

“过两三天吧，等我们和车夫约好，让他把我们送回去。”

“我想今天就回去。”

“如果安拉允许的话，明天吧。”

“我想喝泉水。”

“井水很清凉的，还没咸味，你等等，我去给你打一壶来。”

纳伊姆蹲在一旁一直没吭声，玛利亚都快忘了他的存在。他突然开口，着实吓了她一跳：

“玛利亚，为什么虐待你丈夫？他想喝泉水，我们就给他喝啊。阿里，你过来。”

纳伊姆站起来，拿来一个空罐子递给阿里。

“阿里，拿这个罐子去泉眼那儿，快点回来，不要耽搁了！”

哈桑脸色苍白，纳伊姆也一样。阿里拿着罐子，朝泉眼飞奔。离得并不近，路上阿里遇到同行的小伙伴，又玩了一会儿，互相泼点儿水，半天就过去了。阿里撒开双腿拼命跑，到了泉眼，把罐子装满水，立即转身原路返回。回去路上他没法奔跑，担心罐子会摔碎，也怕里面的水溢出来，他快步走着，快到家门时看见纳伊姆正站在那儿等。纳伊姆接过罐子走进哈桑房里，扶他喝了水。

哈桑一整晚都在呻吟。玛利亚问他：

“艾布·希夏姆，怎么了？哪儿疼？怎么不舒服了？”

他说：

“玛利亚，我在安慰自己。”

纳伊姆一直蹲在角落里，发怔，沉默。

“纳伊姆，去睡觉吧！”

“我不想睡。”

第二天一早，他们上了一辆马车前往阿尔拜辛。哈桑问车夫：

“你是带我们去巴伦西亚？”

“巴伦西亚太远了，我带你们去阿尔拜辛。”

哈桑哭了，说想看看女儿们。玛利亚提醒他，四个女儿多年前就搬去非斯了，只有一个在巴伦西亚。哈桑仍然哭。

纳伊姆对玛利亚吼道：

“他想看看女儿们，你怎么不让他看！”

转而对车夫说：

“我们不去阿尔拜辛了，送我们去巴伦西亚。”

玛利亚瞪着纳伊姆，这疯子的话说得还不够吗？……没有格拉纳达的离境许可证，怎么可能去巴伦西亚？！

车夫很机灵，一直没吭声，也不理会那些莫名其妙的话。

玛利亚看看哈桑，他很虚弱，脸色苍白，靠在纳伊姆肩上，纳伊姆双臂环抱着他，右臂搂着他肩膀，左臂放在他胸口。纳伊姆突然说：

“玛利亚，过来，坐我这儿。”

他站起来，弯身抓住哈桑，等玛利亚坐到他位置，像他一样用双臂环抱住哈桑。

纳伊姆三步迈到了车厢后部，背对着他们，看着被抛在后面的路，跟一个见不着影的人说话，开始时低语，接着声音大了点能听见了。阿里看着他，仔细听着，只能看见纳伊姆的后背和侧脸，至于说的话，前言不搭后语，令人费解。纳伊姆挥动起双臂，像是在跟空气搏斗，又像在阻挡猛禽袭击。

接下来的几个星期，哈桑开始分不清玛利亚和萨利玛，把纳伊姆叫作萨阿德，甚至用一种困惑茫然的眼神盯着阿里，不知道他是谁，似乎从未见过，接着认不出家里任何人，气若游丝。一天半后，他死了。

玛利亚对纳伊姆说：

“你不为你的朋友送葬吗?！”

纳伊姆蹲在无花果树下，家里来了很多人，正在清洗哈桑的遗体，为其入殓，而纳伊姆却蜷在他的老地方，一动不动。玛利亚又问了一遍，他说：

“从今天起我绝不再埋葬任何家人。我亲手埋了老婆，埋了儿子，够了！”

“纳伊姆，你老婆死了吗？”

他像个疯子似的蹦起来，大声吼道：

“我向安拉起誓，没见过比你更蠢的女人了！别烦我！”

玛利亚泪如雨下，她牵着阿里的手跟在哈桑的棺材后面，送他到最后的栖身地。

对于丈夫的去世，玛利亚忍不住时常暗自神伤，而纳伊姆却总是气鼓鼓的，时刻都在大喊大叫，每天吵吵闹闹。

把他从家里赶出去？一个快八十岁的糟老头去哪儿呢？要不然怎么办呢？她已经承受不了悲恸，更难以忍受的就是纳伊姆这个怪老头。

四十天服丧期还没过，哈桑的音容笑貌仍萦绕在房间、院子、花廊。这天晚上，玛利亚被一阵婴儿的啼哭声吵醒了，谁家小孩在哭？声音很近，像从自家传来的。玛利亚想接着睡，但哭声仍然没有停止。声音到底从哪儿传来的？玛利亚走到院子里，然后踏进了纳伊姆的房间。

“大慈大悲的安拉啊，纳伊姆，这是什么？”

纳伊姆正抱着一个婴儿轻轻摇晃，婴儿在他怀中啼哭。

“纳伊姆，这是谁家的孩子？”

“我捡的！”

“你在哪儿捡的？”

纳伊姆摆了摆手，不理会。

玛利亚一心忙着照顾婴儿，她煮了香菜羹，用一把小勺子喂他，然后找来一块旧布，裁剪出一小块儿为他做了个新襁褓，把他身上湿透的旧襁褓给换了下来，然后拍着他，哄他睡觉。

“纳伊姆，你在哪儿捡到的孩子？”

他不回答。

待天明，玛利亚赶忙出门向街坊邻居打听，听说一个女人丢了孩子，寻遍了阿尔拜辛大街小巷也没找到，最后失魂落魄地哭着回家，她丈夫在外问遍了格拉纳达各处，还雇了个布告员四处呼告丢失婴儿的消息，希望没准听见的人里有瞧见的。

玛利亚一溜烟儿地跑回了家，怎么办是好，纳伊姆彻底丧失了理智，竟然偷别人家的孩子回来，她怎么跟婴儿母亲说，怎么跟街坊邻居交代？说实话？怎么说？她去揭发一个迟暮之年的老头？揭发她自己？

纳伊姆正在呼呼大睡，那个婴儿也在他旁边睡着了。

玛利亚抱起婴儿，又一溜烟儿地跑了出去，直奔婴儿的母亲家。

“玛利亚阿姨，您在哪里找到他的？”

婴儿的父亲问她。婴儿的母亲全然忘了周围的一切，一心抚摩着孩子，检查他身上每一处，又开始哭泣。

“是纳伊姆，好心人，愿安拉让他幸福吧！他看到孩子在路边石凳上哇哇大哭，旁边有一群孩子在玩耍，他问他们：‘孩子们，这是谁家小孩啊？’他们说：‘我们不知道。’这群淘气鬼竟然乘婴儿妈妈没注意时给抱走了。纳伊姆训了他们，吼了一通，其中有个小孩向他承认，他们为了逗小孩才把他抱走的，他妈妈当时就坐在旁边，跟另一个女人聊天……他们抱着小孩走远了，她也没注意到，他们不知不觉越走越远，婴儿开始哭起来，他们把他送回他妈妈坐的地方，可不见了人影，他们寻了一会儿，后来就烦了，便把婴儿放在石凳上，跑去玩了。纳伊姆抱着这个婴儿，一直打听，孩子在他怀里哭闹得厉害，他就把孩子带回家了，对我说：玛利亚，快喂他吃点东西，把他的湿尿布换了，明天一早把他送回去！”

婴儿的家人向玛利亚道谢，为纳伊姆祈祷长命百岁健康快乐，因为安拉不会亏待行善的人。

玛利亚筋疲力尽地回了家，感谢安拉保佑，她松了一口气。纳伊姆却像头待宰的公牛怒气冲天在院子里等着她。他狠狠地骂她，说她是小偷，偷了他的孩子希拉勒，然后出了门，一边诅咒她，咒骂格拉纳达，一边说要回自己家乡去，那里有他的妻儿。

玛利亚决定送他去疯人院，她对那儿的人说这人疯了，她照顾不了他。可是纳伊姆当天下午就回来了，他神色平静，言谈举止跟正常人一样，于是她忖度：“我把他扔到疯人院，跟那些疯子待在一起是不对的，看在萨阿德的份儿上，就把他留在家里，忍受他，照顾他吧。”

两周后，纳伊姆死了，他没生病，玛利亚也没像曾经服侍哈桑那样，给他护理喂饭，帮他用热水洗澡，在他便溺在衣服上时为他更衣。

那天炎热得快要窒息了，他们坐在院子里吃过了晚餐，纳伊姆突然站起来，几步快速走到远离草席的地方，弯着腰，呕吐起来，然后又回到他们身边，在草席上躺着舒展开身体，喃喃自语道："够了……够了！"

玛利亚起来去给他煮薄荷叶，回来时见他睡着了，就没叫醒他，只压低了嗓门跟阿里说话，然后她也困了，就叫纳伊姆回房去床上睡，他没回应，她摇摇他，提高了嗓门喊他的名字，接着发出一声惊叫。

邻居们纷纷过来忙着准备后事，而阿里蹲在无花果树下缩成一团，想着死在自己眼前的纳伊姆，就在自己身旁睡着了，他穿着奇怪的破衣裳，还是远游回来时的那一身，破烂不堪。玛利亚没完没了地为他缝补，她给他买新衣服，他总嫌弃，不是太大就是太紧，要么颜色太扎眼，不适合他那个岁数的老头，要么颜色太暗淡，让人呼吸不畅心脏难受……

纳伊姆走了，带着他的衣服、他的烟斗和一身熟悉的烟味，还有他那讲不完的故事。他讲故事跟玛利亚不同，故事开头有个蓝眼睛高个子的男人向他伸出手，问他："孩子，你叫什么名字？"男人带他回家，让妻子给他洗澡喂饭，自己教他装订书籍。故事的每一回都描述了他见过的人、到过的地方、经历过的点点滴滴。他还讲来自马拉加的萨阿德，讲读书和帮人治病的萨利玛，讲阿拉伯人的格拉纳达，讲海边那座被茂盛的绿色植物覆盖的村落，格拉纳达跟它一比，就像是块贫瘠的荒地，那个村落偶尔大雨滂沱，似乎把安达卢西亚一年四季的雨水集中在一天全下了。纳伊姆说，在那个村里，有他的妻子和三个孩子，孩子们都在月亮皎洁的夜晚出生，他给取的名字，老大叫希拉勒，老二叫巴德尔，小女儿叫佳麦尔。“纳伊姆爷爷，你为什么抛下你的孩子们啊？”“明天我再给你讲。”

第二天他却讲了故事的另一回。

第十章

伊尔南杜·本·阿米尔向玛利亚提议，让阿里来他店里工作，他要让阿里和自己的儿子扈斯一起学手艺。他说觉得让阿里继续念教会学校没必要：“孩子都十三岁了，是时候让他来养你，而不是你养他了！”他一边说着一边起身告辞。

“你就放心吧，乌姆·希夏姆，我会把阿里当自己儿子一样照顾的。”

玛利亚谢过了他，把他送到门口，似乎下定了决心，开口说：

“我能请求您慷慨照顾一下吗，艾布·扈斯？”

“您太客气了，乌姆·希夏姆，你们才是最慷慨的，对我恩重如山！”

“我有个朋友，叫费黛，她在唐·佩特罗家里帮佣，唐就是那个在格拉纳达参议院工作的人，费黛有个儿子，比阿里大两岁，她也正在给他找活儿干呢。”

“那让他和阿里一起来吧，我先看看他适不适合在我这儿工作。”

玛利亚再次谢过了他，跟他道别，为他祈祷健康长寿、财运亨通、家庭幸福，她的祈祷发自内心，也让他感动，每天他都用行动证明自己的慷慨高贵。尽管这么多年过去了，但是他从未忘记，当年是萨利玛治愈了病危中奄奄一息的母亲，自从母亲康复之后，伊本·阿米尔一家就和艾布·贾法尔一家结下了友谊，即便双亲离世，伊尔南杜依然信守承诺，无论红白喜事均会前来祝贺或是吊唁，不曾有丝毫怠慢，每逢节假日也必来探望他们。

安拉对他的慷慨善行给予好报：伊尔南杜从父亲那继承了一笔财产，还让这笔财富翻倍增长，成了阿尔拜辛的富豪之一，除了自己住的一栋房子，还有三座宅子、两个磨坊、四家店铺，其中三家在萨卡廷街，另一家在箱包街，他就在那儿打理生意。他是阿拉伯人中少数能请得起用人的，家里有四名用人服侍，还能为他唱歌，他还有两匹纯种马，轮流换骑，这都是他财富与地位的象征。

玛利亚对阿里说：

“阿里，恭喜你，明天你就去工作了，这是你成人路上迈出的第一步！”

阿里说：

“我喜欢艾布·扈斯，但受不了扈斯，他又讨厌又烦人。”

“你们以后一起工作就熟了，熟了之后就成朋友了。”

第二天一早阿里就出门开始他的新工作。他并没有向左转走出巷子，而是朝着相反的方向，到了伊尔南杜·本·阿米尔家。他抬手抓住门锁，敲起来，期待沃尔黛来给他开门，好当面给她道一声早安，聊一聊，哪怕简短几句话也好。门童过来开了门，阿里说要找扈斯，跟着这个讨厌鬼很快来到了哈达拉大街，唐·佩特罗的大宅就坐落在那儿。他敲了敲通往用人房的小侧门，不一会儿伊本·费达就出来了，他们三人一起向集市走去。

伊尔南杜·本·阿米尔的店铺坐落在大棚丝绸市场旁边的商铺，那是一个狭窄的巷子，两边全是卖各种木制品和箱子的店铺，只能容得下两人并肩而行。

伊尔南杜在店铺里见了他们，跟伊本·费达又单独待了一会儿，询问了一下他的情况，聊了片刻后，领着他们仨穿过后门，来到一个四四方方的大院子，许多木匠正在这里忙碌，拉锯、镟木、敲打、钻眼，镶嵌贝壳或象牙。伊尔南杜把他们交给一个棕色皮肤的中年人，那人说他名叫萨迪克，由他负责带他们仨。

第一天，萨迪克教他们如何辨别木材品种：胡桃木、橡木、松木、西洋杉木、山毛榉木……他告诉他们每种木材的特性优点，还要他们每人拿锯子锯一块木头，再把几根螺钉中规中矩地敲进木头，钉子不能弯曲，榔头也不能砸到手指。

阿里乐意去干这个活，每天早上找扈斯一起出发，盼望能见到沃尔黛，有时两三天、甚至四天都见不到她，要是哪天她来开门，他就目不转睛地盯着她的脸，两只脚像被钉在了地上，舌头也打了结。沃尔黛长大了，脸蛋白皙，一双乌黑的大眼睛，两道蛾眉，跟她浓密的卷发一样乌黑，微笑起来让人心神荡漾，可是她的微笑就像梦一样，眨眼工夫就不见。她说："早上好，阿里，你奶奶还好吗？我去叫扈斯！"说完就跑开了。为什么急着跑走?！要不是扈斯从早到晚都和他在一起，他都要忘记扈斯的存在了。他跟萨迪克或伊本·费达说话，一心扑在学习新手艺中，每天都有新惊喜新刺激，并不只是钻木、用螺钉或胶水固定木头，而是精细准确的工作，用两眼观察的时候似乎所有感观都集中在眼部了。他多么希望萨迪克能允许自己做些和他一样的活：在木头表面或直或斜地雕刻装饰图案，镂刻出各种花纹线条，或是枣椰树、狮子、鸟儿的图案。

阿里爱上了这份工作，某天机缘巧合发生了一件事，让他越发喜爱这工作。

那天，萨迪克在突尼斯的堂兄寄来一封信，他拿起来，翻来覆去，嚷嚷眼下这光景让自己都看不懂祖辈们的语言了。他说：

“我们没人看得懂阿拉伯语，包括伊尔南杜！”

阿里对他说：

“给我吧，我给你读。”

萨迪克惊诧地瞪着他。

“你看得懂阿拉伯语？”

“看得懂。”

“谁教你阿拉伯语的？在哪儿？什么时候？”

“我爷爷艾布·希夏姆教的，他已经去世了。”

这个消息悄悄地传遍了整个店，又传遍了整条箱包街，在大棚市场的一些阿拉伯商人得知后，纷纷求他帮忙写信，捎给非斯的亲戚、得土安的女儿、突尼斯的朋友，有时有人邀请他到家里，让他看一本旧书，或是一张土地或房产契约，或是从父辈祖辈那儿传下来的文书，阿里差不多都看懂了，记在心里，希望自己记性好，不会遗忘。

阿里去工作，之后回家，刚到家门口，就看到家中对着巷子的窗户边上装点着一朵娇艳怒放的大马士革玫瑰，玫瑰后面是奶奶的脸，布满皱纹，略显憔悴，左右顾盼着。他和奶奶一起吃晚饭，给她讲自己一天的事，然后进房间睡了。他梦见沃尔黛，第二天一早出门时满心希望能见到她。要是见到她，便一天心情愉悦；要是没见着，便整日闷闷不乐。他渴望去山坡上奔跑，然而新的恐惧却阻挡了他的脚步：他是快满十四岁的少年了，要努力成为男子汉，赡养奶奶，要每天掌握一些新技能，让萨迪克对他赞不绝口，夸他聪明细致。

一年后，阿里终于体会到亲手制作出第一个木箱的喜悦。虽然只是一个小小的木箱，不足一米高，是他用一块胡桃木加工成的，还在箱子盖和箱体四面装饰上刻有花纹的薄铜片。

他把敲制好的薄铜片剪出一些细条，每条宽度不超过两指节，带长根据箱子的长、宽、高有所不同。一连几天他都挖空心思钻研如何把铜片镂出花纹，并在上面略做雕刻。完成后，他把细条固定在箱子上，做成顶盖和箱体的外框，沿着框的长边，在木箱上加饰三幅花形图，每一幅都有五颗铜钉打骨，凸起的钉子顶端并列呈圆形；这些钉子排成一条直线，与铜条并列，将它与长木条分隔开。他先做好了箱盖，接着完成箱体正面。

完工时，他如疯子一般，激动地手舞足蹈，放声大笑，然后又细细打量箱子：真的漂亮吗？这个问题困惑了他片刻。他有点慌，接着大喊：它很漂亮！他拿着它飞奔到同事面前向他们展示。没错，他确实是照着店里另一只更大号的箱子做的，每次遇到问题他都向萨迪克求助，但这只箱子完全是由他一人亲手完成的，从一块实心木料、一块青铜片、一堆零散的钉子，变成现在这个精美的艺术品，他真是看也看不够，说也说不够。

伊尔南杜把这只箱子放到一块绿色天鹅绒布上，摆在店铺的入口处，阿里心里又自豪又兴奋。他真想带着它飞回去给奶奶、沃尔黛、安东尼奥他们看看！还有街坊邻居！他想向伊尔南杜提出请求，却不好意思开口。

第十一章

大风暴来临之前，阿里并未察觉到任何征兆或迹象。新年第一天，法官队伍在城里浩荡行进，前方开路的是一群吹吹打打的乐手，还有扛着卡斯蒂利亚旗帜的。他们向人群宣布一项新法令，将它张贴在拉姆莱城门广场，法令规定无论公众场合或私人民宅，均禁止使用阿拉伯语书写或交谈；禁止使用阿拉伯语人名；禁止穿戴阿拉伯服饰、开设公共澡堂；禁止阿拉伯歌舞以及其他任何相关的阿拉伯习俗；法令还要求每逢节假日与每周四周五，各家不得关门闭户，以保证监督各条禁令的执行。

阿里以为这项法令不过是把旧法令更新一番而已，爷爷奶奶曾提到过，那些旧法令事实上没人遵守。新法令在箱包街的商人和工匠中引起一片担忧与恐惧，玛利亚听闻后十分紧张，不停问阿里各项细则，不时表示自己的愤怒，然后又问："法令为什么要求格拉纳达女人不得戴面纱?！城里女人们已经好几代都不戴面纱了，我奶奶也没戴过面纱，农村女人倒是戴面纱的，可是她们戴不戴面纱到底碍着国王什么了？""丝绸衣服一年根本穿不烂，羊毛衣服能穿两三年甚至四年，我有个羊毛披肩用了十年呢，这个法令怎么就规定我们丝绸衣服只穿一年，羊毛衣服只穿两年?!”“你说卡斯蒂利亚语说得好，我说不好，要我说这种语言，我感觉自己舌头都短了一截，在自己家里，我怎么跟你用另一种语言说话?!”“过斋月时我们怎么办，不顾禁令，开斋时关上门？还是把开斋时间推迟到晚饭后，等睡觉时候把门关好偷偷吃开斋饭！”

玛利亚连珠炮似的发问，伊尔南杜·本·阿米尔拍着巴掌过来了，他给工匠们复述了一下圣萨尔瓦多教堂牧师乌鲁特斯库的话。这位牧师把格拉纳达和阿尔拜辛的名流们召集起来，说：“国王要求我们说服百姓服从命令，因为国王想要那样，毕竟反抗对他们不利。他说只要我们完成差事就会受到恩泽，暗示王宫可能会赏赐我们荣华富贵。我们对他说，我们没人敢做那些，百姓一旦愤怒起来，不管谁为法令辩护，都会被他们拿石头砸死。”

伊尔南杜·本·阿米尔又拍了拍巴掌，诅咒乌鲁特斯库、诅咒罗马和穆斯林封地主们、诅咒那个不管谁掌权都昏庸残暴的年代。过了两天，伊尔南杜走进店铺，样子喜滋滋的，他说权贵们委派穆莱·弗朗西斯科·努涅斯以老百姓名义向最高法院院长上书申诉，那人亲自写了一封信，努力说服当局解决问题。

申诉的事很快便在箱包街、大棚市场、香水街，还有附近的各个集市传开，随后弗朗西斯科·努涅斯的一个密友又披露了一些细节，他亲自把信的内容读了两遍，人们从他那儿听到后又口耳相传。

阿里把好消息告诉了奶奶，说集市里的所有阿拉伯人都觉得从那人的上书壮举中看到了希望。

“跟我讲讲他在信里写了些什么？”

“他说，阿拉伯妇女穿的就是普通的民间服饰，并不是因为她们是穆斯林，而是因为她们生活的不同地区的地方特点。”

“这话什么意思？”

“意思是，阿拉伯妇女习惯了穿这样的衣服，这种服饰是她们生活方式的一部分。”

“对！还说什么了？”

“他还说阿拉伯女人把衣服保存了一年又一年，有时连续穿好几年，她们买不起新衣服。”

“我跟你说过这话的。我是不是说过这话？”

“他还说让各家各户不关门，是不合理的决定，会纵容小偷和其他不速之客干坏事，就算目的是想让人们抛弃旧有的阿拉伯习俗，这个决定也无济于事，因为照样可以在夜里做。”

“这人值得尊敬，说的话很明智！他还说了什么吗？”

“他还说关闭澡堂是错误的，它就是个洗澡的地方，有了它，对阿拉伯人和非阿拉伯人都好。铃鼓、长笛、消夜跟伊斯兰教没什么特别联系，跟基督教也没冲突。还有，废除阿拉伯姓氏也是一桩怪事，因为人们通过家族传承的姓氏才能了解谱系，自己并不能选择姓氏。”

“他没提不许讲阿拉伯语？”

“说了，奶奶，他说，我们怎么能禁止生来就说这种语言的人不用它呢?！他说，村民、山民从没听人讲外语，完全一无所知，就连那些偏远地方的牧师都说阿拉伯语，城里上了年纪的人也只会阿拉伯语，这把年纪学不了一门新语言了。”

玛利亚不住点头赞同他的话，被最后一段话感动了，好像这人没忘了她，特意提一下。

“奶奶，这封信的结尾非常有力，箱包街的年轻人听了都鼓掌欢呼。他说，这项决议是一种破坏，人们无法接受，强制实施的话只会让人们躲进山里，举起火把，发动起义，反抗到底。”

“写信的人叫什么名字？”

“穆莱·弗朗西斯科·努涅斯。”

“名字挺怪的，但他是我们的人，对吧？”

“当然啦，奶奶。”

玛利亚反复默念了几遍这个名字，记住了，此后每天早晚她都为这位好人祈祷。牵挂着上书的事，每天孙子下班回来，刚踏进门她便问：

“阿里，有什么消息吗？”

阿里回答：

“奶奶，没什么新消息！”

阿里没告诉奶奶，弗朗西斯科·努涅斯的努力失败了，奶奶一大把年纪，最近又越来越虚弱，他不愿意让她听到坏消息，他跟其他人一样也在等，一揽子努力会有些结果，或许其中某个能成功解决问题，到时候他再告诉奶奶，以喜挡忧。

伊尔南杜·本·阿米尔每天带来新消息，他向大家走来，棕色脸庞饱满，容光焕发，两只小眼睛闪动着光芒，皱纹全都舒展开，他说：“一个卡斯蒂利亚人接受了两个阿拉伯知名人士的陪同，这两人一个来自格拉纳达，另一个来自瓜迪克斯，他们去马德里会见枢机主教了，向国王直接申诉！”

过了几天，他心神不宁地坐在店里，脸色苍白，眼神游离，说：

“他们回来了，白费力气。”

又说：

“我们派了一些人去面见格拉纳达市长，请求他上书国王，说明目前局势有可能引发动乱。”

又宣布：

“你要召的人都会没命的！”

尽管如此，他依然抓着希望的车轮，心情一会儿上，一会儿下。萨迪克见他那样子，又听到他说的话，忍不住悄声说：

“这都是白费力气，敌人对你怎么会公平？你怎么能期望给你带来灾难的人还救你？没用的！”

伊本·费达大声说：

“那怎么办?！”

萨迪克用手捂住嘴，又低声说：

“不是现在，我们还有工作。”

阿里担心奶奶听到新消息，他担心过几天消息更糟糕，更让人难受。他想起萨迪克的话，他可不想让奶奶也像坐过山车似的，心情大起大落，她快八十了，承受不起。

阿里向奶奶隐瞒了集市上的各种传言，没告诉她有一百多位格拉纳达有头有脸的人士被逮捕了，一些民宅被搜查是否藏有武器，也没告诉她有些阿拉伯人袭击了几名士兵和办事员。

阿里每天早上都去上班，他不再路过伊尔南杜·本·阿米尔家门，因为沃尔黛不再来开门，他也受不了跟扈斯在一起。

他走下山坡去工作，下午又爬上山坡回家，往返都能看见阿尔罕布拉宫、国家统治者的城堡、驻兵哨所、武器火药库，他还看见后面蜿蜒的山脉，云朵在上方飘浮，从旁边越过，冰雪覆盖了群山之巅，每个小时、每个季节、朝夕之间都有不一样的缤纷之色。

发生了什么？士兵包围了阿尔拜辛。上班路上，阿里看见全副武装的卫兵，大惑不解，便找伊本·费达询问，可他也不知道。于是两人决定，去集市之前先把事情搞清楚。两人爬上山坡，在街区各个角落走了走，发现卫兵遍布各处：门口、城墙、广场……无处不在，有些甚至站在屋顶上监视，布努德门广场集结了大量士兵。两人没走近广场，仅在周围转了转，便朝集市方向走去。消息在他们到达前已经传遍了集市，大家疑惑不已，没人知道士兵为何要包围阿尔拜辛，萨迪克吓唬他们道：

“一定是有人向他们告发了！”

“向他们告发什么，萨迪克？”

他一时语塞，然后挤出一句话来：

“有人告诉了他们，我们在背地里干些什么！”

这个问题几天来一直悬而未解，人们欣喜若狂的背后是隐隐的担忧、恐惧和压抑，透露在他们不安的眼神、紧绷的身体和尖锐的笑声中。

春天还没来，正是寒冬，革命的消息就从小溪、细流、水渠，从雪山涌进了城里，阿里飞奔到奶奶身边，告诉她好消息：

“奶奶，布沙拉特开始革命了，起义军给我们选了一个国王，在他脚下插满了新月旗帜。他信奉了伊斯兰教，做了礼拜，还重新用了以前的名字。”

“奶奶，集市里有些商人认识他，他叫作伊尔南杜·迪·科尔多瓦·伊·百洛德，一个二十二岁的青年，以前在阿尔拜辛住过，他现在改名为穆罕默德·本·伍麦叶。奶奶，他正率领起义大军在山里前进，村民们也跟着他。今天在集市知道了这个消息，大家一片欢呼，有些商贩甚至派发甜点和施济起义军。”

第十二章

乌姆·优素福为玛利亚向安拉做了祈祷，给她读了《古兰经》开端章，说："我没把她照顾好。"

玛利亚等了一月又一月，一年又一年，直盼到第七个年头到来，就像乌姆·优素福说的那样，伊历一月一日终于赶上一个星期六，她开始按天、按小时来计算自己的等待，等来的却只有那个把人逼疯的专制法令。尽管如此，她还是说，但愿这个法令成为统治者残暴的终点，如他们射出的箭，飞回他们自己的胸口，暴虐者将被重重包围。阿里给她带来一个消息，有关弗朗西斯科·努涅斯上书的事，却没再告诉她他们对这封信的反应，她每天都问他：

"阿里，有新消息吗？"

他却说：

"奶奶，没有新消息！"

或者说：

"耐心点，奶奶，这些事需要很长时间，那人是在跟政府谈判，政府不是一个人，它包括国王、枢机主教、宫廷大臣、名流权贵。”

她明白孩子向她隐瞒了事实，搪塞她，便找周围女邻居们打听，她们从丈夫和兄弟那儿总能了解一些情况。她得知了，努涅斯的上书，还有其他反映民怨的上书都没起到任何作用。

“那今年收成呢？”

玛利亚问一个女邻居，她有几个兄弟务农。女人回答：

“今年的收成很糟糕，乌姆·希夏姆，庄稼人日子紧巴巴的，做丝绸生意的也困难。”

玛利亚突然想起了被猎人枪矛围困的山羊，责备起自己太相信乌姆·优素福的解梦了，尽管自己亲眼见到了那些场景的解释。或许天上那颗大星星，不过是预示更大更糟糕的厄运？

玛利亚心想：我活在幻觉里七年了，开辟了一片花园，种了很多花，一心盼着离人回来，一家人团圆，有个好结局，可这都只是幻觉，女儿们不会回来了，在山里游荡的儿子，也只是两三年回来看一眼便走，他来了跟他不在一样让我心碎。

除了死亡，玛利亚没什么可以等待的了。白天她一连几个小时呆呆地坐在花廊里，只是发呆，傍晚就晃晃悠悠起身，为阿里准备一点儿吃的，毕竟小伙子辛苦工作了一整天，快天黑时才回家。

她似乎对任何事都没兴趣了，心门紧闭，不再快乐、愤怒或留恋。不过，人是一种奇怪的生物，当她听一个女邻居说阿尔拜辛遍布士兵，街区被包围时，她明白并确信了这一点，她的心因为愤怒而翻腾，她开始诅咒、痛骂，对邻居说：“我想亲眼看看。”邻居想阻止，但没能成功，玛利亚拿着拐杖，说她一定要去，不管邻居是否跟她一同前往。邻居只好陪她去了。玛利亚亲眼看到了遍布四处的士兵，她怒不可遏，抡起拐杖差点砸向一个士兵的脑袋，幸亏邻居把她拉得远远的，阻止了她打人。玛利亚回到家后，没法安静，打了一桶水浇在院里，一遍、两遍、三遍，然后又拿起扫帚用力清扫庭院，似乎要把士兵随着灰尘污垢统统扫走。

不久阿里带回布沙拉特革命爆发的消息，说穆罕默德·本·伍麦叶当上了安达卢西亚的国王，玛利亚一听顿时热泪盈眶，喃喃自语道："乌姆·优素福说中了，她算错了年份，但算到了！"

她决定斋戒，在八月剩下的日子里开始把斋，向安拉祷告，向封印使者穆罕默德、向先知尔萨祈祷，她曾在教堂弥撒日为他点燃蜡烛，祈求这事能有个好结果。

她不再静坐花廊度日，而是披上羊毛披肩，拿着拐杖，到街区里探访邻居，跟她们聊着革命战事和起义者的最新消息。

那是寒冬的一天，这天玛利亚还没起床便听见一阵敲门声。她等了会儿，也没听见哪个邻居女人像往常一样自报家门，她坐起围上披肩，挪到门口，嘴里应着："谁？"没人回答，只听见一阵嘈杂，混杂着她听不懂的声音，她拉下了门闩，打开门，冲进三个全副武装的士兵。士兵竟然到她家里！他们用卡斯蒂利亚语问她，这屋里还有没有其他人，她回答只有她一人，他们这样是不对的，陌生人怎能随便进她一个女人的屋子。他们大笑，绕过她到了花廊，进了房间。玛利亚跟在后面，大声喊着民宅不可侵犯，他们似乎不懂什么叫不可侵犯，然后她才回过神来，原来自己在用阿拉伯语跟他们说话。她又试着用卡斯蒂利亚语说了一遍，觉得好奇怪，似乎意思都变了。

他们翻查橱柜和床底，打开一个箱子，把里面的衣服翻出来扔一地，她看见其中一人偷偷地把两个化妆瓶塞进了自己口袋：小的那个是纯金的，大的那个是银制的，她提高嗓门：

“你们是强盗吗？把瓶子还给我。这是我外婆、我妈妈传给我的，还我！”

他们哈哈大笑，一人推了玛利亚一把，她一个趔趄差点跌倒在地，这时他们溜到了院子里，玛利亚找到拐杖，拿着去找这三人，院子里却没了他们的影踪。走了吗？她打开门，巷子里空空的，又把门关上，才见他们从厨房出来。他们在厨房找什么！她举起拐杖，向他们抡去，却被他们顺手推到一旁，狠狠摔在了地上，她只能眼睁睁看着他们哈哈大笑扬长而去。她怒骂、诅咒，说他们是强盗、是狗杂种，安拉一定会在清算日揪住他们的睫毛，把他们吊挂在地狱！

她在院子地上坐了好一阵。出什么事了？他们只是来抢东西？还是在屋里找什么？他们到底在找什么？他们要找阿里？认为他和山上的革命者有关系？阿里和山上的革命者到底有关系吗？她的心跳骤然加快，尽管在寒冬，额头上还是渗出了汗珠。必须去找阿里，这样才能放心，必须提醒他。可是怎么下山呢，她能行吗？安拉会保佑的。

她站起来，抓着拐杖，用羊毛头巾包好头，走到巷子里，随后来到通往哈达拉大街的下坡路……她走一会儿，坐下歇一会儿，然后再走一会儿，走不动时又坐下歇一会儿。

路过伊尔南杜·本·阿米尔店铺附近时，他瞧见了她，连忙起身出去迎接。

“乌姆·希夏姆，您好！没想到您会来集市，不过能来为什么不来呢。安拉赐您健康长寿！这边请！”

他扶着玛利亚坐下，请她喝了杯热饮，等坐到她面前，才察觉出她的不安，赶忙问她怎么了。玛利亚讲明原委后，他把阿里叫来。在向阿里转述玛利亚的事情前，或者说，是趁着玛利亚还没来得及开口前，他严肃地问：

“你和山里的革命者有关系吗？”

阿里对奶奶的来访大为惊讶，还没回过神来，又被伊尔南杜抛出的问题、怀疑的眼神吓了一跳，说：

“不，我和山里的革命者没有任何关系，不过就在集市听说过而已。”

“你在撒谎吧？”

“我没撒谎！”

阿里斩钉截铁地回答，伊尔南杜说话的方式让他很郁闷，他说：

“艾布·扈斯，怎么了？奶奶，出了什么事？我一点都不明白！”

“士兵来过了，他们闯进了你奶奶的房子，搜查了你们家。”

“他们查我们家？为什么？”

伊尔南杜严肃地说：

“回去工作吧！”

玛利亚起身告辞时，伊尔南杜坚持要把她送到拉姆莱门广场，在那儿为她雇了一辆驴车，给车夫付了钱，车夫载着她朝阿尔拜辛驶去。

车夫刚把她带到圣萨尔瓦多教堂广场，她就看见一些熟人和邻居聚在那儿，于是下了车。所有人都在七嘴八舌地说着家里被搜查的事，每人都描述着事情细节，在巷子里，她也听到女邻居们议论着同样的经过，其中一个说：

“他们抄了上下街区各家各户，还有教堂附近所有相邻的街区。”

“他们搜什么？”

“搜武器！”

“武器?！”

“他们偷了我两个化妆瓶，有一个是纯金的。”

“他们拿走了我一罐油。”

“我当时正在灶台边做饭呢，烤好了一条鱼，被他们拿走了！”

“毒死他们！”

“他们说已经在老城区逮捕了一些人。”

“为什么，在那些人家里搜到武器了吗?！”

“谁知道！”

阿里傍晚回家后，玛利亚把自己听到的消息都告诉了他，阿里把在集市得到的消息也告诉了她，随后阿里说：

“奶奶，别害怕！”

玛利亚微笑着回答：

“孩子，我怕什么呀？他们今天抄家，明天就干出更恶劣的勾当，因为布沙拉特革命让他们吃了苦头。他们吃的苦头越多，就越慌张，像待宰的公牛一样暴躁。”

玛利亚没有特意说一些安慰孙子的话，因为她知道，凡事都有代价，如果想得到的东西稀罕贵重，那么代价就很高；反之则微不足道。几个星期后，阿里告诉她一年前被监禁的那些阿尔拜辛人士被杀害了，她说：

“阿里，我们想要的很珍贵，一切都有代价。”

阿里说：

“奶奶，有一百多人呢……他们是在监狱里被暗杀的，家破人亡，留下孤儿寡母。那些代表我们去跟当局谈判的人，剥夺了我们的权利。他们点头同意了，并没有代表我们。这是一场劫难，奶奶！”

玛利亚始终不语。

“我们在集市听到那些消息时，好多人都哭了，放声大哭，伊尔南杜·本·阿米尔都站不起来了，他坐着，两手捂着脸，不停呜咽，我们都特别恐惧，不知道等待我们的是什么命运。”

玛利亚重复着之前说过的那句话：

“孩子，我们想要的很珍贵，一切都有代价，一切都有代价。”

第十三章

春天到了，和煦的微风中飘荡着湿润的草香，还有杏花的芬芳。阿里心情舒畅，寒冬总算过去，终于脱了厚厚的羊毛外套。他离开家，朝圣萨尔瓦多教堂附近那条路走去，没走几步，见伊本·费达在等他，便一同向安东尼奥家走去，他们商量好放假这天要么爬上山丘，要么去沙尼勒岸边。

安东尼奥跟家人住在老城一栋大楼的二层。他俩没上去敲门，站在楼下大声喊他名字，结果他爸从窗口探出脑袋。

"他不在！"

"他跟我们约好了在这碰面，他去哪儿了？"

"我不知道他去哪儿了！"

"那我们就在这儿等他回来！"

"别等了，我不想你们待在这儿，不想让我儿子跟你们混，走吧！"

伊本·费达看着他，微笑着说：

"我们要等他！"

那人满脸通红，烦躁不已。他俩早习惯了他这种粗鲁的待人方式，安东尼奥一定在家，被他爸爸禁足了，于是两人用最大的声音喊他。

忽然，伊本·费达发现安东尼奥的爸爸手举一个水桶，立刻往后跳，大声提醒阿里，两人躲过了二楼泼下的脏水，跑得远远的，安东尼奥他爸还在后面叫骂“狗崽子！下贱的阿拉伯人！”

两人钻进街区一个巷子里等着伙伴，知道安东尼奥只要等到爸爸一出门，一定会来追他俩。果然，安东尼奥的爸爸出门走远了，安东尼奥马上就跟来了，伊本·费达对他说：

“你爸是混蛋！是狗崽子！”

“不准你这样说我爸爸！”

“他骂我了，给阿里泼脏水，我为什么不骂他，不诅咒他的宗教？”

“因为你骂他就等于骂我！我又没骂你，费德里科，我没伤害过你！”

阿里赶紧过来劝阻。

“我们一放假就吵架？安东尼奥的爸爸是安东尼奥的爸爸，我们不能改变这一点，安东尼奥也不能改变。好了，现在我们去哪儿？”

他们讨论了一下，决定先下山到拉姆莱门广场，观看胡安·迪·阿斯托里亚亲王的队伍，安东尼奥说他是国王的弟弟，他的欢迎仪式肯定很隆重。

阿里同意这个提议，但不免担心到时候太拥挤，根本没法看到：

“如果我们在人群中走散了，假期就白白浪费了。”

“队伍过来时，我们就互相拉着手，低头往前探，跟公牛的姿势一样，穿过人群，就能找到一个靠前的位置观看了。”

他们连蹦带跳地往拉姆莱门赶去，敏捷灵巧地穿过重重人群，根本不需要采用伊本·费达提议的“公牛计划”就占据了一个好位置，能把队伍看得一清二楚。

扛着各种号角、旗帜、锣鼓、长笛的队伍浩浩荡荡过来了，前面是骑行、步行队伍，周围人声鼎沸，有人欢呼国王和亲王万岁。安东尼奥说：

“我爸说，胡安·迪·阿斯托里亚亲王只是国王菲利普二世非法律意义上的兄弟，我问我妈这是什么意思，她指着十字架说：‘上帝保佑我们避开所有的错误，这个亲王是卡洛斯五世和一个没娶过门的女人的私生子。’”

等了很久之后，亲王骑着一匹纯黑的高大骏马终于出现在众人眼前，骏马轻快地小跑着，越来越近。只见亲王身披铁甲，盔甲领口直到颈部，衬衫只露出白色领口，打过浆，很硬挺，遮盖了脖子。他天庭饱满，轮廓分明，双眼浑圆像杏仁形状，上面两条浓眉，鼻梁挺拔，鼻头很大，嘴唇上方有两撮浓密的胡须，呈八字形向上翘起，下巴有一圈修剪整齐的小胡子。他在微笑吗？阿里盯着他看，有些不解，反复琢磨着亲王难以捉摸的眼神。他嘴角似笑非笑，眼神飘忽，然而一瞥之间却如刀锋般凛冽锐利。亲王中等个头，体格壮实，胸前的盔甲外戴一条镶嵌着各种宝石的沉甸甸的金项链，他稳稳当当地坐在马背上，背挺得笔直，举手投足都显出高贵，也许是自大。

阿里一直盯着亲王的脸看，似乎要看出他隐藏的一面。可越看得仔细，越感觉不寒而栗，不由得抓紧了伊本·费达的手。

“阿里，你怎么了，为什么要拽我的手？”

阿里没回答。队伍走过后他们回到哈达拉大街，沿着河岸走，他们穿过塔吉澡堂的拱门，来到河对岸，然后选了树林间一块青草茂盛的地方坐下吃东西。安东尼奥和伊本·费达一边大吃，一边评论着亲王的队伍，叽里呱啦说了半天，而阿里一直没说话，他嚼着嘴里的东西，连咽下去都很费力。

“阿里，你怎么了？不舒服吗？”

“我没事……就是觉得有点儿累。我要回家了。”

阿里心想，亲王那张脸不管什么样子，都不是凶相。不过他仍然有种不祥之感，忐忑不安。躺上床准备睡觉时，感到体内有股寒气，让他一阵发抖。他要奶奶多拿床被子来，但寒冷的感觉仍然挥之不去。他开始自责，对自己说这样不行，毕竟是一个快要十六岁的小伙子了，还被无缘无故的恐惧、莫名其妙的惊慌支配。接下来的好几个星期甚至好几个月，他都一直对自己说，一定是想多了。然而随着夏天来临，战事失利的消息接踵而至。

唐·路易斯·迪·利克桑斯带着一支二十四艘船组成的大军，从意大利赶来了，法国将领也带着十八艘战舰组成的舰队抵达了，并且号召全国有志之士和法国士兵自愿加入，战事越来越激烈，每天、每时，战况都在集市的商贩和阿尔拜辛居民中传递。革命者在各处不断取得一点儿小胜利，接着便会遭遇一次毁灭性的惨败，或屠杀，或集体被俘、流放，或全军覆灭。

阿里看见布沙拉特的俘虏们被带到拉姆莱门广场的拍卖台上贩卖，女人们全裸或半裸，神魂荡漾，卖家、买家和路人肆意打量着她们。他还看见一些戴着枷锁的男人，面容僵硬，只有眼睛里还闪着一点流不出来的泪光。阿里看不下去了，扭头远远走开。

他没把看到的情形告诉奶奶，却问她：

“奶奶，事情发生前，心灵能预感，大脑能感知，甚至能想到它吗？”

玛利亚看着他，一脸疑惑，他接着说：

“几个月前我看到唐·胡安·迪·阿斯托里亚时，就很恐惧，心里像是预感我们将在他手里毁灭。我当时没细想，那个念头也没再出现在脑海，但是很快听说他来格拉纳达是为了率军镇压山里的革命者，我的心就害怕得发抖，好像预知了这事。”

玛利亚对他说：

“有时心里先有预感，会在头脑意识之前。不过谁跟你说胡安·迪·阿斯托里亚会打胜仗？山里还在闹革命，我们的亲人们还在奋战。虽然国王、他的亲王弟弟、军队统帅们有军权有装备，但是任何暴虐专制之上毕竟有安拉在，我们更强大，因为我们是正义的，安拉跟我们同在。”

可是阿里躺上床之后，脑海里又浮现出唐·胡安·迪·阿斯托里亚清晰完整的模样，好像站在他面前一般，他仪表堂堂，五官轮廓分明，那神秘的微笑显得神采奕奕，眼神既缥缈又傲慢，令你头皮发麻。

他双手捂脸，恸哭起来。

第十四章

玛利亚已经三天没下床了，阿里早上给她端来早餐，劝她吃点儿东西，然后就去工作了。等到快正午时才有邻居过来，陪她坐一会儿就走了，她又一个人昏昏睡去，醒来后就等着，她现在已经坐不起来了。以往初春时节，她常在家门口看着来来往往的人，听各种动静，跟这个正要出门的女人聊几句，跟那个凑巧回来的女人打个招呼，再来一个时间能宽裕点的，站在窗边跟她聊一会儿，这样不好打发的几个小时也就过去了。

玛利亚实在受不了一个人待在家，寂寞闷得她喘不过气，这个家曾经多热闹啊，老老小小生活在一起，其乐融融，然而大家却一个个离开了。老人们埋进了坟墓，孩子们都去了遥远的城市难得见面，人都走了，只有阿里还在身边。为什么不给他娶个媳妇？今天早上看这孩子愁容满面，好像全世界的愁苦都背在身上。玛利亚决定给他找个新娘，让他的心里填满快乐，让这个家儿孙满堂。

玛利亚闭上眼睛，把街区的姑娘们想了个遍，给孙子挑选新娘。回过神时，发觉费黛已坐在身边：

“费黛，你什么时候来的？你进来我都没听见。”

“乌姆·希夏姆，我看你在打盹儿，就没吵醒你。”

玛利亚瞧着费黛，见她脸色苍白，脸上有泪痕：

“孩子，你怎么啦？”

费黛号啕大哭：

“费德里科跑了！”

“去投奔布沙拉特的革命者了吗？”

“不知道，自从知道迁移令后，就说绝不跟他们走，还说他们显然是要把我们从格拉纳达赶走，当奴隶一样赶上拍卖台出售，难道我们无动于衷？我对他说：‘忍忍吧，孩子，没准咱们能拿到居留许可证呢。’我去求唐·佩特罗帮忙，他答应了，我又去找艾布·扈斯帮忙，他说会尽力的。孩子却……”

玛利亚打断了她：

“我不明白怎么回事，是不是老糊涂了？你说的我一点都不明白。你说迁移，什么迁移？你说许可，是居留许可？这些跟孩子出走有什么关系？”

费黛说：

“阿里没告诉你？”

“告诉我什么？”

“最近出了一个决议，让阿尔拜辛十四岁以上六十岁以下的男人迁走，除非是当局认为留下有用的，或者得到许可的，所有人都得迁走。”

“迁到哪儿去？为什么？”

“不知道迁到哪儿去，乌姆·希夏姆，他们说当局担心男人叛乱，支持山上革命者，就决定让男人们迁出格拉纳达。”

“所有年轻人？”

“除了得到许可证的人。”

“他们要抓阿里吗？”

“艾布·扈斯跟我说，他已经给他自己、他儿子和阿里搞到了许可证，说会帮费德里科也搞一个的，这孩子太心急了，我一早起来……”

玛利亚一时不知道说什么好，有什么能安慰母亲跟孩子分离时内心的焦灼呢？费黛哭着，玛利亚也跟着她哭，更多伤心事涌上心头，哭得更厉害了，后来她好不容易忍住泪水，镇静下来，说：

“没准孩子这一走还更好了，留在这儿没准被卖掉、被伤害，费黛，等太平了他就会回来的，安拉保佑他会回来的。”

两人陷入了片刻沉默，随后玛利亚开口说：

“费黛，我起来给咱俩做点儿吃的吧，咱俩一起吃点儿东西。”

“我不想吃。”

“你要是不吃，我也不吃了。”

费黛起身去厨房做饭，玛利亚其实压根不饿，也不想吃东西，但她要转移费黛的注意力，让她不再悲伤哭泣。

孩子到底去哪儿了？去追随山里的革命者了？据说一路上到处安营扎寨，严防死守，怎么去呢？他朝塞维利亚方向往西去，那住哪儿呢？怎么生活呢？他肯定把去向私下告诉了阿里。

“费黛……过来……费黛！”

费黛过来，玛利亚对她说：

“费德里科和阿里平日形影不离，他一定告诉阿里他去了哪儿。”

“乌姆·希夏姆，我完全没想到这一点。”

“我会问问阿里的，知道他在哪儿，你心里能好受点。”

“但愿阿里知道。”

费黛去了厨房，玛利亚陷入思索：或许阿里为伙伴指了路该去什么地方，还帮助他隐藏在附近某个地方，没准山里，没准去了艾因·达姆阿，没准就在阿尔拜辛呢。

“费黛……费黛……过来！”

费黛端着大饼、奶酪和橄榄过来了，搁在玛利亚旁边，自己也坐下了。玛利亚对她说：

“费德里科该不会就藏在阿尔拜辛吧？”

“就在阿尔拜辛？怎么会呢？”

“街区孩子们熟悉这儿的每一个角落，没准阿里和安东尼奥给伙伴安排了一个地方躲起来，给他送吃的，不时去看望，等到事态缓和。晚上我问问阿里，他会给我们讲清楚的。吃点东西吧，费黛，吃吧。”

费黛拿起一口吃的，却没送到嘴边，而玛利亚一直慢慢咀嚼着嘴里的食物，费劲地吞咽，也没再吃。

阿里晚上回家后，玛利亚问道：

“阿里，你为什么把消息都瞒着我？”

“什么消息啊，奶奶？”

“要年轻人迁走的事。”

“谁告诉你的？”

“费黛。”

“她还告诉你费德里科出走的事了吗？”

“是的。”

“奶奶，没有好消息，每天的消息都让人难过。”

“伊本·费达真的离开格拉纳达了吗？”

“是的，奶奶。”

“他说过去哪儿吗？”

“他没说，因为他也不知道去哪儿。他说能去哪儿就去哪儿，安拉的大地很宽广。”

“他没躲在某个洞穴，没在艾因·达姆阿，或者阿尔拜辛？”

“没有呀，奶奶，士兵把这儿包围了，他既害怕又愤怒，说要离格拉纳达远远的。”

“他去山里跟着革命者了？”

“他没说过，奶奶，我不知道。”

“那我跟他妈妈怎么说呢，她哭个不停！”

阿里没回答奶奶的问题，他起身，不一会儿端着晚饭来了。

“奶奶，吃点儿吧。”

“我和费黛吃过了。”

玛利亚不断地向孙子打听新消息，他总说得非常简短。这孩子为什么说得这么简短？

她受不了长时间卧床，努力回到大门前那个老位置，整天打听各种消息。

街区出现了几个从布沙拉特来的寡妇，还带着小孩，于是各种说法便在阿尔拜辛传开了，大家谈论着大屠杀的各种细节，庄稼被烧毁，牲畜被宰杀，整个村庄沦为一片废墟。玛利亚关注着每一个细节，不停地询问打听，她跟内心深处的一个声音对抗，那声音高喊着，付出的代价太过沉重、无法承受。不久玛利亚就听到了穆罕默德·本·伍麦叶被杀的消息。

“他被杀了？怎么回事？”

“他的卫兵们杀了他！”

“卫兵们？”

“他们假装效忠，其实早已叛变。革命者又任命了一个国王接替他，名叫穆莱·阿卜杜拉。”

玛利亚没听到最后这个消息，她抓起拐杖，努力站起来，进屋关上门。她坐在花廊里，摘下头巾，仰头望向天空，自言自语道：

“我们不能忍受了，安拉啊，我们不能忍受了，您为什么用这样的灾难来考验我们？我们向您索求了太多吗？我没求过荣华富贵，只求死前能看一眼孩子们，死后有人给我清洗干净，穿上殓衣，埋进黄土，在大家面前为我念一段《古兰经》。您是慷慨的主，为什么对我们这么吝啬？您是大仁大慈的，可为什么对我们暴虐残忍?!”

玛利亚绞尽脑汁，想理清前因后果、来龙去脉，可是想不出，感觉自己实在想不明白，什么都不懂，一点也不明白。她眼前浮现一群女人孩子，他们从屠杀中逃生，躲进洞穴，而士兵们在洞口点火，这群可怜的人被熊熊大火焚烧，默念着萨哈达或是能记住的《古兰经》经文。“难道我们祖先犯了什么罪，让我们受罚？您为人类创造了宇宙，他们有善有恶，您却任他们随心所欲地发展？既然知道他们生性残暴邪恶，您为什么放手不管？

我是玛利亚·宾特·艾布·易卜拉欣，我父亲专门歌颂穆罕默德——您的使者、被您选中的人，还有尊敬的追随者们。我出生那天，卡斯蒂利亚人攻到了格拉纳达城下，将城封锁得死死的，供给匮乏，人们食不果腹。我父亲是个正直善良的人，他没说‘这个女婴给我带来了不幸’，而是捧着我，呵护我长大。我嫁入艾布·贾法尔家时，卡斯蒂利亚人又强迫人们改变宗教信仰，乌姆·贾法尔也没说‘新娘嫁入我们家，晦气也跟着她来了’之类的话。我怀孕了，跟所有女人一样很虚弱，接着把孩子们拉扯大。我没有虚度过一天，也没背弃过信仰，从不欺骗加害任何人，安拉啊，您为什么要在梦里给我胜利的预示，让我期盼，在我胸口放飞希望，让它高高翱翔，却又忽然把它重重摔下，让我的生活徒增伤悲！

那个善良的孩子面朝您的方向，改回了被您选中的先知穆罕默德的名字，他按照您在教法和《古兰经》中指示的那样拼搏奋斗，可您为什么要带走他，您的天堂里已经聚集了众多先知、天使、圣人？为什么！您告诉我，为什么要给敌人胜利的自得、荣耀的喜悦，甚至把他们的荣誉建立在我们的废墟之上?！您抛弃我了？抛弃我们了？”

第十五章

阿里看着奶奶，她虚弱憔悴、形容枯槁，花白的头发很稀疏，发辫变细了，布满皱纹的脸廓消瘦得像两条线，两眼茫然。

“奶奶，我们要走了。”

“去哪儿，阿里？”

“安拉知道，奶奶，他们说是去科尔多瓦。”

“我爸爸生前很想去看看科尔多瓦。”

“那我们走吧，奶奶，但愿我们能看到它。”

“我绝不离开阿尔拜辛！”

不是每个人都必须离开，政府颁布了新的迁徙决议，法令也传开了，要求所有居民都到离家最近的教堂广场集合。

玛利亚睡着后，阿里开始做准备。他把装油装橄榄的瓶子、装面粉装糖的袋子，统统搬到了屋外，让有需要的行人拿走，然后拿出奶奶和自己必需的衣物，叠好后用一张旧毛毯裹起来，又拿来一张草席和三条厚羊毛毯，卷好扎起。他忽然想起那个箱子，小时候经常躲在里面，奶奶四处找他，喊他，不停地喊，阿里顶起箱盖笑着说：“奶奶，我在这儿！”这个游戏持续了好几个月，后来奶奶知道他总藏在里面，他也知道奶奶早就心知肚明。箱子是深橄榄色，表面装饰着很多彩色小鸟的图案。

阿里把箱盖揭起来，一股薰衣草香飘出，里面有一本绿色封皮的《古兰经》、一个瓶子，瓶里装着闪亮的液体，另外还有一块玫瑰色宝石、几条天鹅绒披肩和一沓卷起来的文书。

阿里拿着文书凑近油灯，看看上面的内容，有祖辈们的婚约、有父母的婚约、有艾因·达姆阿、阿尔拜辛房屋契约；有出生证、接受洗礼的证书，还有三张装订在一起的纸，原来是一份书单。

他从箱里拿走了那本小小的《古兰经》，以及跟自己和奶奶有关的文书，装进一个布袋，挂在胸前，藏在衣服下面。

他盘腿而坐，等着天亮，当天空出现第一缕曙光，他把装衣服的包袱、草席毛毯扛到了圣萨尔瓦多教堂广场，接着又回家，叫醒奶奶。

他说服奶奶，他们去不过是让官员们看看，他们会相信她走不了路，就会允许她留下。

他喂她吃了东西，帮她穿好厚衣服，把鞋套上，膝盖以下的小腿都裹上羊毛毯，然后把所有的钱都装进兜里，大饼、橄榄、杏仁和干无花果等干粮用一块头巾打好包袱也带上了。

他左手提着干粮包袱，右手搀扶着奶奶出了门。用钥匙锁了门，又把钥匙挂脖子上，脖子上还挂着那个袋子，是安东尼奥送的金项链。他就着奶奶蹒跚的步履，两人慢慢向前挪动。

教堂旁边的广场挤满了人，男丁不多，因为夏天已经带走了大量的男丁，现在多是女人、老人、儿童。大家挨着自己的行李，或坐或站，办事员照着面前翻开的花名册，高喊人名，被叫到名字的人就出来，从人群和行李堆中扒开一条路，来到办事员面前，报告自己在场。

阿里拿着包袱、草席和毛毯，为奶奶找了一块可以坐的地方，他把草席铺在地上，扶着她坐下，将毛毯搭在她膝盖上。还没到隆冬，广场上已经很冷，十一月的寒风在呼啸，阿里担心奶奶生病，一路上就更加困难了。他坐到她身边，听她说：

“为什么现在不带我去见办事的，他见了我，就让咱们回家了不是？”

“等他叫咱们的名字，我就上前去，告诉他您的情况。”

等了一会儿，终于叫到他俩的名字了，阿里站起来，奶奶也挣扎着试图随他站起来，阿里对她说不用一起去。他走过去，又回来了，玛利亚问他：

“你跟他说了？”

“说了。”

“那我们现在可以回家了，是吧？”

“不行，奶奶，所有人都得迁走，必须走！”

“但我不想走。”

她一边说一边哭起来，阿里心里也不好受，说：

“我也不想走，这儿没有一个人想离开自己的家，但我们都得走。我们全得离开！”

他撇下她一个人哭，自己走得远远的，这个地方让他感到压抑窒息，前一天他本该跟伊尔南杜·本·阿米尔告别，这人和几个老工匠并不在迁徙决议中；他还应该跟集市的伙伴们辞行，因为没人知道他们会不会在同一队伍中一起迁走；他还想看一眼沃尔黛，但愿望落空了，他知道安拉不会让他在离开格拉纳达前再见她一眼，或者跟她道声再见；跟安东尼奥的见面就更加伤感了，因为伙伴一直哭个不停，他只好不停安慰他，借当局说的话，“这只是暂时迁走，不会太久的”。临别时，安东尼奥摘下脖子上精致的金项链，末端有个小小的十字架，哽咽道：

“我不知道这个礼物合不合适，它是我唯一值钱的东西，我小时候妈妈给我的。”

阿里把十字架戴在脖子上，两人互相拥抱，依依惜别。

第二天，第一缕曙光刚刚出现，迁移队伍便出发了。人们在全副武装的骑兵监视下前进，有的走在前头，有的落在后面，有的从左右围着队伍，人群后面是一些板车，由强壮的公牛拉着，上面是干粮和允许携带的行李。

队伍出了法赫斯·路兹门，朝着街区以北方向缓慢行进，这时队伍有些骚动，女人们哭，有一个女人高声喊着一些哭丧的话，老人们默默擦拭眼泪，继续往前走。

没到上午，格拉纳达已经远在身后了，他们走了好几个小时，士兵下令暂停前行，允许他们坐下休息一会儿，找个地方解手，还给每人发了一块黑乎乎的大饼，每十个人发一块猪油。大家吃了大饼，把猪油扔在一边。玛利亚没有吃东西，阿里数着士兵人数，来减轻自己的郁闷，有两百人，他还想数一下迁走多少人，但没数清，估计在一千到两千人之间。

第一天就这样平安度过了。天气的寒冷尚可忍受，玛利亚步履虚弱缓慢，靠拐杖和孙子的臂膀好歹还在走。士兵们没有粗暴地对待他们，相反，向大家强调迁走是暂时的，国王这个决定是因为担心战争烧毁了庄稼后大家会遭遇饥荒。士兵们还说现在把大家送到科尔多瓦，在那儿住上一年就可以回格拉纳达了。

太阳落山的时候，士兵们叫停了队伍，说："我们在这儿歇一晚。"然后分发晚饭，玛利亚不肯吃东西，阿里再三请求她吃一点，于是她吃了两颗无花果。

阿里看见大家把草席和毛毯铺在地上，生火取暖，就照着做了。天空清澈，很多星星闪闪发亮，月亮像半个橙子一样，介于新月和满月之间。一个女人大声清唱起歌谣，周围人沉默不语，心下恐慌，士兵们倒没什么反应。其他女人受到了鼓舞，旷野上此起彼伏的歌声越发嘹亮，节奏和旋律不时轮换，大家坐在地上拍着手掌，摇晃身体，一直唱到疲惫不堪，这才睡去。

第二天跟第一天差不多，到了第三天，玛利亚已经不能行走了，阿里背着她。队伍里不是只有他背着人，不少女人都背着孩子，有些孩子呕吐、腹泻，身体虚弱不堪，没法继续走了。有的年轻人背着年迈的父亲，还有人背着两腿有毛病的孩子。

阿里背着奶奶并没觉得烦恼，她不停哭泣让他心情沉重。他没听见她哭泣，也没看见她的泪水，却感到滚烫的泪珠一滴滴落在脖子上，穿透背后，一股寒意瞬间在他体内蔓延。

"奶奶，你为什么哭，你为这事还没哭够啊？"

她没回答，眼泪一个劲儿流淌。

第四天晚上，她发高烧，无法入眠，只痛苦地呻吟。阿里给她裹上了三条毛毯，陪在旁边熬到天亮。队伍出发时，他没有把她背在背上，而是用双臂把她抱在胸前，看着她的脸，难受得想哭，便抬头望向远方，看着道路尽头那荒芜的山岭。

晚上的时候，队伍里有三个女人陪在玛利亚旁边，她们再三催阿里去睡一会，她们代替他照顾一下他奶奶。第二天清晨，队伍又上路了，阿里把奶奶抱在胸前，在阳光下，她脸色蜡黄，也不动弹。他歪头去贴贴她的脸，感觉不到她的呼吸。她死了吗？他把这个念头赶得远远的，将她搂在怀里，双臂紧紧箍着她裹着毛毯的身体，继续行走着。但是那身体在他两手之间变得越来越沉，没有任何生命迹象。阿里啊，你奶奶死了……玛利亚死在了荒郊野岭。

他继续走着，似乎什么都没发生，然后，突然停下，两脚像被钉在了地上，用尽全力呐喊："我奶奶死了！"

队伍里的女人们与士兵就水的问题谈判，他们根据队伍配额给了她们要的水。女人们用罐子装满水，在玛利亚身边围成圈为她清洗，队伍里纷纷低声诵起耶利米哀歌和《古兰经》经文。

阿里跟几个人一起挖了个坟坑，把奶奶放进去，他弯着身子把她平放在泥土上，一个声音温和的谢赫反复念着："平静的心，带来满足与喜悦回到你的主身边，加入我的信徒，进入我的天堂。"阿里从坑里爬出来，他们向尸体撒上泥土。

长途跋涉还没结束，他们走走停停，停停走走，乍寒还暖的天气过去了，凛冽的寒风刮起，疾病开始在老老小小中蔓延，哭喊得胃部痉挛、剧烈地呕吐腹泻。队伍前进着，不时出现一些骚动，停下埋葬死者，又继续前行。阿里一心想的就是怎样逃脱，他计算时间，寻找机会。

漆黑一团的夜里有士兵看守。同伴们点燃了火，围坐在一起取暖聊天。远处士兵骑着马来回巡逻，阿里可以溜过去，从他背后跳上马，在士兵喊救命之前立即突袭，用一块布头堵住他的嘴，把他的双手绑起，扔下马，自己便骑马飞驰而去。

阿里把一块毛毯披在肩上，悄悄溜到了骏马旁边，跳了上去，趁士兵没来得及转头喊救命，就堵住了他的嘴，士兵从马背上跳下，跑了，阿里紧随他跳了下去，抓住他一条腿将他绊倒在地。两人打成一团，阿里看到一把匕首在黑暗中闪着寒光，一把夺过，刺进了士兵身体。他没看到血，只感觉手掌上有股热流。

他把士兵手脚绑了，跨上马，用力踢一脚，飞奔而去。

骏马一直不停奔跑，待停下时，天边曙光已染红黎明的蓝色，他的头发和马背早被汗水浸透了。举目四望，见自己处于一个山谷，四周是光秃秃的石山。他下了马，坐在一块石头上，在清晨的光线下终于他看清了这匹马：灰色马毛混杂着黑白颜色，马背又高又宽，结实矫健。

他站起来，走到骏马身边，抚摩它的额头和鬃毛，轻拍它的笼套，骏马双耳冲着前方，低声鸣叫，似乎这种轻柔的触摸让它驯服。它叫什么名字呢？阿里低声问它："骏马，你叫什么名字？"他又摸摸它的鬃毛，注意到自己手上还有残留的血迹，便骑上马去寻找水源。

也许是奶奶的祈祷守护着他。荒凉的石子路没走多久，便在山间一个转弯，赫然瞧见一条溪流、一片绿色的草地，他洗净脸颊双手，喝了水，坐着看骏马饮水。

阿里从没如此近距离接触过马，他没骑过，也没养过，只是小时候听奶奶讲过有关马的故事，她说："当伟大的安拉想创造马时，他唤来了南风，南风前来赞美安拉伟大。安拉从它身上抓了一把，抛出去，变成了一匹马，安拉说：‘我把你创造成阿拉伯马，没有翅膀亦可飞翔，你的鬃毛带着福气，既可满足要求，也可逃跑。你善待你的主人，他会关爱你，他的心牵挂着你，超过钱财和亲人。’”奶奶又说，“安拉创造人类始祖亚当时，让他在两种动物间选择：翼马和骏马。亚当选择了骏马，安拉对他说：‘亚当，你选了给你和子孙后代带来荣誉的骏马，只要骏马常在，你们就常在，只要骏马活着，你们就活着。’”

一定是奶奶在祈求安拉保佑他，于是安拉应允了她的祈求，赐了他这匹马，他准备给它取名叫沃尔黛，想了想，又改叫旅行者的行囊，他望着它，不停打量，终于决定叫它“黑驾步”。他对这个名字很满意，盖上毛毯睡了。

他从睡梦中惊醒，看看四周，除了骏马空无一人。他喃喃道：“骏马啊，我杀了一个人。”他眼里噙着泪水，语气沉痛，不过还是继续跟伙伴念叨，“黑驾步，我并不想杀他，当时一心想逃跑，很害怕，我奶奶死在了荒郊野岭。”他起身走近骏马，轻轻抚摩着它柔顺的鬃毛，头倚着它的脖子，低声说，“黑驾步，也许你的主人没死，但愿我只是让他受了点伤，没准他还活着……”

阿里望着骏马，骏马也望着他，它那一双乌黑的大眼睛清澈明亮。阿里低声问它：“骏马，你以前的主人是个好人吗？”

第十六章

阿里从队伍中逃出时，暗自庆幸自己走运，可是他在山林间穿行了许久后，饥肠辘辘，又念叨着“要是没逃出来就好了”。

看见从山峰岩壁里凿出来的房屋时，他越发紧张不安。他犹豫，是策马加鞭赶紧离开这儿，还是前往那些岩洞，向里面的居民求助呢？要是得单枪匹马对付他们一群人怎么办，那些人会不会拦下他，抢走他的骏马和身上仅有的一点钱财，还是会听他诉说遭遇把他当亲人？他的父亲为什么要离开阿尔拜辛温暖的家，孤苦地生活在那些岩洞里？

阿里只见过他几次，第一次那人戴着红色兜帽，脖子上围一条小领巾。他抱起阿里，拥入怀中，塞给他一袋钱币。他每次来都会给他一袋钱币。阿里问奶奶：“奶奶，这人是谁，为什么要给我钱？”奶奶一个劲儿地哭，没有回答。

等奶奶揭开谜底时，她已经病得卧床不起了。

“那个来看我们、给你钱、你总问起的男人，他是……”

“那个中等个头、有点瘸的人？”

“他是我儿子希夏姆。”

“我爸爸希夏姆？”

奶奶将来龙去脉一五一十相告。原来他父亲离家出走，住进了山里。他是个土匪，被当局通缉。亲人们瞒着他，其实他跟其他孩子一样，是有爸爸的，他依然健在。得知真相后，他难以入睡，羞愧难当，沉默寡言。他心中燃着怒火，几乎控制不住要大喊，把屋梁都震倒。他似乎永远无法原谅奶奶对他隐瞒了真相，要撇下她离家远去。回来时见她比之前更加消瘦苍白，只在床上默默哭泣，不禁又心软，心生怜悯，安慰奶奶不要难过。

爸爸会不会就在这片山里，会不会现在突然对他发起攻击，把他杀死。等到仔细看他的脸，认出他，再悲痛欲绝地嚎叫，任哭声在天地间回荡？

阿里双脚一夹，马儿疯也似的跑起来，跑到它和阿里都筋疲力尽，大汗淋漓，终于来到一条溪水潺潺的山谷。阿里下马躺在水边，哭了起来。他想回到格拉纳达，可是它那么遥远，而且越来越远……一定会有地方容纳他，或许是一个阿拉伯村庄，能够让他栖身；或许是一座大城市，他能像盐一样融化其中；或许他可以设法前去巴伦西亚投奔他姑妈，她和她的孩子们兴许能帮他。

阿里翻身上马继续前行。他上了一条坡，突然眼前出现了一处奇妙的景象，他不禁说：“蜃景”，接着又自言自语，“一定是饿昏了头，幻觉越来越重。”他和黑驾步继续前进，一步一步，慢慢地，靠近了那块郁郁葱葱的地方。柠檬、橙子、苹果，还有一个丰满的女人身影时隐时现，他说：“骏马，那是仙女。”

又说，“这片陆地没有大海，仙女只是虚幻的假象。仙女的腰身都像杨柳枝或是竹枝摇曳，而这个女人身材丰满，那垂下的不是夜幕，而是她胸脯上波浪起伏的乌发。”

女人有一间小屋、一个花园，她为他开了门，他进去了。女人生起炉子，把锅架上，熬了粥，两人一同用餐。晚上阿里躺在她床上哭了，她抱着阿里，直到他平静入睡。

她没有叫醒阿里，等阳光照在身上，他才起床走进花园。园子里种着参天的柏树、稻谷和各种果树，一片绿叶沾着晨露，染晕了冬季的薄雾。花园里还有一口井，井水清澈甘甜，有粼粼波光。

阿里走到黑驾步身边，马儿竖起双耳，跟他一起前进。他轻抚着马儿的额头、鬃毛和背部，听它低声嘶鸣。阿里给它舀了一瓢水，又给它喂了一些饲料。这时小屋里飘出女人的歌声，阿里循声望去，见树上挂着许多橙子，虽然天气阴霾，但它们却如一团团橙色的火焰般燃烧，成熟的苹果压弯了枝头，黄色的柠檬则害羞地躲闪着，在绿叶间若隐若现。

阿里走到女子身边，她递来一罐蜂蜜，阿里伸手拧开盖子，一股浓郁的橙花香气扑鼻而来。阿里尝了一点，用罢早餐，便出门到了山坡上，像羚羊一样快活地在树丛间蹦跳。

当附近的山丘被深冬的大雪覆盖时，这个花园仍然神奇般地被绿色笼罩，小屋从早到晚生着火，温暖而明亮。

她没问过阿里的身世，阿里也从不打听她的故事，两人很少说话，他信任她，她也信任他。白天她放声歌唱，歌声飘荡在花园上方，成了另一个花园。夜晚她低声轻吟，歌声中夹杂着木柴燃烧时的噼啪声，两人用另一种非言语的方式诉说心肠。

当春天的小鸟在枝头叽叽喳喳时，阿里准备离开了，她哭着说：

“你会忘记我的！”

“我怎么会忘记你！”

她给了阿里一罐蜂蜜，他向她告别。阿里抓着黑驾步的缰绳，走在它旁边，留下身后那座花园。

第十七章

他眺望格拉纳达的建筑群，哭了，又笑了，站在山坡上可以俯瞰全城，整座城市尽收眼底。他久久地望着，夜晚来临前能将所有风光收入眼里，天黑后再悄悄进城。他穿梭在大街小巷，走进熟悉的地方，顺着山坡向上攀行，又顺着山坡向下而去，他在饮水处停下，为了喝水，也为避开陌生人的注意。走近局部之前，格拉纳达的全貌已经在白天呈现眼前：萨比卡和阿尔拜辛。哈达拉河在两山之间轻轻流淌，时或蜿蜒。这条小河的河道真如玛利亚所说是纯金的吗？往左就是沙尼勒河，跟她描述的完全一样。河流张开臂膀拥抱着格拉纳达的肩膀，陪伴着它。往远处，河水奔涌向前来到一片田地。他把视线移回阿尔拜辛。它如牛奶般洁白鲜亮，层层叠叠积聚在山坡上，柏树、松树、无花果树矗立山顶，面向对面的山坡，山坡上阿尔罕布拉宫和它的高塔、城墙、花园延绵伸展。奶奶走了，骏马走了，我回来了。

他弯腰凑到一株仙人掌边，摘了一枚果子，从口袋里掏出小刀，将果实一端切掉，沿直线将果皮剥开。他用刀的一端挑出果实，放进嘴里。仙人掌让他想起了身披尖刺铠甲的英雄罗伯托，模样严苛，却是个好人。

罗伯托把他送到了格拉纳达城郊，边走边提醒他：“这座城不再属于我们了，它不像巴伦西亚，甚至不像穆尔西亚，里面只有少数人分散而居。阿拉伯人的格拉纳达变得像个歌女，战战兢兢，为了讨好主子堕落到去跳舞卖淫。阿里，不要相信他人，当心卡斯蒂利亚人，更要当心阿拉伯人……你为什么想回格拉纳达呢？为什么不和我待在一起？跟我一起吧。你想回格拉纳达，这毫无意义。那我告辞了，祈求安拉保佑你，保佑你平安。”

英雄罗伯托转过头，调转马，头也不回地说道：“我给你袋子里放了点钱，或许用得上。”

阿里看着纯种马阿斯莱飞奔而去，马蹄强有力地踏在地上，比风儿还快，阳光几乎无法在地上照出它的影子，罗伯托骑在阿斯莱背上远去，身子微倾，黑色斗篷迎风飘扬。

阿里闭上眼，回忆他俩初识的情景：阿里注意到黑驾步低声嘶鸣、双耳和外侧鬃毛抖动，却根本没看到他，也没察觉到他靠近，随后听到马蹄声越来越近，阿里正打算跳上黑驾步，却没动。管他来者是谁吧，无论是敌是友，与世隔绝独处几个月后，也算可以看到一张人脸，管它是微笑或开怀，愁眉紧锁或怒容满面。他在原地静候着，见来人逐渐靠近。那人骑一匹黑马，戴了头巾，肩上披着斗篷，是个阿拉伯人。他喊道：

“您好！”

那人回答道：

“您好，愿安拉怜悯你。”

来人勒马下地。他长着一张棕色的瘦长脸，两只眼睛犀利得像隼，腮边和嘴巴周围的胡子黑杂着白，已是花白。

那人疑问地盯着阿里，目光严厉。

“孩子，你是谁，怎么会到这儿？”

“我叫阿里，来自格拉纳达。我从迁徙队伍中逃了出来，来这里加入革命军，在这片山里一个人都没找到。”

那人更加严厉地训斥道：

“孩子，你傻了吗？怎么能把自己的底细告诉陌生人？孩子，不要轻信陌生人。”

阿里为自己辩解：

“我从您的相貌和衣着知道您是个阿拉伯人。”

“必须谨慎，不是每个阿拉伯人都可靠。难道我不可能是间谍吗？你会因为嘴巴不严丢了性命的。”

阿里无话可说，只能沉默，那人继续说：

“你一个人住吗？”

“是的。”

“在附近的这个阿拉伯村庄？”

“是的，不过已经完全荒废了，除了我，没人住里面。”

“我会来看你的，我是英雄罗伯托，大家这么叫我，我也这么称呼自己。”

罗伯托骑上阿斯莱，阿里骑着黑驾步走在他前头，欣喜得心跳加速。一个客人像是从天而降般来到他身边，抚慰他的孤独，跟他一起住上一天、数天甚至数周。也许罗伯托能为他指个出路，带他去人群聚居的地方。

一次偶遇，阿里便如影随形与他相伴了两年。阿里向他讨教各种问题，诉说担心、忧虑，忍受他的火暴脾气，用自己觉得合适的言语让他平静。

“罗伯托，你的马真漂亮！”

“这是匹纯种马，叫阿斯莱。我对它有时严格，有时也纵容。有一天我花光了身上所有钱财买下了它，当时我有一个蠢老婆，不能理解，说：‘你花光所有钱就为了一匹马？’我对她说：‘为什么不行？男人不是花光所有钱支付女人的聘礼了吗？在男人心里马也是最珍贵的！’这话让她生气了，我心想那就生气去吧！”

“罗伯托，你老婆在哪儿呢？”

“我离开了她！”

“她死了？”

“没死，像她那样的人死不了的。我把她送回了娘家。”

“罗伯托，她对你不好吗？”

“她沉闷乏味。人为什么要坐在树下？”

“为了休息、乘凉，享受它的果实。”

“我老婆没结出一个果，落在我身上的影子太重太闷。我将她送回了娘家，然后带着阿斯莱走了。”

阿里盘腿坐在一片仙人掌边，等待夜幕降临再潜入城内。他心神不宁，几个小时漫长得像几年。

告别那个花园女子时，他本想加入布沙拉特革命队伍，有他们遮风挡雨，以群山作为庇护。奶奶去世了，格拉纳达陷落了，除了他们，他别无亲人。黑驾步带他一路向东，接着再向南，又爬行了一段崎岖山路，阿里在那儿停下，环顾四周，开阔的天空笼罩着安拉的广袤大地，群山峻岭如波涛般起伏，山麓浸染着树木的苍翠，或云朵的乳白。

阿里驻足在那块岩石前，出神地盯着。那是一块巨石，整整一块独自矗立，它如何矗立在山峰之上？部分底座稳稳地立在峻峭的山峰上，其余部分像被自身或者天空托起。他凝视着它，它看起来很坚固。狂风洪流为何没推倒它？飓风是否会撼动它，再一场飓风让它晃得更厉害，最后在第三场飓风中滚落而下，在巨大的推力下，向山底滚去，一路发出隆隆巨响？无论怎样的狂风，它始终屹立在那儿，因为安拉注定让它成为一大奇迹，要让人们惊奇地看着它，感慨“赞美安拉”！

他继续前行来到一个村庄，小山脚下一座座白色房子鳞次栉比，一群鸟儿在夏日的枝头欢鸣，树枝上缀满果实。可这儿很荒凉，似乎安拉从未给这儿创造过人类。没有人，没有动静，没有炊烟袅袅，没有女人为丈夫和孩子们准备饭菜。

阿里翻身下马，牵着它在村中小巷穿行。他把马拴在一处院落外，推门进去，左手边是一处楼梯，右手一间屋子铺着地毯。他登上楼梯，九级石头台阶盘旋而上，把他带到了二层。在那儿阿里看到一个小房间，里面并排放着三张床，旁边的房间稍大些，中间摆一张大床，墙边立着木柜和箱子，对面还有另一口箱子。正对房门的那面墙还有扇门，他推开门，是个面向群山的阳台。阿里走到木门边，向正下方望去，一排排白色屋顶在阳光下像跳跃的浪花，他眺望远方，目力所及之处山坡连绵不绝，山脉如波浪般起伏，时而倾斜至山谷，时而向上直入云端。

他转身下了楼梯，来到客厅，看到一扇矮门，弯腰进去，进了另一个宽敞的房间，估计是厨房和储藏间。一侧放着几口铜锅、陶盆、大勺、盘子、一大一小两个筛子；另一侧有几袋面粉、糖、扁豆、蚕豆、一罐油，另一个罐子里有橄榄；角落里还有倚墙而立的斧子、榔头、带有墙灰渍迹的提桶，一袋涂料和一把刷子。

阿里在这座房子里过了一夜，第二天一早，他拿着斧子给小花园松了一下土，给花草树木浇了水。第三天他拿了一些涂料，和了一点水在桶中搅拌，打算重新刷一下墙壁。

他将刷子浸入提桶，开始粉刷房屋正面。房子，你的主人是谁？叫什么名字，他老婆多大年纪？她长什么样，是心地善良的丰满女人，还是让邻居们羡慕的如花少女？小房间是孩子们的吗？男孩还是女孩？或者是间客房，男女主人十分好客，每逢有客人来访，两人便挤在一间小屋，把大屋大床让给客人住？斧头是园艺必备之物，男主人是农民，还是手艺人？阿里将刷子浸上涂料，在墙壁上滚动。他思忖着主人为什么离开，拖家带口是为了躲避下一次战争，还是战死沙场了？房子，你的主人在哪儿，什么时候回来，还回来吗？

石头不语，安拉没有让它像人类一样开口说话，但它都知道，因为它目睹了一切，见证了离别聚合。

短短几天，阿里已将墙壁粉刷一新，他在村里四处走动，骑马进山寻找，寻找什么？他没见到一个可以交谈的人，便在一处开满野花的地方坐下，与美丽的罂粟花交谈，也和黑鸳步聊天。太阳下山前回去做晚饭，用餐后站在阳台，看月亮在空中悄悄移动，一连串问题也冒了出来：什么是大地，什么是天空，悬在二者之间的生命又是什么？事情怎么开始的，怎么变成了那样？是不受理智控制、只会带来伤害的邪恶吗，还是另有隐情？他们杀害了布沙拉特的革命者，把人们赶出了格拉纳达，让他们流浪四方，此后又将发生什么呢？高高在上的安拉能知冥冥之事，一切早已写在天牌上……天牌上到底写了什么，胜利还是毁灭？

一日他来到山间，发现一处山坡如台阶一般，他下马行走，以探究竟，见一处似深山里的洞穴，但并非洞穴，而是露天的。向上望去，天空如此湛蓝，在周围参天大树的枝叶间若隐若现。脚下的地湿漉漉的，很滑，石头颜色斑驳，深红、玫红，灰黄，一些顽强的种子扎根在石缝间，它们先深入地底，随后劈开石缝，露在人们眼前。树根粗壮无比，树干呈黑色，裂开了，很古老。

轻微不绝的潺潺水声从何处传来？他继续向深处走，一条瀑布从高处倾泻而下，似水银般闪亮，还夹杂着些许红色。水落下，冲入地面沟渠，刷洗着一路的石子，将一抹红色留在其间。

林荫茂密，空气湿润，五彩缤纷的野花野草在石缝中生长，黄的、粉的、红的，阿里呼喊“安拉啊”，回声朗朗。他又喊“安拉啊”，回声比他的声音更嘹亮。他大声喊“奶奶”“玛利亚”，接着又提高了声音喊“格拉纳达”。他喊着，听那声音不断回荡，精疲力竭地坐下，淌着眼泪，放声恸哭。

那时的格拉纳达似乎不可能再回去了。可现在他回来了。环顾四周，整座城市已被夜幕笼罩，他拿起包袱，起身朝格拉纳达方向飞快跑去，唱起了那首家喻户晓的卡斯蒂利亚歌曲：

伊本·阿马尔啊，伊本·阿马尔，

住在阿拉伯街区的阿拉伯孩子啊，

是什么宫殿

耸立在城市的天空？

国王唐·胡安没有攻下它，不知它的美景，但他依然唱着：

城市啊，

我将一颗心捧在手心交予你，

还要献给你科尔瓦多和塞维利亚，

那是你的彩礼，

再来一副珍珠项圈。

格拉纳达回答说：

收好你的礼物吧，

伟大的里昂国王，

我早已嫁人，

我丈夫赐给了我一群孩子，

我的誓约不会改变。

第十八章

"扈斯！"

"阿里？"

扈斯一身卡斯蒂利亚权贵装束：头戴猩红天鹅绒礼帽，身穿银线刺绣夹克、一条腹部宽松、臀部略紧、从大腿到膝盖紧绷绷的裤子，小腿裹着一双丝质长袜，脚上套一双锃亮如镜的鞋子。阿里一眼就认出了他。

扈斯越发像他父亲，面部肌肉结实，大额头，浓密的红褐色胡子，甚至连走路也跟伊尔南杜一样，步履缓慢沉重。

"你真的是阿里？出了什么事，你怎么了？"

阿里没明白扈斯的意思，他呆呆地，不敢相信终于在阿尔拜辛看到了一张熟悉的面孔。他曾一心想回格拉纳达，似乎只有在那里才能找回自己的生活，可五年后再次回来，却找不到一个朋友或工友。安东尼奥已经离开，不知去了哪儿；费黛的儿子逃跑后再也没有回来，巷子里再不见小时候熟悉的面孔。虽然宅子巷子还在，可阿尔拜辛已不是原来的阿尔拜辛。回到格拉纳达的第三天，他坐在沙尼勒河边哭泣，想起了罗伯托，心想，罗伯托劝我留在他身边，当时真该留下。

扈斯邀请阿里去他家做客，阿里惶恐地跟在他身后，自从回到格拉纳达后，他一推再推，就怕那个时刻到来，怕亲眼看到那栋房子和紧锁的大门，还有奶奶常坐在旁边等他的那扇窗户。

两人进了街区，扈斯说个不停，阿里心不在焉，完全不明白他在说些什么。阿里看到庭院里那颗无花果树茂密的枝叶，接着路过了家门，与它仅一臂之遥。阿里摸了摸口袋里的钥匙，抬眼便看见了那扇窗户，它依然在那儿，窗户铁条弯弯曲曲像树枝一般，木百叶窗紧闭，大马士革玫瑰不见了踪影，花坛里的泥土变得干黄了。

伊尔南杜·本·阿米尔的房子依然坐落在街区尽头，庭院还是老样子，左边一棵枣椰树，右边开心果树和栗子树。阿里曾双膝跪在栗子树下，头和身体略微前倾，拿着小棍子在泥土上画画，沃尔黛非常喜欢他的画，扈斯总努力临摹。他对他父亲说："看我画的。"父亲则回答："阿里画得比你好，好多了！"每当这时候扈斯总说："因为他比我大一岁。"沃尔黛则说："我比阿里大一岁，却没他画得好。"

两人坐下，用人端来了食物饮料，扈斯说：

"快说说，你什么时候回到格拉纳达的，怎么回来的，这些年在做什么？"

"你先跟我说说，你爸妈都好吗？"

"我爸两年前死了，我妈身体不错，就是经常抱怨街区里老熟人都没了。"

"你弟弟们呢，沃尔黛呢？"

“他们都成男子汉了，沃尔黛也出嫁了。”

阿里不知道该说什么，扈斯继续说：

“沃尔黛嫁给了一名有权有势的卡斯蒂利亚骑士，过着公主般的幸福生活，安拉赐了她一个儿子，现在第二个也快生了。阿里，该你说了，你去哪儿了，从哪儿来，都做了些什么？”

阿里只说了一点，然后说他现在既无证件，又没工作，暂时在郊区一所废弃的房子里落脚。

扈斯对他说：

“给我一周时间，但愿能有好消息。”

阿里起身告辞，扈斯塞给他一些钱，说：

“你看样子过得不容易，去买些好衣服吧。”

阿里差点给扈斯抡一巴掌，回应这种侮辱，不过还是压住了怒火，说：

“我有钱，钱够，还有富余的。”

扈斯把钱放回自己兜里，就像什么都没发生过，带着惯有的微笑说：

“兄弟，如果有钱就应该穿着得体。他们总是欺负我们，看不起我们，在我们面前盛气凌人，嘲讽我们是‘阿拉伯人’。倘若我们有人显得有钱有势，走路像贵族那样昂首挺胸，他们就不敢欺负他，更不敢放肆。我们得显得像老爷，举止跟他们一样。”

一星期后阿里去箱包街找扈斯，看到扈斯坐在店里，周围坐着三个人，都穿得跟他差不多，一副有头有脸的模样。扈斯瞥见阿里，挥手打了个招呼，示意已经明白阿里的来意，要稍等一会儿。

扈斯接替父亲打理店铺，并收购了旁边两家店，扩大了规模，生意很兴隆，这从店铺里商品和员工的数量便一目了然。

阿里等了很长时间，那种有求于人的感觉令他难受，于是细细打量起周围的箱子，看看做工差异以排解烦闷。他又看看扈斯，他正说着一口卡斯蒂利亚语，跟旁人们高声大笑。阿里估摸他们是卡斯蒂利亚人，却又有点怀疑自己判断不准，没准那些人在外形、打扮和口音上都跟扈斯相似。他们终于起身了，扈斯送走他们后，笑着朝阿里走来，说：

“告诉你一个好消息，你的问题解决了，必要的证件都办出来了，还有你在我店里工作的证明。”

阿里一时不知道说什么好，随后轻声说：

“扈斯，你的好我会记着的。”

“就差住宿问题了。爱德华多……过来一下。”

一个清瘦的中年男人走了过来，他长着一双绿眼睛：

“是，先生。”

“这位是阿里，他会在店里跟我们一起工作，暂时跟你住一起，直到我们给他找到合适的住处。”

“遵命，先生。”

扈斯开怀大笑，说道：

“问题都解决了……这是你的新证件。对了，阿里，你们走时把艾因·达姆阿的宅子卖了？”

“没，我们没卖，你为什么问这个？”

“没准，没准，我还不能肯定，不过没准能安排一下，你可以住回阿尔拜辛的家。你先回去，给自己买些好衣服。我不是说过你现在这身衣服不合适吗！”

阿里没理会扈斯后面说的话，也没感觉到其中的恶意，他对有可能收回老屋的事惊住了，陷入了沉思。

跟扈斯握手告辞后，他离开箱包街和集市，见到一棵树，便坐了下来。扈斯成了什么人物，怎么有了这些权势？给自己弄来一份证明从未离开格拉纳达的文书，还说“我让你住回自己的房子”。房子被国家没收了，难道扈斯跟国王，跟格拉纳达长官，跟大主教有私交？还是仰仗他姐夫，他口中的那位贵族、有权有势的骑士？那个娶了沃尔黛的男人只要开口要求解决他的问题，让他在格拉纳达合法居住，各个政府机关都大开方便之门？

他满脑子各种疑问，收回阿尔拜辛旧宅的主意触动了他，让他越发心神不宁。

他给自己买了一些新衣服，第二天一大早便到了箱包街，扈斯还没来，后院里的工匠们已经开始了一天的忙碌，锯木头、敲打、钻眼，有的在准备食物。阿里拿过一把锯子，开始锯一块木头，一门心思全在手头的活上，似乎过去这些年的经历从未发生过，谁说他离开了格拉纳达？谁说他刺伤了一个他既不讨厌、也不喜欢的彻头彻尾的陌生人？谁说他在峡谷中迷路时，差点因为饥饿、孤寂、劳累死去？甚至连那个拥有花园、小屋和蜂蜜罐的女人、英雄罗伯托、阿斯莱和黑驾步统统如梦中虚幻的光影一闪而去了。谁说他奶奶去世了？现在，就是现在，等干完活就离开箱包街，回到阿尔拜辛，爬上山坡，经过圣萨尔瓦多大教堂，左转进入一条街，顺着再进另一条街，在那里就能看见玛利亚的脸，她正在装点着玫瑰花的阳台眺望。

“信仰唯一的安拉吧，阿里，别难过，要高兴点，跟一群男人干活时不该掉眼泪。”

阿里抬头一看，爱德华多正俯身跟他悄悄说话，说的是阿拉伯语，他跟自己一样也是阿拉伯人。

阿里咬咬嘴唇，然而，泪如雨下。

阿里坚持去干活，经过后院忙碌的工匠时，才能见到扈斯，他总在训斥人，教训这个，责骂那个。那天扈斯径直朝阿里走来，说：

“阿里，今晚来我家一趟。”

晚上阿里去了，扈斯说：

“我要给你帮的这个忙，可能你这辈子都不会忘记。”

阿里知道他指的是阿尔拜辛的房子。扈斯说：

“你要是想的话，可以住回阿尔拜辛的房子！”

“我要是想的话？我当然非常想要的，扈……唐·扈斯。”

“那你听好了：那房子已经被没收了，赎回要付一大笔钱，还要找一些厉害的关系。我使了劲，办成了。我给你提几点：

你签这张契约，日期在迁走前，卖掉艾因·达姆阿和阿尔拜辛的两处宅子。第一处我拿走，算是我付出的钱财和辛苦费，第二处我拿走，让你住，你觉得怎么样？”

“我不明白！”

扈斯又解释了一遍，阿里说：

“你拿走艾因·达姆阿的房子是为了让我收回阿尔拜辛的房子，那你为什么又从我这儿拿走阿尔拜辛房子的地契？”

“阿里，你说得好奇怪，我就是让你能用低价住回以前的房子，要不然你就得跟爱德华多挤在昏暗的房间里。这两座房子不归你所有，我的意思是已经不再归你所有了，在售房契约上签个字你怎么还犹豫呢？”

阿里沉默了。

“你想说什么？”

阿里什么也没有说，扈斯起身把契约、笔和墨水瓶递给阿里。

扈斯说：

“签吧，这是你难得的机会。”

接着又说：

“你别犯傻。我让你回到自己以前的房子，你还犹豫，我真没想到！”

“扈斯，给我一点水喝。”

扈斯起身给他拿来了一罐水，阿里觉得嗓子越发干燥，全身冒汗，头晕目眩。

阿里喝了点水，扈斯把笔递给他，他拿着在墨水瓶中蘸了一下，此时突然想起了爷爷放在艾因·达姆阿的书籍，说道：

“在艾因·达姆阿有一些书，我爷爷艾布·希夏姆留给我的，我要那些书。”

“我会给你的。”

笔在阿里手中握着，扈斯说：

“既然已经说好了，就签了吧。”

阿里又一次拿笔在墨水瓶中蘸了蘸，先在第一张出售艾因·达姆阿宅子、周边土地及地上橄榄园的契约上签字，然后在第二张契约上也签了字。

爱德华多问阿里怎么不吱声，阿里没搭理；喊他一起吃晚饭，他也没吃。爱德华多吃完饭便睡了。深夜里，阿里的紧张不安终于化成了愤怒。扈斯这条狗，卑鄙无耻，吸我们的血养肥了自己，他靠我们破产发横财。阿里感觉如果这时看见扈斯，他一定会冲上去扑倒他，拳打脚踢，直到他变成一具僵尸。可扈斯并没在他面前，而是安然在自己家中酣睡。现在怎么办，怎么办？为什么签这张契约，签那个杂种根本没任何权利签的契约？

爱德华多突然从床上跳下，用力抱住阿里，对他喊：

“你在对自己做什么，想想安拉吧！”

阿里正大声吼着，用头猛力撞墙，鲜血汩汩涌出。

第十九章

他在门上转动了一下钥匙，推开门，走了两步，停住了。视线慢慢扫过那些熟悉的东西：右手那棵无花果树，盘根错节的树根遒劲有力地撑起了整棵树，茂盛的枝叶呈圆形，有的地方已经伸出了石墙外，给地面罩上一层浓浓的树荫。

庭院，跟那棵树不同，诉说着他的离去：地上堆着厚厚的尘土、干枯的树叶、鸟粪；壁虎、老鼠、蜣螂在这里安家，尽管落叶遮挡了它们，阿里仍能听到窸窸窣窣的声响。

夏日时分，每到下午，玛利亚总会打扫庭院，从井里打满一桶水，把水洒在地上，再打一桶，浇在地上。她种的那小片花园呢？阿里看了看对面，只有两棵落光了叶子的巴旦杏树，树下土地已经干裂。奶奶曾说过的"我的花园"，其实不过是一块长方形的小圃，她翻土、种上树苗、修剪枝杈、浇水，还在小圃周围用肉豆蔻种子围了一圈，种上大马士革玫瑰、鱼香菜、薰衣草，夏日的夜晚总是弥漫着阵阵清香。

植物像人一样会死去，石头却历经沧桑依然顽强活着。视线从花园转向老屋：三扇拱门，四根柱子，花廊，在一角有间带阳台的屋子，晚上做工回来一走进巷子便能看到奶奶坐在阳台后等着他。

那口井呢？他走过去，弯腰朝里面望去，井里还有水！他找来提桶，将桶放下进井底，又拉上来。他脱了衣服，把水从头顶一口气浇下，禁不住大喊一声，笑了，又重复了一遍。人可以重新开始，我能从头再来。

他要动手清扫宅子：先将各个房间和庭院清扫了一遍，用水冲洗，买来床单、被罩、油、橄榄，还买了几株树苗种在花园里。

回到家第二天，他买来土壤肥料、种子、树苗，拿起一把旧斧头，把土地翻整了一遍，撒上肥料，给玛利亚的花园种上同样的花：野玫瑰、薰衣草、鱼香草，接着又在旁边种了一株柠檬苗、一株橙子苗，又把院子打扫一遍，用水冲洗了三回。

他买了涂料、一些木板、一把新榔头、锯子、钉子，把墙壁粉刷一新，更换了门窗的木框，重新刷了一遍油漆。他打了一只大木箱，把艾因·达姆阿的存书都放了进去。他轻轻拭去书上的灰尘，将它们码放进箱子，用钥匙锁好箱子后，跟大门钥匙一起放入口袋。

天边刚刚露出曙光他就起来了，先劳作两小时，然后去箱包街的扈斯店铺干活，回来后继续清早的劳作直到太阳下山。当夜幕来临，他精疲力竭地倒在床上睡去。玛利亚经常出现在他的梦中，有时梦见那个花园女子，火苗在她的小屋里跳动，他伸手去拿那罐蜂蜜，哭着醒来时，蜂蜜那浓浓的甜蜜滋味还没散去。

他从没梦见英雄罗伯托，不过有一天整饬宅子时，罗伯托出现在他脑海里，两人聊了很久。罗伯托根本不理解阿里为何如此执着地要回格拉纳达，为什么渴望回阿尔拜辛的家，同样，阿里也无法理解罗伯托分析事物的逻辑。

“拦路打劫，罗伯托，这是罪恶！”

“不是罪恶，而是完全正当的。”

“你伤害受安拉保护的旅客，偷窃他们的钱财，一旦遭到反抗你就殴打他们，你说这是正当的？”

“孩子，你真是头蠢驴！”

罗伯托大笑着说出这句话。后来有一天他很愤怒地说了同一句话，两人的交流变得紧张，他提高嗓门大声训斥：

“你当我们是强盗吗？孩子，我不是强盗，我厌恶一切卑鄙懦弱的人。我们打劫过自己人吗？抢过弱者或者走投无路的人吗？统治者把袭击海岸和船只的人叫作海盗，我们却称他们为圣战者。为什么？想想吧，孩子，他们是安达卢西亚来的移民和阿尔及利亚来的援军，漂洋过海打击敌人，替自己报仇，尽力把同胞从暴君手里救出来。他们不是强盗，也不是海盗。”

“可是，罗伯托，你没救过任何人。你从那些个出门在外的人身上偷一点，然后就走了。”

罗伯托生气了，跟阿里吵了一天，后来过了半天，一个字也不说。冷静后两人都不再提这茬事。阿里问起布沙拉特的革命，他便讲讲，说某天某时发生了什么，又说起穆罕默德·本·伍麦叶、伊本·阿布维，每次罗伯托都用同样的话作为结束：

“孩子，问题是领导我们的人比我们弱小。我们更强大，更有能力，更有能耐，可他们是领导，他们溃败了，我们便跟着溃败了！”

罗伯托把阿里带进山区跟山匪们住在一起，他说：

“没人强迫你做任何事。你要守护好我们的山洞，看着羊群，你对别人就有用了。”

阿里跟着他，一起住了一年半，可他并不喜欢那个地方，说：

“我要回格拉纳达。”

“回去的话，他们会把你抓起来的。”

“我要回去，随便怎么样吧！”

如果罗伯托陪着他走进家门，看到他粉刷墙壁、修理窗框、上漆、给玛利亚的花园种花，如果罗伯托现在跟他在一起，那么无须过多解释和言语，他自然会明白一切。

经过三个月日复一日的劳作，整座宅子像新娘一样光彩照人：玛利亚的花园成了真正的花园，她那对着巷子的阳台铁栏杆刷上了绿漆，红色、粉色、黄色的大马士革玫瑰怒放，装点着它。玛利亚，你觉得怎么样？

宅子翻修完工的那天夜里，他躺在床上，对成果十分满意，却睡不着，签过的契约让他无法入眠。是忘了，还是不愿去想，所以用工作麻痹自己？扈斯这种行为不该遭报应吗？他跟爱德华多提过那些契约，对方说：“对他而言不是什么新鲜事，扈斯就是这样，但即便如此，尽管他败坏，还是帮了你。你本来失去了房子，没希望要回来的，他帮你要回来了。”

扈斯到底是帮了他，还是偷了他的东西？扈斯是个卑鄙无耻的盗贼。他不会罢休的，要加倍奉还给扈斯，日子还长着呢。

第二十章

拥挤的市场里，阿里远远瞥见了她。一个跟她身高差不多、身材结实的女人，用从容的步伐摆动着丰满的臀部。阿里朝她走去，追上，跑到她前头，转过身。两人面对面，阿里喊道：“费黛阿姨！”

她打量他，一时间说不出话，他觉得她可能没认出他，马上又注意到她的眼神并不疑惑。她褐色的脸庞起初阴沉，接着变得灿烂，双唇颤抖，像是微笑，又似悲哀。

“你什么时候回来的？”

“几个月前。”

“怎么没来问我，问你的伙伴？”

“我问起过他了，得知他还没回来。”

“你跟奶奶一起回来的？”

“我奶奶？”

“你一个人回来的？”

“她去世了。”

费黛没接话，眼神迷离，怔了很久，似乎忘了他还站在跟前。他打破沉默，问道：

“有费德里科的消息吗？”

“两年前他来过一封信。一位陌生人留给我的，都懒得等我回来，把信留给了跟我一起干活的一个女佣。我把信给唐·佩特罗，让他念给我听，他说信是用阿拉伯语写的。于是我四处找能读懂阿拉伯语的人，接连找了好几个星期才找到。

费德里科说他很好，找了一份工作，没说住在哪儿，做什么事，我一直盼着他还能来信让我安心，告诉我详细的情况。”

“那封信你带着吗？”

“我把它放在家里了。”

“把它拿给我看，我可以念给你听。”

“你能看懂阿拉伯语？”

“是的。”

阿里差点邀请费黛去他家坐一坐了，不过想到自己独居，难免不妥。他说：

“礼拜天做完弥撒，我们在圣萨尔瓦多教堂广场见吧。”

“既然你看得懂阿拉伯语，我今晚就带着信来找你。你住哪里？”

“我住回阿尔拜辛的家了。”

虽然担心费黛来访会引起左邻右舍的好奇，引来闲言碎语，不过干完活后，他还是去买了一些款待费黛的东西。想到费黛来访能给老宅子带来一些曾经的亲切，他很开心，奶奶的老朋友老邻居们经常上门来的。

他听见费黛推门的声音，立刻飞奔出来，用洪亮的声音表示欢迎：

“费黛阿姨，大驾光临！快请……欢迎！欢迎！”

阿里陪着费黛进了屋，等她一落座，马上端来了小馅饼和干果，在她对面坐了下来。他打算不主动问及费德里科的那封信，没准她把信给他，他念完，她就走了。他并不想她走。可她却伸手从胸口掏出一个天鹅绒布卷，小心翼翼地打开，把信递给阿里。

他接过信看了起来，简直不敢相信自己的眼睛，又重新读了一遍。该如何控制脸上的表情，以免流露信中内容带来的震惊呢？该怎么对她说，现在怎么办？

“你怎么了，阿里先生，怎么不读呢？你不是说能看懂阿拉伯语吗？”

他咽了一下口水，头也没抬，说道：

“费黛阿姨，字迹太潦草了。费德里科口述的，找了个不大会写阿拉伯语文字的人代书。我得一个字母一个字母地看，才能认清，确认什么意思。”

得拿出主意了，他鼓起勇气，做了决断，说：

“亲爱的妈妈费黛，安拉保佑您永远健康快乐。我要告诉您，我很好，我到了马拉加，在这儿住了下来，找到了一份工作。雇主是个好人，对我很好，很公正，从不克扣我的工钱。

“向阿里、安东尼奥、艾布·扈斯，以及所有朋友邻居问好。

“亲吻你的手，爱你的儿子费德里科。”

阿里说完这些话时，自己都感到诧异，舌头怎么变得这么流畅，轻松从容地就说出去了，就像是当着自己的面写的一样。

费黛望着他，两眼盯着阿里的脸，嘴边挂着一丝微笑，她的脸甜美柔和，即便那丝微笑也掩不住内心的悲伤。

“阿里先生，再给我念一遍吧。”

阿里又给她重复了一遍、两遍。她起身准备告辞，说：

“那个给我念信的人，让安拉宽恕他吧，四分之一的内容都没告诉我。阿里先生，安拉保佑你，多亏了你，我终于知道了信中每个单词，我会记在心里的，我现在可以把纸展开，自己重复这些内容，用自己的方式来读，我会每天都读的。”

费黛伸手从他手中拿回了信……怎么把信留下？想不出什么法子。

费黛拿过信，叠好，小心翼翼地放入那个蓝色天鹅绒布卷，包起来，塞回胸口。

“费黛阿姨，干吗着急走呢，坐下来聊会儿吧。”

“谢谢你，阿里先生，安拉保佑你，赐福于你。”

阿里送她到门口，站着看她渐渐远去，随后关上门，倚着墙。

那封信是一个认识费德里科的人写的，两人是在从马拉加前往突尼斯的一条商船上结识的，他在信里说，费德里科在船上由于患上热病死了，临死前拜托他要是可能的话，告诉自己母亲一声。

假如费黛刚刚收到这封信，假如第一个给她读信的人有勇气说出真相的话……她把这封信保存了两年，说我的儿子很好，虽然他在一个我不知道的地方，不过他很好。她每天来来往往，穿梭于各个集市，每天醒来睡去都把这封信揣在胸口，却不知儿子已经死了。

阿里一夜没合眼，费德里科的身影和费黛的脸，挥之不去。

第二十一章

出了什么事？原本就信奉基督的新格拉纳达人紧张得像上了弦的弓，据说他们在害怕，但是他们的害怕并不直接表现，而是变得挑衅、凶残。不断有消息传来，说当局将允许格拉纳达的阿拉伯居民从科尔瓦多、塞维利亚和杰安等流放地返回家园，他们回家，怎么回……现在住在里面的人去哪儿呢？

你走在外面，一双双眼睛盯着你，带着恶意打量你，你亲耳听到有人说“肮脏的阿拉伯人”，“穆利斯基狗”，你当作什么都没听见，继续往前走，一次，两次，三次，你终于忍无可忍，冲上去抓住说话人的衣领，你揍他，他打你，他的血、你的血流了一地。

在箱包街，人们整天谈的都是斗殴，还有那些有门路的阿拉伯贵族怎么走关系，设法让迁走的人回到家园。

警察来逮捕他时，他以为是两天前跟他打架的那人去警察局报了案，他们会找他核实一下，然后释放，打个架也不过是格拉纳达街头每日几千起案件中的一小桩。

调查员并没问那件事，而是盘问他的姓名、出生地、住址、工作地点，这说明他们怀疑他是被赶走后潜逃回了格拉纳达。他不慌不忙，因为有扈斯帮他办的证明文书，能证明他从未离开过格拉纳达，而且被允许居留，因为他是一名面包师，迁走令不包括面包师。

阿里拿出了证明文件。

第二天他再次被带到调查员面前，调查员盘问：

“你父亲叫什么名字？”

落到他手上了？只知道父亲叫希夏姆，教名是什么呢？

“阿尔瓦雷斯。”

“这是姓，他叫什么名？”

他支支吾吾。

“我不知道。”

“怎么可能？”

“我是个孤儿，从小跟爷爷奶奶长大。我父亲是他们唯一的儿子，所以他们提到他就说‘我儿子’，有时叫他‘艾布·阿里’。”

“你撒谎！”

“我为什么要撒谎！”

“你父亲希夏姆·阿尔瓦雷斯，是一个大劫匪，威胁马拉加山区所有行人的安全，还私通马格里布地区的海盗。”

“你意思是他还活着？”

“你不知道他还活着？”

“我这辈子从没见过他，据说在我出生前几周他就死了。”

“那么你也不认识你的姑妈们？”

已然要超出预料的范围了，他惊慌地重复道：

“我的姑妈们？”

“是的，你的姑妈们？”

“我有五个姑妈，在我出生前好几年就嫁到巴伦西亚了。我从没见过她们中任何一人，我奶奶告诉我她们中有四个很早就迁去非斯了，第五个姑妈在巴伦西亚，不知道她是不是仍然在巴伦西亚，还是追随姐姐们，也迁走了。”

“那么，你知道在巴伦西亚有个姑妈，她有丈夫和孩子们，对吧？”

“调查员先生，我知道。你现在知道了我没撒谎，知道的我都说了，我不知道的我就说不知道。”

“你在巴伦西亚的姑父和堂兄弟们进了监狱，被指控私通土耳其和法国新教徒等国家敌人。他们筹集资金储备武器，向我们的敌人通风报信，帮助敌人从海上偷袭，帮助穆利斯基在内部叛乱。”

“我一辈子从没见过我姑妈、姑父和她的孩子们。现在我从你这儿听到的消息，既没法证实，也没法反驳，因为我都不认识他们。”

“我们已经跟踪并调查你一段时间了，知道你在扈斯·本·阿米尔店里干活，还租了他在阿尔拜辛的宅子。我们没发现你有可疑行为。”

调查员继续说：

“我们推测你说的是实话，你跟希夏姆·阿尔瓦雷斯以及巴伦西亚的串谋者没有干系。”

“那么，先生，你们会放了我？”

“我们会放了你，不过不是现在。我们不会把你提交给法庭，没有需要审判的罪行。不过我们会关押你一段时间，作为一种预防手段。”

“一段时间”，阿里站在调查员面前，猜想着也许是几天、一周，或者两周。“一段时间”似乎是可以承受的代价，甚至对于了解家族秘密来说还很划算。他的父亲、姑父、堂兄弟们让当局烦心，威胁了它的安全。“一段时间”对于了解这些宝贵的秘密来说并不算大代价。

阿里为什么把父亲抛到了脑后，几乎忘了他的存在？是因为害臊，还是对他抛家弃子，离开阿尔拜辛，跟劫匪沆瀣一气感到愤怒？然而，父亲——就像调查员告诉他的——危害了国家安全，阿里先会心地微笑，转而哈哈大笑，接着开始细细回想被他忽略的那个形象，虽然多年过去，却始终未忘：深褐色面庞，中等个头，脖间系一条红色领巾，天鹅绒的小袋子，他把小袋子塞进阿里的手中，抱抱他，然后转身离开，阿里目送他拖着沉重的步子一瘸一拐地远去。

他从没在英雄罗伯托面前提过父亲，是真的忘了，还是故意忘了？调查员说，希夏姆・阿尔瓦雷斯跟海上的圣战者有联系，而罗伯托也曾是劫匪，是革命队伍的一员。罗伯托见过穆罕默德・本・伍麦叶，曾向他详细描述了见面经过，他说：“革命爆发时，我骑着阿斯莱去见穆罕默德・本・伍麦叶，发现他是个年轻英俊温文尔雅的小伙子。我心想，这个养尊处优的孩子成不了大事。不过我支援他了，给了他一个装有一千块金币的箱子，这是我手下为他筹集的资金。我对他说：‘我给你带两百名勇士来，都是骁勇善战的。’他问我：‘你来自哪个家族，是哪里人，你带来的那些人是你的族人还是工匠？’我对他说：

‘我们是山里的劫匪，无家无国。’他吓了一跳，显得慌乱，我差点气得拂袖而去，但还是没走。我壮着胆，把手下带去加入他的旗号，投入战斗。阿里，打仗不是闹着玩的，得跟石头一样硬，他不明白。他跟你一样太年轻，幼稚、没经验，内心也不坚强，他不赞成我们打仗采取的凶狠方式。他对我们不满，我们对他也不满，后来干脆把他杀了。接替他的人想投降，胆小怯懦，毫无意志。丧失了意志就会败退，他们往后退，卡斯蒂利亚人就往前进，烧杀抢掠。”

阿里记起英雄罗伯托的话，要是此刻他在身边就好了，可以跟他讲讲自己的父亲，还有从调查员那儿听到的有关姑妈、姑父和堂兄们的情况。可他在监狱，即便想找罗伯托也不可能。

一开始，监狱似乎并不压抑，他跟周围人开玩笑，说得多，笑得也不少。可日子久了，当“一段时间”变成了几个月之后，监狱的石墙、铁栅栏、卫兵的脚步声、牢房里其他的面孔和声音，都让他烦躁不安，无法忍受这个地方，也无法忍受自己。

他讨厌牢房里那个预言家，不停地发表见解，有人讥讽他，也有人诚惶诚恐地听。那人六十岁上下，嘴里的牙差不多掉光了，瘦得像根竹竿，两眼无神，脸上骨骼突出，声音洪亮得像号角。他打着盹，突然站起来，吓了旁边人一跳，他站在牢房中咆哮：“荒唐的民族去死吧！人民罪孽深重，子子孙孙造孽、堕落！都该死！安拉刮起狂风毁灭卡斯蒂利亚，连刮八天七夜，只听人们狂呼乱叫，就像光秃秃的枣椰树干。”声音像惊雷越来越响：“阿拉伯人，躲进岩洞里，藏到地下去！让狂风席卷他们，主的树枝将灿烂荣耀，给大地带来果实，为幸存的人们装扮。”

说完后他安静地坐下，睡了一会儿，突然又醒来大喊：“现在我看见了，亲眼看见了，它正在港口抛锚。啊，一群人下船登陆，宝剑在手中发光，他们席卷而来，高喊着安拉至大，伟大的安拉保佑他们前进。开心吧，欢呼吧，是时候了……是时候了。”

又重复了一遍，他开始大笑，再重复了一遍，开始哭嚎，讲起那个生来一只手有六根手指的孤儿，沙漠里的动物、狼群、鸵鸟都向他跪拜，他能把沙漠里的一点水变成若干条河流。“这个孩子是福星，说明安拉降福于格拉纳达，保佑格拉纳达的子民，让他们像草丛、像哈达拉河和沙尼勒河岸边的柳树一样顽强生长。”

咆哮完，他会安静地度过那天剩下的时间，也可能是好几天。之后，他又开始新一轮吼叫。

那天从清晨开始直到夜幕降临，他都没安静过，各种预见像是在他体内燃烧，他大声呼告，震耳欲聋。“小点声，可怜可怜我们吧！”可他体内的精灵太厉害太任性，无法控制。阿里蜷缩在远远的角落，强忍着冲动，没有冲上去让他安静下来。那声音冲击着他的大脑，简直要把他逼疯了，他几乎要尖叫起来，便用手腕堵住了自己的嘴，堵得越来越紧，可还是听见了自己脱口而出的尖叫声。其他狱友提醒他，他这才发觉，自己的牙齿正咬住手腕，他把自己弄伤了，血正在往外流。

蹲监狱的每天都一样，日复一日，黯淡窒息，只有少数日子才有和煦的微风拂过他的脸庞。狱吏打开大门，递给阿里一卷东西，说：“一个黑人女奴前来打听你的情况，这个是留给你的。”在牢房的黑暗中，费黛给阿里带来了一丝光亮和温暖；在梦的光芒中，他看见费黛那张黝黑宽阔的脸庞，双唇那似哀怨似微笑的颤动和她迷茫的眼神。

费黛来打听他的情况，每次都给他带点吃的，就像是定期写给阿里的信，他读着信，获得些许宁静。

第二十二章

阿里迈出监狱大门，他们所谓的"一段时间"终于过去了，被拘押了三年五个月零四天。

他四处望望，眼睛逐渐适应了光线。太阳没出来，但大地亮堂堂的，冬日积雪反射下的光线很强。他快步向家走去，准备生火取暖，烧热水洗澡，理发刮胡子，然后前往唐·佩特罗家告诉费黛他出狱了。

家门紧闭，挂上了一把新锁，他马上注意到钉在门右边的一块大理石门牌，扈斯·本·阿米尔的名字用哥特花体字刻在上面。他翻过围墙跳进院子，生火洗了个澡，然后睡了一大觉。

饿醒了，找不到吃的，于是穿上衣服，从围墙上翻了出去，朝附近广场走去。他在那里买了点吃的，吃完后向哈达拉河岸边走去，从那儿又转向集市，前往箱包街。

扈斯很惊讶，眉毛都挑高了，然后微笑道：

"赞美安拉，你一切平安！"

"我看到门上的锁了！"

扈斯清了清嗓子，说：

“阿里，你听着，我帮过你，那些困难光靠你自己根本解决不了，是我给你解决的。现在，我不能再帮你了。你是一个从监狱出来的人，我不想给自己惹麻烦。”

“什么意思？”

“你去别的什么地方干活吧。”

“那房子呢？”

“房子是我的了，在市政厅是登记在我的名下。”

“我不能住在里面吗？”

“不能！”

“那我们后会有期，扈斯！”

阿里从未这样激动或愤怒过，一团烈火在胸口熊熊燃烧，他冲动得想大喊大骂。但他平静地走开了，心里打定了主意。

他回到阿尔拜辛，用前一天的办法进了家门，忙着打扫院子，整理房间，直到傍晚太阳落山。

他来到哈达拉河岸边，在树林里等着。大雪覆盖了河岸，行人稀少。阿里看见他迈着缓缓的步子走来。等到距离几步之遥时，阿里从他身后鱼跃而出，用手帕捂住了他的嘴，抱住他，双臂夹着将他强行拉入树林，他从背后推着他，抵到树干上，用左臂勒住他的脖子，右手从衣服里掏出刀，抵住脖子，说：

“我向天房的安拉发誓，要不是看在你爸的份儿上，这刀子已经扎入你的喉咙，把你宰了，毫不后悔。扈斯，你听好了，我现在就要回阿尔拜辛的房子，那是我的房子，只要我活着，就要住在里面。你不让我进去，我就杀了你，你尽管去告发我，我的手下会来杀你，他们人多势众，你根本不认识他们！”

扈斯听着，阿里看不见他脸上的表情，但能感到他的身体在战栗，冷汗直冒。阿里把刀逼紧了些，说：

“现在你回家，把钥匙拿来，在阿尔拜辛家门口等我。要是没来，我就当你决意要死，别说我没警告过你！”

阿里松开拳头，拿走捂住扈斯嘴巴的手帕，边走边说：

“扈斯，安拉保佑你平安！”

他没着急回家，等进了巷子时，看见扈斯站在门边等他。

晚上，费黛来了。他坐在她的对面，其实有很多话想对她说，却说不出来，不知道怎么说，也不知道为什么。阿里没有直视她，不过时不时瞟一眼。怎么以前没注意到她下唇的刺青，让她的脸如此与众不同，美丽动人。费黛说：

“阿里先生，我一直在为你祈祷，每天都为你祈祷。”

阿里开玩笑道：

“费黛阿姨，安拉听到了您的祈祷，我在监狱里只待了三年半而已！”

“阿里先生，给我讲讲监狱里的事。”

他讲了一些，她说：

“有时我说，生活残忍得没有意义没有必要，有时我说，我们的命，就算不好，也比其他人的好，要好得多。”

费黛叹了一口气，阿里不解地看着她，她说：

“唐·佩特罗有时会向我提出要求，男人对他所拥有的女人的要求，我无法拒绝。我想，安拉啊，为什么要给我这些无法承受的苦难？回头想想，我的命比起那些女人好，她们的主人强迫她们在妓院或客栈做那种事，为他们挣钱，她们很悲惨很不幸。”

这个话题让阿里感到尴尬难堪，实在没必要提的，他烦恼地说：

“这不是命不好，是她们本来堕落，自己走了歧途！”

“她们没人能做任何选择！”

她的语气坚定，他更慌了，便岔开话题，说：

“给我讲讲，我们走后格拉纳达发生的事。”

“什么都没发生！”

两人陷入了沉默。他不知说些什么，既希望她留下跟他说说话，又觉得有种莫名的尴尬和紧张，觉得还是让费黛离开，让他独自待着更好。为什么跟她坐在一起时，她的眼神那么迷茫，似乎并不在看着他？他开口说：

“我听说革命结束的时候，他们把毛拉阿卜杜拉的尸体带回了格拉纳达，当众凌辱尸体。”

“他们干了那事。”

“做了什么？”

“他们把尸体放在骡背上，走在庞大的队伍前，两边是敲锣打鼓吹号的，后面一排排布沙拉特俘虏，那些人被卖做奴隶了。”

“很多俘虏？”

费黛点了点头。

“后来呢？”

“他们砍了他的头，放进一个铁笼里，交给了布沙拉特方面。笼子挂了好几个月，来来往往的人都能看到，一群乌鸦在周围嘶叫不停。尸体在广场当众焚烧了。”

“费黛……你愿意嫁给我吗？”

脱口而出的这个问题让他自己吃了一惊，费黛也吓了一跳……她没回答，起身说：

“阿里先生，我得走了。”

他送她到门口，特别想亲一下她的额头或双手，但是不敢。费黛走后，他关上了门。

费黛没回答他的问题，为什么不回答？是因为不想要他当自己的丈夫，还是因为跟自己一样彻底被这个求婚惊呆了？假设她答应了，他又该怎么办，是欢天喜地开始准备，还是会觉得自找麻烦，这事自己并不想要，也没仔细考虑过？他没有喝醉，到底是什么让他突然毫无准备地说出这番话？

阿里整夜没睡，思索着自己向费黛求婚的事和她令人不解的沉默，以及她讲到与唐·佩特罗关系时的紧张痛苦，继而愤怒不已。一个自由的女人不会把自己交给一个陌生男人的，无论如何都不会，她有能力保护自己的名声，哪怕牺牲性命。可费黛提到这事时却轻描淡写，为什么？她还为妓女们辩护？

奶奶曾提醒阿里要提防那些女人，“阿里，我不会告诉你她们怎样……你自己会清楚的……她们与其他女人不同，你很容易认出她们……孩子，不要靠近她们。要是在路上看到一个，你得马上转身走另一条路。要是你去客栈，或者不得不在旅店过夜，得躲开她们常去或常住的地方。”

奶奶说的这番话让他对那种人充满了厌恶和憎恨，那时他还不满十三岁。他看到她们中的某个人，那股浓烈的香水味、夸张的服饰和妆容，都让他恶心，浑身起鸡皮疙瘩，远远地躲开，好像看一眼都得倒霉。但费黛却说她们很悲惨很不幸，这让他心烦。他想换个话题时，满脑子只能想到问问革命领袖结果如何，他真是自寻烦恼。是因为当时烦恼袭来，重重压迫，让他害怕了，所以才求助似的说“费黛，你愿意嫁给我吗？”还是他无法接受一个陌生男人强迫她做她无法忍受的耻辱之事？还是，他想要她，真的想要她，在监狱里的日日夜夜，无论醒时还是梦中，他都想着费黛？坐在她面前注视她，她面部任何微小的颤抖，侧身时双手和头部的动作，肢体几乎察觉不到的小动作，都逃不过他的眼睛。费黛的眼神时而茫然，时而专注，他捕捉到她茫然的瞬间，还有回神的时刻。她叹气，他注意到她的呼吸。她唇边浮现出微笑，他察觉到她面部的放松、双唇的颤抖和微笑。他是不是爱上她了？怎么爱上的，什么时候呢？

第二天晚上，费黛突然来访，阿里吃了一惊。他听到敲门声，起身开门，问：“是谁？”看到她时，惊讶地叫了一声。她进来了，他关上门，站着，愣愣地看着她，好像忘记了要说话。他听她说“阿里先生”，看到她把手伸向自己的脸，抹去自己浑然未觉的泪水。他张开双臂将她拥入怀中，抱着她的头贴在自己的胸口，低头吻了下去，吻她的额头和两条辫子，俯身吻她的手、手背和手心。她抱住他的头，看着他的脸，四目相视，在灵魂强烈的渴望下，两人的唇紧紧贴在一起。

一个女人，作为生命的母体，向他敞开了大门，让他在生命中快乐自由地驰骋。他的双手抚摩着她的胴体，她黝黑的皮肤像一面明亮清澈的镜子，让他看见自己的灵魂。他笑了，她也笑了，她的双眼噙着泪水，他帮她抹去。一个女人，如同澎湃的大海，他扬起风帆，驾着感官的小船航行，他收起帆，将船停靠在岸边，平静了。他看着她的脸，说：

“费黛，你愿意嫁给我吗？”

她亲了一下他的额头，轻轻拍了一下他的脑袋，没回答这个问题。

第二十三章

阿里出狱后刚一个月，爱德华多来找他，说在店里干活的一个男孩听到扈斯跟来拜访他的一些陌生人谈论阿里。

“扈斯正在设计陷害你，你可能会受到监察局的指控，扈斯干得出那种事的，你知道他是个卑鄙小人。”

“他不会向他们透露证明文书的事，那是他安排的，要是伪造文件的罪名落到我头上，也会落到他头上。”

“他不会提文书的，而是捏造其他罪名，说你有一些可疑关系，或者听到你经常有叛教和异端言论。”

“我一直待在监狱里，哪儿来的联系呢？”

“万一你又得在监狱里待上几年证明你的清白。”

“那现在怎么办？”

“赶紧跑！”

“要是我跑了，他会霸占房子的！”

“要是你留下来，他们会把你抓走！”

爱德华多走了，阿里绞尽脑汁反复思考着各种可能的情况，没准他们现在就会来，或许过几个小时，等夜深人静时，该怎么办，如何安排？也许他们不会来，不过是那个孩子误解了他听到的谈话，难道他要像受惊的兔子一样，毫无缘由、毫无必要地逃离自己家吗？要不要敲开邻居家门，求她收容自己一晚，躲在她家窗户后打探外面的情况呢？她是一个寡妇，拉扯着七个孩子，最近才搬来阿尔拜辛的，很有可能是在他蹲监狱期间搬来的，她不认识他，他也不认识她，他的要求会让她惊诧、生疑。要是夏天的话，他就能在露天过夜，躲在街区入口的路边观察，然而现在是寒风刺骨的冬天。豁出去了，他又多加了一层衣服，披上羊毛外套，把床上的厚毯子卷起来，裹在身上，来到街区，决定当晚在外守夜。

听到脚步声传来时，他正站着打盹，心下立刻警觉起来。黑暗中有三个人影走了过来，他赶紧躲到背街的地方，待三人过去，进了街区，接着听见敲门声，随即是砸门声。时间过得缓慢而沉重，他等着，又听一阵脚步声，见他们走远了，消失在黑夜中。

他急忙跑回家，一直安慰自己他们是来找别人的，可门被砸了，被劈开了。看来那孩子说的是真的，除了离开别无选择。

好几次他冲动地想去找扈斯，把刀插进他的胸口，然后一走了之。既然他逼我离开，为什么不杀了他？他爸爸对我好，喜欢我，他妈妈是一个心地善良的老太太，还有他妹妹沃尔黛。那些人可能会逮住我，判我死刑。他绝不能为了扈斯的性命搭上自己的性命，除了离开别无他路。他们今晚不会再来了，明天早上会去箱包街找他，然后可能再来阿尔拜辛。他只有几个小时安排后路。费黛……丢下她吗？怎么跟她说呢？

他开始收拾一些必需品，奶奶的箱子该怎么办？那些书呢？脑子里闪过这个念头后，他立即动手了：打开橱柜、打开箱子，把书本从柜子搬出来，摆放进箱子。

他来到院子里，抄起铲子，在奶奶的花园里挖起来，清掉积雪和泥土，挖个不停，一直挖出一个长方形的坑。他回到屋里，试着把箱子搬出来，却根本没法挪动。他从箱子里取出书，把箱子扛出来，放进坑中，然后再把书搬进箱子，最后再用铲子把泥土盖回去。他把地彻底平整好，让它看上去和先前一样，和院子里其他地方一样被积雪覆盖，无论怎么看，也不会察觉有什么秘密。

费黛呢？现在去唐·佩特罗家，敲开用人房的门，去见她，接下来让一切顺其自然？他肯定受不了告别时刻。就这样走吗，费黛会说阿里抛弃了我，走了都不告诉我，一句告别的话都没有？给她写封信？在信中说什么呢？她去各个集市找人念给她听？在信里说我爱你，而我不得不离开，是走得不明不白，还是向她解释监察局追捕他，留下只会牵连她？

他诅咒扈斯、诅咒格拉纳达、诅咒自己、诅咒天地，然后无力又无奈地坐下。突然，他发疯似的找起纸来，他要一张白纸，必须找到它，必须找到……他找到了，拿来一盏灯，放在一旁，蹲在地上，把纸铺在石阶上，写了起来：

亲爱的妈妈：

原谅我过去几年一直没给您写信，原因是我从马拉加去了突尼斯，到了突尼斯之后又去了亚历山大，在这儿定居了。妈妈，亚历山大是埃及的一个大城市，跟马拉加、阿尔梅里亚对着同一片海。

安拉让我工作顺利，两年前我结婚了，有了一个女儿，妈妈，我用您的名字给她取名叫费黛。

如果给您写的信您没收到，也别担心，亚历山大和格拉纳达断邮，要不是碰巧遇到一个热那亚人说他要去格拉纳达，我也没法寄这封信。

为我祈祷吧，妈妈，您要知道我一直牵挂您。

孝顺您的儿子

费德里科

他抹了一把额头的汗，把写的那封信读了读，折好，算了一下身上还剩多少钱，分成两半：一半放进口袋，另一半放入一个天鹅绒小布袋，那是父亲留给他的三个小布袋之一。他等着天亮。

阿里离开家，来到哈达拉河岸边，叫住路上遇见的第一个少年，摊开手掌给他看握着的第尔汗，一边说：

“请你帮个忙，这些钱给你做报酬。”

“我干活不能迟到，你要我做的事要花很长时间吗？”

阿里指着唐·佩特罗家对少年说：

“看到那栋房子了吗？你去敲小侧门，找一个叫费黛的人。把这封信和这个袋子给她，别说信是我给你的。要是她问起来，就说一个从热那亚来的陌生人打听唐·佩特罗家在哪儿，你说你知道时，那人就拜托你把这封信和袋子转交给名叫费黛的女士。”

阿里站着，看到少年敲了敲小侧门，门开了。他站的地方看不到费黛，但看到少年把袋子和信递进去，说了一会儿，接着门关了，少年跑回来。阿里付了钱，谢过他，朝着阿尔拜辛走去。

他拿上东西，离开了家，没有回头。

第三部

远　行

第一章

阿里站在庭院里，抬眼望着天空，那么明澈，数不清的星星闪着光芒。“主啊，即使天空如此明净，但你降下的帷幔还是太厚了。你给了我理智，却让我成为一个落魄的寻路人，无法理解书中含义。心灵的主啊，你是否给了答案？我该如何解开胸中疑虑、洗净心中杂质，让它如明镜一样光亮清晰，让我看清这世事和目标？”

他盘腿坐在一棵枣椰树下，背倚树干，合上双眼。他做了个梦，诸多矛盾纠结在梦里，醒来后却只记得自己笑过、哭过、欣喜之后又痛哭过。清醒后，他顺口吟诵着：

寻路者，你一心探究奥秘所在；
回头吧，你就是奥秘，道在你身。

默默重复几遍后，他突然注意到那是一联诗。他努力回忆它的出处，或者自己是什么时候听到的，却怎么也想不起，于是起身进屋，打点行装。

二十七年前，他来到这个村子。从格拉纳达出发，去巴伦西亚找姑妈，寻个落脚地。到了巴伦西亚后才得知姑妈已经搬到了另一个村子，人们告诉他村子的名字，比画了一番，告诉他怎么去。

去往贾法利亚村的路在南边，偏西方向，夏末初秋时节，阳光能透过橄榄树叶的叶脉，放眼望去，葡萄园绵延辽阔，红土地的颜色让他惊诧，似乎那不是土地。除了葡萄和橄榄外，地里还生长着桑葚、柠檬、橙子和仙人掌。

眼前是光秃秃的土丘，或者一座石头山，越过山后，再次看见绿油油的庄稼，那些枣椰树让他惊诧。为什么出门在外的人喜欢枣椰树呢？是因为它高耸挺拔，就像威仪的祖先们手持的长矛？还是因为看到繁茂的枣椰树林，或者遍地饱满的蘑菇时，那番美景能慰藉孤独的灵魂？

他离开枣椰树，以避免误入荒地，接着爬上一座小山，或者说是山丘，再一步步下山，面前又出现了茂密的枝叶。

在山谷，他望见了贾法利亚村，一个白色的小村落，悬在山脚下，周围环绕着葡萄和橄榄。他沿着崎岖小道向上攀。村子有阿尔拜辛一半大，房屋鳞次栉比地簇拥在街巷中，盘旋的巷子向上伸展，高处的空地上散落着一些店铺，一座小清真寺仅剩残垣断壁，宣礼塔已经破败，中间的庭院成了木材仓库。另一边街巷坡度很陡，直通山谷，一条水渠穿流其间，渠边建有磨坊、烘房和榨汁坊。而在不远处俯瞰全村的制高点，有座摇摇欲坠的古老城堡，旁边是一座小宫殿和紧凑成一团的一些房屋。

他找正在空地上玩耍的孩童打听村里谢赫的住处。

“你是问欧麦尔·沙提比先生吗？”

他既不认识这个人，也没听说过，但他说：

“是。”

孩童领他过去了。

欧麦尔·沙提比年纪在四十岁至五十岁之间，身材矮小、微胖，两鬓已有些许白发。他头发微秃，露出宽阔的额头，一张圆润白洁的脸，五官精巧，一双眼睛小小的。

男人一边将阿里迎入家中，一边问：

“你什么时候离开格拉纳达的？”

这个问题让人惊讶：

“你怎么知道我从格拉纳达来？”

他笑着回答道：

“孩子，这还用问吗，你带着地道的格拉纳达口音。”

一番欢迎、客气之后，阿里说：

“我去了巴伦西亚找阿卜杜勒·阿齐兹·塔希尔。人们说，他和他的孩子们多年前就搬到这个村子了，你认识他们吗？”

“我跟他们很熟，不过他们两年前离开贾法利亚，去了非斯。”

“搬走了？”

当你发觉面前是条死胡同，可以干脆转身回头，踏进另一条巷子，直到找到目标。然而，那并非一条几步就可以穿行的巷子，而是一条崎岖不平的道路，时而向上艰难盘桓、时而向下进入深不见底的山谷。他一路忍饥挨饿、口干舌燥，从格拉纳达辗转来到穆尔西亚，又从穆尔西亚前往巴伦西亚，人们告诉你应该去贾法利亚，于是你继续前行，希望最终能够到达。但是这个村子的谢赫却用非常平静的语气告诉你，他们已经离开了。这个消息切断了你的路，现在你应该转身回头，回头将要去……哪儿呢？

“你为什么打听他们呢？”

“阿卜杜勒·阿齐兹·塔希尔是我姑父。我有五个姑妈，全都嫁入了塔希尔家族。”

欧麦尔·沙提比站起来，拥抱了他一下，再次对他表示欢迎，邀他共用晚餐，对他讲道：

“1526 年之前，塔希尔家族一直住在首都巴伦西亚，当时他们是有钱有势的家族，家族成员有法官、高官、家财万贯的商人。后来境况变了，那些人给我们提了许多要求，后来又在格拉纳达欺压你们，家族的大多数人都迁走了，只有你姑父阿卜杜勒·阿齐兹和他堂弟还留在巴伦西亚，后来他俩也带着妻儿搬到贾法利亚住了下来。

阿卜杜勒·阿齐兹经商时，经常奔波于安达卢西亚东部的城市间，甚至还出了两次国，因此受到怀疑，他和三个儿子被指控私通法国人企图危害国王，被逮捕了。你姑父被囚禁一年后才证明自己和儿子们都是清白的。他们被释放的时候，孩子们坚决要离开这儿，于是他们迁走了。”

阿里在欧麦尔·沙提比家里过了一夜，第二天早上他说：

“我要走了。”

“去哪儿？”

“不知道，安拉的大地很辽阔。”

“留在我们这儿吧。”

生命中的一切都有定数，我们走的每一步皆写在安拉的命牌上。他来贾法利亚寻找姑妈，却注定要留下来。

这个外乡人开始摸索，慢慢了解、熟悉这个地方，距离一直存在，提醒着他，这儿是异乡，他是外乡人。

他生在城市，长在城市，习惯了有两条河，而不是一条；习惯了有很多座拱桥，而不是一座。那里街道宽敞，房屋连绵，红色山丘俯瞰着全城的城墙、宫殿和高塔；走过天主教堂巨大的铁门时，你确信正身处在这座城里。工匠不计其数，每一行业都有一条拥挤的小巷，卖货的、买货的络绎不绝。买卖与生活的喧闹回荡在皮匠铺、香水铺、陶器铺、铜器铺、丝绸集市等地。

这里没有大棚集市，没有热闹叫卖的商业街，没有畜栏，只有簇成一团的房屋立在一片狭小的地方，集市只在周四开放，在那一天少得可怜的卖家把货摆出来，来买货的都是熟人、知根知底的人。

贾法利亚大多数村民都务农，土地是他们的，祖祖辈辈都在自己的土地上耕种，不过，得向封地主人缴纳租金或者赋税。怎么会这样呢？他很难在短短几天或几周内理解这一切。

他带着外乡口音，大家提到他时，都用"格拉纳达人"指代。他非常努力地了解当地习俗规矩：白天跟大家攀谈结交，到了晚上，关起门后，阿尔拜辛、哈达拉河岸和格拉纳达集市便浮现在脑海。乡愁折磨着他，不过许多天后的一个早晨，他发现，自己这个外乡人不再是外乡人了：他开始耕地，等待着橄榄收获的季节，好偿还欠款、买衣服、储备家用；征徭役的日子，他会恼怒不已；他咒骂地主、咒骂让他成了雇农的日子；

他气恼，平静，又跟大家一样继续过日子；国王的军队被土耳其人、法国人或英国人打败的时候，他开怀大笑，欢喜得又唱又跳。

到这里没两三年，欧麦尔·沙提比就请他教孩子们读书。孩子们每周来他家两次学习阿拉伯语。他看着他们一天天长大，注意到黑板上越来越漂亮的书法，越来越流畅的朗诵，不时冒出的机智问题，还有他们身上变紧变小的衣服。

孩子们来了，走了，新的一批来了，又走了。再遇到某个孩子时，他惊讶地发现，短短几年，自己的外表没有任何变化，孩子们却不一样了：嘴边冒出了胡须，长个儿了，变高了，走路也像大人一样了；有的向他诉说自己的烦恼，有的郑重请求他陪同自己的家人一道为自己提亲。他觉得奇怪，立刻又醒悟，岁月已经带走了他们的童年，带走了自己的青春，他已步入中年，一个中年男人怎能爱一个小姑娘呢？

他正坐在家中，孩子们围着他上课。敲门声响起，一个小孩跳起跑去开门，又跑回来，说：

“门外有个女孩！”

“女孩？”

她是有事来找弟弟的。她喊了一下那孩子，两人一起离开了。

他站着，目送她步履匆匆，乌黑的辫子随着身体摇曳，一袭红底绣白花的衣裳。他一直注视着她，直到倩影消失在巷子尽头的拐角处，才回去继续上课。

躺在床上，他又想起她的脸：乌黑的秀发垂在脑后，露出高高的额头，浓眉大眼，睫毛又黑又长。她望着他，问起她弟弟，于是他大胆地看了她一眼：她亭亭玉立，双脚并拢，像士兵一样，她的语气坚定自信。脸是灵魂的明镜，这个姑娘脸上有一种东西像泉水一般喷涌而出，令人倾心，点燃了他心中的爱火，相思成灾，无法入眠。那是怎样的热爱，怎样的无眠？那种爱是一见钟情，他连女孩的名字都不知道。他能做什么呢，三十多岁的男人和一个小姑娘?！他不再去想她的模样，闭上眼睛，睡了。可梦中，她又出现了。

村里人会怎么说他呢？他每天都去女人们去的地方，从大烤坊到小烘房，从压榨坊到磨坊，从舂米处到泉水旁，并没什么事，仅仅因为迫切地想要看到她。他也为这种热恋感到不解，他并不想触碰她，也没想将她拥入怀中，品味她双唇间的甘甜，他的灵魂只是渴望见到她，似乎体内的那个男人又变成了当年的少年，只要看一眼沃尔黛就能满足心中的热爱。

她叫考萨尔，经过各种迂回，他终于打听到她的名字。

他四处搜集零碎的信息。不过理发师艾德为他提供了最重要的信息，他说：

“泰哈米家族一百五十年前就生活在贾法利亚了。此前他们住在首都巴伦西亚，那里发生宗教冲突时，阿拉伯社区被纵火烧毁，他们搬来了这个村子。据说他们曾经很有钱，到审王国时都一直有权有势。他们家族大多数人迁到了突尼斯，留下的那些人坚守着宗族主义，不把女儿外嫁，你要是跟家族一员发生冲突，就得应对所有人了。

阿里先生，你怎么问起他们了？是惹了他们的人，还是想娶他们家哪个姑娘？要是跟他们的人起了冲突，就得为自己祈祷了，他们强悍，人多势众。他们的确是出了名的侠义豪爽，可一到冲突的时候可就咄咄逼人了。你最好找个熟人来解决和他们的问题。

要是你想和他们家结亲，那就趁早打消这个念头吧。他们只把女儿许配给儿子，当局禁止直系亲属结婚后，他们便把女儿嫁给侄子或者侄孙。你问这些干吗呢？”

“我有个学生想娶他们家闺女。”

“哪个闺女？”

“艾德，我也不知道。他说是泰哈米家的一个姑娘。”

“他们不会把女儿嫁给外人的！”

“我有颗牙松了。艾德，你还没给我拔下来，疼死我了！”

“马上给你拔。”

艾德用力地将那颗牙拔了出来，递过一个水罐给阿里，说：

“来漱漱口。”

考萨尔什么时候出门，什么时候回家？她常去的那些地方把他一天的日程变得漫长。他远远地注视她，哪怕只有几分钟，都要看着她。他去城里办事，因为远离她，就感到疲惫无力，他要么匆匆处理一下，要么干脆不办，因为再也忍受不了一整天看不见她。

怎么了？考萨尔去哪儿了？她已经接连三天没出家门了，她弟弟也没来上课。他对孩子们说：“问问你们的同学怎么了。”等她弟弟再来时，脸色苍白，双眼无神。“戈亚斯，你生病了？”孩子先矢口否认，接着改口：“是的，我病了。”

阿里去了理发师艾德那儿，与他聊了各种话题后，才进入主题。艾德说：

“你没听说这事？”

“什么事？”

艾德凑过来，趴在他耳边低语，尽管屋里只有他俩，他还是压低了声音说：

“告诉你一个秘密，不过你得先向我发誓绝对不说出去，要是他们的人知道是我传出去的话，会砍了我的头。真的，保准砍了我的头！”

“我保证不透露你说的任何话。”

“我向安拉发誓！”

艾德突然哼了一下，示意别出声，尽管他一整天都像磨盘一样不停转，一个劲儿地传播着秘密。

“阿里先生，我知道你是能保守秘密的，我实在很怕他们，所以才这么小心，你听着。”

艾德又开始低语：

“人们说艾布·塔布发现他的女儿……”

“考萨尔！”

“考萨尔是双胞胎中的妹妹，出事的是姐姐萨尔斯碧尔，她父亲发现她外出跟穆萨家的小伙子幽会，两家人都卷入了这场灾难，旧仇未了，新仇不断。有些人说艾布·塔布知道了女儿跟那个小伙子幽会，还有些人说她怀孕了，天晓得到底是怎么回事。

父亲得知这事后，把他女儿和长子带走了。一个星期后父子回来了，萨尔斯碧尔没跟着一起回来。他俩说，她得了热病，死了。泰哈米家没有出丧，也没有举行追悼，没人知道他们是杀了她掩埋了，还是确实像人们说的，她怀孕了，他们把她留在某个地方待产。”

艾德揪了一下阿里的胡须，说：

“阿里先生，看在这胡子的份儿上，千万别说是我告诉你的。”

阿里什么也没说，不过整个贾法利亚都知道了，消息早已众所周知。

第二章

调查员还没来，村里已经得到了消息，那是从附近几个村传来的。村民们不得不忙碌起来，心情一直惶惶不安，他们按多年来的经验和祖辈的训教，忙碌地准备着。

有《古兰经》或者阿拉伯文书的，都得藏好了；平时穿戴的突尼斯服饰或类似服装，都得脱了藏起来；孩子们停课了，家人一再告诫他们要谨言慎行。要是村里有从阿拉贡来向欧麦尔·沙提比学习教法和宗教知识的年轻人，都得待在屋里，不得离开。在集市兜售海娜的女人，得把货物藏起来。人们停止宰羊，推迟所有婚礼、生辰、割礼等庆典。户外没有人高声唱民曲，也没有人敲铃鼓、吹长笛。理智的村民还把那些有冲突的双方召集来，调解纠纷，至少能让他们冷静一些，免得因为一时之怒鲁莽失言，造成不堪设想的后果。如果调查员周四来的话，村民们就推迟沐浴；如果赶上周五来，那么家家户户都得注意，避免有羊肉、库司库司、油煎馅饼的香味飘出，因为在主麻日白天，没人烹饪平常食物。在这前后，所有的聚礼、教法与宗教讨论都暂停，等待调查员到来，再等待他们撤走。

他们在春末夏初的时候来。气候温和时，他们威风凛凛地走进村庄，只是由于旅途劳顿略显疲态。要是起风时，村民们都出门围观：只见他们的衣服被雨点打湿，一脚泥泞，脸色难看，帽子也飞了，剩下光秃秃的脑袋淋着雨，由于风大，伞也被扯烂了。尽管这一来一去没有伤害到任何人，可是等他们前脚刚走，年轻人们便争先恐后地挖苦讽刺，大加评论，最逗趣的评论即刻传遍整个贾法利亚，成为口口相传的典故。

那天，调查员头上包着绷带。第一个年轻人说，或许有人对他心怀怨恨，在路上朝他砸了块石头。当肥胖的调查员站在广场，向贾法利亚村民们宣读指控书时，那位年轻人的评论发展成精彩的故事，有头有尾，情节丰满，故事的高潮是漫天石子砸在宗教监察局那帮人的脑袋上，肥胖的调查员脑袋负了伤，第二个人则从骡背上摔下来，第三个人逃跑时绊了一跤，摔断了腿，人们把他抬去接骨医生那儿待着了。

人们站着，看着那个打着绷带的脑袋，互相使眼色，听着翻来覆去的各种指控、罪行、惩罚，还有必须反对异端邪说、离经叛教、危害国家安全的行为，等等。

那个调查员宣读文书时，将几页纸凑到眼前，几乎要贴着脸了。他用巴伦西亚语念一段，停下，让翻译译成阿拉伯语。

突然，一个身影像箭一般冲向调查员。她的两条辫子散了，脸上衣服上都挂着争斗的痕迹。她父亲从人群中跳出，追在身后，但她还是先一步冲到了调查员身边。

广场上一阵骚动，人群紧张不安，拥向宗教监察局的人，想知道究竟发生了什么。然而调查员收好手中的文件，带着考萨尔、书记员、翻译和代理，朝着他们下榻的代理家走去。

村民们越发不安，女人们从家里走出，围着考萨尔的母亲，她正抽打着自己的脸，把脸埋在地上号啕恸哭，哀号声在广场四周回荡。

阿里敲开代理家的大门，“我想见调查员”，他说。他们让他进了屋。调查员正坐在一把大木凳上，书记员坐在他左手边的一张长桌后，面前摆着墨水和记录用的本子。两步距离的地方，考萨尔站在那里，翻译在她旁边。

调查员看着他，问道：

“你是谁，有什么事？你是来指控，告发他人，还是自首？你得等一下，我们先处理完这位姑娘的事，再听你讲。”

“我正是来跟您说她的事的。”

“明白了，你是证人。等一下，我们先听她说。”

阿里原地站着。他看见代理的妻子和孩子们从侧门后探出脑袋观察动静，而代理则在屋里来回踱步。调查员问他：

“饭菜什么时候备好？”

“先生，马上就好了。”

调查员转向阿里，惊奇地盯着他，大叫：

“你在这里干什么，为什么这么站在我面前？”

“你不是要我等着吗？”

“到那边等着！”

他命令一名助手将阿里带到旁边的大厅，考萨尔的父亲正坐在石凳上。阿里在他身旁坐下，两人都低着头，一言不发。

他该说些什么呢？他不由自主跟着考萨尔，敲开代理家的门，站在了调查员面前。他试着编排一番令人信服的说辞，但是每当他想说点什么时，又立刻否定了，用另一番话代替。不一会儿他们召他了。

调查员问他：

“你目睹了罪行吗？”

“什么罪行？”

“那个姑娘指控她父亲的杀人罪行。”

“没有，先生，我没有目击任何罪行，并且我认为根本不存在什么罪行。”

“为什么？”

“我曾经有个和考萨尔年龄相仿的女儿。”

他一时不知道说什么，停住了。

“然后呢？你是结巴吗，为什么说话这么慢！”

“我的女儿，安拉保佑她……”

“也被这个男人杀了吗？”

“不是，先生，她是被安拉召唤去的。我女儿以前是考萨尔的朋友……她对我说过，考萨尔经常被噩梦惊醒，她害怕极了，她……”

“她怎么了？”

“她每次听到有人死了，就以为那人死于他杀。先生，我认为当考萨尔听说她的胞姐死去时，惊恐万分，认为她死于他杀。由于她姐姐是跟着父亲一起外出的，所以考萨尔觉得她父亲应该对姐姐的死负责。”

“你还有其他要说的吗？”

“是的，先生。考萨尔受了惊吓，被姐姐的死吓坏了。像您这样的大调查员不应该在这种状况下相信一个小姑娘说的话。”

“结了！”

阿里没有明白这个词的意思，仍然站在原地，那个肥胖的调查员对他吼道：

“走吧，回家去，我都听了，结了！”

他没看考萨尔，转身离开了代理人的家，拖着两条腿，耳边盘旋着考萨尔在广场上奔跑时的喊声和她母亲号啕的哭声。他做了什么，怎么说了这番话，每句话都是临场发挥的？他的话有用吗，还是会起反作用，或者根本就是毫无意义的绝望之举？

真正的地狱，并非受到地狱之火的炙烤，而是受你内心之火的煎熬。你的心那么恐惧、不安、脆弱，每句话都让你受到伤害。整个贾法利亚都在谈论那个向宗教监察局告发自己父亲的忤逆女：“她生下来吃的就不是奶，是水！”“乌鸦反哺，羔羊跪乳，人不能背叛亲情，背叛养育之恩，这荡妇背叛了父亲赐予她的生命！”

愤慨、忤逆和丑闻搅乱了贾法利亚村民的平静。不仅如此，他们也怕。那个肥胖的调查员可能是个蠢货，但是他们在城里会让小姑娘接受其他调查员的盘问，他们会问她，迂回兜圈子，反复盘问，直到逼她透漏所有秘密，她会交代，一切正中他们下怀：说村民宰杀牲畜，斋月把斋，庆祝两大节日、先知诞辰和阿舒拉节，说他们教小孩阿拉伯语，有的人还能背诵《古兰经》。人们惶恐不安，数着日子苦苦等待。他们向安拉祈祷，保佑贾法利亚免受那个忤逆女孩带来的伤害，她没有——像安拉在《古兰经》中指示的——用仁慈减轻父母的痛苦，也没有用善行陪伴他们。

考萨尔的哥哥逃走了，当他看到考萨尔奔向调查员的那一刻，他就知道灾难来了。他可怜的父亲无法让骨肉这样落入陌生人之手，一直跟着她，他们把他也逮捕了。谁知道接下来他将面临什么，他得在监狱中熬多少年，或者数年变成数月，然后直接送进焚烧场的烈火中？

走到哪，坐在哪，阿里都听到这种话。不论他下地耕种或足不出户，他都被两团火焰包围：一团是那个姑娘，她掳走了他的心，也将她自己抛向毁灭；另一团是贾法利亚村民，他们认为她是地狱的魔鬼。

他去找理发师艾德，说道：

“艾德，给我放点儿血，我头疼得像火烧，受不了了，也许放点儿血能好受些。”

“稍等，马上来。”

萨利哈·巴尔比斯正坐在艾德面前理发。他在大学里学过药剂学，但是当局并没有给他颁发从业许可。艾德看着阿里，找他聊天：

“我刚才还跟萨利哈先生说，这个该死的姑娘已经威胁到整个贾法利亚了。向天房的主人发誓，我睡不好了，一睡下，就惊醒，我寻思着，这女魔是否见过我上人家家里给小孩做割礼？她知不知道我给全村所有男孩做割礼？我对自己说，艾德，她肯定知道，因为村里所有女人都知道，女人的嘴本来就碎，舌头守不住丁点儿东西。

我妈从小就教我要管住嘴。她对我说‘艾德，不要相信任何人，包括你老婆。没准哪天你们俩闹矛盾了，她去监察局告发你。’我妈给我讲过她一个邻居的故事，那邻居的儿子死了，女人们来到她家吊唁，邻居把家人如何处理孩子的后事讲给了她们听，先用花水擦洗身子，穿殓衣，入土时放了一罐蜂蜜、几株绿油油的庄稼。你们信吗？六个月之后，那个邻居就因为她说的那些话被捕了。万物非主，唯有安拉，天下已经没有太平了。聪明人自己的事，对自己的影子都闭口不提，不会透露自己去哪、从哪来。阿里先生，你别为自己没有孩子难过，其实你真幸运，没老婆，没儿没女，没人知道你家收入多少，没人向局里告发你。这个忤逆女的行为让我开始担心我的孩子们了，真的，我开始怕他们，在他们面前我什么也不说了。”

萨利哈·巴尔比斯问他：

“艾德，你孩子们多大了？”

“萨利哈先生，他们比您的孩子们小，都是男孩，老大四岁，老二两岁，最小的刚出生一个月。”

萨利哈·巴尔比斯说：

“那天，那姑娘冲向调查员的时候，我也在广场，看到她母亲尖叫大哭，我一直注意着当时的混乱嘈杂，觉得她父亲就要拔剑了……”

艾德打断道：

“萨利哈先生，我们不会在宗教监察局的人面前拔剑，剑属于被禁的武器。”

萨利哈强调道：

“我知道，艾德，我知道。我是说‘觉得’”，他刻意强调了下“觉得”一词，“我觉得那位父亲就要拔剑来砍女儿脑袋了，那她会倒在血泊里。我在马德里看过类似的戏剧。”

“戏剧是什么东西？”

“一些像你我一样的人，站在宽敞的大木台上，在人们面前扮演不同的角色，展现角色的性格，你会忘了这些人的本来身份，而是专注于他们表演的故事，就像那是发生在你眼前的现实：互相争斗的王子，被废黜的国王，热恋中的骑士，婀娜多姿的姑娘们，她们高声欢笑，或者为爱人离去而悲泣。那天我们站在广场时，我还说这是一出戏，要是那父亲砍了女儿的头，戏就完整了。”

萨利哈·巴尔比斯大笑，对自己的想法扬扬得意。不过理发师艾德没有笑。带着不快的语气说：

“萨利哈先生，那可不是一出戏！”

阿里起身朝门口走去。艾德追上他，说：

“阿里先生，等一下。我给萨利哈先生理完发了，马上就刮胡子。”

他没等。

据说那姑娘和她父亲被带到首都接受调查去了。他要去那里找她吗，从哪里开始找，以什么身份敲开宗教监察局大门，询问那些调查员？他们会对他说：“她是你女儿？你妹妹？你妻子？该怎么回答他们呢？即使是父亲、兄弟或者丈夫，也无法见到宗教监察局地牢里的亲人。他只有等待，等消息传到贾法利亚，再采取行动。而且，他也得摘橄榄，卖橄榄油，这样前往首都的时候才有足够的钱。她并没受到任何指控，他们会释放她的，可之后她该怎么办呢，回到贾法利亚，还是留在城里，她在那里又将遭遇什么命运？

第三章

贾法利亚的秋天别有乐趣。夏末初秋，葡萄园一片丰收的喜庆。人们摘下一串串葡萄，为它欢歌，小心翼翼地将它放入篮中。他们将篮子顶在头上，驮在骡子、驴子背上，运到附近小镇或是稍远一些的城市，在集市上操着山里口音叫卖“甜葡萄”，一颗颗黑绿色晶莹剔透的果实，似乎不想让忌妒的眼睛看见里面藏着的甜蜜。

没去集市的女人同样也有丰收的喜悦。她们将一串串葡萄洗净，摘去枝叶，铺在屋顶让阳光直晒，制成葡萄干，或出售，或储藏在家中。

葡萄报喜后，就是橄榄收成的季节了。男女老少日出而作，日落而息，整个白天都在缀满果实的树边劳作。男人们用棍棒敲打橄榄树，一颗颗果实簌簌落下，有的落在地上，有的掉在人们脑袋上。安拉为他创造的生灵降下天上的雨水，也为他们辛勤的劳作与汗水降下橄榄，奉安拉的名义，这就是安拉所愿。人们把橄榄收集好放入篮子或口袋中，运到压榨坊。压榨机转动起来，瓦罐满了。家里有一份，地主也有一份，地主的所得是不当的，安拉不会保佑他。随后，人们用骡子驮着瓦罐来到集市，出售换钱，赞美安拉。

这是橄榄的季节。谁想给儿子娶亲，尽管向姑娘家提亲，没什么尴尬，安拉已恩赐了他足够支付彩礼、举办体面婚礼的财富。男人为孩子们置办衣物，给孩子妈购买所缺物品，女人们将亲手制作的橄榄油送给丈夫，分给邻居们。她们用石头将橄榄捣碎放进器皿中，浇上开水，水凉后将橄榄捣碎至糊状，把核剔出，再用手将橄榄揉碎，将漂浮在水面上的橄榄油用双手捧出，说“孩子他爸，来尝尝”，“街坊们，来尝尝”。

女人们唱着歌，男人们也哼起民歌，拿起棍棒跳起舞来，而女人们则从阳台后面、屋顶上或是侧门旁看着这一切，年轻人总在橄榄季坠入爱河。

可是今年，歉收。采摘前几个月，熟知农务的男人们望着山脚下的橄榄园，估算能产多少罐油，连往年的一半都不到。如何偿还债务？赋税并不会因为歉收而减少，地主的要求总是很多。该死的一年！该死的橄榄！

村民们忧心忡忡。男人们出门了，带着孩子们惦记的东西、食物和衣服回来了。孩子埋怨父亲，父亲骂孩子，随后又和妻子吵。女邻居听见隔壁女人的叫喊，知道她的丈夫在打她。她赞美安拉，幸好她的丈夫情绪平和，没那么暴力。然而没过两三天，苦难从天而降。丈夫殴打她，她惨叫连连，隔壁邻居听到后，同情地哭了，想起这周自己刚被殴打过，不免自哀自怨，哭得更厉害了。

一桩烦心事还不够，似乎一大堆烦恼凑齐了，要一窝蜂地降临。贾法利亚从一阵喧哗中醒来，阿里跟着一群人跑去了解情况。火光和浓烟为他指明了出事地点。火舌高高蹿向天空，蓝色和红色的火焰缠绕着树干、树叶、果实，吞噬着它们，猛烈地燃烧，浓烟滚滚升起，挡住了视线。水已完全无济于事，人们束手无策地站着，只能惊恐，只能默念“万物非主，唯有安拉”“除了安拉别无他法”“两个世界的主啊，发发慈悲吧”。

努曼家族的人指控盖斯家族的人在自己地里纵火，两家积怨甚久，起初由于争夺水源，导致盖斯家族一个小伙子死亡，仇恨不断扩大，好几人因此死去。随后哈莱勒家族介入调停，促使双方签订了合约，这已是一百多年前的事了。

指控在村子里传开了，努曼家族以及所有与他们沾亲带故或是有交情的人都义愤填膺，盖斯家族和他们的亲友也气急败坏，声称这完全是无中生有。群情激愤，贾法利亚出现了分裂，人们记起了几十笔旧账，互相谴责。

欧麦尔·沙提比说道：

“问题一天比一天复杂，骚乱威胁着我们，就像大火烧了努曼家的地一样。阿里，我们一起去见见他们，冷静地谈谈，也许能让大家冷静下来。”

他俩先去了努曼家。

他家有五个儿子，都住在一所大宅子里。两人受到了欢迎和款待，接着欧麦尔·沙提比说，不仅仅是贾法利亚村，整个安达卢西亚东部都需要集体的团结。他说：

“敌人包围着我们，他们带来的烦恼已经够多了，而且越来越多，我们勉强才能应付。我们不能再激起那些旧仇了。”

“欧麦尔先生，是他们烧了我们的地，肇事者最恶毒！”

“既然你们没有人亲眼看见他们在地里纵火，这么臆断就是错的。”

“我们虽然没看到，但是能肯定他们就是罪犯。”

“怎么这么肯定？”

“五年前我们一个堂兄向他们家一个姑娘求亲，我们并不赞成这件事，他非得坚持。结婚两年后，那个女人回了娘家，要求离婚……”

“这不是什么新鲜事，大家都知道，离婚是合法的，伟大的安拉在《古兰经》里说过，‘善意地放开他们吧’。”

“欧麦尔先生，请听我讲一下详细经过，再公正判断吧。”

“我们堂兄并不想离婚，于是去找她，希望她回家，他对她说道：‘姑娘，正式离婚对你、对我都不好，只要国家法律没有正式承认咱俩离婚，咱俩都没法再婚，不管谁再婚都是无效的。’但是盖斯家的姑娘却说她要离婚，并且要求退还嫁妆，给他造成不便正是她所希望的，而她本人也不想再婚了。

“欧麦尔先生，我只是简要跟你讲一下事实，其中发生了很多争吵和难堪。他们家父亲、兄弟们都掺和进来了，侮辱我们堂兄，放纵他们家女儿大放厥词，好像女人就是可以侮辱丈夫或任何男人。

“我们堂兄十分生气，说他绝对不离婚，也不退还嫁妆。于是姑娘父亲对他说：‘你不想退还嫁妆，那么记住，我们会让你和你们家加倍偿还！’

“地里起火时，还没想到这些，不过我们都记得这句话。那天夜里我们都失眠了，翻来覆去想，到底谁烧了我们的地。当时每人都各想各的，却都想到了一块儿。一大早我们交流了一下，更加肯定了。欧麦尔先生，我们堂兄是做大饼的，他们不能去烧掉烘房，那是封建主的资产。要那么干的话，损失是地主的了，不是我们堂兄。

“盖斯家决定烧掉我们的地，因为我们跟堂兄关系近，烧我们的地来报复他们家女婿，我们不吭声吗？”

“事情一旦证实，必须惩罚罪犯，伟大的安拉说过‘有理智的人们，你们在抵罪律中获得生命。’但问题还没有证实。激起骚乱将会损害整个贾法利亚。我只希望你们能够谨慎而行，不要再继续散播指责，让你们家年轻人都冷静下来，好让我们搞清楚真相，找到解决方法，别让大家因为一个人犯罪都受牵连。”

努曼家人不爱听这些话，不过欧麦尔·沙提比作为村里的谢赫、法学家亲自登门让他们颇有面子，教他们家三个孩子读书的格拉纳达人也陪同前来，因此他们没评论什么。

欧麦尔·沙提比站起身，阿里也准备随之离开时，努曼家最年长的老人开口了：

“欧麦尔先生，我们答应你，确认罪犯前我们不采取行动。”

阿里和欧麦尔·沙提比又去了盖斯家，随后回到努曼家，接着再次去了盖斯家。他们见了两家族的长辈，整整一个月与他们详细交流了各种新旧细节，这一个月生活似乎浓缩在各种人的飞短流长上了。

盖斯家不承认他们家有人纵火烧地，不过他们家那女儿却答应再回丈夫家了，有传言称盖斯家有些小伙子愿意春初参与被烧毁土地的翻修平整。他们有人说“我们怎么可能讨厌努曼家人呢？”这话在贾法利亚传开了，村民们互相告知，等传到努曼家耳中时，他们用更友善的话回应，强调“盖斯家是我们的亲舅，是我们的亲戚”。

欧麦尔·沙提比希望进一步巩固和解，召集两家长辈，在过去旧和约的基础上签了新的和解条约：

> 努曼与盖斯两家人以及所有亲朋好友、支持者都承诺，遵守此项和约，双方维护永久和平，无论此前有任何分歧、纠纷、伤害、传言或企图，今天在证人欧麦尔·沙提比谢赫、阿里·格拉纳达面前，在安拉面前，在封印先知穆罕默德·穆斯塔法面前，所有人以言语、以签署和约的手起誓，他们将以行动捍卫此和约内容。

努曼家五个成员签了名字，盖斯家五人按了手印，接着欧麦尔·沙提比谢赫、阿里也在和约上签了字。接着所有人品尝了欧麦尔·沙提比为了祝贺这一活动亲手宰杀、由其妻子烹制的羊肉，羊肉搁在加了红花烹制的库司库司上，用一个大铜盘端上来。

第四章

阿里去了趟巴伦西亚，回来了，没找到考萨尔。他早早出了门，去地里割除杂草荆棘；翻了翻土，好让它透透气，见见阳光空气。他修整了被泥石流毁坏的地方，将橄榄枝条做成篱笆围起来，细心照料。下午孩子们来他家，每周两次，每人都带着小木板，他教他们读书写字。等他们走后，他便开始埋头制作木箱，在木箱上雕刻小鸟图案，敲打银条，在薄片上镂刻字母，拼出一个名字——那个消失的姑娘。

他又去了趟巴伦西亚，第一天在城里打听、寻找，找了整个集市，黄昏时回到旅馆，斜倚院子一角，一边吃东西，一边看着旅馆旁租了块小地开铺子的鞋匠，还听着对面角落里几个妓女聊天。

她们说话声音很大，还配着头部、身体和手部动作加以强调。其中一人皮肤白皙、金发碧眼，另一个褐色皮肤，留一头卷发，无疑是阿拉伯人。他注意到一个留着黑发长辫、面容姣好、身材匀称的姑娘，仔细打量了一番，然后转过头看看鞋匠那边。鞋匠正在一个箱子上敲打着钉子，把一块皮革固定在鞋底。

他听到叫喊，又转过来看那群妓女。那个长辫子姑娘和一头浓密披肩红发的中年妇女发生了争吵。

“安娜，说话注意点，没必要说这种话！”

红头发笑得浑身发抖，她晃着脑袋轻蔑地说：

“我为什么要注意？我怕像你这样的人？你们一群奴隶，天生的奴隶，杂种！”

一个褐色皮肤、满脸皱纹的女人将红头发拉了过去，让她坐远一点，避免继续争吵，不过红头发还没住嘴：

“为什么你们叫作移民呢？因为你们是逃过来的女奴后代，而我们祖先是你们的主人，是易卜拉欣和萨拉的后代。”

满脸皱纹的女人笑道：

“安娜，你适合去讲经！”

黑辫子并没在意她说什么，转过脸望着旅馆门口。红头发向她走过去，推了一下她肩膀，用愈加嘲讽的语气喊：

“你们都是狗，你们的先知……”

姑娘跳了起来，向那个侮辱她的女人冲了过去，抓住她衣服大喊着：

“如果你提我们先知的名字，我就拿这个砸你的脑袋。（她什么时候脱下鞋子，怎么抓住那女人衣服的？）是的，是移民，我这只鞋子比你、比你们大主教、比统治这个国家的国王还高贵！”

那些话她脱口而出，刺透了旅馆里每个人的耳朵，大家都愕然无语地望着她。那姑娘抽打着自己的脸，跌倒在地，哭得稀里哗啦。他们现在就来逮捕她，还是明天来呢？

“安娜，小姑娘逗你呢，跟你开玩笑。她每个礼拜天都跟我一起去教堂，总是把十字架挂在床上。”

一个女人大声说着，好让旅馆里的所有人都听到。这个女人皮肤黝黑，身材肥胖，长着一对硕大的乳房。她又接着说：

“你们都怎么了？有什么好吵的？我们都会死的，都会升天去主的身边，他关爱和怜悯我们，因为我们在这世上被折腾够了。”

她俯身朝安娜额头亲了一下，跟她轻声说话。那姑娘会遭遇什么呢？除了疯子，谁也不会说出她刚才那番话，但谁能受得了这种侮辱、还不失去理智呢？

阿里上楼进房睡觉了。醒来时并没听到什么喧哗，也没看到调查员，他认为这是个好兆头，天刚亮他便出门了，继续寻找考萨尔。

一个抑郁的夜晚过去了，接替而来的是更糟糕的一个早晨。他听到的第一句话便是一人冲着另一人喊“阿拉伯人是狗”。他祈求安拉保佑，平静地走过去了，好像并没有听见那些话。在大集市里，他遇到了两个人，其中一人对另一人说：“他们骨子里就很坏。你绝不能相信他们任何一人，不管他们怎么向你表示友好或忠诚。这些阿拉伯人都是骗子滑头，背叛是他们所有人的天性！”

“明察的主，全知的主啊”，阿里转过身，走远了。难道魔鬼那天一直跟着他，为他一路设置各种障碍，要让他自我毁灭？

“你！”

“我？”

他并不认识这个丰乳肥臀的女人，她脸上挂满汗珠，头上顶着一只箱子。

“有什么事吗？”

“帮我提着这箱子。”

“我为什么要帮你提？”

那女人微微一笑，不乏轻蔑：

“你不会白提的，我给你付钱。”

“我不是仆人，也不是搬运工。”

“脸皮真厚！”

“女士，自个儿走吧，我不想跟你浪费时间，我也没主动找你说话！”

她噘起嘴，往地上吐了一口唾沫：

“肮脏的阿拉伯人！”

他的拳头瞬间飞了出去，只见那女人连同箱子摔倒在地，碰撞声、叫喊声，周围一阵骚动，人们聚了过来。

“他打我，骂我，说耶稣基督是骗子！”

这个女人怎么说出这样的话？他今天倒什么霉了，怎么整个白天厄运连连？没等他从女人的话中回过神来，听到一个站在旁边的男人大声对围观人群说：

“女人总是很奇怪。我和朋友曾见过这女人，当时我们正走自己的路，我们不认识她，她也不认识我们，她却邀请我们去她家。我们并没有理睬她，觉得她是个坏女人，她却一再坚持要我俩去，后来我朋友呵斥她。一被呵斥，她就开始嚷嚷，无中生有！你们要不信我的话，就问问这些人吧，他们当时正巧路过，亲眼看到、亲耳听到了一切。”

那人刚说完，便有四个男人走上前做证，还补充了一些细节。第一个男人抓着阿里的手，拉着他走远：

“走吧，朋友，继续忙自己的事去。”

阿里茫然地跟他走着，几乎无法相信眼前发生的一切，他突然停下来问道：

“我知道你是来帮我的，我非常感激你。不过我不明白那些人怎么为你的话做证，他们都没看到，不认识你，也不认识我。”

那个男人大笑起来，说：

“我们有人遇到麻烦时，亲人肯定帮他。从你长相看，就是阿拉伯人，那女人骂你的那些话，只有阿拉伯人会在意的，有侠义心肠的人都会站出来帮忙。如果换作是你，你也会这么做的，不是吗？”

“如果我知道该怎么做，绝对毫不犹豫。不过我脑子没那么灵活，想不到这些。”

“不需要安排或思考，你的头脑会告诉你怎么做。”

那个男人笑容可掬，膀大腰圆，体格健壮，说话声音很轻，时常偏一下脑袋，以肯定自己说的话。

法朗西斯科·赞姆赞姆一路陪他走到旅馆，一边讲着自己的经历。他曾是一名车夫，经常在巴伦西亚和加泰罗尼亚间往返：将纺织品运往加泰罗尼亚，又将水果、杏仁、核桃、榛子等运回巴伦西亚。他说：

“我不是一个人出门，通常五人结伴，有时六七人。我们带着骡子，骡子驮着货物，随后一起返回，路上有伴能让人安心，有问题时一起解决。”

“今天为我做证的那四个人都是你的同伴吗？”

“你难道还对这个有怀疑吗？”

阿里憨厚地一笑，车夫也笑了，继续说：

“我们经常不得不对付这种情况，不过有一次，安拉启发了我们，我们找到了几个人共同合作的方法。当时我们住进了一家旅馆，是那种临近海边、孤立的小旅馆。我们拴好骡子，进到屋里，坐在火炉旁取暖。”

旅馆的老板娘是个胖女人，就跟今天你在集市里遇见的那个带箱子女人一样。我们向她要了吃的，她便送来了。我们刚开始吃，便进来了两个宗教监察局的职员，一个瘦高，另一个矮胖，两人带着一个被铐起来的女人，那个女人不到三十岁，满脸痛苦，缩成一团，很惊恐。

老板娘给那两人端来了吃的，他俩便狼吞虎咽起来，既没有让那个被铐的女人坐下，也没说给她点吃的。

胖女人问：

“这个倒霉女人干了什么？杀人了，还是偷东西了？”

瘦高男人说：

“她做符咒。我们星期五闯到她家，火上有口锅正煮着肉。”

那个胖女人愤怒地喊道：

“在星期五吃肉？”

“更可怕的是，我们搜查她家时，搜出了许多纸，上面画着各种线条圆圈方块，还有阿拉伯语写的不少东西，另外还找到了毛笔、墨以及玫瑰花跟红花的混合液。”

那个胖女人用手比画了一个十字，转过脸，低声咕哝着：

“上帝保佑我们！没准她会在夜里解开镣铐逃跑！”

矮胖男人说：

“我们会把她绑在窗子的铁条上，明天一早就去宗教监察局。”

我们准备睡觉时，突然想到一个主意，便立刻展开行动。当时我们共有七人，其中五人悄悄从窗户爬了出去，解开骡子，走远了。按照约定好的，喧闹声、叫喊声、号角声、骡子蹄声响起时，我的同伴就敲打箱子，敲得很用力很有节奏，而我则从房中冲出来大喊：“土耳其人，土耳其人，我从窗子里亲眼看到他们了，从他们高举的火把亮光中看到那些头巾了。土耳其海盗上岸了，正朝着旅馆靠近，救命啊！救命啊！”我的同伴继续敲打箱子，也跟着我一起喊。已经离开旅馆的同伴们也开始叫喊，跟我们的叫喊声混杂在一起，还有旅馆老板娘的尖叫。她从自己房间跑出来，头发凌乱，睡眼惺忪，一只手哆哆嗦嗦举着蜡烛，惊慌失措尖叫不已。我对她说：

“他们或许不会伤害我们，不过局里那两人得倒霉了。他们会认出他俩，等看到那个被铐的女人时，会更加愤怒，把我们都杀了。该怎么办？我们怎么逃？”

那女人哭着大喊那两个监察局的人，冲到他俩睡觉的房间，两人睡眼蒙眬，穿着内衣跑了出来，两人都是一手拎着两只鞋，另一手抓着衣服。高瘦个子想起了自己的帽子，马上把帽子斜斜地扣在头上，而矮胖个子则直接跑出了旅馆，没戴帽子，两人跨上驴子，消失了。

我对那个胖女人说道：

“进你房间去，用钥匙锁上门，我来对付土耳其人。我会告诉他们，你很照顾我们这样的阿拉伯人。”

我解开了那个女人的镣铐，我同伴也来了，接着我们骑上骡子去跟其他伙伴会合。

我们从来没像那晚一样捧腹大笑过。那个女人没回她的村子，我们带她到了一个熟人家，她一直待在那儿，直到她家人把她接走。”

法朗西斯科·赞姆赞姆笑了，又看看阿里，脸上神情变得严肃起来，说：

“朋友，这女人身上有种属于安拉的东西。安拉启示我们，那就是安拉希望她平安，你看。”

他从衣服里掏出一个绿色丝绸做的布袋，上面还绣着白色丝线。

“露西亚·莫丽娜给我做了这个护身符，劝我贴身带着，我从没取下过。她对我说：‘人不戴护身符，就像房子没有门，随便什么能动能爬的人或精灵都能进去。你贴身戴着护身符就相当于装了门，挡住了他们，谁都不能进来伤害你。’我信了她的话，自从戴上这个护身符，再也没受过伤害，每次遇到麻烦，都平安脱险，她是个吉祥的女人。那天晚上咱们做的事不会让自己后悔，何况那是得到了安拉的启示。”

第五章

阿里去了趟巴伦西亚又回来了，还是没找到考萨尔，线索全无；接着他又去了一次，依然无功而返。于是他决定不再继续找了。他说："小姑娘不过是我一见倾心的人，她失踪了，我得把这事抛开，好好过日子。"他在地里劳作，教孩子们读书，来来往往，吃喝睡觉。有天晚上突然想起了那个旅馆里的妓女们，于是第二天天亮前，骑着骡子去了巴伦西亚。

他看见了她，她正在城里的大集市卖鱼，她没有认出他，于是他便自我介绍了一下。

她说：

"你想从我这儿得到什么？"

"想要你回到贾法利亚。"

"他们杀了我姐姐，我要是回去，他们也会杀了我。"

"欧麦尔·沙提比会保护你，他会促成你和家人和解。"

"他们杀了我姐姐，我不想回到他们身边。"

她直视着他，他转过脸，又回头注视她，说：

"你愿意嫁给我吗？"

她把视线移开，说：

“谢谢你！”

“你同意？”

“我不同意！”

他用袖子擦了一下额头的汗水，走了。

他离开巴伦西亚，去找法郎西斯科·赞姆赞姆，在他家待了一天一夜，得到了露西亚·莫丽娜的住址。他穿过两个村子间的泥泞小道，找到她时，说：

“我想要一个强大的护身符，保护一个小姑娘没灾没难、平平安安的。”

他带着护身符，骑着骡子，回到了巴伦西亚，递给考萨尔：

“你会戴着它吗？”

“我会的！”

“我会和欧麦尔·沙提比说的，我们一起去找你家人。考萨尔，你听我说，可怕的是留在这儿，而不是回到贾法利亚，你不应该怕自己的家人。”

她脸色惨白：

“我不想见我家人，也不想回村子。”

阿里心想，她很害怕、很愤怒。等过段时间，害怕愤怒的情绪消退了，她就会平静下来的。

一回到贾法利亚，阿里便去找欧麦尔·沙提比，谢赫却说：

“她中了邪，不再是我们的人了，不关我们的事。”过了几天，阿里又和他提到这个话题，谢赫似乎没那么生气了。第三次，谢赫的语气更柔和了，阿里顺便把在城里生活的各种风险罗列了一番："她一个缺乏保护的小姑娘，没亲没故，身无分文，无依无靠，孤苦伶仃，而城里满街都是妓女和坏孩子。我们怎么能把自己的骨肉扔去喂狗呢？如果抛弃了她，末日审判时，安拉会向我们问起她的。"

欧麦尔·沙提比跟他一起去见了考萨尔的叔伯们，接着又见了她的舅舅们。他们一致回答：

"她哥哥会回来亲手洗刷耻辱，如果他没出现，我们中有人会做的。"

阿里并没绝望，他说过段时间大家都会冷静下来……还有她母亲，怎么去见她母亲，"过段时间"又是多久？

这个问题跟其他许多事情一样被搁置了，因为有人带着随从和仆人到了贾法利亚。

村民们传播这个消息时，只觉得好奇。这个人的名字每天都被大家挂在嘴边，每提到他时，就要先说一句"安拉不会赐福于他"。他们骂他、诅咒他，其实也没人见过他，但就是莫名其妙地讨厌他，不知道他高矮胖瘦，也不清楚他任何底细。他像魔鬼、像精灵、像死神、像国王一般，既存在又缥缈。

代理说："公爵将在他的府邸住上一段日子，处理封地的一些事宜。"那就让他来吧。他又不会住在人们脑袋上，他来了人们付给他的东西也不会比他不在时有什么增加。他住在山丘最高处的府邸，远离村民的房屋和街区，村民们就这么说的，可一位老太太哀叹道："你们就坐等倒霉吧，够你们受的！"没人在意她的话，但后来大家回忆时都想起来了。

村民们亲眼看到了那个队伍：黑色马车，车身有镀金矩形装饰，由两匹褐色高头大马拉着，车夫身上穿着王子般的衣服：头戴一顶插着羽毛的丝绒帽，长裤，小腿处裹得很紧，披着金银丝绣制的披风。这只是车夫，那主人得是什么样的，他穿什么呢？

主人在妻子和孩子们陪同下坐在垂着帘子的车里，后面跟着一队坐在阔气马鞍上的骑士，驮着行李的骡子随后，由几个奴隶牵着，有黑人、土耳其人，还有一个身材消瘦、面容精致、头发油光发亮的人，萨利哈·比利斯认出了他，说"他是住在大洋对面新大陆的居民。我在马德里时，见过许多像他这样的人。"

村民们关注着这支队伍，两天一夜都在谈论它，随后又各忙各的事去了。不过代理突然召集村里长辈们开紧急会议："什么时候"，"明天"，"什么事"，"跟钱有关的事"。人们满脑子疑问睡觉去了。第二天他们去了。

代理人说：

"公爵很生气，说你们偷了他东西。"

"我们偷了他东西？"

"他说，你们付给他的地租少得不能再少了，其他人的封地比他的小，收到的地租却多出几倍。"

"我们给他付地租和赋税，每个月还免费为他服徭役一天，我们还向国王纳税，向教会纳税，我们自己还剩什么？"

"信使只是捎口信。公爵先生说，他的土地肥沃，收成丰厚，却没从你们这儿得到该得的那份，过去几年你们收成够多了，他不过要求得到跟其他封地主人一样的份额。"

"他得到了跟其他地主一样多的东西：赋税、十一税。他拥有烘房、磨坊、榨油坊和打谷机，即使其他地方的设备更加便宜，我们也不能去用。”

“我们累死累活，这么可怜，勉强糊口，收成都给了他，他活得像亲王，都这样了，他还说我们偷他东西。万物非主，唯有安拉！”

大家声音越来越大，身体开始颤抖，面红耳赤，接着散会了。每人都带着一些具体的要求满腔悲愤地回家了：橄榄油和橄榄收成的四分之一、角豆树和果树收成的二分之一、部分无花果干和葡萄、女人们在家中纺的纱、饲养的牲口家禽，有什么办法呢？

女人们黄昏时，揭去头巾，站在太阳下，诅咒所有独裁压迫者，特别提到了公爵的名字，她们不知道公爵母亲的名字，否则会让诅咒更完整、更全面，让安拉在天上听到，立刻降下愤怒，绝不耽误。

男人们夜里睡不着了，凑在一块儿，想方设法，算计着收入支出、地里收成、生活基本支出、赋税、公爵层出不穷的各种要求，他们削减各种需求，一减再减，又算了一遍，惊愕地跌倒在地。他们骂呀，诅咒呀，祈求安拉护佑，为他们指引一条正路，然后把账又算了一遍。

村民们把这事翻来覆去地想，在地里、村广场、烤坊、磨坊、打谷场、压榨坊，还有各家各户的客厅里想。他们来来往往，所有的话让他们得出同一个结论：公爵要的就是毁了他们的家园。他们去找代理，说：“主人那些要求是不可能达到的。我们没有，也无法提供。”代理人去见了公爵，两天后带来了回复：“公爵说他决不放弃自己的权益，你们要敢抗拒的话，他就动手了！”

代理无须解释什么，也不用提醒人们两年前在布尼·哈桑村发生的事，所有人都心知肚明。

去邻村布尼·哈桑只需步行小半天，或骑马、骑骡、骑驴，沿着山路往下走就能抵达，办完事后当天就返回。两村还有些联姻、友谊和生意关系。

那年雨水稀少，山谷里的水几乎不够灌溉用，于是布尼·哈桑的村民们便在水道上立了一个闸门，引发了与隔壁地主的纠纷。当局介入了："开闸。""我们先浇地，再开闸。""打开。""不开。"村民们被突如其来的一支武装骑兵队吓坏了，他们冲进村里，摧毁了闸门，把村里长辈们都叫来，通知他们必须一个月内交罚金，否则就得进监狱。布尼·哈桑村的村民倾家荡产交了罚金，卖掉了女人们的金首饰，向贾法利亚和其他地方的村民们借钱，到现在都没还清。这就是公爵暗示的后果？还是说军队来采摘一半的果实，从压榨坊里拿走四分之一的橄榄油，闯进各家各户搜查家禽、纺织品、装无花果和葡萄干的篮子？

贾法利亚村决定服从公爵的要求。"毫无办法，全靠安拉。""安拉是从容不迫的，他不会无视这些，他是伟大的复仇者。"人们念叨着这些话，排解胸中无法消散的抑郁，个个心情沉痛，苦涩盖过了食物的味道，驱散了收获橄榄的喜悦。人们从树上采摘橄榄，压榨成油，平心静气地把其中四分之一交出去，似乎愤怒并不会点燃胸口的怒火。

事情究竟怎么发生的，没人确切知道。是率先拒绝在徭役日无偿劳动的木匠们，还是被叫去为公爵府邸翻新一角的泥瓦匠们？是府邸花园里整饬花草的小伙子们首先发起了骚乱，还是那些出门坐在太阳下闲聊的女人们？好像那天并不是徭役日，她们不用向公爵上供纺织品。

贾法利亚停工了。人们聚集在广场上顾盼，来了许多人：有热血沸腾的青年、有成年人、有中年人、也有老人小孩；有农夫、木工、铁匠、泥瓦匠、磨坊工、压榨工、面包师、裁缝。

“我们上公爵府去。”

“走！”

人们朝着公爵府一路蜿蜒而上，遇见代理和三个助手小跑下来，代理冲着人们大喊，示意要听话，人们没理他，继续上行。代理转身朝山上跑去，要赶在人们之前到达府邸，向公爵报告。

大家包围了府邸，公爵出来了。他讲话带着巴伦西亚口音，有些人听得懂，有些人听不懂。代理把公爵的话翻译了一遍：

“公爵问你们想干什么？”

“欧麦尔先生，您代表我们去说吧。”

某人提议，其余人都表示附和。

“我们委托欧麦尔·沙提比。”

欧麦尔·沙提比从人群中走上前，登上了通往宫殿大门的石阶。

公爵让他进了屋。

一群人站着等，时间过得缓慢而沉重，过了一会儿，欧麦尔·沙提比满脸笑意得出来了。

“还好吧？”

谢赫用最大的声音喊：

“很好，这是安拉意愿的话。公爵同意对他的要求做出让步，安拉帮助了我们，安拉是万能的。”

男人们沿路从公爵府一路向下飞奔到广场，胸中的喜悦之情跟随着脚步雀跃，几乎要飞向妻子们身边。孩子们欢呼雀跃，青年们奔走相告，而中老年人，连脚步都变得轻快了。

还没到小广场，便听到女人们颤舌欢呼，唱起民歌，大家更高兴了。到了小广场后，男人们拿起木棍开始跳舞。

贾法利亚庆祝了三天三夜，随后公爵离开了。人们悄悄看着那辆黑色鎏金马车、车夫、两匹褐色大马离开村子，下了坡，看着骑士、仆人、奴隶和驮着行李的骡子离去。女人们又颤舌欢呼。两天后就是宰牲节，人们在节前便开始庆祝，节日当天，他们宰杀牲畜，延续着欢乐的氛围。

节日第四天，一百名全副武装的骑兵冲进村子，包围整个街区，闯入各家各户。他们砸碎了盛放油和橄榄的瓦罐，扯破装面粉和白糖的麻袋，把无花果干、葡萄干四处抛撒，用脚踩、撒泥土、吐唾沫，凡是手能够到的天鹅绒被子和丝质衣服，通通撕烂，还砸毁了纺车、织布机，等到扬长而去时，三人死、十人伤，女人们跟在那些被带往郊区监狱的男人们的身后哭泣。

第六章

“她变了。”

阿里凝视着考萨尔，喃喃自语：她站在卖鱼摊子后几米，脸庞不再苍白消瘦，体重增加了，随着身体的丰满，脸上也红润起来，不再是个小姑娘了，她长大了。她见到他会高兴吗？她会喜欢这份礼物吗？他这几个月没来看她，她想念过他吗？他一直站在远处注视她，她一会儿和买家说话，一会儿给他们称鱼、收钱，微笑着，看样子心情愉悦。

他走过去，她见到他，表示欢迎。他希望她问他为什么这么久没来。但她并没问。

“考萨尔，你好吗？”

“赞美安拉，我很好。我结婚了，再过四个月孩子就要生了。”

她淡淡地说着，似乎什么都没说。他愕然无语，她继续道：

“我丈夫是个好人，对我很好。他是个渔夫，以前经常在这儿帮我干活，后来他向我求婚了。”

“他叫什么名字？”

“桑丘·洛佩斯。”

“基督徒？”

“我们不再是基督徒了吗？”

他离开集市，他和这姑娘有什么瓜葛？为什么迷恋她，为什么跋山涉水只为看她一眼？阿里，你真是该死，你见到她的那天真该诅咒！为什么满脑子想的都是她，为了给她买昂贵的丝绒，你逛遍了整个集市，研究了一大堆面料，用手摸，不知道该选哪块，只想给她挑选一块最华丽、最昂贵的？她不是拒绝了你的求婚吗，撇开你选择了一个外国人，一年只洗两次澡的外国人！你看到她脸色红润，怀着那个男人的孩子，你只能下地狱了。她只是一个给家人带来耻辱、将自己父亲送入宗教监察局大牢的女孩而已。

他把布料扔在地上，吐了口唾沫，用脚狠狠地踩。他在巷子中走着，直到走不动了，才回旅馆。上楼回自己房间，还没到墙边，又下到院子里，点了份晚餐。他们送来后，他却没吃。他起身走到妓女们的那个角落，带了其中一人回屋交欢。

“先生，您怎么哭了？”

她惊诧不已，傻傻地瞪着他。他递给她一些钱，要她走。她穿好衣服，打开门走了出去，又折回。

“你会再哭吗？我可以留下来陪你，不用额外再付钱。”

他看着她，她不到二十岁，褐色的脸长得还算精致，虽然额头右侧有道疤痕，不过并无大碍，一头垂肩的乌黑卷发，两个小肩膀跟身体其他部位一样，算不上瘦，但在一对丰满的乳房的衬托下显得很小。

“你叫什么名字？”

“娜加特。”

“娜加特，你在这儿干了很久了？”

“先生，我在这儿差不多两年了。我不是巴伦西亚人，而是……”

他打断了她的话：

“娜加特，来，坐下，跟我说说你的故事。”

“说说我的故事？”

“是，说吧！”

“我祖籍萨拉戈萨，我爸说，我们祖辈原来住在那儿，后来有一支迁到了巴伦西亚国。我出生在海边的布尼·卡尔罗郊区，我不太记得我妈妈了，我很小的时候她就死了。但是我记得我爸，他是个好人，爱我宠我，我想要什么他都会给我。我爸死后，我搬去伯伯家里住。他老婆特别凶狠，经常打我。后来我爱上了一个小伙子，他不住在我们村，但经常过来。他向我求婚，我很高兴，他说我伯伯不会接受他这样一个外乡人，我也很怕伯母。我对他说：‘怎么办？’他说：‘我们去城里结婚吧。’我跟他一起逃跑了，来到巴伦西亚，住进了这个旅馆。

或许我们一直走厄运，也许伯母给我施了魔法，让我中了邪？到城里头天晚上，他们一个人闯了进来，抓着我的衣服，说我没经许可就干这种事。我完全没明白他说什么，我向他发誓说，马斯欧德已经向我求婚了，我们第二天早上就结婚。我看着马斯欧德，等他证实，他却一言不发，好像没长舌头。‘说话啊，马斯欧德，说话啊！’最后他开口了，先生，您知道他说了什么吗？他说，他并不知道我没有从事这项工作的许可。接着穿上衣服，带着行李撇下我走了。您信吗？当时，巴斯图对我说……”

“巴斯图是谁？”

“旅馆里拉这种活的皮条客，他从我们身上收取上缴给国王的那部分。”

“国王？”

“是的，先生，起初我也不知道这些，后来慢慢了解的。整个阿拉伯社区里面所有设施，都是国王的财产。”

“这个我知道。”

“这座旅馆也是他的财产。只要我们在这里工作，一部分收入就得交给国王。巴斯图向我们收取这笔钱，拿走自己的报酬，其他的交给国王。我的大部分收入都进入了唐·塞巴斯蒂安的口袋，因为他买下了我，小部分上交国王。在专门干这种事的妓院里，大部分收入归国王，因为他是地盘所有者，为了自己利益而经营；如果干这事的女人是自由身，不归什么人所有，那小部分收入就可以归自己。

“我还继续说吗？……先生，你叫什么名字？”

“阿里。”

“阿里先生，您还要我继续说下去吗？”

“说吧。”

“巴斯图抓住我说，因为我没得到许可就干了这种事，除非交了许可费、额外罚金，否则不会放过我。我对他说‘我没钱’，他说‘那我就把你卖了，来还你欠的债’。我哭着求他，亲吻他的手，要求给他和他妻子当用人，他丝毫不理。他说：‘你为什么哭？不会有任何变化的，我会把你卖给一个让你还干这事的人。’我抽打着自己的耳光，大声哭喊。”

她看着阿里，叹了口气。目光转向别处，喃喃道：

“我伯母太有能耐了，她对我施了魔法，法术太厉害，每天晚上我都诅咒她，没准她因为我的诅咒死了，可我怎么能知道呢，她住在老远的天边。”

她似乎在自言自语，接着转过来面向阿里，继续说：

“阿里先生，你看样子是个好人，为什么不从唐·塞巴斯蒂安手里买了我，把我带走呢，我可以给你和你妻子孩子做用人。”

“我没有妻子，也没有孩子！”

“我伺候你吧。”

“娜加特，我买不起你。”

“你熟人里有谁能买了我吗？”

他没回答。

“我听一个女友说，阿拉伯人不愿我们干这种事，有一次他们有些人凑了钱，给我们这边三个人赎了身，把她们放了。谁知道她们现在是不是都结婚生育了呢。阿里先生，帮我打听下吧，没准有人愿意买我。”

“我会打听的。”

“你做弥撒吗？”

他对这个问题和话题的突然转变感到奇怪。难道这个女人是宗教监察局的眼线吗？怎么不可能呢，她是一个妓女，无依无靠，看起来一点儿也没有坏人的样子，反而显得十分善良淳朴，不过在任何情况下，表象都不能说明实质。

“我当然去做弥撒了。”

“你是穆斯林，难道不是吗？”

她想陷害他，想得到宗教监察局的奖金，好赎回自己的自由。他假装打了个哈欠。

“我祖辈们原先是穆斯林，后来信了基督教，我现在是个基督徒。娜加特你走吧，我累了，准备睡觉了。”

“我现在就走，先生，您是个好人，我信赖您，所以向您问了那些困扰我的事。我去世的父亲说过我们都是穆斯林。这里的人却说穆斯林死后都会被火烧。我去做弥撒，跪着向基督祈祷，事后我又想起了我父亲的话，便向穆斯林的安拉祈祷，我感到慌乱，他俩谁才是真正的主，我好向他祈祷让他帮我。”

“让我睡吧。”

“你还没有回答我的问题呢！”

“你听从神父的话。”

她走了，他却无法入眠，一直想着她的问题和他的回答。如果她不是宗教监察局的眼线，那他可以容忍她的错，反正他也没有给她什么建议，说的话她也不明白。

是娜加特的故事让他心神不宁，还是他想借此让自己不再去想考萨尔？一回到贾法利亚村，他便去拜访欧麦尔·沙提比，他说：

“我来找您是为了寻求指点和教法解释，这些问题是我在巴伦西亚偶遇的一个人问我的；这个问题是关于阿拉伯女人从事卖淫行当的。那个男人说妓女们人数不少，一部分是奴隶，主人强迫她们从事这项工作，另外一部分人除此以外没有别的生计。”

欧麦尔·沙提比说：

“多年前我们乡里法学家开会时讨论过这个，一致赞同筹集一笔资金来赎回她们部分人，给她们自由，为她们提供体面生活的来源。实际上我们也的确筹集到了必要资金，赎回了三个女人，把她们送去了乡里一个村子。不过我们却遇到了意外问题。村里女人们担心自家姑娘们受影响，男人们担心自家老婆学坏，村里发生了多次争吵，甚至那个村的法学家来到我这里说‘我们决策时犯了大错’，他跟我讲村里一些女人如何跟那三个外来女人争吵打斗，后来那三个女人逃走，彻底消失了。那人对我说‘打那以后，我们很恐慌，担心她们对我们的日常生活细节说三道四’。告诉你朋友，如果她们有人真的让他确信是秉性善良的，那就尽力帮她开始体面的生活，但我劝他，别把她带回村子或让她跟自己家人生活在一起。”

“能相信妓女吗？我朋友问我这个问题教法怎么规定的。”

“如果有人开导、她能向安拉忏悔，就值得信任。如果可以，他尽力帮她，帮她找一份能自食其力的工作。不过，孩子，还得小心，能接受这种工作的女人通常是带着邪恶的。”

他离开了欧麦尔·沙提比家，回到自己家中。睡觉前，他搬出刻着考萨尔名字的箱子，藏到储藏柜深处，接着吃了点东西，然后躺上床，睡了。

第七章

欧麦尔·沙提比夜里敲开了他家大门，告诉他好消息，说：

“我刚刚得到消息，心想着让亲朋好友都一起高兴一下：他们的舰队只有不到一半的人回来，其余人都被海浪吞掉了。”

到了早上，消息已经传遍了贾法利亚村，村里喜气洋洋，老人小孩们都清楚了来龙去脉，他们在家门口、空地上、压榨坊里、磨坊里、在烘房和打谷场附近谈论这件事。男人女人们白天在田地里、屋子里、在每个地方谈论着，到了晚上还在翻来覆去地说，添油加醋。这些话题和夏日的微风能让他们燥热的内心倍感凉爽：那支足以抵挡太阳的眼睛、威慑最强大对手的舰队去对付英国人了。

“有多少艘船？”

“一百三十艘。”

“安拉至大，一百三十艘船！”

舰队一路向北，搭载着指挥官、士兵、水手和囚犯，一路划桨、升杆、扬帆，国王亲自为舰队司令壮行，坐在王座上等待消息。

“等来的是死神阿兹拉伊勒！”

消息如同晴天霹雳。国王啊，英国人打败了您的舰队。英国人刚开了个头，狂风海浪礁石就完成了接下来的任务。能阻挡太阳之眼的无敌舰队被摧毁了，英国人摧毁了它！

“感谢英国人！”

“万分感谢英国人！”

“谁是英国人呢？”

没人知道，也没人想知道，只要有消息传来，说英国人在各处袭击西班牙人的舰船，他们就觉得心情舒畅，这就够了。他们爱英国人，这段日子就更爱了，似乎英国人也是他们的阿拉伯同胞、穆斯林兄弟。

村民们还没采摘橄榄，却都倾囊而出，因为这样的喜庆太重大了，值得慷慨、铺张一番。男人们宰羊，女人们准备着库司库司，相互赠送、宴请、共同享用。他们把屋子和街区打扫得亮锃锃的，用枣椰树叶和各种鲜花装扮起来 。

周四晚上贾法利亚村举行了隆重的庆祝。男人们穿上节日的礼服，女人们喷洒了香水，抹上眼影。男人们手里拿着木棍载歌载舞，女人们在各家各户屋顶，或者女宾专门房里看着男人们舞蹈，自己也欢歌载舞。

贾法利亚为英国人获胜而狂欢。

“英国人是谁？”

一个年轻人说：

“他们不会比统治咱们的西班牙人好多少。他们抢夺统治权和王位，谁都想多贪一点儿。”

人们厌恶地看着他，一片欢乐之中传来乌鸦叫声。大家都欢天喜地，就像头上洒了酒一样陶醉。英国人掐断了西班牙人的尖刺，让他们碰了一鼻子灰，得感谢英国人，大家喜欢英国人。

过了几天，阿里问欧麦尔·沙提比：

“要是英国人跟西班牙人和解的话，会怎么样呢？那年轻人说得难道不对吗？我们是不是都错了？”

“他分析得对，我们庆祝也没错，因为摧毁舰队削弱了敌人，帮了我们，让我们感觉到暴君也有这么一天，就算强大也会被打败。”

“欧麦尔先生，您认为我们能打败他吗？”

“安拉佑助，我们能行。”

“不需要别人帮助？”

“也许土耳其人或法国人会帮我们的。”

“要是他们不帮的话，我们就会屈辱地含恨死去，子孙后代也只能面临同样的命运！”

“阿里，你怎么了，你的信仰呢？安拉至大，你不知道的他都会安排好。一夜之间安拉就会消灭他们的国王，消灭他们，就像消灭阿德人、赛莫德人和其他族群一样。现在正是考验你信仰力量的时刻，阿里，你经不起考验吗？”

他声音洪亮、激昂，带着责备，停顿了一会儿，再次开口时语气缓和了一些，他说：

“孩子，战争就是拉锯，对我们时而有利、时而不利。安拉对待我们是公正的，因为我们坚持真理，将自己交给了安拉，顺从他，赞念他。

“布沙拉特爆发革命时，我们全身心关注着动态，醒来后第一件事是它，睡觉前最后一件事也是它。我们尽可能地筹集资金，秘密送去，努力壮大革命队伍。我们为他们的每一次胜利欢欣鼓舞，唯愿自己的耳朵能听到他们匍匐前进的声音，追随他们的步伐，给他们力量和信心。我们也只是能得到他们的消息而已，还有时刻为他们祈祷。

“接着革命队伍失败了，不幸接踵而来。国王的舰队在勒潘多战胜了土耳其人，占领了突尼斯。我们因此失去希望了吗？我们悲伤、不安、害怕，但坚守着信念，安拉赐福了！短短两年，我们又高兴地迎来了国王舰队在突尼斯战败、撤军的消息，接着他们又在塞浦路斯遭到围困。

“安拉应许了我们的祈祷，他们开始四面受敌，怕土耳其人、怕法国人、怕路德教派叛乱，如今英国人又摧毁了他们的无敌舰队。孩子，安拉会宽限，但不会忽略。”

欧麦尔·沙提比这种信念从何而来？他跟欧麦尔一样信奉安拉，但他为什么怀疑世上难有公正幸福的结局、难有合理的统治制度，怀疑到难以入睡呢？纳伊姆晚年疯了，当时他年龄尚小，无法理解一个人愤怒、沮丧、痛苦到发疯的程度。纳伊姆经常谈论生活的点滴，滔滔不绝地讲起海洋、丛林、飞鸟和雨水，说自己有一个老婆和三个孩子。玛利亚说他精神错乱，他所说的那些小孩都是捏造出来的。一天晚上阿里听到他痛哭，被哭声吵醒了，于是走到院子里，见纳伊姆正蹲在无花果树下大哭，哭声让他害怕，他一直站在回廊里，不敢靠近，也没回去睡觉。当时他才七岁，懵懂无知。等他到了纳伊姆的年龄，生活的重担是否也会把他压得发疯呢？他无妻无子，也没有玛利亚照顾，一旦失去理智发疯时，村民们也没法找到一家医院把他送去。如果考萨尔答应嫁给他，为他生儿育女，孩子们长大后就能排解他晚年的孤寂了。她为什么拒绝嫁给他呢？难道无法接受出于同情的求婚？难道她认为他的求婚是出于同情？为什么不告诉她，她敲开他家门寻找弟弟时，他就爱上了她？她选择了另一个人，这就是现实。他怨她、恨她，然而现在让他吃惊的是，这种怨恨已经烟消云散了。他审视着自己的内心，看到的只是对她的爱，带着母亲为幼儿祈祷，期盼他顺利、快乐、平安的那种心情。他会去找她，去看她，带上给她和新生儿的礼物，对他说："孩子，我是你舅舅！"这个想法突然闪过，他笑了，抹了一下眼泪。孩子的舅舅们不会去看他的。一旦知道考萨尔嫁给了一个基督徒，他们心中的怒火会燃烧得更旺。他没听到有关他们的任何消息。他遇见她弟弟时，问："你爸出狱了吗？"回答："还没有！""你哥哥回来了吗？"回答："还没有！"想询问他母亲——可怎么说起考萨尔？最终走开了，似乎不认识考萨尔，她的事与他无关。

上床睡觉前，他从储藏柜最里面翻出了那个箱子，仔细地看，用手抚摩木头上雕刻的小鸟、刻着她名字的银片，然后合上眼睡了，似乎梦中会看到考萨尔，然而她并没进入他的梦乡，玛利亚却来了，他看得很清楚，他感到孤独，似乎自己又变回了那个小孩——惊恐烦躁地醒来，发现奶奶去了集市，丢下他一个人。

第八章

理发师艾德一边给阿里理发，一边说：

“泰哈米家杀死了他们的女儿。”

阿里惊得一哆嗦，这个突然反应让艾德手中的剪子掉到了地上，他弯腰捡起剪子。

“阿里先生，您怎么了？他们不会无缘无故杀害一个人的，他们杀的是考萨尔，那个在宗教监察局里说村子坏话、告她父亲状的姑娘。您不记得了？那不过是六年前的事情。事发当天逃走的那个哥哥一直在找她，后来在巴伦西亚一个卖鱼的集市找到了她，想想啊，该死的姑娘居然嫁给了一个基督徒，还生了个闺女！她哥哥杀了她，通知了叔伯舅舅。您没察觉他们在村里走路都昂头挺胸的吗？”

阿里付了钱。屋子的天花板和四面墙壁让他感到胸闷窒息，便来到枣椰林间，他一直走着，到太阳下山、暮色笼罩了大地方才回家。他蜷在角落，什么也没想，只觉得头上顶着一团沉重的东西，却又悬浮在虚无中，身体似乎已不属于自己，变得像一个空荡荡的口袋，拖着他漫无目的地走着，他到哪儿，它就跟到哪儿，等他坐下来时，也随之一起瘫坐在地。

他一直坐在角落，直到公鸡打鸣，天色亮了起来。他起身进茅房解手，昨天吃的东西在肚子里原封不动，胃一阵收缩，把食物顶到了咽喉，随着一阵刺痛酸楚呕了出来，他浑身哆嗦着，很虚弱。

应该面对的白天到来了，又如何面对呢？他回到那个角落，仍然坐着，又过了一天一夜，公鸡再次打鸣，黎明来临，阳光照亮角落，他出了门。

这个念头在他脑海里徘徊了几个月，现在终于决定了，他骑上骡子前往巴伦西亚。

他在旅馆吃晚饭时，听到一个女人的声音叫他的名字。他惊讶地抬起头，看见一个女人喜笑颜开走过来。

"阿里先生，赞美安拉保佑您平安。我等了您很久了。"

这番话让阿里更惊讶了，猜测她可能认错人了。

"阿里先生，我是娜加特啊，您不记得我了吗？"

"娜加特？"

他想起来了，于是请她一起坐下用餐，她仍然站着。

"坐吧，娜加特。"

她支吾了一下，然后说：

"我希望能付现金作为报酬。"

他大笑着来掩盖尴尬之情，说：

"娜加特，晚餐不算报酬，是款待。"

她不好意思地坐下来，瞅瞅阿里，说：

"我不是小气吝啬，我在攒唐·塞巴斯蒂安要的赎身钱，差不多凑够了。

"阿里先生，我每天都在来旅馆住宿的客人中找您，心想，也许明天，或者下周，或者一个月后就来了，可是您一直没来，您一切都好吗？"

"赞美安拉，一切都好。"

"您之前生病了？"

"没有。"

"您看上去瘦了。"

"娜加特，你就见过我一次，可能没记清我的样子。"

"我记得您的样子。每天夜里都看到您，一闭上眼就觉得您正站在我面前，有时我还跟您说话，这都成了习惯。我有三个女伴同住一间屋，她们说我要是继续跟不在场的人说话会疯掉的，我告诉她们，我在和我爸爸说话，他可不是不存在的。他的身高、体型、笑容和满头卷发都在我面前。她们对我说：没准那不是你爸，是魔鬼以他的样子出现了。我不信她们的话，因为那声音是我爸的声音，还有那睫毛、点头摇头的样子，还有手势，都是我爸。他死后也会来看我，因为他太爱我了，他想我，也不想抛下我孤零零一人。我经常能见到我爸，有时也见到你，我们一起聊天。"

"我要回房睡觉了。明天一早还有事要办，晚上我来找你，晚安。"

她显得尴尬不安，说：

"要是你现在没钱的话，可以等有钱时再给我。"

"娜加特，我身上有钱，但是我很累。走吧，好姑娘，好好睡觉吧，晚安。"

一大早，阿里离开了旅馆，直奔鱼市，打听那个男人。一个小孩指着一位二十多岁、长着一张圆圆的娃娃脸、身材肥胖的年轻人说：

“他就是桑丘·洛佩斯。”

阿里走过去，向他问好，年轻人也致以问候，问：“您要哪种鱼？”

“我不买鱼，如果可以的话，我想和你说几句话。”

男人擦了擦手，让一个同伴替他看一会摊子，然后从木台子后面出来了。

阿里说：

“我是你妻子的亲戚。”

男人的脸色瞬间变得十分难看，面部肌肉开始抖动，紧咬着双唇，然后说：

“你们想要什么！你们杀了我老婆，还威胁我要是说出去一个字就杀了我和我女儿。我没开过口，你们还想怎么样？”

“我什么都不要，不过来向你表达哀悼，想看一眼孩子。”

“我们不要你们的哀悼，放过孩子吧，你们杀了她妈妈，这就够了！”

“你不能让我看她一眼吗？”

“不！”

他的脸颤抖着，原本白皙的脸泛出了酱紫色。

“我从村里大老远来这儿就是为了看一眼孩子，给她一个礼物。”

“我绝不让你得逞。”

“那把这个给她。”

阿里将一个红色的天鹅绒小袋子递给他，里面装着三块金币。

桑丘·洛佩斯拿着袋子，迷惑不解，然后将袋子还给阿里，说：

“拿着。我们不要你们任何东西。”

“这是给孩子的礼物，你没权拒绝，你也没权不让她知道她母亲那边还有爱她、关心她的亲人。”

桑丘·洛佩斯却转过身，走远了。

阿里快走出集市时，听到身后气喘吁吁的叫喊声。

“先生，先生。”

桑丘·洛佩斯追了上来。阿里看着他，桑丘却默默地站在那儿，似乎既没有追阿里，也没喊他。

阿里有些不解，也不知该说什么。两个人沉默了片刻，桑丘开口了：

“你可以跟我来看一眼孩子。”

自从得知考萨尔的遭遇，阿里就想看一眼孩子。他跟着桑丘从一条巷子穿入另一条巷子，就为了实现这一念想。可为什么当他回到旅馆时，却感到悲伤，满满的怨恨冲到嗓子眼了呢？小女孩长得像她妈妈，同样的肤色，同样一双乌溜溜的大眼睛，同样坦然直视的目光。这有什么奇怪的？她不排斥阿里，反而接纳他，让他抱在怀里，冲他笑、亲他，而阿里也乐得哈哈大笑，逗她哄她，陪她玩耍。可当他离开时，却走得很快，似乎需要喘气，似乎想哭泣，想找个地方躲起来，像是有人追赶，步步紧逼。他心情沉重地走着，悲伤压得他几乎瘫倒在路中央，而身体仍然拖着自己向前进，他想回到阿尔拜辛的家，他需要玛利亚。阿里，你怎么了，在路上哭得像个小孩？因为考萨尔不在了？因为见到了她女儿？他摇摇头，似乎在否认这个问题。思乡之情从何而来，瞬间笼罩了他？格拉纳达给他带来了巨大的折磨，灵魂像鸟儿被屠杀，而身体如同行尸走肉，从一个街区走到另一个街区，朝着旅馆方向走。他看见娜加特在等他……

“阿里先生，您是生我气了吗？”

“娜加特，我没生气，过来……”

他带着她进了房间，说：

“坐吧。”

她在床边坐下。阿里数了一下身上的钱，给自己留下了四分之一，其余的钱递给了她：

“娜加特，这些钱能凑够唐·塞巴斯蒂安要的数了，剩下的你用来打点自己的事吧。”

“阿里先生，您喝醉了？”

他用斥责的目光瞪了娜加特一眼，手搭在她肩上，把她轻轻往门口推去，说：

“明天一大早我就走，娜加特，安拉保佑你平安。”

他关上门，扑倒在床上。

第二天一早，他打开门准备出去时，发现她盘腿靠在门边睡着了。她一直等着向他告别，现在头倚着门睡着了。他看着她的脸，想叫醒她道个别，最后还是骑上驴子，朝贾法利亚方向走了。

第九章

日子好似昏暗无光的走廊，带着你从这一条走到那一条，而你只是被带着走，没有任何期盼，你孤身一人，慢慢地走着，唯有那只啮咬着你生命线的老鼠陪伴你。日子继续着，没有欢乐、没有悲伤、没有愤怒、没有宁静、没有意外，也没有什么特别。突然你意外地看到了一丝光亮，无法相信，接着又肯定它的真实，你来到一片开阔地带，看到了你的主，看到了阳光，感受到空气。你被人们包围了，各种声音混杂，有说有笑，于是你困惑：这是梦境还是幻想？那些声音去哪儿了，那片如白昼、如太阳一般热烈燃烧的希望地带去哪儿了？你困惑，又走入了长廊。

欧麦尔·沙提比召集了十位贾法利亚村民上他家，把详细情况如数告知。

“法国答应进行干预，国王正在准备入侵阿拉贡。我们的代表去了法国，向他们表明我们在巴伦西亚有七万六千户人家，在阿拉贡有四万户，在加泰罗尼亚有三千户，在卡斯蒂利亚有五千户，如果每户出一个人，我们就有超过十万名士兵。

我们不缺少武器，有制造火药的作坊，每家每户都藏着刀剑。

“如果法国国王的军队从那卡尔方向进入，或者他们的舰队在达尼亚登陆，我们就宣布起义。我们不会孤军作战，因为路德派会加入我们，我们现在要做的就是筹集资金，获得更多的武器，做好准备工作。”

难道是参加会议的十人中有人将消息泄露给了贾法利亚村民？还是他把消息告诉了家人，或是喜悦溢于言表，无须说明就不胫而走，从他们家传到家家户户？还是说，那些经常去巴伦西亚、哈蒂瓦及其他城市办事的年轻人听到了这事的细节，把消息带回告诉了他们家人？消息如何在贾法利亚传开的？没人知道，不过村民们之间早传开了，一边表示对此守口如瓶，一边私底聚集谈论。大家言行举止透露着坚定，脸上神采奕奕。空地上、田地里，每家每户笑声回荡。大家筹集资金，翻出了藏匿的刀剑，打磨锋利，掐算着日子，翘首以待。

一天早上，贾法利亚村突然来了三位办事人员，其中一人手里拿着一个大本子，记录着姓名和数字。他们说国王陛下的政府要统计国家人口。“国内阿拉伯人，还是所有居民？”

有些人说：“巧合，纯粹巧合，这种统计没有任何意义。”另一些人则担心，难道走漏了风声，当局要来清点阿拉伯人数量？村里长辈们认为这是个坏兆头，想起了一段往事，说“四十年前村里来了一些类似的人，走遍了全村，在记录簿上记录了每家每户的姓名和人数。他们缴走了人们的武器，那些家里没武器的就在他们名字前写上没有武器”。上了年纪的都说“这是一个坏兆头”，年轻人背地里笑话老人们畏怯，说“就算他们来收武器，村里可以交给他们一丁点儿，把大部分藏起来，我们的武器都藏在家里”。

办事人员清点人口，对孕妇都进行了盘问，把肚子里的胎儿也记录在案。接着他们合上记录簿，骑上骡子离开了村子，对任务的完成情况甚为满意。贾法利亚村嘲笑那些办事人员马虎，本子上记录了村子一半不到的人口。家里有五个孩子的人说“我只有两个孩子”；生了三个男孩的人说，安拉没有赐给他男孩，不过赐了两个女孩；几个月前刚结婚的，他父亲就说孩子才十岁，还是没未成年的小孩。

当事情明了后，村民们又开始嘲笑了。原来这次统计的目的是为了征收新的赋税，他们报上的人数能减轻点负担，最重要的是担忧消除了：国王陛下的政府忙于征收更多的赋税，浑然不觉某天早上醒来，他们将在港口发现法国人的舰队，国内的阿拉伯人则一把火烧了政府，让它灰飞烟灭。

这一周就跟过节似的，兴高采烈地开始，兴高采烈地结束。欧麦尔·沙提比周四下午外出归来，没等朋友们前来问好，就派人邀请他们周五晚上来他家。

大家在他家中聚会，他热情地招待，人们相互交流，照常聊聊旅途之事，随后欧麦尔·沙提比说道：

“现在我跟大家说说我知道的消息：前两天我参加了一个会，六十六名巴伦西亚居民代表、法学家、知名人士参加，法国国王亨利陛下的使者也出席了会议。我向大家传达一下达成的主要内容。一，我们确定了起义日期，讨论了细节，分配了各自的任务。诸位知道，日子快到了，我们要做好准备。二，我们协商后通过选举任命弓箭手路易斯为国王，我们向他宣誓效忠，他承诺履行他的义务。三，我们选出了五位代表，负责各个城市村庄之间的领导联络。四，我们把十二万块黄金交给了法国国王的使者，这是我们为法国人发动这场战役出的力。同时，我们还把海岸城堡的详细地图、我们的聚集点、他们的聚集点——这里没有我们的人，都交给了他们。五，也是最后一点，我们承诺出八万名士兵，负责攻下三座城，其中包括首都巴伦西亚，已经做好了具体的行动部署。”

欧麦尔·沙提比说话平静、声音低沉，周围的人们聚精会神地倾听，一人抬起手来抹了一下激动的泪水——周围人会怎么说他呢？另一人则变换了坐姿，似乎这样能平缓在胸口不断加速、几乎就要让人听见的心跳。

欧麦尔·沙提比说：

“贾法利亚已经付了该付的钱，剩下就是提供所需的年轻人了。我们得确定下来，通知他们做好准备。我说贾法利亚能派两百名青年，大家都认为他们不应超过四十岁。”

在座一人说：

“安拉赐福于你，欧麦尔先生，您别阻止我参加，也许我在战场上有点儿用，没准安拉赏赐我，让我成为一名烈士。”

四名在座的长辈说了同样的话。于是欧麦尔·沙提比说：

“我们先确定需要的年轻人，再讨论这个话题。”

他们先挑选了年轻人，确定好通知他们，随后讨论了中老年人选问题。最后确定，除了已确定的名额外，贾法利亚村还将派那些愿意参战的人前往，条件是家里还有人能养家糊口、料理家务。

那天晚上，有人跟欧麦尔·沙提比告别时哭了，不过阿里没哭。他将随其他人一同前往，没有妻儿需要负担。从欧麦尔·沙提比家出来，他脚步轻快、神清气爽，唱着小曲走进自己家门，躺上床准备睡觉时，感到两个月前进入五十岁的天命之年似乎不过是自己的臆想而已，从玛利亚那鲜花点缀的阳台，到群山环抱的贾法利亚村，这些年头轻飘飘的，仿佛做了一个短暂的梦。他心驰神往，似乎在敲着沃尔黛家的门，张望着，年少的心怦怦跳动，接着飞奔到小山坡，又俯冲到哈达拉河岸，沿着河前行到箱包街，他照着在店铺橱窗里绿色绒布上那个箱子的模样做了个木箱。不久前，玛利亚将他拥入怀中时，他能闻到她衣服上散发的薰衣草香味，他说，“奶奶，给我讲先知登霄的故事”，于是玛利亚开始讲那匹翼马布拉格，讲先知前往阿克萨清真寺登上七重天的故事。在第一重天，我们的先知穆罕默德遇到了坐在光明座上的先知亚当，朝右看到了天堂，他笑了；又往左看到了地狱，他哭了。接着他又上到了第二重天，看到了一半是火焰，一半是冰山的天使，在第三重天……阿里催促她“奶奶，我要听第七重天”，“阿里，我们还在讲第三重天呢，在它之后是第四重、第五重和第六重，然后才到第七重天。”阿里催促不停，说：“讲第七重天嘛。”奶奶讲道：

“翼马布拉格将我们的先知穆罕默德——安拉赐福于他并保他平安——带到了第七重天，那里就是天堂。地里是麝香、龙涎香，用玫瑰水灌溉，墙壁满是金、银、珍珠，墙壁高大坚实，无论魔鬼、妖怪还是精灵都穿不过去。在大门口迎接先知的是里德旺，他说：‘欢迎您，被安拉选中的人。封印先知，请跟随我来看看安拉对好人的许诺。’他带着先知穆罕默德看了生命河，河面开阔不见彼岸，渡过这条河需要一千年。河边生长着蓝宝石、红色的草、绿色细软丝绸。接着他们又看了锡德树，那是一颗长满珍珠的树，旁边有一口名为‘考萨尔’的水泉，泉水发出麝香的香气，口感甜如蜜汁，颜色像牛奶……”

他在奶奶的声音中睡着了，梦到了“考萨尔”泉水，在梦中泉水散发着薰衣草香味，味道有点儿青杏仁的酸涩。

梦里，他想起了这个故事，还有那个孩子和玛利亚。他几乎伸手就能触到她的脸，感受到手心里她的汗水，闻到格拉纳达夏季白天的味道，还有晚上空气中弥漫的香草、玫瑰、薰衣草和垂柳的气息。

那天夜里，思乡不是撕心裂肺的痛，它如泉水从体内喷涌。他鞠身畅饮，喝饱后安详入睡。

第十章

烦恼常常单独出现，快乐却总是成群结队。消息传遍了贾法利亚，人们兴奋激动地相互转告，好像他们都亲自去了、亲眼看了，游历之后带着此行的精彩美妙和醉人回忆。

“他怎么去的？”

“人们说他从威尼斯出海，到了埃及，然后从埃及到了那儿。”

“当局不知道他此行之事？”

“安拉蒙上了当局的眼睛，他平平安安地去了，又在安拉保佑下回来了。”

大家哈哈大笑，分发着甜点饮料，互相祝贺，幻想着那些不可能前往的地方。晚上睡觉前还念想着，入睡后在梦里见到那些地方的光景。

周五早上，欧麦尔·沙提比骑上马，阿里骑着骡子，另外五个人也各自骑着牲畜，载着贾法利亚村民们给装上的橄榄、橄榄油、杏仁、两袋大米和一笼家禽，前往哈吉·德仪朱·阿塔尔家，代表全村祝贺他从希贾兹地区平安归来。

哈吉说：

“我离开巴伦西亚，祈祷全知万能的安拉同意我启程的日子，那是六月的第二个星期一，也就是伊历一月一号。旅途往返都十分顺利，没遇上风暴或漩涡，不缺吃不缺喝，也没遇到小偷，不像其他海陆旅行容易被偷。安拉为我安排了这次远行，保佑了我一路顺顺当当的。

“我从海路出发到了威尼斯，从那儿坐船去了亚历山大，一踏上埃及的土地，就跟人聊天，当地人跟我说话亲切友好，就像我不是外来的。接着我遇到了一群祖籍安达卢西亚的人，很早以前他们的祖辈就开始定居亚历山大了。他们陪我参观了名胜古迹、城市建筑、沙提比和穆尔西·艾布·阿巴斯两位伊玛目的圣墓，两位都是备受敬仰的安达卢西亚学者，人们每年都庆祝他俩诞辰，前往墓地，接受圣墓福光。

“随后我离开亚历山大，朝着拉希德城方向前往开罗。我来之前听说过亚历山大，但从没听说过拉希德，到了后才知那是座富裕的港口城市，货物琳琅满目，买卖兴旺，有来自埃及各地和其他阿拉伯国家的船只，在那儿淡水和海水交汇，尼罗河的分支奔流入海。

“我们骑着骡子从西面进城，在郊外看到了大片枣椰树林和甘蔗田，四处弥漫着花香，进城后发现这座城很美，果园很多，种着石榴、橙子、角豆和无花果。

“从拉希德，我又坐船，经尼罗海到了开罗。”

“尼罗海？”

“埃及人这么称呼它的，它水域开阔，比大河谷还宽，河水滋润着整个国土，每年泛滥一次，为此人们进行盛大的庆祝，称之为尼罗的忠诚。”

“尼罗的忠诚？”

“从拉希德到开罗，一路上，我们看到河岸上像手掌一样舒展的肥沃土地，绿油油的，种满了水稻、玉米、大豆，有一片片果园，一群群牛羊，数都数不清，赞美安拉。

“船在一个叫布拉格的港口靠岸，我们到了开罗，这座城市太超乎想象了：幅员辽阔，建筑宏伟高大，游客们为它的奢华富贵眼花缭乱，也为绝大多数居民的贫穷震惊不已。你一眼就能分辨出居民们的不同阶层：穷人们穿着蓝色大袍，头上戴着粗布小帽，宽裕一点儿的人披着斗篷，将斗篷一角缠在右肩上。富商、有权有势的马木鲁克人、掌权者，则穿着金银丝线缝制的绸缎，或大马士革绸缎，或是带刺绣的天鹅绒。法学家们穿白色，名门望族穿绿色，土耳其人与其他人都不同，他们缠着黄色头巾。虽然埃及国家富裕，可穷人数量非常多，掌权者对穷人欺压得厉害。”

“不是土耳其人统治他们吗？”

“土耳其人，还有马木鲁克人，都压榨百姓，施加暴政，征收苛捐杂税。”

“安拉至大！穆斯林迫害穆斯林！”

“当我发觉埃及人讨厌他们的统治者，就跟我们讨厌西班牙统治者一样时，我也和你们一样感到奇怪。我更惊讶地的是，亲眼看见、亲耳听见土耳其人和马木鲁克人指着他们，鄙夷地大声说‘埃及人都是农民’，就像西班牙人指着我们说‘阿拉伯人都是狗’。”

“万物非主，唯有安拉！”

“我在开罗待了七个月，在爱资哈尔清真寺和侯赛因清真寺做过礼拜，去了泽娜白陵墓、古埃及国王陵墓——就是那些金字塔状，高耸如山的墓穴；结交了一些商人、手工业者和其他平民百姓，跟他们一起庆祝先知诞辰、登霄之夜、天房幔帐从埃及运往希贾兹之日等节庆。斋月我与他们一起封斋，开斋节一同开斋，在月圆之后斋戒了六天。第七天跟他们依依惜别，只有前往麦加和先知圣墓的意志才能帮我摆脱离别的不舍。我跟着一个商队，骑着骆驼来到苏伊士，这是红海边的一个小镇，有港口。我们乘船，凭安拉的意愿，平安抵达希贾兹地区，然后又骑着骆驼朝麦加前进。当时才五月初，天气已经炎热无比了，太阳在头顶炙烤，似乎要把我们融化，但是，赞美安拉，我们抵达了麦加，平安进了城。

“一进麦加城，旅途的劳累顿时消散，人未到，心已先到了那古老的屋子，人未见它，心已见。迎接你的一群群鸽子飞翔着，赞美安拉啊，它们飞近你，又飞远，接着就看到了克尔白。怎么形容呢，兄弟们，实在没法用言语形容。人在巍然屹立的天房怀抱中，那感受不是眼睛能看到，不是心脏能感受到的，它不会因为岁月的摧残而动摇，光阴无法侵蚀它半分。那儿，你只能感受到威严伟大，在天房门前你顺从安拉，在宇宙间升华，不断重复着‘安拉至大’，同时听着周围成千上万的人也说这句话。我怎么说呢？说点什么呢？说先知易卜拉欣的立足处、还是说他在赛法和麦尔沃两山之间奔走呢？你们记得我们的母亲哈吉尔，她带着儿子焦急地为他寻找清水，于是安拉赐给了她渗渗泉！在十一月八日我登上了米纳山，第九天从那里去了阿拉法特山，我念着‘安拉至大’，做礼拜，跟其他穆斯林一起宰杀牲畜，我们围着天房转了七圈，射石，我朝着魔鬼一共扔了四十九颗石子！

“几天后我们又骑着骆驼，向麦地那城前进。我拜访了先知清真寺和先知圣墓。当时周围的人一边低声祷告一边流泪，然后擦干泪离开。我在麦地那待了三十天，天天夜里去圣墓，眼泪都哭干了。我向安拉祈祷：‘凭您的先知说情，请让我们的苦难和流浪结束，让我们摆脱压迫者的残暴。’拂晓前我祷告，烈日当头时我祷告，夜晚我祷告，夜里回屋时久久不能入睡，因为我的心沉浸在祷告之中。

“我噙着泪水告别了希贾兹，回到苏伊士，从那里又到了开罗。我在开罗待了几天，然后坐船从布拉格港到了杜姆亚特——尼罗河另一分支在这里入海，又从杜姆亚特坐船到了雅法，前往第三座圣城。

“耶路撒冷有古老的城墙、十座城门，四周群山怀抱，山上种满了橄榄树，跟咱们一样盛产橄榄。耶路撒冷美丽精巧，道路铺着石板，一些地方还有顶棚。房子都是白色雕花石头砌成的，跟我们这儿一样鳞次栉比，连绵不断。

“圣殿山很广阔，阿克萨清真寺就在正中心，有马赛克装饰的高大穹顶、大理石柱子；而圆顶清真寺就非常独特，设计得让人惊叹。里面有一块岩石，先知穆罕默德——愿安拉赐福于他，并使他平安——就从那儿骑着翼马布拉格登霄的。清真寺穹顶镀着金，墙壁都是大理石砌成的，有彩色马赛克装饰。

“我在耶路撒冷赶上了先知夜行和登宵纪念日，那里的人们举行了盛大的庆祝，整座城市和居民们都打扮得喜气洋洋。那个重要的夜里全城的灯都点亮了，他们说有两万盏灯，像一片发光的森林。”

“耶路撒冷里有基督徒吗？”

“有，还有来自埃及的科普特人、埃塞俄比亚人、印度人、古叙利亚人、希腊人，还有每年来这里朝觐的罗马人。”

“在教堂里做礼拜？”

“我看到的教堂不多，不过看到了复活教堂、亚美尼亚教堂，还有一些修道院。在复活教堂里，基督教不同教派都一起礼拜，朝觐的人也来这里，庆祝宗教节日。耶路撒冷的基督徒们由大主教负责管理他们的事务，公认他‘谦虚、精通宗教事务，是基督徒的老师、基督教的财富、阿伊萨派领袖、君王们感谢嘉奖的智者、上帝的法学家’。”

哈吉起身离开了一会，随后带着一包叮当作响的纸包袱回来，放在大家面前。他打开纸包，拿出五个装着清澈透明液体的小玻璃瓶，说：“这是渗渗泉水。”他又指着另一瓶没有那么清澈、颜色略微发黄的液体说“那是拉希德城鲜花精油，这些戒指和念珠是希贾兹的，那些是埃及的，这块小木板是橄榄木，我从耶路撒冷买的。一点小纪念品，喜欢都拿走。”

四个人选了渗渗泉水，一人拿了念珠，另一个挑了银戒指，而阿里则把手伸向了那块小木板，不好意思地问哈吉：“可以拿这个吗？”

他们告别哈吉，回家去了。大家一路都不吱声，有人问了个问题打破了沉默：

“十字军在耶路撒冷待了多久？”

欧麦尔·沙提比回答：

“差不多两百年。”

骡子在山间继续走，他们继续颠簸着，终于进了村。

阿里回到家后，才细细观赏那块木板，当哈吉刚把那些纪念品放在他们眼前时，它就让他眼前一亮，他的视线被那雕刻图案吸引了。此刻独自一人，他拿起木板细细观赏：大约两个巴掌大小的长方形、表面光滑、雕刻着耶路撒冷的穹顶和宣礼塔。阿克萨清真寺和圆顶清真寺上方各有一个新月，背景是一座大教堂，只有一座塔，上方竖立着一个十字架。阿里久久凝视着木板，想到自己可以制作一块类似的木板，雕上格拉纳达的景色：阿尔罕布拉宫的塔楼、俯瞰哈达拉河的城墙、横跨河道的拱桥，或者刻上阿尔拜辛的风光。

一大早他就下地了，一整天都在劳作，回家时他带着一块橄榄树木板。他把木板锯开，凿成型，平整刨削表面，把粗糙处打磨光滑，做成了一块长方形木板，比那块耶路撒冷木板大一些。他的心似乎就捧在两手间，感受着那木板，那么光滑，可以开始加工了。

他并没雕刻格拉纳达或者阿尔拜辛。刀子在他手里斜着开出一条弧线，接着又一条弧线，临摹面前木板上那幅画。他使了点劲，于是挖开的缺口更深了点，两个圆顶轮廓清晰可见。为什么雕刻那遥远的地方呢，耶路撒冷对他来说又意味着什么？是天空中一颗闪亮的星星？还是雕刻格拉纳达之前先练练手？罗马人来侵占了他们的土地，正如发生在我们身上的一样，但是他们赶走了十字军，为什么他们能做到的，我们做不到？他们怎么做到的？他们比我们意志更加坚定？还是另有隐情？那里究竟发生了什么？没人给他从头到尾把故事讲一遍，他只知道萨拉丁有一次把他们从耶路撒冷赶走，不过这故事还有下文，谁给他讲呢？为什么东方天秤倾斜了，因为砝码太轻？难道我们有的弱点他们没有，还是因为被重洋阻隔，埃及并非我们邻居，周围也没有伊拉克和沙姆？哈吉说，在耶路撒冷也有来自我们国家的基督徒，那为什么他们在这里强迫我们信奉基督教，为什么歧视我们？他们的先知并不是罗马人，也没长一双蓝眼睛。刀子在他手里竖着刻了一刀，随后又横着刻了稍短的一刀，穿过刚才的刻痕，形成了一个十字架。上帝为他的信徒派遣了耶稣基督。他凝视着木板上那个十字架，它显得那么温顺平和，旁边就是新月。这个十字架与胡安·德·阿斯托里亚的军队、与屠杀布沙拉特居民的暴行有什么关系？跟苍白的脸、被挑在枪尖的脑袋有什么关系？我们遭受的是什么苦难？耶稣赤裸消瘦的身躯、为他哭泣的圣母，怎么能跟那些官僚、地主、赋税、国王和宗教监察局联系在一起呢？

第十一章

大家盼着动静，一个月、两个月、半年过去了，他们找欧麦尔·沙提比询问，不停地问：

“还没来信吗？”

“还没有！”

“那法国人呢？”

“没动静没消息！”

“英国人跟国王签了和约，要是法国人也跟他签类似条约怎么办？”

“和约是灾难，我觉得那不会的。”

“万一呢？”

“安拉不会不管信徒的，我们能安排好自己的事，不需要他们。”

“您为什么不去巴伦西亚，找先前见过的那些人打听一下呢？”

欧麦尔·沙提比跨上马，去了首都，又回来了。他把贾法利亚村长辈们召集起来，说：

“大家都很紧张担心，估摸当局得知了这个计划，掌握了大概情况，或许连细节也清楚，这只有安拉才知道了。那个去法国向亨利国王报告计划的法国人没回来，当局还突袭了阿格瓦斯镇，抓了一些我们的人，还有一个定居那里的法国人。大家担心那些被捕的人供出了全部细节，泄露了人员姓名。

“我在首都听到了一些相互矛盾的说法和各种猜测。有些人说，法国国王派使者告知英国国王自己的意图，而后者与菲利普三世签了和约，便把法国人的计划告诉了他。另外一些人则说，阿格瓦斯的阿拉伯居民里有宗教监察局的眼线。还有人确认，一些被指控叛教的人被刑讯逼供了。接着又遇到一些人说当局并不知道此事，也没人告密。政府想甩了我们，这么残暴就是要把我们卖作奴隶或驱逐我们的前兆。政府在为之后的行动做准备，声称发现了阿拉伯人的阴谋，称他们与法国人勾结叛乱。这有什么新花招呢？他们以前没说过我们与土耳其人、马格里布人或路德派勾结吗？这不过是他们反复使用的老把戏！”

欧麦尔·沙提比脸色苍白，旅途颠簸、来回往返让他疲惫不堪，也没听到任何欣喜的消息。

大家说：“您休息吧，我们走了。”他坚持把大家送到家门口，握手告别时，一人说：

“太倒霉了，晦气像影子一样跟着我们，任何事都没戏，没戏！”

欧麦尔·沙提比训斥他，就像教训一个犯错的小孩，说：

“怎么能说这种话！我们要依赖安拉，他只会宽限而不会忽略。不会过了今天就死，明天也不会要命。我们从痛苦的教训中站起来继续前进，或者由子孙后代继续完成我们的事业。只要坚持真理，安拉会让我们胜利的！”

阿里回到家，一头倒在床上就睡着了，突然一阵疯狂的敲门声把他惊醒，他惊恐地跳了起来。

“欧麦尔·沙提比快不行了，他要你过去。”

他抓过外套，在黎明前的昏暗中一路狂奔。他还没有完全清醒，这个消息跟敲门前他正做的噩梦搅和在一起。梦里他见自己被火焰包围，他与身边的人一起逃进一口深井，但火焰仍然追着他们，接着他看到一条蟒蛇，从井口俯视着他们，口吐黑色浓烟，发出的声音带着回响。浓烟遮蔽了他们的眼睛，让他们无法呼吸。他快窒息了，惊恐得浑身颤抖，接着敲门声响了。

他无法与别人一起为欧麦尔·沙提比清洗身体，只是无声地坐在人群中，他们念诵着能记住的《古兰经》章节，他试着跟他们一起念诵，却打不起精神，似乎噩梦还在延续，没有深井，没有烈火，没有蟒蛇，只剩下巨大的恐惧、窒息、耳边的回音。

他注意到一人拿了外套搭在他肩上，对自己说话，听到那人说：

“你好像生病了，在发抖。”

他们发了丧，埋葬了遗体，然后返回欧麦尔·沙提比家中参加吊唁。

二十四年前他来到贾法利亚村时，欧麦尔·沙提比是他认识的第一个村里人，他说“留在我们这儿吧”，并招待了他好几个星期，他们彼此熟悉，结下友谊。那段日子里，欧麦尔·沙提比跟他聊到自己的身世，说：

“很久以前，我的祖辈们住在沙提比，这也是家族姓氏的来源，他们没人当过法官，但总出法学家。当时法官这个职位得有钱有地位，为掌权的罗马人和我们穆斯林居民的每句话、每个行为进行调解。当法官得八面玲珑，我的祖先们没这种机灵，他们坚持正道，都是有学识、德高望重的人。一旦发现子女有天资聪慧、品行端正的，便教他读书、做人，等成年了就送去突尼斯或格拉纳达求教于博学之士。格拉纳达陷落两年后，我爷爷去了那儿，在学校上学，博览法学家们的著作。虽然当时审已经占领了这座城市，但是它的学养与恩泽还在。到了我父亲那辈，境况就变了，格拉纳达已不再是格拉纳达了。我父亲跟着他父亲读书，我出生后短短几年，巴伦西亚的阿拉伯人被强迫改奉基督教，我父亲自己教我读书，就像爷爷过去教他一样，但那时不同，用不着保密。

听到你的格拉纳达口音时，我对自己说：'这是亲密友人的气息，你们是品德高尚的人，兄弟，留在我们这儿吧，你不是外乡人，而是亲人。'"

有一次欧麦尔·沙提比问他：

"阿里，你知道巴伦西亚什么时候陷落到罗马人手里的吗？"

阿里知道巴伦西亚比格拉纳达早两年陷落，他们九十年前侵入格拉纳达，于是他估算了一下回答：

"一百年，或者再多一点？"

欧麦尔·沙提比说：

"罗马人于伊历 1236 年占领了巴伦西亚，也就是三百五十年前。你现在到首都，已经看不到我们祖辈生活过的丁点儿痕迹了，似乎五百多年里没在那儿住过、建设过。即使如此，我们依然保留了自我，你能看到，我们阿拉伯人在王国各地只用阿拉伯语交谈，斋月封斋，庆祝周四周五，欢庆开斋、宰牲两大节日，纪念先知诞辰和阿舒拉节。你去过阿拉贡吗？”

“没，没去过。”

“你到那儿会感觉乱七八糟的。看到阿拉伯人，不知道他们是否还有信仰或宗教。他们说着罗马人的话，穿得跟罗马人一样，言行举止都一回事。在阿拉伯街区，你甚至会看到年轻人聚在酒馆里放纵，喝得酩酊大醉，玩纸牌消磨时间，少数信仰虔诚的人找不到人来教孩子教法和宗教基础，于是送到我们这儿来学习。

“在巴伦西亚，我们坚持自己的信仰，我们这些法学家起了作用，如果安拉愿意的话，我们会坚持到胜利的那一天，那一天会到来的。”

欧麦尔·沙提比至死都对此坚信不已。他从首都回来，带回令人焦心的消息，然而一旦谁说没希望，他便会斥责；他安抚人们，让他们觉得并非孤身走在这黑暗狭路上；他一如既往高举明灯走在前头，为心灵送去慰藉，战胜恐惧，助其平静，克服不安。是安拉赐予他宁静的内心，怜悯众人？还是说他也会在夜晚哭泣，呜咽战栗？他也跟别人一样感到恐惧，但对自己说，欧麦尔，你是大家的谢赫、法学家，你的祖辈们从未退缩，于是收拾起恐惧，藏好苦闷，带着坚强的外表走到人群前，似乎苦难必将克服，道路就在前方！

安拉没有赐予他后代，传其衣钵成为法学家，他教导村里以及来自阿拉贡的那些聪颖青年。孩子们远道而来，他在家中招待他们，供他们吃喝，教他们知识，坚信这些人回到自己村时，每人都将手握明灯。他对教育学生一事，犹如行施济一般绝口不提，调查人员访查、陌生人盯梢让他寝食难安，但他坚守着家里的秘密，坚守着贾法利亚村的秘密。

岁月侵蚀，他沉着应对，或沉默轻语，或斥责惩训，难道一切都是虚幻，将随风而逝，还是终将在地上开花结果？而这些果实又有什么意义呢？

欧麦尔·沙提比去世一年后，贾法利亚村男人们聚集在他家里凭吊，女人们自然没参加，不过男人间的话题也在女人间交流着，“他走了，福气也跟着他走了”，“他走后，我们再没有一丁点儿舒心安宁”，“他走了，这种伤心事我们问谁，向谁讨教？”

每天都有新消息传来。人们说那都是传闻，不过是传闻，然而到了晚上睡觉时，听到的那些话却在脑海里翻腾，紧张不安，难以入眠，终于睡着了，噩梦又接踵而来。他们一大早出门劳作，太阳驱散夜里的恐惧，他们埋头耕种、经商、做木工活，或在压榨坊、磨坊里忙碌，新消息又传来：“我从沙提比过来，听说……”，“巴伦西亚人说……”，“达尼亚有人告诉我……”，“某某有朋友认识一个有头有脸的人，告诉他说……”，这些话像轮子一样转动，日子像轮子随之转动，碾压着人们的意志。

“他们把我们赶到哪里去？”

“马格里布海岸。”

“那我们的房子和土地呢？”

“他们没收了。”

“没收！”

首都巴伦西亚的布道者正发起一场针对阿拉伯人的猛烈攻击。卜利达神父、里贝拉大主教和其他宗教人士声称必须把阿拉伯人杀死、烧死，因为邪恶得连根拔除，否则就会重新滋长。

“这是谣言，不过说说而已。”

“你说得对，他们似乎想把男人卖给外国人，新出生的男孩阉割后留下。”

“你从哪儿听到这话的？”

“安拉做证，我这两只耳朵听到的！”

女人们从洗衣房回了家，赶紧开始做饭。男人们劳作回来跟孩子们坐下一道吃饭。

“你这娘们今天怎么了？肉烧焦了，库司库司糊成一团。你的脑子哪儿去了？”

女人哭了，男人越发烦躁，他骂她，诅咒她爸，饭也不吃便怒气冲冲离开了家。

“孩子们快吃！”

“我们吃饱了！”

女人非要他们再吃点儿，孩子们就是不听话，女人狠狠地打他们，边打边哭，孩子们也跟着一起哭。

“谁说他们要赶走我们？要是真打算赶我们，那就太好了。他们不会对我们太过分的，他们会判男人们在轮船或海外矿井干活儿，一辈子。”

“小孩呢？”

“把他们分配给西班牙家庭，让他们健康成长！”

“不可能！”

“一旦霸道欺凌弱小，没什么事不可能。”

第十二章

理发师艾德哭了，说：

“我来问你，我只相信你，阿里先生，你会保守我的秘密吗？”

“艾德，我会的。”

“我有两个老婆……”

“愿安拉给你好报，艾德，两个老婆？”

“这不是问题。”

“那问题是什么呢？”

“他们要是赶我们走的话，我怎么办？大老婆是我堂妹，我走的话她也得走。”

“二老婆呢？”

“二老婆住在沙提比，不是阿拉伯人，用不着迁走。”

“要是赶我们走的话，你只能抛弃她了。”

“我的孩子们怎么办？”

“她给你生了孩子？”

“赞美安拉，阿里先生，这边生了四个，那边也生了四个。”

艾德这样一个整天絮叨、最擅长广播的人怎么还有这样的秘密？阿里差点笑出来，艾德继续说：

“阿里先生，更神奇的是，法蒂玛和玛利亚·布兰卡同一个月生。我每两个孩子都一样大，就像双胞胎一样。”

阿里忍不住笑了出来。

“阿里先生，你笑什么呢？我现在麻烦了。玛利亚·布兰卡不知道我跟别人结了婚，法蒂玛也不知道。

玛利亚·布兰卡对我说，‘艾德，别害怕。要是他们赶你们走，我会安排好让你留下来。郊区牧师是我哥哥的朋友，他来证明你老早就信了基督教。’她要是让我留下来，我怎么让法蒂玛和其余孩子们留下来呢？”

“怎么办，艾德？”

“我这不来问你了吗！”

“你不能说服二老婆跟她的孩子们随你一起走吗？”

“我试过，她坚决拒绝了，我就没再试了，心想：我怎么能在当局的眼皮底下把她们带走呢？他们会发现我犯了重婚罪，她也会发现的。你不认识玛利亚·布兰卡，她长得漂亮，心肠好，但脾气暴躁，要是知道我还有一个老婆，她一定会去告我，没准把我拖到宗教监察局首席官员那儿，说，‘他还坚持信仰穆罕默德的伊斯兰教，证据就是除了我他还有一个老婆。’这样就不是留下或离开，跟四个孩子分离了，而是去火场跟八个孩子永世隔绝。阿里先生，我该怎么办呢，我晚上都睡不着觉了。”

“艾德，别担心，没准不会颁布迁走令呢。”

“万一颁布了呢？”

“艾德，娶两个老婆是件愚蠢的事。”

“阿里先生，现在是批评的时候吗？”

“你要是说服不了玛利亚·布兰卡跟你一起迁走，可以让另一个老婆以你堂妹的身份跟着你，说她是个寡妇，除了你，她和她的孩子们没有依靠。”

艾德的脸上一下子放光了，片刻间皱纹都舒展开来，随后又愁眉紧锁。

“万一法蒂玛看到我身边有一个陌生的女人喊我丈夫，不是她生的孩子喊我爸爸，她会怎样呢？”

“艾德，我觉得没别的办法了。你得说服玛利亚·布兰卡跟你走，同时在法蒂玛那边做好铺垫，实在不行就告诉她事实。她是你堂妹，孩子们的母亲，她会气上几天、几个星期，但不至于要你的命。

谁知道呢，艾德，也许不会颁布这个法令，或许我们听到的都只是传言，目的就是让我们恐慌，我们得控制内心的恼怒，不要轻举妄动。”

“你觉得这都是传言吗？”

“但愿如此，艾德。”

艾德走了，得准备好在迁走或留下两种情况下如何安顿老婆孩子。阿里，无妻无子，格拉纳达对于他来说已是一艘没入海底的沉船，无论出海还是留下都没什么区别了。

他拿起刻着考萨尔名字的盒子，凝视着，盒子似乎出自一个天赋技艺都高于他的巧匠之手。那些斜镂出的鸟儿在沉寂的物质中灵动，仿佛在木头里飞翔。没有象牙，没有贝饰，没有颜色。只有那些鸟儿，还有她的名字，用库法体镂在银带上。

过去真的过去了吗，还是会烙在我们的生活中，还是……我们本来就活在过去当中？这个盒子是过去吗？他双手抚摩它，感受鸟儿的双翅、流动的银带和考萨尔的名字。是它工艺精湛所以令人目不转睛吗，还是因为它像镜子照出人的灵魂？

他从储藏柜里搬出一个抽屉，里面保存的纸张因年代久远已经发黄，不过上面的字迹依然清晰可辨：哈桑与玛利亚的婚约，爷爷的爷爷很早以前购买阿尔拜辛和艾因·达姆阿两处房产的契约，上面还有艾布·贾法尔的签名，用阿拉伯文书写的文件就这些了。另外还有他父母的婚约、他的出生证明、用卡斯蒂利亚文写的他信奉基督的证明，以及用巴伦西亚文写的他在贾法利亚村的土地租约。

玛利亚的《古兰经》是绿色的小册，有烫金花纹；一个红色绒布袋，父亲留给他的三个布袋只剩下这一个了；一个黑色绒布袋，是罗伯托在格拉纳达郊区跟他告别时给的箭袋，然后罗伯托骑着骏马离去，黑色斗篷迎风飘扬。抽屉最底层放着许多把钥匙：阿尔拜辛宅子那把深黑色铁制大钥匙、埋在花园里奶奶的箱子钥匙、一枚不过手指长的精致的金钥匙，还有几把没来得及给扈斯的艾因·达姆阿的钥匙。阿里凝视着这些钥匙，拿在面前仔细观看，反复摩挲，念叨着“门这么远，锁也换了，钥匙还有什么用？还剩什么呢？”挂在链子上的金十字架，这是第一次离开格拉纳达的那个夜晚，安东尼奥送给他的，一直放在抽屉的角落里，为什么这么多年一直把它丢在这儿呢？他拿起十字架，挂在脖子上。

是否如人们所说，时间会冲淡一切呢？并非如此。时间让记忆更加清晰，就像水淹没了金子，一天后，或者一千年后，它依然在水底闪闪发光。水只能腐蚀贱金属，浸泡它一小时，它便锈迹斑斑。时间不会让人生命中真实的东西凋零。它会随浪涌现，是的，也会淹没深渊。但若你潜入水中，就能看见珊瑚礁绚烂的红色，看见珍珠在贝蚌中熠熠闪烁。大海只会吐出水草和卑微的贝类，而格拉纳达的点点滴滴都在那里，沉在水底，淹没了。

奶奶的声音渐渐清晰："你妈妈在春天的一个雨夜生下你，第二天一早天放晴了，我把你抱到你爷爷艾布·希夏姆面前，他正坐在院子的回廊里。他看着你的脸蛋，又望望那两颗杏树。杏树绿得发亮，院子经过夜雨瓢泼，到处湿漉漉的，他说，我们叫他阿里吧。"

爷爷为他取了这个名字，给他讲少年阿里骑着快马，举着那把双叉剑所向披靡的故事。

阿里凝望眼前这些物件，看到了阿尔拜辛的家、玛利亚的花园；看到一个孩子潜下枯井，一团漆黑中看到光影晃动，吓得惊声尖叫；又看到一个少年将他奶奶搂在怀里，仿佛他是父亲，而奶奶是襁褓中的婴儿；看到奶奶去世时他在旷野高声呼喊，将她安葬后，轻抚着马儿的鬃毛问："马儿，你的主人是好人吗？"那匹马带着他来到布沙拉特的一个村庄，他在一户人家住下，把宅子修葺翻新，就像房主离开前嘱托了他一般。他顺着山坡一路向下，来到一个洞穴，洞口朝天，像是启示降临之地，他呼喊，只听见自己的回音。他陪着英雄罗伯托上路，分别，走进格拉纳达，再离开那里，跋涉到这个村庄，栽培他的橄榄树，骑着骡子奔波往返。先知们的骡子载着他们在荒漠行走，走出迷失，走入信仰的光明，可他的骡子不是。

第十三章

密不透风，这里令人窒息，像狭窄的小巷挤满了商贩顾客，人们在遍地家居用品中间举步维艰：瓦罐、铁锅、提篮、笼子、橄榄、橄榄油、小麦、面粉、豆子酱、糖、蜂蜜、无花果、杏仁、葡萄干、毛毯、衣服、祖母们的箱子、或旧或新的储物柜、天鹅绒质地的袍子、丝绸质地的袍子、壁龛、灯具……所有东西摆开待售。他艰难前行，用力呼吸，他要逃离，找到出口。

他的双眼时而专注，时而游离，嘴里嘟囔着"悲惨的人们在集市游荡"。黑色长袍在他眼中成了炽烈的橙色强光，在秋日的火焰中燃烧。太阳炙烤他的头顶，脚下的大地在燃烧，四处令人窒息，仿佛没有了空间，他汗流浃背，像其他阿拉伯同胞一样在这猎场中奔命。

他见到了街区管理人，询问一番，打听到想要的消息，便告辞了。他离开阿拉伯街区，来到巴伦西亚大市场。他望着那些不受迁移令影响的面孔，他们泰然自若，丝毫没有折磨自己的这种担忧。他路过蔬菜、水果、调料、粮食摊，忽然，被屠宰后剥了皮悬挂着的牲畜赫然闯入眼帘，他连忙转移视线，身体不由自主抖了一下。不觉到了卖鱼摊，他举目四望，先看到了他，接着看到了她。她已出落成少女了。圆润的脸庞，那秀发、身材、站姿、微笑，他俨然看见了考萨尔，他默默地向她告别，继续在拥挤的人群中前行。他向广场方向走去，要亲眼看看那法令，似乎依然不相信得知的事实，尽管周围的一切都在肯定它。

法令开头照例谴责国内阿拉伯人叛国，据此决定在三日之内将阿拉伯人迁移至指定地点，如有违反，一律处死。

迁徙者可携带能肩扛的行李，政府负担途中餐饮，每人须在指定地点等待前往海边，擅自离开原地者，没收财产接受审判，如有反抗一律处死。

根据王室决议，迁徙者财产归封地主人所有，故意隐匿或烧毁财产者，其本人及乡镇居民全部处死。

每一百人留下六人负责种稻、灌溉、管理蔗糖作坊以及建筑工事，相关人员从公认的效忠家庭中选择。

四岁以下儿童如家人提出要求，允许留下；六岁以下儿童如母亲为阿拉伯人、父亲信奉基督教已久，允许留下；如母亲非阿拉伯人、父亲为阿拉伯人，所生子女留给母亲。

经神父证实连续两年未与任何阿拉伯人接触的人，允许留下。

窝藏包庇逃跑者，处以六年监禁；侮辱伤害迁徙工作人员者将受惩罚。

每批抵达马格里布海岸的阿拉伯人中允许十名返回，以向亲属报平安。

阿里骑着骡子回到了贾法利亚。“天下一切都有它发生的时候。出生有时，死亡有时。耕种有时，收获有时。”他审视着自己这一生：已经在生死之间度过了五十六个年头，就像这条正在走的山路崎岖蜿蜒，他思忖得失：无妻无子，没有土地。离开格拉纳达，来到巴伦西亚，却没在那里安家落户。他扎根在贾法利亚，就像自己种植橄榄树，悉心照料，或是种下一根带着新叶的树枝，将其栽培入土，浇水灌溉，待它长出蓓蕾嫩芽时，便在地里挖一个坑，移植新苗，再次呵护。根茎在大地里伸展，长大长高，每年结果，即使他死后，还会继续结果。他一株一株地精心照料幼苗，除去周边荆棘杂草，翻松土壤，像对待孩子一般照料了它们七年，为它们祈求雨水，又担心洪水卷走他们，他把周围土地修整为阶梯状，垒起一圈石头，石头倒塌了，重新再砌；他总担心花朵在结果前被风刮落，它们开着洁白精致的花瓣，花蕊黄中带绿，当花儿适时飘落时，他高兴地喃喃自语：“安拉保佑，让露水与热风助你结出橄榄。”他看着果实结出、成长，沉甸甸地压弯枝头，经过夏日阳光的照晒，初秋便能成熟。他说“今年有个好收成”，就说一遍，不招别人嫉恨。他举棍挑动树枝，橄榄簌簌落在身边，他把采摘的橄榄运到压榨坊，看着青绿色液体从导管涌出，灌满了他的瓦罐，安拉所愿，一切完美。

他们决定把他迁走，要收走他脚下的土地。那可不是从集市上买地毯啊，讲好价，掏了钱付给卖家，带回家铺在地上，高高兴兴地盘腿而坐。那不是地毯，而是一片土地，一片耕耘了一辈子、种满了橄榄树的土壤。一旦被夺走，他的生命还剩什么呢，买或卖还有什么意义？他们为什么要带着家当举步维艰地出门？一颗拔起的树，根须在空中拼命地抓住虚无的泥土，一小捧第尔汗能给它什么呢？

他朝着贾法利亚的方向前进，人们在等他，等他带来消息。这条路依然是他二十七年前赤着脚孤身走过的路，当时除了素未谋面的姑妈姓名和一些回忆，他一无所有。欧麦尔·沙提比对他说："留在我们这儿吧。"于是他这个外乡人留了下来，慢慢变成了当地人。人们常聚集在他家门口的枣椰树下，他也熟悉了各家的阳台，熟悉了各家孩子们的声音。晚上他关上家门，挡住乡愁。格拉纳达浮现眼前，他轻言："哎，独在异乡！"但是天亮了。是荒谬，是一场空，还是别的？这个问题打断了他的回忆，像一把悬而未决的剑，因为此时智慧已不再，也因为他已年近六旬，不知道自己该认命，还是该反抗着继续？要继续什么呢，怎么继续，为了什么，去向何方？还是像骡子一样钉在原地不动？他们从他脚下夺走了土地，不是他从巴伦西亚市场买回的地毯。

"阿里，每件事都要付出代价，越是珍贵的东西代价越高。"玛利亚，这个代价是什么？是因为我们做得不够，安拉降怒于我们吗？还是出生前他已定下我们这多舛的命运？他眺望前方，看到了绿油油的田地，看到了自己对那个死去的鲁莽女孩的爱恋。他喜欢她的双眸，她坦荡的目光将他的心俘虏，可是一切已成往事。过去他进城买点东西，就不堪思念，心急火燎地赶回来。他咒骂那头骡子，因为它只是一头骡子，不能像骏马一样飞驰。他为那个姑娘制作木盒，每日精雕细刻，不仅要让它精美绝伦，更为了让自己心中飞翔的小鸟能栖息其中。他想看她拿起盒子抚摩它、感受它时欢呼雀跃的模样。一个三十四岁的男人爱上一个小姑娘时，他便成了如她一般的孩子，想疯狂地大笑、大唱，向世人宣告他的爱情。然而没有什么能永久。骡子驮着他缓缓前行，走在通往贾法利亚的路上。他收起苦闷，把它揉进手绢中，系好，带着它和其他人一同前往远行的渡口。

第十四章

阿里抓住门闩，敲了敲门，一个小男孩开了门，阿里报上自己的名字和暗号，孩子便领着他穿过庭院和回廊，走过一个个房间，来到一条狭窄的过道，尽头是石阶，阿里沿着石阶向下，到了地窖。

大家正排队站在村里一位谢赫的身后，由他带领着做礼拜，悦耳的声音念诵着："誓以上午，誓以黑夜，当其寂静的时候，你的主没有弃绝你，也没有怨恨你；后世于你，确比今世更好；你的主将来必赏赐你，以至你喜悦。难道他没有发现你孤苦伶仃，而使你有所归宿？他曾发现你徘徊歧路，而把你引入正路；发现你家境贫寒，而使你衣食丰足。至于孤儿，你不要压迫他；至于求助者，你不要呵斥他，至于你的主所赐你的恩典，你应当宣示它。"

人们重复念着"安拉至大"，谢赫鞠躬，人群也跟着鞠躬，谢赫站直了身子，人群也跟着站直，随后谢赫念颂"安拉至大"并跪拜，人群随之同拜。礼拜结束后，伊玛目双膝跪地，说：

"安拉，赐福于我们的先知吧，让我们为此喜悦。"

“阿敏。”

“保佑我们一切顺利。”

“阿敏。”

“全世界的主啊，为我们消除烦恼、化解忧伤、指出希望，原谅我们的罪过，接受我们的忏悔。”

“阿敏。”

人们的声音雄厚高亮，越过地窖，穿透壁龛昏暗的光线，沿着楼梯朝天空飞去。

“抚慰我们担惊受怕的心灵。”

“阿敏。”

“怜悯我们思乡之苦。”

“阿敏。”

“主啊，让光明照亮我们面前，照亮我们四方，照耀我们的坟墓和末日，至仁至慈的安拉，让光明在清算日照亮我们的头顶！”

“阿敏。”

“主啊，我们为您的使者祈祷，奖赏我们的美德吧，让我们能见到先知穆罕默德，我们为此安心踏实、高兴喜悦。”

“阿敏。”

“主啊，怜悯我们的祈求吧。”

“阿敏。”

“让我们不再恐惧。”

“阿敏。”

“看在你的使者、封印先知、被主选中的穆罕默德·本·阿卜杜拉份上，改善我们的状况吧。”

伊玛目站起来了，人群也跟着起了身，人人面色苍白，强忍着呜咽，彼此相互问候、交谈，不停起身复坐下掩盖忧伤："你怎么样？""你这段时间在哪儿？""她终于为你生了个儿子？恭喜！""你岳父是对的，你要么答应她满足她，要么仁义地休了她。"人们弄出动静、说些话来打破沉寂，后来便盘腿围坐成一个大圈，相互能看到。

"阿里，你来晚了！"

"路上不安全，我绕了不少路。"

"赞美安拉，你一切平安。兄弟们，注意听了 。"

大家看着阿里，听他说话，他说：

"按照诸位要求，我去了趟巴伦西亚，跟阿拉伯社区管理人见了面，他带我见了几个有影响的人物。从他们那里我得知，尽管过去四年里对此事已有不少说法，但是等当局拍了板、把法令贴满各广场时，这个消息依然如晴天霹雳，让人们猝不及防。而法令的行文更让人心惊胆战。我不跟诸位赘述我的见闻了，就此转达管理人的意思吧。

"他们决定在首都及其周边地区执行迁移令，但不执行每一百人中留下六人从事种植、建筑等我们擅长而他们欠缺的工作这一条。管理人对我说，这是他的原话：'只要他们决定把我们赶出国家，我们就不会留人帮他们，得全部离开，看看没有我们出力干活儿、出谋划策，他们怎么办。'管理人还说，留下一部分人会导致集体内部分裂，现在我们到了最需要团结一致的时候。

"同样，对于允许四岁以下儿童经家属同意留下这一条，管理人说：'如果说迁走法令对我们是彻头彻尾的侮辱，这一条则

是最侮辱人的，我们跟猫狗一样，抛下骨肉自己走了？’

“这就是管理人对我说的话，在场的人都能证明。我在首都听说一些村里的乡亲表示他们拒绝执行法令，他们在山里据点集合，拼死也要留下。我还得知那些地方军队已经有动静了，回来路上亲眼看到军队朝东边进发，怕被他们看到，我还走了另一条路，回来花的时间比去时多了一倍。”

阿里说完了，四周一片沉默，似乎人都走了，其实都坐在那里，大家眼神游离，说不出话，一头乱麻，愁苦不堪，忍着眼泪。沉默很压抑，很漫长，突然被一个声音打破，大家都吓了一跳：

“我们不走！反抗吧！哪怕用斧头棍棒、用刀和剑。”

“对，我们反抗！我们胜利了，他们就会收回法令，我们失败了就一把火烧了这儿。”

“反抗迁走令是错误的，是愚蠢的行为，结果导致流血牺牲。他们有军队，我们没有，我们拿起斧头砍他们，他们朝我们开火，消灭我们，我们只能灭亡！”

“没准我们能得到救援。”

“我们已经等了一百年了。”

“兄弟们，要理智。离开这儿并不全是坏处，丢下了土地，却回到了亲人身边，跟他们体面有尊严地生活在一起，再也不会有人骂你‘阿拉伯人是狗！’‘穆斯林胆小鬼’。迁走，我们就能叶落归根。”

“就这样把你的橄榄留在树上吗？”

“几年前我们就有些人打算过，他们不顾自身安危，来回奔波，花的钱也不管自己是不是承受得起，所以，迁走不全是坏处。”

“全都是坏处，让我们家破人亡。”

“这是安拉的裁决。”

“没有办法，只能依靠安拉。”

“你们都怎么了，还有点脑子吗？这回迁走绝对没有坏处。听说他们想要灭了我们，还要把我们卖作奴隶，没准让我们在船上服徭役，还说要烧死我们，把我们的男孩阉割了。赞美安拉，赞美迁走法令。这对我们来说是恩赐，是美好幸福的开始。这儿是监狱，现在大门打开了，为什么不表示高兴呢？离开时我们应该敲锣打鼓、唱歌跳舞。”

“送葬队伍里表示高兴的人是疯子！”

“说话注意点！”

“兄弟们，冷静！”

“每天受压迫，光天化日遭抢劫，给地主、王室、国王教堂、王子婚礼、各种战争缴税无穷无尽，这些能忍受吗？”

“迁走更好！”

“我们只能迁走！”

“要是把自己的土地和房子留下给他们，没到港口我就会悲伤死的。”

“兄弟，最让我痛苦的问题是：阿拉伯人和穆斯林去哪儿了？”

“不要指望得到帮助。”

“那就迁走吧。”

“只有安拉才能战胜一切。”

第十五章

阿里望着天空，朵朵白云飘着，像是微风正为没戴头巾的阿拉伯老人梳理一头白发，就像纳伊姆爷爷，头发轻飘飘的，很长，散在蓝天中飘荡。老人是谁？看不到脸庞，他似在呐喊。害怕还是愤怒？痛苦还是悲伤？还是因为暴怒失去了理智，用嚎叫大笑代替哭泣。

阿里面朝大海坐着，盯着云朵，多么想骑上翼马登上云霄，去看看那位老人的脸庞。他丢了东西还是迷了方向？他丢失了什么？孩子，还是别的什么？

港口一片喧然。轮船拉响汽笛，战马嘶鸣，士兵呼喊，持着登记簿的人在叫唤，还有村民们的声音。阿里看着自己的掌心，久久望着一条条手纹：是荒谬，是一场空，还是别的？故事有什么意义吗？还是终究一场游戏，无因无果？是一条线编织了那些时光？还是时光散落在风中，由起点的初生和终点的死亡控制？

他的故事他清楚，他知道自己经历过怎样的“生活”。可是对于阿拉伯民族和穆斯林同胞的更高层次的故事，他不明白，人类在这片与天空相依的大地上杀戮、死亡，大地与天空是什么关系？他无法理解，因为故事里有故事，故事外有故事。一个盒子嵌套在一个盒子中，一个盒子里还有盒子。而他只有那个自己亲手制作的小盒子，里面存放着他的私人文件、钥匙、纪念品。

两天前他与村民们离开了贾法利亚。大伙将干粮、文件和房子钥匙收拾好，拖家带口动身下山。他们没和橄榄树告别，没靠近田地，谁的心能有上了盔甲般的坚强？他们无力再多看橄榄树一眼，那些幼苗，他们曾悉心照料、栽培，看它年复一年结出果实。他们逃离了橄榄树，在一片寂静中离开，没有告别。待路上突然瞥见那棵枣椰树时，人群心乱如麻，又视而不见，低头赶路。

“为什么不唱歌呢，唱吧！”

声音带着斥责和命令。一个上了年纪的女人说：“唱吧！”她开始唱，嘹亮悠扬的歌声像渔网一样罩住了整个山坡。另一个女人拿起铃鼓敲响，一个男人从袋子里掏出横笛吹奏，女人们放声歌唱，男人们也跟着齐唱。姑娘小伙们慌乱了，孩子们害怕得哭了，大人们依旧歌唱。

到了达尼亚海岸，队伍停止前进。先到的村民有的席地而睡，有的来回踱步，有的聊天打发时间。女人们给孩子们准备食物，因为迁移，哪怕是迁移也挡不住孩子们的饥肠辘辘。男孩们因为即将要坐船过海激动地吵吵嚷嚷，大人们不断呼唤他们，叮嘱别跑远了，免得在人群中走丢。轮船汽笛的鸣起，提醒即将启程。各处的办事员都坐在长方形木桌后，打开花名册登记下一班轮船的乘客姓名。一个女人在哭，另一个在笑，还有一个与同伴闲聊，那模样似乎正坐在仲夏夜的家门口。一个老人自言自语，一些男人在争吵，一些人忙着兜揽生意。这个女人，她在做什么？

她棕色皮肤，身材高挑，丰腴成熟，她的长发披散，厚厚的卷发像波浪般垂下，黑中掺着白，像一片水银。女人晃动肩膀，摇摆肢体，仰着头，突然撇过脸，像是惊慌失措，又像痛苦难耐。她嘶喊。双脚如马蹄踏地。她跳动，旋转，摇摆，倾斜，忽高忽低，身体竖直像一根绷紧的弦，接着又放松。她晃动肩膀，举起双臂环抱，原地转圈，头发飞扬。

"她被魔鬼附体了？"女人高高跳起，又俯身蹲下，她把手支在臀上，脚贴着地面，开始晃动双腿，膝盖合拢、分离，脑袋和双肩跟着抖动，脸色或阴或晴。表情一会儿舒张，一会儿抽搐，仿佛正处于爱的高潮或是分娩之中，灵魂千钧一发，悬在生死之间。"她疯了？""她好像在跳舞！"

另一个身材丰满的女人走到她面前放声歌唱。歌词抱怨时代的不公，声音却未有不满。歌声像脱缰的野马一般，突然充满了愤怒。"女人真是奇怪，跳舞不像跳舞，唱歌不像唱歌！"

阿里看着海浪，时起时落，浪花不断靠近，终于拍打着岸边。他出神地望着远方，大海浩瀚无边，毕竟海岸相连，浪花在这头，耶路撒冷在那边，没有阻隔，没有边界，没有限制。如果这片大海是哈达拉河，他会大声喊，人们在彼岸的埃及、马格里布和沙姆地区就能听到，鸟儿也像海浪穿梭在不同地方。他望着那些海鸥，突然想起了刻在那个木盒子上的小鸟，离开时还带着它，但是玛利亚的箱子却留在了阿尔拜辛，里面锁着书，埋在她的花园，静静躺在地底下，不受任何法令影响。玛利亚的箱子是用橄榄木做的，呈橄榄色，很漂亮，刻着树枝、花朵、小鸟图案。所有小鸟都成双成对亲密无间，像一对鸽子那样相互做伴。玛利亚的小鸟会飞到她远在一方的坟墓看望她，像信鸽般传送那些爱她的人的讯息吗？

他躺在沙滩上，头枕着盒子，打起盹来，梦见自己沿着石阶到了地下，不断向下走，地底似乎跟那天空一样也有七层，接着到了一处空旷的山洞，有小溪从中流过，这是山洞还是地道，是一座被掩埋的宫殿还是神秘花园？他顺着小溪走着，两侧岩壁点缀着许多形状各异的镂刻和花草树木图案，他在五颜六色的绚丽中继续前行。安拉啊，从哪里来的这些小鸟？它们在他面前跳跃，推着阿里向前走，它们鸣叫，发出吱吱、咕嘟、丝丝等各种声音，它们把他带进了一间如国王殿堂般雄伟的大厅，薰衣草香气扑鼻而来。他打量一下墙壁，上面镶嵌着各种装饰，抬眼看着天花板，美得像花园。他环视四周，看到一张大理石高床，走了过去。玛利亚？玛利亚正安然睡在床上，身体微微发福，脸上挂着笑容，头上立着一只天堂鸟，两耳边各有只鸽子，胸口有只在低鸣的沙鸥。她两只脚边放着谷物，许多小鸟在周围飞舞，时不时靠近落下，啄取一颗稻谷，又抬起头，跳几下，扑腾着翅膀飞走，还有许多夜莺、云雀、斑鸠和杓鹬。

轮船启航的声音把他惊醒了，原来只是一场梦。玛利亚已经去世多年，鸟儿也不会栖息在墓地里。真的要走了，五十六岁了，如何重新开始生活呢？他没有妻儿排遣异乡的孤寂，没有能让箱子上长出花园的祖母的墓地。既然如此，为什么要走呢？或许死亡的降临是因为离开，而非留下。他必须弄清楚那句话的含义细节，了解祖先们都做过什么，这个问题让他焦灼，答案在哪儿？在陌生的土地上，还是这儿？也许答案就像收藏在玛利亚箱子里的书一样被埋在地下了。他留下来，可能被抓住，因为违反法令被判处死刑；他要离开，望着海面出神，启程的汽笛声把他飘荡的思绪拉了回来。

阿里站起来，转身背朝大海，快步走着，小跑起来，然后快速向远离海岸、喧嚣和人群的方向跑去。他回头看了看，确认没人注意他，于是放下脚步，坚定、平静地走着，一边走，一边默念："玛利亚的坟墓不会孤独。"